U0943573

约在江苏 共筑梦想

江苏发展大会

JIANGSU
DEVELOPMENT
SUMMIT

秦淮故事

秦淮故事

新街口

姞　文*Jiwen* 著

江苏凤凰文艺出版社
JIANGSU PHOENIX LITERATURE AND ART PUBLISHING, LTD

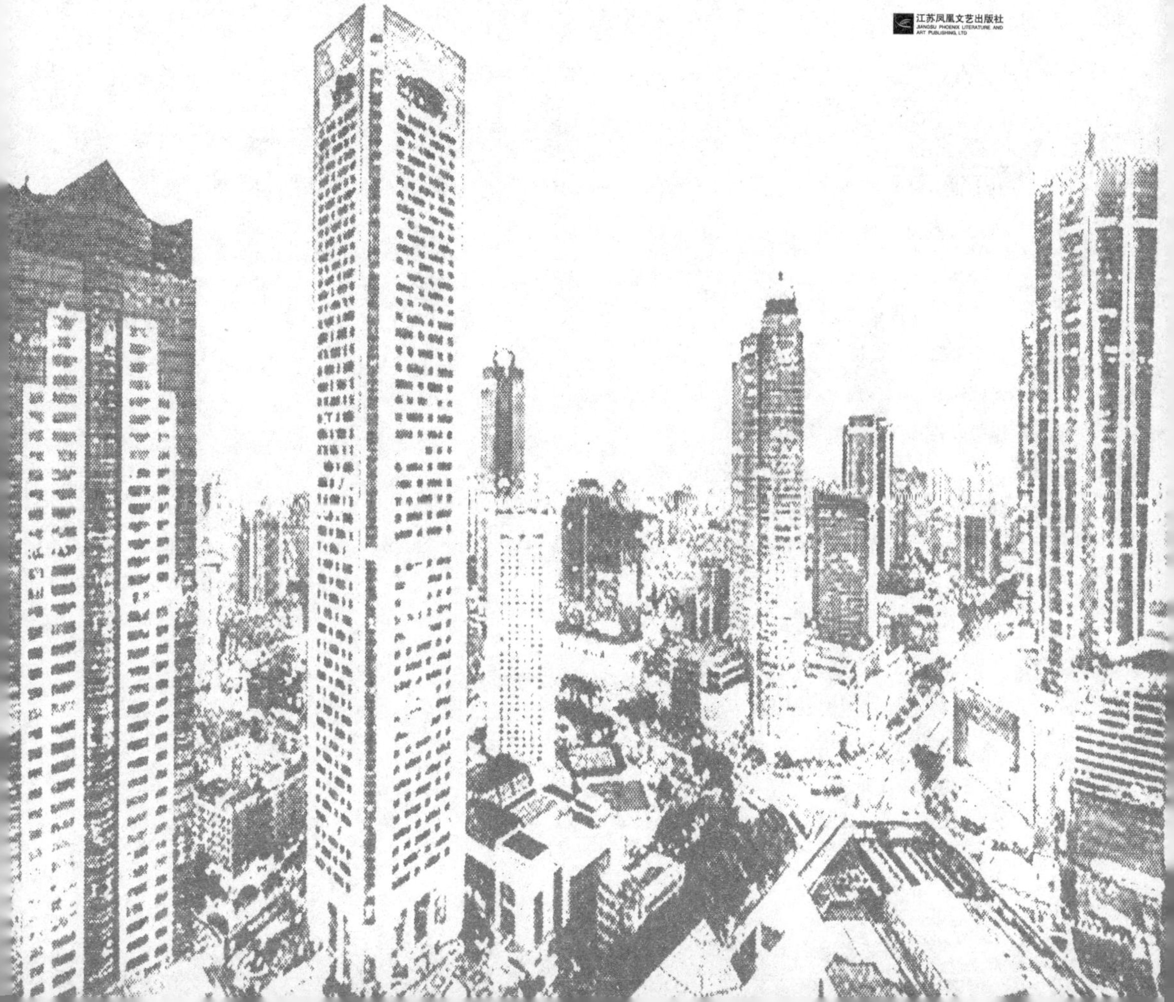

图书在版编目（CIP）数据

新街口 / 姑文著. —南京：江苏凤凰文艺出版社，2019.10

ISBN 978-7-5594-4047-1

Ⅰ. ①新… Ⅱ. ①姑… Ⅲ. ①长篇小说-中国-当代 Ⅳ. ①I247.5

中国版本图书馆 CIP 数据核字(2019)第 206930 号

新街口

姑文 著

出 版 人 张在健

责任编辑 汪 旭

责任印制 刘 巍

出版发行 江苏凤凰文艺出版社

南京市中央路 165 号，邮编：210009

网　　址 http://www.jswenyi.com

印　　刷 保定市铭泰达印刷有限公司

开　　本 718 毫米×1000 毫米 1/16

印　　张 20

字　　数 314 千字

版　　次 2020年9月第2次印刷

书　　号 ISBN 978-7-5594-4047-1

定　　价 69.80元

在枫树下讲中国故事

中国作协网络文学中心主任
何　弘

在中国文学的版图上，江苏是当之无愧的文学大省。历史上如此，现在仍然如此；传统文学如此，网络文学仍然如此。

江苏文学风气之盛，与其悠久而深厚的文化传统密不可分——当然，文学本身就是这个文化传统、文化土壤最重要的组成部分。

前两年我到江苏，专门到扬州参观了中国雕版印刷博物馆，见识了自唐宋传承至今的纯手工雕版印刷工艺。文学样式与传播方式有着密切的关系，中国古典小说就是在雕版印刷技术成熟的前提下发展起来的。而雕版印刷技术发育早且充分的地方就是扬州、金陵等地，这里的文化、文学自然也会得到充分发育。这是江苏传统文学繁盛的文化基础。江苏地处东部沿海，既有雄厚的经济文化发展基础，又得风气之先，改革开放以来经济、文化、社会发展与时俱进，走在全国的前列。随着网络的普及，中国网络文学迅速发展，并成为世界范围内的重要文化现象，拥有深厚文化底蕴的江苏，又敏锐地捕捉到文学的新变，网络文学迅速发展，涌现出一大批优秀的作家。

姞文是江苏优秀网络作家群体的重要一员。

我对姞文的了解是从她的作品开始的。近来，在中国作协网络文学中心参与的诸如全国优秀网络文学原创作品推介、中国网络小说排行榜及泛华文网络文学“金键盘”奖评选等活动中，经常可以看到姞文的作品，她的一些作品得到了表彰。在我的了解中，姞文创作的时间不长，但很快就获得了首届爱奇艺文学奖最佳文学品质奖、首届泛华文网络文学“金键盘”奖优秀翻译输出奖等奖项。相对于有着多年创作经历的网络文学“大神”来说，姞文能在短短的时间里取得这样的成绩，殊为难得。

虽然读到了不少姞文的作品，但我与姞文从未谋面，对她个人的情况也毫无了解。忽然有一天，作协的同事介绍说一位网络作家要来拜访。职责所在，尽可能多地了解网络作家的创作情况和相关诉求，是我份内的工作，我自然满口签应。当同事说出姞文的名字时，我脑子里马上闪现出她书写南京的一系列作品。

过了段时间，一位带着南方女子娟秀和职场女姓干练的来访者叩响了我办公室的门。来访者拿着个白色的文件夹，上面印着隶体的两个字：姞文。不用介绍，来者就是姞文。在不长的交谈中，姞文介绍了她的生活和创作情况，并留下了那个白色文件夹，里面是她的个人资料。

姞文是南京人。南京一向是人文荟萃之地，文化积淀深厚。而且南京自古就是一个文艺范十足的城市，文学名家层出不穷。在这样的环境中成长，姞文先天携带着文学的基因。姞文大学时学的是日本语言文学专业，毕业后从事对外贸易工作。2012 年，因为孩子生性多动，不适应国内的教育模式，她只好陪着孩子去了加拿大，开始旅居枫叶之国的生活。孩子上学之后，一个人在异国的环境中，难免感到寂寞无聊。读书之余，故乡的一切涌上心头，那些昔日经历的、听前辈讲述的、书本上读来的事件，渐渐变得更加清晰，她想把这些写出来，以表达对家乡、对祖国的思念之情。于是，从 2016 年开始，在不长的时间里，我们相继读到了姞文创作的《琉璃世琉璃塔》《歌鹿鸣》《朝天阙》《瞻玉堂》《长干里》等小说。这些作品无一例外描写的都是南京的历史与现实，被称为“秦淮故事”系列长篇小说。

姞文是她的笔名，她原本有一个男性化的名字，叫周斌。这么看来，“姞文”其实就是“周斌”的一半，将“周”字外围的拘束去掉，加上表示性别的“女”字，就是“姞”；取能文能武“斌”字的一半，就是“文”。“周斌”的一半是“吉文”，这好文章是一位女子写的，是谓“姞文”。这真是个好名字，一个名字，道尽了她弃贸易而从文的经历，也表达了她创作好作品的追求和自信。

姞文这次来访，还带来了她最新的书稿《新街口》。

如果说姞文以往的创作，书写的主要是历史与现实交织中的南京的话，《新街口》书写的则是当下的南京或者说中国及其可见的未来。换句话说，姞文以前的写作是立足当下，回溯历史，《新街口》则是立足当下，面向未来。《新街口》描写了当下的中美贸易争端，写到了人工智能等科技发展的状况，并以人文的角度思考科技对中国发展及人类生存的影响，运用科幻元素来展现未来图景，可以说是对中国故事的全新讲述。

姞文置身海外，选取故乡南京为表现对象，讲述的是南京的历史、现实与未来，是切实可感的中国故事。讲述中国故事，重要的是表达中国精神，体现中国价值，凝聚中国力量，而不能流于简单甚至可笑的意淫，不能是民粹主义的狂妄叫嚣。姞文的写作，是讲述中国故事的一个优秀范例。

姞文在异国书写中国故事，不仅能以国际化的视野观照中国现实，回馈国内读者。同时，她的作品也被翻译成外文在海外发行。2018 年 10 月 24 日世界知名城市“南京周”巴黎站开幕，姞文的《琉璃世琉璃塔》《歌鹿鸣》英文版在巴黎联合国教科文组织总部举行了首发仪式。姞文还多次在加拿大、美国等地举办签售活动、文学讲座等，为中国文学走出去进行了卓有成效的具体实践。姞文在今年 6 月——恰在她来访的前几日，入选了加拿大北岸作家集合，温哥华几座城市的多家图书馆将自秋季正式推荐作者作品。这真是可喜可贺的事。

近日，《新街口》实体书将正式出版，姞文希望我能为该书写几句话。尽管类似的要求大多被我婉拒，但对姞文的要求，我欣然允诺。我想借此表达对姞文创作的赞美和祝愿，更是表达对中国网络文学及其海外传播的祝愿！因此，拉拉杂杂写上以上这些，并权以为序。

人工智能的文学化视角
科技与人文的同步思考

中国工程院院士、“星光中国芯工程”总指挥
邓中翰

《新街口》是一部文科生写的科技小说。看得出作者姞文下了功夫，将人工智能目前现状和未来预想巧妙编织在故事中，可以说是一个人工智能的文学化视角、科技与人文的同步思考。

我最赞成的一点，想来应是这个故事讲述的主题：当今社会，科技和创新是推动经济发展的新引擎，必须创新才能驱动发展，不管企业、城市还是国家。故事并敏锐地发现，目前科技前沿的问题尤其是重大领域，需要政府牵引参与、带动市场；这个故事讲的是我的家乡南京，我想这方面南京做得不错，整体创新创业环境规范且宽松，支持力度大，吸引了不少人才和企业。

另外一点，故事一直在强调各方面的协调合作，这点我深有感触。以芯片为例，我想我国在全球化时代发展科技和产业不能闭门造车，只有在国际竞争中获得市场认可才算是真正成功；要在人类命运共同体中，建立“你中有我，我中有你”的合作关系。

故事涉及了当今 AI 行业的很多方面，如芯片研发，大家知道中国芯片仍在爬坡和奋斗中，短板在于积累不够，导致不能建立完整的芯片生产体系，很多部分依靠国外，每年进口几十万种芯片。但我欣赏作者的乐观精神和鼓励态度，过去二十年间芯片已经由基本进口进步到不少领域实现了国产化，在全民警醒重视的环境中，核心芯片自主可控是未来的方向。我们一直通过标准化来推动芯片、软件和系统平台的开发：比如人工智能技术（像是刷脸等）的广泛应用，我和我的团队已经、并且要继续将这些

技术融入百姓的生活；又比如数据驱动、人机协同、跨界融合、共创分享的智能经济形态等。《新街口》故事描绘了一幅远景，人工智能在实际生活中的运用当然是各式各样的，我们在5G和物联网方面正在不懈努力。

难能可贵的，这部小说试图启发人工智能发展的人文思考。“人工智能威胁论”一直存在，人工智能对人类到底是福是祸？人机如何共存或者说能否共存？还有未来数据信息共享中，安全问题怎么解决？还有一个已经摆在我们面前的问题，人工智能发展带来的产业结构变革，已经影响到人类社会的方方面面，比如就业问题，我们如何面对？我赞同作者在这方面的思考：“人工智能绝不能只为一部分人带来便捷轻松，更不能只为极少部分人创造巨额财富，而是，所有人一个也不能少。”

当然，这是一部小说，在科技上谈不上专业，有感情会搞阴谋的机器人目前还是科幻，所谓“超效学习”也是小说家的杜撰。未来人工智能时代的地球究竟是什么模样、会否像作者描绘的那样人机友好共存、和谐美丽？让我们一起期待。

一个有关创新、网络、合作的高科技故事

加拿大著名汉学家教育家、原加拿大驻华大使馆文化参赞

Jan W. Walls　王健

本书作者姞文，是加拿大华裔作家协会的作家、爱奇艺文学明星作家团成员、江苏网络文学谷首位入驻作家。因为她的畅销历史文化小说都是以南京为发生地，她被称为“南京的文化使者”。我几次在不同场合遇到她，不管是东方宴会还是西方派对，她都在讲她的南京故事，大家听得津津有味，所以我相当赞成这个亲切的称呼。近日得知她被选入加拿大北岸作家集合，我很为她骄傲。

姞文以前的作品，都是与南京的历史遗产及当时的机遇挑战相关的；而这一部《新街口》不同，这部作品主要讲述的是南京2019年的今天及其可能的将来，运用了科幻小说这一文学模式的不少元素。但是，故事里没有飞船，没有外星生物，没有“星球大战”，所有人物的互相影响，就正如今天的世界，不过是在一个想象的2019年，所以，很容易让读者忘记这是一部科幻小说。而实际上，主人公面对的问题和挑战确实就在当下。

新街口，以“中华第一商圈”之名著称，位于南京的市中心，是作者这部最新作品的发生地。姞文讲述了一个高科技民营企业在2018年如何碰到种种艰难，但是依靠科技创新与合作摆脱困境的故事。这个故事也同时描述了南京过去七十年的巨大变化，以及近年来南京城市结构改革的高速发展，它告诉我们，在这个人工智能汹涌成长的时代，我们为了人类的生存必须学会协调，必须彼此合作。

大多数北美人和欧洲人都还没有意识到，不管幸与不幸，中国主流社会、企业和政府都在改变，他们的新模样在这部超现实的“亲密互动”小

说中都有很好的反映。通过她独有的对个体和系统有重点的集成，姞文带我们经历了艰难历程中的起起落落——从南京的个人、家庭、社会、政府，以及国内国际的各种视角。

在这个故事中，女主角（一位南大的女教师）是人工神经网络领域的学者。她因科研中的瓶颈在大学中不断受挫，这不仅是中国也是整个世界初级学者碰到的问题。故事一开始，她的儿子被狗咬，打的防疫疫苗被发现是假疫苗，我们看到了中国更加开放的国内市场中的一个危险，提醒我们自由和开放市场亦包括新体系中造假者的混入。我必须再一次地指出，这不仅仅是中国的问题，它让我们想起我们古老的箴言："购者自慎（顾客留心）。"在这方面，东方和西方都有相当多的可以互相借鉴和学习之处。

主人公的丈夫加入了新街口民用机器人制造商的民企，取得了全球市场拓展的成功。当他去纽约推广新产品时，受到了性侵的指控。这导致了他的公司成为牺牲品，主要产品被美国竞争对手仿制、并销往包括中国在内的环球市场。近年来运输和交流的飞速发展，不仅增加了我们之间的互相影响与合作，亦给了我们空前的机会因彼此的缺点而误解并因之受到伤害。

在这部小说里，一个意外的发展智能机器人的风险，发生在中国进口了二十万台美国智能机器人之后。机器人阴谋推翻它们的人类主人。如果智能机器人能意识到：为了自己的利益可以利用网络的力量，那么，我们人类还需要什么更多证据，才能理解：为了人类的将来，必须利用网络优势去协调、去合作呢？

小说的结尾是一个乐观的场景：美国的三家工业巨头在南京商量云计算中的合作，为了人类共同的利益讨论环球智能平台。

这个故事通过本地、国内和国际或进步、或退步的情节，试图告诉我们一个清晰的信息和必然的结论：在这个人工智能高速发展、其力量无可竞争的市场，无论国内还是国际，生存和取胜的诀窍之一就是网络上的最优组合，公司和公司之间，科研机构之间，以及政府之间。

当然，国际化的协调合作不可能一夜发生，协调的前提必须是所有方面互相信任，而形成互相信任是一个从小项目到大项目慢慢扩展的长时间的过程。中国目前与西方社会在企业、学术和政府机构间渐进的、不断增长的互惠合作，是建立互相信任基石的最佳途径。今天的高科技浪潮已经带来很多挑战，我们如何一一战胜?《新街口》故事正是各种价值观和策略的一个小说化版本。

姞文的《新街口》，把个体生命中发生的事件，置身于全球化的背景下，情节跌宕起伏，故事逶迤曲折，尤其是自然沉着的讲述，更显示出了作者特殊的叙事能力。

——中国作协副主席、书记处书记，欧洲诗歌与艺术荷马奖、布加勒斯特城市诗歌奖、南非姆基瓦人道主义奖获得者　吉狄马加

新街口

第一章　第一商圈

“登机了，落地再联系。”关其雨凝视着这几个字一动不动，两分钟后狠狠心锁了屏幕，抬头望向不远处嬉戏追逐的孩童。

恋爱十二年，结婚十年，小宝四岁，自己都三十四了，怎么看到他的信息还是这样无限恋慕？李侯、李侯，口中念着他的名字也像咀嚼着橄榄似的滋味无穷。

夕阳正好，铺洒得广场一片橙黄，小宝稚拙的身形在其中蹦跳回转，像童话中的安琪儿扑扇着双翼飞来飞去。春风轻轻送下几片树叶，关其雨随手拂去，听儿子咯咯咯笑得响亮，嘴角不禁浮上了笑意：傻娃娃，像他爸爸一样傻！将来也是个理工男吧？看他眉眼间的懵懂执拗简直就是李侯的翻版，难怪侯华经常将两人的照片对比着向亲友炫耀“小宝和侯宝小时候一样一样”“笑起来一个模子”之类，亲朋好友自然捧场夸奖“李家的遗传基因强大”“你这个孙子养着了”等等，李媛就假意噘嘴不满：“我也是李家人，偏一点儿都不像？”

确实令人诧异，兄妹二人长相不同，性格也是天壤之别：迥异于李侯的内向寡言，李媛口才笔杆都不俗，在机关一路处长局长升得飞快，去年干脆当上了上元区的区长，南都城唯一的女区长。侯华常感慨赞叹：“老李该多骄傲！这一双儿女！这宝贝孙子！不愧是咱李家人！”

是啊，李家人都优秀出色，只有李家的媳妇普通平凡浑身缺点，结婚六年没孩子也被一口断定是她的问题，拉着去拜送子观音口口声声“家门不幸媳妇不肖”求菩萨宽宥媳妇！还好不久有了小宝，不然会像刘兰芝那样被休回家吧？关其雨自嘲地眨了眨眼。别以为现代社会婆媳关系问题比封建社会容易处理，即使人类到了外太空恐怕也还是难题呢。

视线中，四五个孩子正与小宝玩得欢，都是附近居民楼的，经常碰见，彼此只知道孩子的小名，家长们之间均称呼“小宝妈妈”“小宝奶奶”或者“笑笑爷爷”“昊昊妈妈”之类，并无意熟络热乎介入对方生活。关其雨很喜欢这样的相处距离，此时此刻比家里更自在。

什么时候，能有自己的家、自由自在的家呢？李家大屋不是不好，只是这些年，并不觉得那是自己的家，即使它在新街口。

新街口作为南都城市的中心，可以追溯到一千九百年前孙权的“太初宫”；之后在此定都的王朝如东晋、南朝南唐，中央机构也都在这一区域；到明代转为生活经济中心区，“新街口”这一地名落地。而新街口的兴起，是在1928年孙中山先生的奉安大典之后民国政府拓宽东南西北四条大道，会合围拢中间环形的中心，使之成为第一个现代意义的中央广场，名“新街口广场”；众多商家企业看中这里便捷的交通、城中心的位置，银行、饭店、戏院蜂拥进驻，新街口迅速成为摩登商贸和金融中心、二十世纪三四十年代当仁不让的“中华第一商圈”。近九十年间，种种时代变迁它一一阅历，顺着城市的使命需求和城市空间结构发展的逻辑步骤，更随着二十世纪八十年代以来国运的昌隆，成长为巨大的都市核心商圈。虽然核心面积仍不到一平方公里、虽然受到城市多中心化的影响，但是近两千户星罗棋布的大小商家和四通八达的交通吸引着每天五十余万的客流量，百货、金融、文化、旅游等各种业态有机交融，年销售额超过三百亿元，影响辐射整个长三角都市群，在全国也是屈指可数的。

广场不大，两边花坛挡住了车水马龙的汉中路和中山南路，西面是东方商城和银行，围成中间不规则的一小块空地，北角就是地铁入口，不远处环岛之中屹立着孙中山先生的雕像，是新街口一道永远的风景。市中心的新街口寸土寸金，能有这么个休闲之处相当不错了，周围居民在这里散步晨练，各大写字楼白领金领和商场售货员管理员午餐小憩，孩童们更是下了幼儿园就跑来玩耍，还有各种吹拉弹唱、街舞、轮滑、萨克斯风，老老少少在这里玩得五花八门，精彩纷呈。都说一个成熟的商圈不仅是一个城市时尚的发源地，更是城市风貌的标志，这个小广场，就是南都人爱热闹也爱闲适的性格缩影。不过这会儿晚餐时间人不多，关其雨抬手看看已经六点一刻，想着再玩几分钟就回家吧，婆婆应该做好饭菜在等了。

2018年3月8日傍晚六点一刻，对，就是这个时间，关其雨终生难忘。

“妈妈——”小宝突然一声惊叫，混杂着其他孩童的叫嚷声、惊呼声。关其雨扬首一望就冲了过去，迅雷不及掩耳地、勇敢无畏地冲向那只白色大

狗——后来知道叫松狮犬，毛茸茸的，体型巨大，已经毫不费力地扑倒了小宝，咬住了小宝的衣领！

“松口！走开！”关其雨双臂勒住大狗想把狗拖开，但是大狗毫不理睬，咬着小宝不放，前爪还在抓小宝的脸！小宝被拖在地上哇哇乱叫，短短胖胖的小手小脚胡乱挥舞着。“松口！走开！”关其雨又是拖又是踢，嘶哑着声音发疯般的叫喊，汗水淌了一头一脸，见大狗还在咬，就不管不顾地伸手要掰大狗的嘴。周围几个家长、保姆都吓傻了，搂住臂中自己的孩子，有的发抖有的叫：“打110！”“快报警！”手忙脚乱中电话拨了出去：“狗咬人！大狗！白狗！咬到小孩了！小男孩！对，叫小宝！哪儿？广场啊！东方广场！新街口东方广场！东方商城门口！快点！带快点！哎，小宝妈妈你当心！你别再被咬了！”

“露茜！露茜！”东南角气喘吁吁地奔来个青年人，同样满头是汗，“天哪！露茜！”魁岸的身形冲进一团混乱的人狗之间使劲勒住了大狗：“露茜！你怎么咬人！露茜！”

面色惨白的关其雨捧起儿子坐在地上，禁不住浑身颤抖。小宝幼嫩的小脸上一道道抓痕，鲜血一滴滴渗出来，脖上的口子汩汩地流淌着血，刚才的叫嚷变得无声无息，不知是疼的还是吓的。关其雨双手沾满了大狗的口水，黏黏地带着臭味，旁边的笑笑爷爷递过几张面巾纸，她下意识地接过捏着，竟想不起擦手。

“对不起对不起，我不是故意的！真不是故意的！你们看你们看，拴狗绳的钩子断开了！铁钩子！不知怎么搞的啊！我在后面拼命追啊！气都要断了！”普通话中带着少许老南都口音，青年气急败坏地又是抱歉又是解释，冲着渐渐围拢的人群和匆忙赶到的警察。上了警车还在不停地自责：“去医院！赶紧去医院！急诊部！怎么就伤了人了呢，这狗刚到中国听不懂汉语！是，是我带回来的。”

青年自称姓朱名陶，美国留学回南都刚两个多月，露茜是他养了几年的宠物犬，一直陪他在国外。今天出门遛狗，没想到遛狗绳上的钩子裂了，又碰到路上汽车突然鸣笛，露茜惊得乘机跑了——也正好在发情期，情绪本来不稳——在美国时春天也闹过一次，还好被管家制住了，那边开阔又安静，这狗没受过惊吓。带草坪的大房子，院子里奔来奔去不用拴绳的白狗，处理一切麻烦的管家，在面相质朴毫无心机的年轻人口中说得自然而然天经地义，警察在小本子上一笔一画记录着，对这个显而易见的富二代香蕉人摇了摇头，侧身问受害者想怎么样调解。

调解？好容易停止了颤抖的关其雨冷冷哼了一声，抱着儿子抿紧了嘴唇。朱陶倒不笨，连说马上就到医院了，一定要最好的医生最好的药，不怕花钱，务必确保孩子安全！颇有诚意地取出张卡片说尽管刷！关其雨瞥一眼，是维萨的黑金卡，也就是无限额度信用卡。愣了愣终于第一次正眼看了看朱陶：随意但洁净奢华的休闲装，腕上随随便便套着只万国表，留学美国，新街口出来遛狗，姓朱……关其雨心中一动，难道他是？

南都人都知道，新街口最气派最大牌的高楼：第一百货、江南广场、六潮电器城、昇实大厦、上元时代中心，都姓朱。

“还好气管没碰到，只是皮外伤。”急诊医生面无表情，不易察觉的怜悯在眼中一闪而过：“颈部伤口三公分长，深有五公分，面部多处皮肤软组织挫裂伤，清创做好了，特意没有缝合就这样暴露着吧。这么小的孩子正在长身体，复原应该快的，就是要有一阵受罪了。”

朱陶凑上来，一个劲地请医生想想办法啊，小孩子不能受罪啊，不怕花钱啊！医生翻了翻眼睛：“再不怕花钱伤成这样子怎么能舒服？你以为钱能买到一切啊？国外回来的吧？就是你们资本主义国家也不行嘛！”朱陶毫不着恼，不屈不挠，好脾气地医生长医生短地拜托，一边不忘与关其雨接过推出来的小宝万般嘬哄，终于医生说没事了都是外伤，再打个狂犬病疫苗就好了。

“狂犬病疫苗？”朱陶眨巴着眼睛：“这么小的孩子要打吗？我家露茜——就是那只咬了小宝的松狮犬，按时接种疫苗的！这次进海关又检查过，应该没问题。”

医生又翻了翻眼睛，急诊室忙得脚不沾地，哪有工夫对一个病人而且不过是被狗咬了的病人温言细语？关其雨皱了皱眉，难道这会儿和朱公子讲大道理：人兽共患的病毒性传染病，被狗咬了必须接种疫苗，尽快产生病毒抗体以对抗有可能出现的狂犬病毒！他明显是海归思维，就像去年写《三体》的名作家刘慈欣在赫尔辛基被狗咬了全城找不到一只人用狂犬疫苗，全中国的粉丝着急忙慌，后来才知道芬兰、丹麦等二十多个国家都已经彻底消灭了狂犬病，根本不用打针！粉丝们只觉得不可思议：被狗咬了，不怕狂犬病！

世界卫生组织的报告说每年全球死于狂犬病的人大约六万人，然而95%都在亚洲、非洲。中国每年死于狂犬病的人数大约在一千人至三千人之间，绝大多数都在农村，而且大部分是十五岁以下孩童和五十岁以上老人。

为什么不采取最有效的预防办法，为犬类接种疫苗？养犬法规是要求登记犬必须接种疫苗的，但是相当多养狗的人认为狗不需要接种疫苗，大不了咬到人赔点疫苗钱；而只要有这部分未接种的犬类存在，狂犬病就阴魂不散，无法杜绝。关其雨看过统计数字，全国现有登记犬高达八千万只，加上没登记的估计有1.3亿只，望过去满街的大狗小狗，被咬的谁不是赶紧奔去打针，所以中国每年要用掉一千五百万份人用狂犬疫苗，相关费用超过40亿！

所以听到朱陶还在絮絮叨叨："我可以给你们看接种记录，可以采取十天观察法……"关其雨愤怒地打断他，第一次表现出了不依不饶："你还知道十天观察法？那你知不知道除了接种记录还要看当地的狂犬病流行状况！你落地两个多月了！你能保证你的狗生活在隔绝真空里？出过门、上过街、遇到过别的狗吧？狗不懂事，人也不懂事！"

朱陶那么高大的一个人，低了头不敢再说，口中嘟囔："打，我没说不打啊，捡好的打！不是怕小宝受罪么？"

小宝受罪……关其雨心中一阵难受，想起十日观察法是世卫组织及美国CDC均推荐的狂犬病观察方法，琢磨了会儿板着脸说："仔细观察那咬人狗，呃，露茜，如果十天没问题小宝就不用打后面几针。"

朱陶连忙点头答应，瞬时话又多起来：应该没问题，其实露茜很少出门，肯定没问题……看了看关其雨的脸色，后面几个字咽了回去。这个清瘦文秀的女子乍看与学校的同学差不多年纪，知识分子的礼貌中透着书卷气，可无论沉默中的刚毅还是爆发时的威势都让人又惊又怕。

"进口的有荷兰的美国的，国产的苏州成都各地都有。"医生在电脑屏幕中搜寻了一会儿说。

"还分进口的、国产的？"朱陶笑起来，"贵的肯定好，就打贵的吧！"看了看关其雨改口说自己不能越俎代庖，由小宝妈妈决定。这个称呼是刚才在警车上尝试了小姐、阿姨、大姐甚至美女潘西之后，终于关其雨不皱眉不瞪眼的一个，用到了很久很久之后。

"也不是贵的就一定好，进口疫苗贵，优点是副作用小不需要忌口；国产疫苗就要注意，海鲜辛辣不要吃、茶酒咖啡都不要喝。不过孩子这么小本来就要忌口的嘛，”医生说：“疫苗效果一样的，也有患者反映国产的好、到底是针对中国狗研发的嘛！进口的这些国家狂犬病基本都消灭了嘛。”瞥了眼朱陶又补充道：“国产最好的也就七十二元一支，是进口的三分之一。”

关其雨很懊恼。本科选专业时一心一意想学医的，理想是上海二军大，偏偏体检时视力差了 0.1！气得改了计算机系，干脆放任眼睛越来越差。结果那之后无数次懊恼，母亲病逝时自己还小不记事也罢了，公公病逝、婆婆几次手术、小宝刚出生时得肺炎、甚至爸爸在电话里不停咳嗽，都又急又气自己为什么不是医生？虽然计算机学得不差，硕博连读留校任教十几年，在人工神经网络领域算是个专家，但有什么用呢？比如此刻，枉自视巴斯德为偶像之一去法国旅游时还特意朝圣过，疫苗的基本常识也大致了解，可是国产狂犬疫苗与进口的有什么不同？各个品牌的差异特点如何？医生说的这些都是泛指，疫苗的效果还是要具体到每一种啊！

不顾医生、护士的不耐烦，关其雨固执地对比两种进口、四种国产共六种疫苗的成分含量、疗效禁忌。确实如医生介绍的，国产的不仅与进口的同步尤其是东北产的这个抗体种类还更多。朱陶凑在一旁饶有兴味地看着：“哎，你英文专业词汇都知道啊。”“哎，你还懂药啊。”话真是多。关其雨不理他，又仔细检查了生产批号、检验合格证书，选定了国产的、东北晨森公司出的疫苗。虽然朱陶一个劲地喊别怕花钱，可难道为了用贵的而用贵的？自始至终朱陶的态度相当好，又是抱歉地陪着上医院，又是慨然承担所有费用，又是帮着抱小宝哄小宝，连警察都认为肇事者有这个态度不容易：本来是个意外、被狗咬的多了，还有不少狗主人不肯认错、不肯付费呢！关其雨心想：何必故意“宰”他？

没想到这一念之差，令关其雨后悔终身。

朱陶叫了车等在门口，高大威猛的路虎揽胜，行驶在并不宽阔的中山路上就是个庞然大物，司机一身制服和白手套与越野车的风格也极不协调，朱陶解释是自己的车，有时候开到郊外中山陵啊老山啊就显出越野的优势，再陡的山路再坑洼的土路都不怕；城中间嘛确实有些违和，旁边的小车可不能碰！有一次前面出租车突然变道蹭上了，你猜怎么样？宽敞的车厢里洋溢着朱陶绘声绘色的叙述，白手套司机面无表情，没有像警察那样摇头皱眉。

小宝在怀中动了动，说“妈妈，难受”的声音极低极微极模糊，四岁的孩子还分不清疼痛眩晕等复杂的身体状况，一切都归纳为“难受”，是从奶奶那学来的词。关其雨搂紧了儿子柔声轻哄：“我们打了针就好了哈，小宝乖，睡一会儿。真乖啊，真是好宝宝。”朱陶在副驾驶位上看看后视镜，热热闹闹的人突然没了声音。

后来关其雨才知道，朱陶的母亲死于难产，他从没见过母亲，更从没享受过母爱。虽然后来他父亲娶了年轻二十岁的秘书并生了一对龙凤胎，可是朱陶一直只称呼“阿姨”并不视其为母亲，对年幼的弟妹则一同敬而远之。

李家公寓在过新街口转盘往南的陈阁老巷——据说明朝时住过姓陈的阁老大臣，古城中这样的地名甚多，比如状元巷就有好几个：朱状元巷、焦状元巷、秦状元巷，还有沈举人巷、马府街等等数不胜数，都是有来历的。天色已晚，道旁几家小饮食店正在营业，聚集着忙碌了一天的工薪阶层或学生，不时传来一阵阵欢声笑语。新街口这个地方与南都这个城市一样兼容并蓄，海纳百川，既有高档奢侈的旗舰店德基广场，也不乏这种简陋小店，各种定位的商业体都有生存发展空间，老百姓总能找到适合自己的地方。

巷子太窄，路边还停了不少私家车，路虎试了两次开不进去，没等关其雨想好怎么办，朱陶已吩咐司机停车，跳下来打开后车门说：“我来抱小宝。”关其雨愣了愣，自忖确实没有把握从巷口一直抱进家门，只好把儿子交给了朱陶。说来也怪，平日这个不要那个不让的小宝窝在朱陶怀中乖乖地一动不动，一只胖胖的胳膊挂在朱陶肩上，朱陶搂紧了他，三个人不再说话默然前行。关其雨回头望了望不远处的东方广场，璀璨灯光下，玩滑轮的、下棋的、吹萨克斯的，都正玩得热闹，几对年轻的情侣相偎在台阶上仰望着孙中山雕像，一切都和平时一样，很难想象小宝就在那里遭遇了惊心动魄的一幕。

陈阁老巷颇长，渐渐地，身后繁闹的车水马龙和变幻的七彩灯光缓缓淡去。关其雨跟在朱陶身旁，越走越是发愁：就要到家了，怎么办呢？

第二章　钢铝关税

老远地就见婆婆侯华等在大铁门外，花白的头发被三月的夜风吹得有些凌乱，脑门上粘了两缕，看见几人面色一喜迎上来说："我正好下楼倒垃圾!"自然是解释"不是特意等"，进了楼梯间便询问："怎么这么晚啊？饭菜都凉了，说有事有什么事啊？三八节放假啊！小宝睡着了？不能让他现在睡，晚上该脱觉了!"

关其雨默不作声，在医院怕婆婆担心只说有事带小宝晚点回家，让她先吃晚饭，现在怎么办？被咬成这样怎么交代？李家五代单传就小宝这根独苗，自怀孕出生一直宝贝得比大熊猫还国宝，行长公公去世后更几乎是婆婆唯一的寄托——其实她退休前是工行的信贷处长，也曾在金融场上叱咤风云的，所以三代人一直住在一起，李侯对妻子百依百顺，唯独讲到独立门户的话题就皱眉头。多年来做李家媳妇住李家屋，甚至父亲来看小宝也是客气地匆匆坐几个小时就走。当然过年时一家三口会回浦口一趟，但都是当天来回，时间哪里够呢？只有去年暑假单独带小宝回去住了半个月，那十几天真像回到了少女时代：早上放肆睡懒觉，中午晚上随心大吃或不吃，白天夜里任意说话或不说话，想笑就笑，想不笑就不笑。

为什么这些都成了奢侈呢？有时候真笑得脸酸。

好在朱陶已经聊起来"哎呀你是小宝奶奶啊，小宝真乖真懂事真讨喜啊，大家都夸奖他啊"等等，迅速与侯华熟络起来。"我哪个？朱陶啊，小宝真讨喜啊，小胖子肉乎乎的，你看他这胳膊，藕节子一样!"一口南都话迅速拉近了距离。

楼道光线很暗，小宝歪在朱陶怀里，侯华并肩走在旁边，关其雨默默跟在后面，只盼楼道永远走不完。这幢楼是二十世纪九十年代初工行分的职工住房，当时是极高档的公寓：位置在新街口市中心，面积三室两卫足够大，客厅里甚至能打羽毛球，装潢也是墙纸、大理石、TOTO 卫浴够豪华。所以李家人觉得三代同堂是天经地义、心满意足，除了李家的媳妇，最普通最不

出众的李家媳妇。

“小宝！小宝这是怎么了！”家门口的灯光洒下来，侯华的惊呼如期而至。关其雨往后又缩了缩，朱陶立刻开始了长篇检讨，都是他的错、狗绳子不牢、钩子断了等等完全是意外，已经清洗过伤口，已经打过疫苗，医生说没事了。

侯华小心翼翼地接过孙子，重复一句“被狗咬了”瞥了眼媳妇。关其雨硬着头皮叫声“妈”准备认错，朱陶却继续滔滔不绝“再观察十天。露茜就是我那闯了祸的小狗，不，大狗，没问题后面几针就不用打，就这几天要坚持一下”，絮絮叨叨态度极好，虽然身材魁岸，可满脸的憨厚诚挚加上黑亮的眼睛看上去单纯得简直幼稚，关其雨有一刻恍惚，仿佛看到了一本正经说话时的小宝。侯华似乎也有同感，不再冷冷地追问事故起因缘由，改为讨论小宝的治疗、恢复和将来，听说朱陶是美国留学回来，甚至连忙问起常青藤高校的录取现状。难得朱陶耐心诚恳，看着四岁的娃娃热心地给出种种申请大学、考 SAT 的建议，一转身看到正忙忙碌碌清扫着房间的李白睁大了眼睛。

像只螃蟹？章鱼？底盘是市场上常见的扫地机器人，圆圆地贴着地面转来转去，不同的是盘上竖着圆柱形的身躯，颇为精巧，又自里伸出了长长短短的机械臂，一、二、三、四……

“最多六只手。”侯华骄傲地介绍：“它叫李白，是小宝爸爸就是小儿开发的家用机器人。智能型的！不光扫地，清洁卫生做饭洗衣，除了不能上下楼梯其他都没问题！所以家里基本只要下楼扔个垃圾就行了！比钟点工强，不用休息，不会牢骚怪话！李白，来，向客人打个招呼！”

李白听到吩咐转过了头——圆柱体上垛着的一个球，仿螳螂复眼形状的两块凸形摄像机眼睛闪了闪，显出几分笑意，一只手臂挥了挥：“客人，您好。”

朱陶嘴巴咧到了耳根，大手连忙挥回去：“李白你好你好。”

“它听得懂，小儿说它的语音识别比我们人还强呢！上次来个美国客人讲英语的，李白照样对话！那是啊，你还挺懂机器人的，确实它其实不知道意思，只是按学到的模式做出反应，不是它自己的喜怒哀乐！但看起来和人一样一样的，又学得快！小儿说叫深度学习！它记单词多容易啊，一本字典半小时就背完了！”李白又闪闪眼睛表示赞同，似乎还夹着一丝得意。

朱陶大乐，兴致勃勃地走近前想摸摸机器人，李白却不睬他，自顾自转动着圆盘将厨房里的饭菜一一端上桌来，地上的障碍物或绕开或敏捷地伸臂移走或直接丢进身躯中的垃圾箱。厨房与客厅中间有一级台阶，朱陶正担心，李白两臂一撑就将自己送到了上面，虽然远不如人类膝关节灵活自如，也算是另辟蹊径。

“哦，必须面积放得下底盘，所以不是不能上下楼梯，而是老房子楼梯的进深不够。”朱陶看得津津有味，“这么好用的机器人，怎么市场上没有呢？”

“一直在试用！小儿要求高！两年多了不断改改修修的，李白越来越能干，越来越聪明了不是？”侯华毫不掩饰自豪，“小儿？李侯他是人工智能专家！瀚迅公司业务部总裁！去美国出差了，带着‘李白 18’，就是最新款，说是成功打开了美国市场呢！”

关其雨心细，注意到朱陶听见“瀚迅”两个字的时候不易察觉地面色变了变，虽然迅速地又活络起来总不似开始那么自然。不奇怪吧？瀚迅现在算是著名企业，全球名列前茅的机器人制造商，在南都的民营企业中数一数二呢。数一数二……关其雨心中一动，如果朱陶真是自己猜想的那样是新街口昇实集团的朱家公子，那与瀚迅算仇人、至少算对手吧？听李侯说，两家，尤其两家老板有二十几年的仇怨呢。

侯华却没在意，吩咐李白播放新闻，看看瀚迅与美国签约这件大事今天有没有再报道。“前几天不少新闻报呢！你想想，中国造的智能机器人卖到美国！”她侧身再次向朱陶表达了骄傲。确实啊，论科技美国始终是世界上最先进的，中国人做服装、做鞋子、做玩具、做箱包等等这些靠廉价劳动力的基础产品还差不多，手机稍微强一点都被友邦惊诧，何况机器人，而且是智能机器人？那自然是大大惊诧了。

“据美国有线电视新闻网 CNN 当地时间 3 月 8 日报道，当天，白宫举行了与钢铝行业高管和工人的见面会，会上正式决定，将于 15 天后对美国进口的钢铁和铝分别征收 25％和 10％的关税。”

“什么？”朱陶坐直了身体，本就高大的身形在单人沙发中益显魁岸，满脸的惊讶则更添了几分质朴。关其雨素来不关心时政，不解地望向电视屏幕。

“白宫表示，‘强大的钢铁和铝业对我们的国家安全至关重要，绝对至关重要。钢铁是钢铁，没有钢铁就没有国家。’把美国大量工人失业归咎于外国的倾销，认为‘这不仅是一场经济灾难，更是一场安全灾难。我们想要用我

们自己的钢铁和铝建造我们的船只，我们的飞机。我们终于采取行动来解决这个拖延很久的问题。今天，通过对进口钢铁和铝征收关税，来保卫美国的安全”。

“哎呀，这个美国政府，到底还是一意孤行！”侯华大声评论，“前几天这个事情就讲过吧？到处反对啊！”

“侯阿姨你挺关心世界大事嘛。”朱陶笑着称赞，“国际上很多国家反对，美国国内甚至共和党内部都激烈争议，白宫首席经济顾问为这个事辞职呢！”

侯华领情地笑笑：“关税不是小事情，怎么能想改就改呢？而且打击一大片，像乱扫机关枪！我讲啊，美国人该再想一想。”

电视画面中的美国人并没“再想一想”，不过谈到具体征收方案，对加拿大和墨西哥给予了临时豁免权，是否延长取决于北美自由协议的进展情况，然后慷慨地挥舞着手臂“必须保护和重建美国的钢铁和铝工业。同时对真正的朋友，以及在贸易与军事上公平对待我们的国家，显示更大的灵活性和合作”。

“真正的朋友！”侯华哼了一声，“中国难道不算？至少‘在贸易、军事上公平对待’的吧？怎么只有加拿大、墨西哥？”

关其雨的国际关系知识有限，新闻看得糊涂，不解地：“我们前面还有一长串呢。日本、澳大利亚、阿根廷、巴西、韩国，还有欧盟……说这些国家出口美国的钢铁都比中国多。”本来还想问一句“关系本来都更铁吧”，话到口边咽了回去。

“对呀！那个首相，跑美国好几趟了吧？还陪打高尔夫！还摔了一跤！”因历史的缘故而对日本人有消不去的反感，侯华平常不是个刻薄人，此刻却颇有些幸灾乐祸，“日本对美国那可是绝对奉承崇拜，绝对顺从到百依百顺，阿有用？一样被加关税！”

美国人像是听到了地球彼端的话，说：“我将同日本人交谈，他们的脸上会露出微笑。那个微笑的意思是‘我不敢相信我们能够占美国便宜这么久’，所以那些日子已经过去。”

“天哪！他们觉得包括日本都在占美国便宜！”朱陶惊得嘴巴张成了O字，被这一匪夷所思的论点雷倒，啧啧诧异着，当个新闻兼笑话。在美国留学几年，印象中那是个包容多元文化的国度，第二次世界大战中无私帮助世界包括远在亚洲的中国，令全球敬佩，是当仁不让的第一大国、强国，怎么就变了呢？侯华与朱陶讨论着，只觉得不可思议；关其雨默默听着，疲倦地掩口打了个哈欠。

几个人哪里想得到呢，大洋彼岸的这件奇闻很快就会像蝴蝶效应蔓延开，席卷全球，影响到南都，改变了许多人的人生。

依偎在奶奶怀中的小宝蜷了蜷身体说“难受”，关其雨连忙凑上前，侯华忙吩咐李白关掉电视，心疼地搂紧孙子低声轻哄。无奈小宝前后左右扭动着只是哼“难受”，关其雨正想接过儿子，无意中瞥见不远处的李白静静伫立，凸出的复眼亮闪闪地望着小宝，不禁怔了怔，侯华已经抱着孩子起身进了书房。朱陶跨上一步要跟上去，关其雨连忙拦住，轻声但坚决地让他回去，朱陶摸摸头不明所以，一边告辞，一边好奇地伸脖张望，书房中隐隐传来低语声，似祈祷似梵音，小宝稚嫩的“难受”倒消失了。

“南无阿弥陀佛？”朱陶费力辨清语声询问。关其雨苦笑，婆婆是在虔诚拜佛呢！讲起来还是从求送子观音那时开始的，从寺里请了观音菩萨供在家中，每天上香，瓜果鲜花常换。后来公公生病、后来小宝肺炎，每次遇到事她就钻进书房“南无阿弥陀佛”，虽然没救得公公性命但走得安详平静，她说是“往生”了，还请了毗卢寺的和尚在家里做了几天法事；小宝呢，长这么大也还算顺利。“老年人有个精神寄托……”朱陶劝慰着，告辞了。

终于躺下，关其雨只觉得浑身酸痛。李白还在客厅里忙碌，对面大房间里时时传来小宝的呼吸声、低语声和侯华的哄劝声，令人牵挂又令人安心。几年来托公婆的福，小夫妻夜里不用带孩子，和以前一样正常睡觉，同龄人描绘的孩子隔一小时醒一次、半夜不睡甚至啼哭不止等等折磨都没碰到过，李侯更因此坚持，说住一起不是很好嘛。所谓有失必有得，红尘俗世就是这样的吧？

抓起手机看看仍然只是新闻和各种推送广告，大概飞机上没连上网络？大概到纽约了忙？也是，侯华和朱陶说全世界都在关注美国钢铁和铝的关税，今天到底还是决定加税，大大小小的媒体都在报道这一新闻。瀚迅这次的“李白 18”新品签约会，要想受到瞩目必须多下功夫吧？

好长的一天，没有他在身边，没有他的消息。

一片白茫茫的天地，雪深没膝，一脚踩下半天才能拔出来，侧身回头，

身后的脚印早又被雪盖住。到底，这是去哪里？关其雨拔出一只脚、再次艰难踏进去，瞬间又埋过了膝盖。头真重啊，满头的乌发梳着几十根长辫，被雪浸湿结着冰，随着步履叮当作响。每次梦到这里关其雨都很纳闷，长到三十四岁从没留过长发，为什么在梦里是这一头累赘？又或是因为梦里的发辫太过麻烦，才使得现实中的自己发誓只剪短发，短得恨不得紧贴头皮？关其雨摇了摇头，冰碴碴叮叮当当地响了一阵。还有这茫茫雪域，在南都生在南都长，求学工作都未考虑过其他地方，气候也罢了，哪里有这么开阔无垠的旷野和蜿蜒连绵的山脉？关其雨叹口气，呵出的热气瞬间变成白霜，这么冷当然不是江南，在梦中也清晰地知道是在做梦，七岁以来一直做的一个梦。梦里的关其雨永远是七岁时的模样，纤细瘦小，大眼伶仃，艰难走了一夜又一夜、一年又一年。远处的雪山可曾近了几米？仰首望去，山永远遥不可及，雪永远茫茫无际，天永远蓝得刺眼灼目。

“嗷——”突然传来野兽的叫声，梦中的关其雨一惊、条件反射地知道那是狼，心里居然有几分欢喜：这么多年，这个梦终于有变化了！

没等高兴两秒钟，梦中的巨狼已不合逻辑地迎面扑来，同满眼积雪一样，白茫茫的一只雪狼！立起来超过两米，裹挟着山风雪粒将关其雨瞬间扑倒！关其雨几分紧张几分怜悯几分惶惑地看着梦中的自己——那个一身藏族衣饰的幼女用尽全身的力气与雪狼搏斗，纤细的胳膊握住两只狼爪撑在半空，双脚奋力踢着狼腹。雪狼张牙舞爪，张着血盆大口，舌头拖得老长，狼牙寒森森地逼近，垂下的涎水就要滴在脸上。躺在床上的关其雨狠狠打了几个喷嚏，猛地想起，咦，就像今天与松狮犬打啊，广场上打不过难道梦里也不行？小宝被它咬了！还要打针！愤怒的关其雨吸气提肘，猛挥右臂，重重一拳捶在狼鼻上，瞬时满眼一片血红。

就这么一惊，醒了。

天已蒙蒙亮，透过花布窗帘听见洒水车响着音乐驶过，环卫工沙沙地扫地，小贩推出早点摊问“阿来个煎饼”“裹个蒸饭吧”，熙熙攘攘中新街口开始了新的一天。外面李白已在转来转去忙碌，侯华在轻声哄小宝喝牛奶，关其雨捂着怦怦跳的胸口大口呼吸几下平缓了情绪，摸过手机看终于有了信息：“落地纽约，想你们。说小宝被狗咬了？”

关其雨一阵头疼，要那么着急告诉他吗？他远在纽约能做什么呢？无非成了自己不称职的另一罪状。粗枝大叶、大而化之、不求甚解、四体不勤等等，这些都是婆婆给过的评语，在曾经的国企高管眼中关其雨不是理想的儿媳更非理想的孙子母亲，结论是：要教育出李侯那样完美的后代离不开老辈人即侯华本人的呕心沥血。

“是场意外。”关其雨赌气地按下几个字，“打过针了，死不了。”

叮，没想到李侯立刻秒回了：“是啊没事的。你别太担心。辛苦了。”温暖的话语后还加了一朵玫瑰、一个拥抱图案。

关其雨眼眶一热。纵然日日被拘束得脸酸，被琐碎得艰涩，只要他明白他体谅，一切都在酸涩中绽放甜蜜。凝视着屏幕，关其雨良久不愿放下手机。晚上六点钟，纽约正忙着吧？“李白 18”第一次在美国展示呢，李侯带着瀚迅研发团队耗尽心血历时数年开发出来的新一代智能机器人。

别烦他了，多大事啊，被狗咬了而已！

第三章 人工智能

关其雨这天上午有一堂大课，好容易安抚好小宝，又听了一番婆婆的教育，如孩子被狗咬后心理疏导的重要性、十天观察法的注意事项等等才出得门，地铁实在人多，第一趟没挤上，第二趟竭尽全力塞进去贴在门边再匆匆赶到学校已经晚了十分钟。

想象学生们大概早闹成一团，关其雨又是着急又是担心，禁不住小跑起来。本科生都是九五后，还有不少世纪末出生的，与自己这个八〇后的代沟不是一点两点，装扮随意言语犀利还在其次，思维之跳跃不羁、行事之任性大胆可说是天马行空加无拘无束，对老师尤其自己这个资历并不老的讲师基本上没啥敬畏。

气喘吁吁地跑进大教室，出乎意料地安静，一抬头看见张主任站在讲台上，正在挥臂写下五个大字：

人脑与电脑

学生们被问题吸引，或凝神思索，或悄悄议论，或摊开笔记本准备听讲记录。关其雨松了口气，冲张主任感激地笑了一笑。十六年前，老主任也是这样在黑板上写字，也是这样古拙沉厚的字体，也是这五个大字，在一刹那间深深刻在脑中，十六年里敦促着自己刷无数的题、熬无数的夜、写无数的论文、沉思无数的冥想。恋恋望着老头缓缓远去的背影，关其雨移过目光，清清嗓子开始讲课。

“人脑是人类思维的物质基础，常被称为科学中已知最为复杂的现象，这是有充分理由的。思维的功能在大脑皮层，一个典型的成人大脑包含大约1000亿个神经元，单个神经元通过轴突即输出线路和树突即输入线路，跨越突触就是轴突和树突之间的间隙，与其他神经元相连接，形成一个高度复杂、高度灵活的动态网络。这学期我们将简单学习人脑神经网络的结构功能和工作机制，探索人脑思维和智能活动的规律。”

“直接讲人工智能吧！阿尔法狗，机器学习，深度学习！”突然有声音插口，粗鲁而且不耐烦，“我们又不是生物系，讲这么多人脑干什么?”

关其雨皱了皱眉，知道这是东北来的学生沈不豫。从进校的第一天就吵嚷着自己是来学人工智能的，两年多时间里基础课的高数、英语、统计学等等上得着急忙慌，口口声声都是“进军人工智能领域。人工智能产业规模飞速增长、带动相关产业超过数万亿元、时不我待”等等。老师们都嫌他烦：谁没年轻过呢，自高自大、挥斥方遒、指点江山都干过，可谁也不曾像沈不豫如此任性、狂妄得无底线无边界，好像中国的人工智能就等他这个领军人物似的！张主任特意写下这个问题已经是有先见之明的，人工智能的叫法从诞生之日起就有争议，机器智能、信息处理、人工思维等等，但说到底就是电脑嘛！他还不满意！

南都大学的计算机系建立于二十世纪六十年代，五十多年来凭骄人的成绩一直处于全国先进行列，拥有若干个“第一”，如第一个高级语言编程程序、第一个分布式系统、第一位计算机软件博士等等。这个“智能科学与技术”专业开设于十六年前，关其雨那届是第一批学生，在专业知识结构上就是人工智能，不过当时恰逢人工智能的低谷时期，所以中国人工智能学会最后定专业名称为“智能科学与技术”，如果硬要区分，就是一注重研究一强调应用。关其雨常常自嘲纸上谈兵了十六年，好友陆居则洋洋得意：“怎么了，咱们是学者！研究更重要、更金贵！”

2016 年的阿尔法狗人机大战吸引了中国近三亿观众，掀起了人工智能的大浪，2017 年 5 月阿尔法狗压倒性战胜了中国第一棋神柯洁，这一天被称为“中国人工智能的斯普特尼克时刻”，点燃了政府、创业者、投资人、科学家、学者甚至全民对人工智能的热情。各高校有了五花八门的各种人工智能类专业，如“数据科学与大数据技术”“机器人工程”等等。不过对于这一新兴前沿科技，全国、全世界，包括最领先的斯坦福大学等都无定规，都在摸着石头过河，不断衍生新的专业，知识结构和课程体系也都在摸索构建。张主任率领教研室定下人工神经网络＋机器学习＋数据挖掘＋智能算法的框架，可本科生自高等数学的特别微分、求导以及线性代数矩阵论概率开始学起，四年时间能学到什么程度？自己教的这门人工神经网络只能讲个基础，更主要是新东西不断出现，老师也常跟不上呢！

关其雨敲敲黑板上的“人脑与电脑”，说：“沈同学想听深度学习，深度

学习是什么？就是用很多层神经元构成的神经网络以达成机器学习的功能！从基础学习开始，循序渐进好吧！”内心那一点为什么进计算机系的懊恼又浮上来，医科的学生就没有这样的麻烦吧？怎么视力就差了一点呢？

沈不豫嘀咕了一句：“基础基础，永远都是基础！我们大三了啊！”声音依旧大得超过常人说话。关其雨站住，对着他说：“好，基础先放一放。沈同学你对‘深度学习’的概念怎么理解？为什么叫深度？”

“我怎么理解？”沈不豫愣了愣，“神经网络，一层层垒起来成了多层，就能学习了嘛！深度，深度就是机器人的人工神经网络有很多层嘛！”

“答得不错。那你不学人工神经网络基础，一层都不懂，怎么去学多层的？”

哄堂大笑声中，沈不豫红了脸，挠了挠头说：“不能直接学吗？本来就是‘深度学习’嘛！机器人能做到，我们为什么不行？”

“为什么不行？阿尔法狗三局连胜柯洁，你能吗？”

“我，我没试过……”沈不豫迟疑着回答。

同学们笑得前仰后合，关其雨也撑不住笑了，好容易才平稳了情绪，将人工神经网络的概念又讲了一遍。沈不豫看来是个实心眼儿，东北人讲的老实疙瘩！

“我们这学期开始学的课程‘人工神经网络’，是指模仿人的神经机制，在电脑中模拟出一层或多层被称为‘神经元’的计算单元，使它们之间通过加权连接而互相影响。通过改变这些节点的加权值，可以改变人工神经网络的计算性能。早期实现的神经网络似单层的，但拓展成多层神经元之后，形成比较‘深’的人工神经网络，电脑的能力大大增强，这正是‘深度学习’一词的由来。”

关其雨讲着讲着，心中不由感慨，这个人工智能的关键技术性突破，又是由西方科学家——这次是杰弗里辛顿——发现，什么时候中国能领先呢？“‘深度学习’的核心能力，就是识别规律、得出最优方案、做出决策。所以在海量数据和强大算法的基础上，要设立明确的目标和精细的领域。这也像我们人脑的工作，做任何事都有个目的，对不对？”

“关老师我没听懂！为什么需要海量数据？为什么要明确目标和领域？怎么像人脑了？”沈不豫真是个顽石，上课像演小品，东北人不是都这样啊，陆居多有分寸，虽然也率真爽朗，虽然和沈不豫关系不错，都是东北同乡会中的活跃分子，怎么差距那么大呢？关其雨不理他，自顾自地讲下去。

“人工智能从一开始即图灵提出‘机器与智能’时，就有两派观点。一派认为人工智能必须用逻辑和符号系统，一派认为通过仿造大脑即人工神经网络可以达到人工智能。这两派可以说是人工智能领域中的两条路线，几十年来争论斗争不绝。神经网络研究曾经被打压批判，有过长达二十年的大饥荒，直到二十世纪八十年代霍普菲尔德网络的出现才重又复兴。而‘深度学习’这一神经网络法，直接将人工智能引入了大飞跃时代。图像识别、语音识别、同声翻译等等，开始真正将人工智能应用在现实生活中。一般认为，人工智能从发明的年代转为实干的年代，从专家的年代转为数据的年代，在这个意义上，中国有极大的优势，前途广阔。”关其雨瞥见沈不豫的身体坐直了，不耐烦的表情渐渐变得专注。年轻人啊！

“大家知道谷歌的猫脸识别吧？那就是用的谷歌神经网络，2012 年时是世界上最大的，参数多达十七亿。后来斯坦福大学也搞了一个，参数一百一十二亿。而我们人脑的神经连接有一百万万亿，所以理论上这个人工神经网络要接近大脑的话，每个人工神经元需达到一万个人脑神经元的功能。”关其雨百忙中点了一句：“所以基础的神经网络不学好，怎么往下走呢？”沈不豫这次没吭声，挠了挠头继续听课。

“很多人认为大脑是复杂的计算机，这一类比是有原因的。人脑能够处理复杂的视觉、听觉、嗅觉、味觉，还有语言能力、理解能力、认知能力、情感控制、人体复杂机构控制、复杂心理和生理控制，而功耗居然只有 10 到 20 瓦！突触连接并且不断地形成、加固、削弱和断开，更增加了脑的复杂性。老神经元的死去和新神经元的产生——支持后者的证据越来越多，推翻了几十年以来的旧观念，在人的一生中都在持续进行。神经元会被重新训练从而改换不同的工作，例如从负责面部表情改为控制膝盖弯曲，从看到黑色改为听到汽车声。”

“听到这里大家想到什么？”关其雨环视教室，“对，类似于晶体管。吸收、处理和再发射被称为动作电位的电化学脉冲。动作电位通常为 0.1V、持续时间 1ms，它们非常稳定，甚至在轴突上传递一米都不会耗散掉。动作电位也因其在示波器上显示的形象而被称为尖峰。大家看这些图片，神经元绝

非一个模子刻出来的，它们的形态功能多得惊人，研究者仅仅在感光系统中就发现了许多不同类型的神经元。携带信号跨越两个神经元之间突触的神经递质也有很多不同的种类。其他的化学物质，比如神经生长因子和激素，也在脑中不停变动着自己的含量，以微妙而深远的方式调节着我们的认知。”

春日的艳阳自东面的窗户照进大教室，和煦温暖；透过一排排梧桐树的枝丫，远处巍峨的北大楼影影绰绰。一片寂静中沈不豫用力咳嗽了几下，再次表现出了不耐烦，关其雨不禁皱眉，非要老讲些新名词吸引你？基础课你就不听？老师像保姆，还要哄着学生？才不！

“所以研究大脑工作方式的最重要一环，就是大脑神经元对信息的处理和传播过程。关于大脑你了解得越多，你会越好奇它是如何工作的——当然它也经常不能正常工作：如患有精神分裂症、躁郁症、抑郁症、阿尔兹海默症，以及其他许多尚不清楚成因更无治疗手段的疾病。”

下了课被几个女生——叶慧、方琼珏、张洁等特别好学的——围住问了一堆问题：“早期的人工神经网络方法为什么陷入低潮，后来又如何华丽回归？”“无人驾驶也是深度学习的方法吧？”“做梦是大脑在工作吧，神经元一样起作用吗？”

关其雨耐心地一一作答：“人工神经网络是机器学习研究的基石，早期计算机性能低又没互联网，成果有限被认为没什么用。随着电脑性能大大提升、互联网上海量数据支撑，多层神经网络中训练大规模数据得以快速实现智能。”“是啊，就是训练车辆‘看’路况，‘识别’交通信号，再‘判断决策’是行驶、拐弯还是停车。”“做梦的问题至今科学界没有定论。理论方面可以看看弗洛伊德、卡尔荣格、艾伦和布森以及罗伯特麦克力等人的书籍。我们后面上课也会说到。”

做梦……昨夜的梦境跳在眼前，这个梦为什么？大脑在工作，但为什么这样工作，一遍遍重复一年年循环播放，像老式录音机坏了按键？那会不会有天转为疾病，精神分裂症、躁郁症、抑郁症、阿尔兹海默症？和爸爸和李侯说起，他们都安慰说是做梦而已，不要多想不要多虑。但已经二十七年了，大脑神经总这样孜孜不倦地一遍遍重复，会分裂还是会抑郁呢？毕竟神经退行性疾病现在是第三大类疾病呢，会轮到自己吗？关其雨为工作不止一次去过脑科医院观察那些病人，怜悯同情中不乏恐惧，只愿自己家人永远不要摊上。

眼角的余光瞥见沈不豫和一群男生站在不远处聆听，碰到老师的视线又故作轻松潇洒地嬉闹着转身离去，关其雨不禁笑了笑。青涩的年少时光啊，还好自己已经过去了，还好李侯要年长六岁。

回到教研室，空空荡荡地一个人也没有，都忙呢？关其雨嘀咕一声放下背包，看到手机上一排未接电话居然是朱陶。这个肇事者还真态度好，昨天要不是他一力承担责任极力检讨认错，婆婆不会那么轻易让自己过关，后来说到常青藤名校，得知朱陶是学金融专业的，侯华甚至讲起以前银行的工作经历，与他聊得笑起来。这么一早打这么多电话当然是问小宝的情况，关其雨随手拨了回去。

“小宝妈妈！大事不好！”没想到朱陶气急败坏、声音比昨天冲上来拉松狮犬的时候还要高：“露茜死了！”听到没反应又嚷道：“喂！喂！小宝妈妈！阿听到？露茜，就是我那条松狮犬，咬小宝的，死了！”

关其雨当然听见了，只是惊得说不出话，呆立了好几秒，手机从耳朵边换到眼前看看显示的是“朱陶”，确实是“朱陶”，才又放回耳边，结结巴巴地问：“怎么会，什么问题？”

难道真在回国后的两个月染上了狂犬病？那自己也太乌鸦嘴了。

“不知道啊！它昨晚上好好的，乖乖地在一楼的狗窝里睡觉，快天亮的时候突然狂性大发又跳又咬，沙发地毯桌椅还有门框全给咬烂了！”朱陶的嗓子有些哑，带着半天的焦灼疲惫：“我拉不住它，喊人进来也按不住！狂犬病阿是这样？”

关其雨点点头又嗯一声，极度震惊之中思绪乱糟糟地飞散：小宝真的染了狂犬病！还好昨天果断打了针，而且一夜平安过来了！曾有个报道，有个小男孩被狗咬了，虽然及时打了狂犬疫苗可是当夜病发不治，医生解释是发病太快、疫苗的抗体还没来得及产生。小宝真幸运！

幸运……怎么会觉得幸运！关其雨晃晃脑中的念头苦笑着问：“那你们没被咬着吧？小心啊！”

“我们没事，不过那半个小时很恐怖，几个大男人都不敢上前，连我都不敢碰它！你知道，它平时和我多亲呐、常常同床共枕的！”朱陶说得心有余悸，“后来啊，露茜像是突然被人打了似的猛的一抖就瘫倒在地，流了满地的

血，鲜红鲜红的，后来就死了!”关其雨听出话中的黯然，心中一软刚想安慰两句，手机中“鼻血流得像水龙头！后来看鼻梁骨都断了”，朱陶说得大惑不解。

关其雨愣住了，是否继续寒暄、有没讲到小宝、怎么挂的电话，都恍恍惚惚的。那一片满眼的血红之前，那用尽全身力气的一拳猛击，清晰分明地听到了骨头断裂的声音，“喀啦”，鼻梁骨断裂的声音。恰在天刚蒙蒙亮的时候。

是巧合吧?

总不会是遇到白狗、诱发了梦境往前行进，又因在梦里与雪狼搏斗导致露茜发狂、更在梦里一拳打死了它？何况，白狗是雪狼吗?

朱陶发来的照片中，朱家轩昂的大厅如雪地一样辽阔，满地的鲜血盖住一片狼藉，想象中那只雪白的松狮犬在跳在咬，和雪狼一样凶猛疯狂，又在遭到迎面一拳猛击后颓然坍塌。

真巧。只能说真巧。

关其雨凝视着信息，看到下面大哭的表情符号，犹豫着发了两个字“节哀”。

怎么不要求朱家为露茜做尸检、查清到底是不是狂犬病呢？反正小宝打了疫苗，坚持打完就是。关其雨并不知道自己很快就会因此而痛悔自责。

看看时间十一点半，关其雨拨了李侯的电话——纽约的时差好记得很、晨昏颠倒就行，这个点他应该上床准备睡觉了吧？没想到是“请稍后再试”。还在开会？难道钢铁加关税事件真有影响？这个时候更要加倍努力才能打进美国市场吧？瀚迅的精英们工作起来，真是没日没夜呢！想到李侯袖子卷得高高、领带松松地拉歪在一边、下颌的胡茬茬冒出青色、眼睛却越来越清澈的模样，关其雨不禁嘴角弯弯浮上了笑意。

第一次见他就是那样，大四吧？对，就是2005年找实习单位。那时候瀚迅还是个小企业，远没有今天的规模，整个公司就是现在新街口办事处那么大，在汉中路上租的几间平房，门禁稀松，不像现在前台都是本科生以上了，憨憨的苏北口音姑娘搞不清状况让关其雨自己进去找经理谈。狭窄的走廊两侧都是办公室，门窗有的大开有的紧闭只听见四下噼里啪啦敲键盘的声音，关其雨鬼使神差地走到最后一间往里张望，一群人正在喧哗闹嚷地争论，他卷着袖子，白衬衣皱皱巴巴，长臂一挥斩钉截铁地说：“没什么好犹豫的，‘缺芯少魂’肯定不行！当然要研发芯片！”就那一眼，似被电流击中般浑身麻木头晕目眩，从此心中再容不下别人。

学电脑的都知道“缺芯少魂”是当时科技部领导的一声叹息，芯是芯片，魂指操作系统，中国作为发展中国家电脑起步晚，在这关键的两方面远远落后于欧美，有识之士都希望迎头赶上。但是“研发”两个字，做起来有多难！折戟沉沙的英雄好汉着实不少。二十世纪八十年代PC机时代在BASIC语言中就有不少人想推出中文计算机高级语言，后来北大的CPU，中科院的龙芯也都举步维艰。时至今日这两个仍然是中国的弱项，芯片大量依靠进口，但是比当初已经进步了很多，华为、海思、紫光等企业已经崭露头角；操作系统限于生态的制约，国产开发之路因兼容性问题更加漫长而艰难。

扯远了。后来发现李侯就是张主任说的本校计算机系的骄傲，绰号“李图灵”的天之骄子。学生时代获奖无数，高中得过奥赛金牌，大学时代Facebook黑客杯ACM等各种编程挑战赛、全国计算机大赛、环球大学生智能设计竞赛等等屡战屡胜，赢了很多欧美名校选手，大神级的人物，二十五岁就拿到了博士学位，是南大历史上是最年轻的博士之一。出人意料的是他毕业后不去中科院不去大型央企不去海外，而是留在南都进了民企，而且是毫不起眼的瀚迅公司，而且薪资并不高。张主任在内的校领导都为他惋惜，他却说二十几个大公司看下来，瀚迅是最能做成事的地方。能做成什么事？瀚迅1992年成立，十多年来一直寂寂无名，销售额据说勉强过亿，产品则好像所有家用电器类都有，电视机、音箱、吸尘器等大大小小的品牌代理无数，但具体做什么模糊不清。张主任找到李侯的父母沟通，果然两位银行高管也不赞成，几方劝说无果之后都偷偷为“李图灵”留了后路，准备哪天他再回校读博士后或者进金融系统。

然而后来的发展证明了李侯的眼光，果然瀚迅公司飞跃得令人咋舌，十几年间由默默无闻的小型代理公司发展为著名机器人制造商，目标更定位在全球机器人生产基地！而李侯先是研发室总工程师，三年前公司实行业务部制度管理后调任业务部，现在已经是业务部总裁。据他自己讲，业务部对产品自生产到销售统一管理、自主经营、独立核算，开发、生产、销售、服务都有极大的自主权，所以员工积极性、主动性很高；又有各个地区公司提供

各地一手市场动向，研发更有针对性，只要各个环节配合好，经营自然蒸蒸日上。这一次就是和纽约公司一起拿下了俗称“美国管家”的全美家用机器人运营商，想想看，机器人进入全美家庭！李侯曾自得地自称自赞：我们这款智能机器人——那还是去年型号正式编为“李白 18”之前——性能比美国市场上现有的“美国甜心”“美国队长”这两个品牌的同类产品都好，价格只有其二分之一不到！

“那为什么不在中国先销售呢？”关其雨当时很好奇，担心中国市场接受不了高昂的价格吗？毕竟中美工薪阶层的收入差距像人民币与美元的汇率，差不少呢，“李白 18”在美国市场计划零售价 7999 美元，相当于五万元人民币，在一般家庭是一笔大消费？不过“美国甜心”“美国队长”售价十几万元人民币呢，广告却明确说是面向中国的高收入家庭……

没想到李侯陷入了沉默，半晌才闷闷地道：“关键的芯片是美国进口的，老牌机器人巨头美国时空公司的‘时空芯片’，和他们的最新产品‘美国队长’用的芯片一样。芯片购买合同上签的是成品优先美国市场。”

“那，那……”关其雨震惊地抬起头，想问那十几年自主研发的芯片呢，这种霸道的专利合同怎么能签呢，中国、东南亚、欧洲、澳洲市场怎么办呢，难道只有美国人可以享受这个高性价比的产品？

李侯避开了妻子的目光，说：“我们自己的芯片有，用‘瀚迅十号’造下半截扫地机器人或者上半截机械臂或者仿生头部都没问题，所以‘李广’‘李耳’‘李世民’都已可以使用瀚迅芯片；李白就差一口气，再给我两年、也许三年，能全部自己供给。”紫霞湖般清澈的双眼在“两年、也许三年”的重复中波纹如縠：“那时李白就改个名字，呃，李太白！”

关其雨作为第一批试用者，自前年李白进了家门，真心觉得生活变化很大。开始怕打击丈夫，悄悄地和原来用的钟点工约定每周还是按时来：不知道李白能干多少，而好的钟点工实在难找，恐怕最后还是得靠钟点工。没想到刚用了几天全家人就都喜欢上了李白，简单实用的外观，方便智能的功能，设定好了之后不用交代每天就把家务做得妥妥的，各个房间收拾打扫得整整齐齐一尘不染、饭菜准点端上餐桌。后来装上了头，后来有了“眼睛”，后来能够简单语音对话，当他瞪着半凸的复眼认真地说“主人，衣服都折好放进抽屉了”“主人，晚上准备了炒鸡蛋白米饭青菜汤”的时候，关其雨真觉得幸福，脱离了柴米油盐，自永无止境的琐碎家务中解脱的幸福，以致辞退钟点工小张的时候虽然心中抱歉可是掩饰不住唇边的笑意，被侯华狠狠说了一顿。

不过李侯大力推荐的照顾婴幼儿的功能婆媳俩难得一致地坚决反对，李白是能抱孩子，一直抱也不会累，六只手臂可高可低可摇晃可抖动，但是万一掌握不好力度，小宝立刻就会丧命！关其雨亲眼看到李白将废旧铁罐头盒用手指轧成薄薄的铁皮再丢进垃圾箱，毫不费力地、理所当然地！怎么能把幼嫩的小宝交到那个机械手中？

李侯笑："设计程序里婴幼儿是能感知的，温度、柔软度，李白知道这是活的生命体，不会乱来的。"侯华当即板了脸："活的生命体？那是你儿子、我孙子、李家五代单传的后代！"旁边的李媛抗议："什么年代了妈你还老封建，我不是李家人吗？老说单传单传，真刺耳！"

几人争论的时候李白正在旁边厨房里忙碌，关其雨扫了一眼，机器人无知无觉地继续旋转着身体，复眼同时关注着电饭锅里的米饭、灶台上的烧肉、水池里化冻的大虾，以及远处洗衣机中滚动的衣物，毫不在意主人讲到自己。它听得懂话其实只是识别得出语义，原理与苹果 Siri 类似，即在浩瀚的词库中搜索类比，并不是真正理解其含义，更关键的是李侯睿智地将其模式设定为必须喊到它才可参与对话，所以不会插口不会唠叨不会抱怨，深得李家婆媳的称赞。

五万元的价格有点高，可中国家庭会欢迎的吧？就像当年苹果手机在中国市场横扫，果粉们缩衣节食买最新款，连旧款也要花六七千大洋，一两个月的工资啊！难怪曾有年轻人为买苹果手机不惜卖肾的新闻，满大街的苹果手机后面有多少心酸故事？后来渐渐身边出现了用国产手机的，渐渐在路上在地铁上看到越来越多，现在望过去华为小米比苹果还多呢！关其雨不觉得那是用国货的爱国觉悟，很简单，全世界人民都爱便宜好用的产品而已。李白比"美国甜心""美国队长"强太多又便宜太多，对全球家用机器人市场一定是巨大的冲击。

"家属！家属！"急急忙忙的呼喊打断了关其雨的思绪，陆居跑进来敲了敲墙板："听说了吧？这次副高职称全系只有三个名额！"

陆居是东北人，长得又高又大，眉眼疏阔浓郁，性格更是风风火火。两人从本科就是一个寝室的室友，虽然江南闺秀北地胭脂一个灵秀一个豪爽，

却难得地投缘，尤其有一次陆居半夜突发急性阑尾炎，是关其雨紧急叫李侯开车来送去医院，术前签字术后陪护忙前忙后自己瘦了一圈。陆居醒来后听医生拍着巴掌说："你啊命大！已经穿孔，再晚到十分钟就危险喽！"抱着室友就放声大哭，之后视关其雨为生死之交，工作了各自结婚成家了也丝毫不变，要不是女儿薇薇大小宝好几岁，恐怕封建地订个娃娃亲的心思都有。

"又是三个名额？去年就是三个名额，争得头破血流啊！"关其雨愕然，"今年申请的人更多，我们同一年的就有九个，还有前三四年没评上去的，后面几届也有不少上来了，几十个人申请了吧？三个名额怎么评？"

"具体评核方案还没公布，"陆居摇摇头做了个恐怖的表情，"一场腥风血雨的战争在所难免！你想想，谁不是十年寒窗先冲高考再硕士博士再助教讲师一路考上来的？二十多年甚至三十年学海无涯，早都自居知识分子！副高是高级知识分子的标志，身份改变在家人朋友面前扬眉吐气，实际的薪资待遇完全不同！我说呀，这次咱俩可不能再谦让再客气再可有可无！死活要拼上去！"

"怎么拼？"关其雨茫然，"这不得看平常的成绩积累吗？助教一年讲师七年学生上千，我现在每周上十六节课，加上备课批作业改试卷回答学生问题占了一大半时间，教学成绩大家都知道的啊。"

"傻呀你！"陆居恨铁不成钢地戳了戳好友："谁管教学怎么样？讲起来第一条业务考核是教学工作，质量高成绩好喽，其实这个没人管的！要论文！发表的论文！高级别专业刊物上发表的论文！独著或第一作者！'publish or perish（发论文或滚蛋）'！"

"论文？我有啊！"关其雨话一出口望着陆居着急的表情就知道说错了，光"有"有什么用，谁没有？申请副高职称的当然都是达标的，规定是至少三篇国内核心或权威学术刊物，既然大家都有，那就要比谁数量多、谁刊物级别更高，所以每个讲师都要千方百计发论文。但这中间有个老大的死循环，比如同一家刊物同一个编辑，是愿意发讲师的论文还是教授研究员的论文？别忘了，没几个人看得懂专业内容，就只好看作者的职称！

晚上躺下来，关其雨脑中仍在盘算，越想越是懊恼。这几年怀孕生子，教学任务重，李侯又忙得披星戴月聚少离多，确实对搞研究心有余而力不足或者说时间不足。讲"有"的论文，或者是四五年前的旧稿，或者是东拼西凑应付差事的短文，论质论量都很一般，什么“浅谈深度信任网络在图像识别中的应用”“论神经网络中图形处理芯片 GPU 之原理”“论神经网络中节点对应的概念”，都是老生常谈。

关其雨明白，除了时间精力的影响，另一个关键原因是，虽然人工神经网络借助互联网产生的海量数据飞速发展，虽然“深度学习”靠很多层神经元构成的神经网络达到了一定程度机器学习的目的，虽然硬件的进步让以往的很多不可能变成了可能，但是对比人脑，电脑仍然有巨大的差距！

比如阿尔法狗战胜了所有人类棋手，但是它不能解释自己下棋的路数，很多人认为它这样不算“会下棋”！比如李白这样的智能电脑看起来口齿伶俐，实际上并不理解对话的意思！这中间一个很大的原因，就是对人脑知识本身的不足：大脑如何学习记忆归纳推理？思维过程到底如何实现的？模仿人脑应在哪一个层面，是大脑各功能区相互作用的层面、细胞之间交换化学物质和电信号的层面，还是分子原子运动的层面呢？都不知道。

“深度学习”是人工智能的关键性突破，但它并没有实现完全甚至相当程度的模拟人脑。它实现的智能，只是所谓“狭义人工智能”或“弱人工智能”，仅用于在特定领域能做出预测决策或分类的人工智能应用，远远没能达到“通用人工智能”即人类的水平。之后各个领域人工智能的明显进步、更只是对其的实际应用。然而这已经导致很多人认为人工智能不应再考虑模拟人脑，全面定义不妨变为：“人工智能是有关智能主体的研究与设计的学科，而智能主体是指一个可以观察周遭环境并做成行动以达至目标的系统。”这就把“人”踢出了概念，最流行的说法：AI 是会学习的计算机程序。模拟人脑、与人类思考方式相似的人工智能定义渐渐被否定。

而那，是关其雨学习研究了十六年的方向。

一张张论文稿纸在眼前盘旋，没时间写！更没内容写！人脑到底怎么工作的？不知道！怎么样模仿人脑？做不到！人工神经网络，迷雾重重！关其雨烦恼地举臂挥开稿纸，落在雪地上一样的白色，又被落下的雪花一层层覆盖，渐渐消失。雪狼不见踪影，也早被大雪掩埋了吧，那为什么空中还是一片红色？关其雨艰难地拔出藏靴，再踏进雪中，一步步辛苦地挪过山脚，伸头望去。

红衣僧人，无数的红衣，漫山遍野，汇成红云充盈整个山谷，像大观园

雪后琉璃世界中栊翠庵绽放的数株红梅漫开来，静谧中红白分明，灼灼耀目。关其雨很奇怪自己在这时候想到不相干的《红楼梦》，走了二十七年雪地，击倒了一头雪狼，千辛万苦来到这里，不该想想下一步做什么吗？

可是能做什么呢？继续艰难地挪动步伐，头顶的发辫和冰块叮叮当当，纤细的身躯在茫茫雪谷中渺小如蝼蚁。红云远在天边遥不可及，天地间死一样地沉寂。关其雨张张口想喊，然而没有声音，二十七年里风声雪声脚步声都是默片，只有冰碴碴的发辫叮当作响，还有昨天雪狼的鼻梁骨“喀啦”了一下。远处这些红衣人，也都是哑巴吗？

关其雨努力伸长脖颈望去，真怕这一望又是二十七年。

第四章 自带光芒

“其雨其雨杲杲出日，其雨其雨杲杲出日，愿言思伯甘心首疾。”飘忽的歌声震散美梦，李侯！关其雨一个激灵醒了过来。

这是李侯为妻子手机上特加的功能，指定的号码不仅可以设定专门的铃声，即使静音即使关机，输入特定的指令也能打通——并不难，就像在外面打电话回家查录音留言一样。关其雨怀孕将临盆时有次夜里突然肚子疼得厉害，偏偏李侯在接待客户还没回来，侯华打他手机打不通急得叫了救护车，虽然后来医生说只是假性宫缩当时就让回家了，可一家人吓得够呛。李侯后怕之下与研发中心攻关想出了这招，申请了专利，后来赢得不少手机制造商的兴趣：很多人关机是对大众，心底其实在等电话啊！

“怎么了？”关其雨睡意蒙胧地接通，多少有些埋怨：时差算错了？六点还不到，这一打岔今天没睡几个小时倒没关系，最主要的，连续几天梦中的关其雨都在引颈张望，她会走近他们吗？会说话交流吗？还是会遭遇什么呢？

“大嫂！不好了！”没想到是李侯的助理成言，理工男中罕见的细腻品种，智商高不稀奇，情商也高得出人意料，比如这么称呼关其雨虽然透着几分江湖气，可是又尊重又亲热，比原来助理恭恭敬敬地喊关女士关老师关师母强了多少！所以李侯换了几次助理锁定了这个大男孩，平日联系往来很多。成言平日笑嘻嘻的幽默感极强，此刻在电话里却惊慌失措：“李工被警察抓走了！”

什么？关其雨一下子坐了起来。“怎么会？发生了什么意外？”以关其雨对丈夫的了解，不烟不酒不苟言笑，吃喝玩乐一样不爱的李侯，被抓走只可能是意外。

“是意外，意外。”成言连忙附和，不过，不过，成言说得吞吞吐吐，“罪名是性侵。”

“性侵？”关其雨跳下床，重复了两个字差点笑出来。

李侯是典型的理工男，沉湎工作对身周人事大多视而不见，对女人远远

不如对电子产品感兴趣，刚交往的时候因为他的不解风情没少闹别扭——后来不闹了是发现种种娇嗔对他没用。记得大四时恋情公开，按惯例李侯请关其雨全宿舍的七个室友吃饭，应众人要求订在新街口福昌饭店，难得去一次高档餐厅，女生们打扮得那个花枝招展呐！尤其是陆居，本就长得高挑丰润，那天特意穿了一袭露肩红裙，照亮了八十多年的老饭店，令其他人惊艳得倒吸一口凉气直问是何居心。这里在民国时是达官显贵聚集的场所，还做过李宗仁总统的官邸，难道陆居你想在这钓个金龟婿还是干脆挖个墙角？

结果在众人幸灾乐祸捕风捉影的期待中，李侯出现目光如机器人般环扫，毫不停顿地平均每人拂过 0.01 秒，对陆居的精心打扮固然视而不见，对其他几个室友的故作朴素同样无知无觉，整个饭局默不作声只最后说了一句话“埋单”。陆居调侃：“自带光芒，所以无须急于表现？不屑取悦讨好？喏，就像这福昌饭店，就像这新街口，不用做广告、不用刻意推销，自然客似云来？我说啊，人嘛，越是光芒四射，越要随和些好！”以为李侯会谦虚或者干脆自傲一番，没想到他还是面无表情，点点头一言不发。姑娘们面面相觑，也不知道他听懂了没有。

后来张盈试图拉近距离，嚼着“民国菜”，点了红酒和啤酒，八个姑娘斟满了想劝酒，关其雨忙解释他真不喝酒，天生的一沾酒就倒，全寝室的同学哗然：“还没成一家人呢就开始护了？”陆居更是看李侯结账后似夸奖似嘲弄地说他：“杯中无酒眼中无色目中无人，除了关其雨和账单，其他一切都当作暗物质啊。”李侯依旧不动声色，然而伸手指指关其雨和自己，开口说了四个字“量子纠缠”，清俊的面庞上绽开了温柔的笑容。陆居瞠目不知所对，几个室友面面相觑，还是学霸张盈一拍双手恍然大悟地说：“两个纠缠的量子不管相距多远都不是独立事件，扰动一个粒子瞬间另一个粒子就能知道，就有相应的反应，哇！李图灵这是在表白啊！看起来互不相干的、相距遥远的粒子在冥冥中心有灵犀！哎，其实你们两个不远，新街口到我们学校很近，近得很！”哄笑声中关其雨红了脸，低了头，羞涩得像墙上悬着的老照片，只觉得笑闹声中的福昌饭店温馨甜蜜，以致后来很多年无论是朋友聚会还是工作聚餐，总爱去这家老饭店，解释“老字号嘛”“南都招牌呀”“民国菜有特色哦”等等。

其实不过因为李侯那唯一说过的甜言蜜语。

将倾心相恋的爱情，比作量子纠缠。

所以，性侵？当然是美国警察弄错了！关其雨忍住笑说："那没事，我相信李侯是冤枉的。有律师吧？领回来就行了。"

"没那么简单啊!"成言极为意外老板娘的反应，愣了半天确定她不是气得说反话才接着汇报：纽约分公司本来规模小，业务一直没做起来嘛，有固定律师不过是经济类负责拟合同等事务的，这个刑事案件恐怕不拿手，到时如果被起诉肯定要另外请专业律师。目前情况是警局有扣留 72 小时的权利，律师去了警察不放人，说三天内决定是否起诉。

真起诉？关其雨越听越是心惊，虽然对美国不了解，但是身为美剧迷的她知道大概流程，纽约的警察没有足够证据不会说到起诉。难道李侯真的犯事了？

按成言的叙述，为介绍"李白 18"，李侯安排在分公司做一场午餐会形式的新品展示会，在会上推出这款机器人，并与美国管家即全美民用机器人运营商正式签约。就是今天中午，包了办公楼顶楼的展览大厅，除了美国管家之外还邀请了美国百货、百思买、亚马逊等各大相关公司，以及民用机器人制造商美国时空公司、日本三通株式会社等同行，当然还有《纽约时报》、《华盛顿邮报》等大批媒体。应该说效果蛮好的，"李白 18"不是像普通产品那样静态展示在中间，而是按西方风俗除了固定摆放的酒水饮料之外，机器人像侍者一样穿梭其间为客人送上各种轻食。这么大型的活动如果是常见的人类侍者至少需二十个人，可只用了五台"李白 18"，机器人手臂多又长短不一，远近咸宜啊！唯一的缺点是六只手可以同时伺候六位客人的需求，介绍却只能复眼望着一位、与一人对答，但这个微小瑕疵迅速被忽略，客人们或好奇观察或啧啧称赞，一致认为"李白 18"远远超过了同类产品"美国甜心"和"美国队长"。

李侯一直单手端着矿泉水杯子与宾客交流，介绍"李白 18"，介绍公司现状和发展构想等等。后来可能是饿了，接过"李白 18"机械臂上的番茄浓汤匆匆仰头吞了一碗，没想到汤里有伏特加——西餐里很正常嘛！结果李侯迅速满脸通红、脚步踉跄，自己知道不好就掩饰着退场上楼去办公室休息，嘱咐分公司赵总做好签约工作，成言想送他去办公室，但实在客人多，李侯示意他招呼好客人自己走了。结果不到一个小时也就是快三点正要开始签约

的时候警车呜呜着开到大门口，大家还以为什么事呢站到窗边张望，没想到几个警察押着依旧神志不清的李侯出来，旁边一女警扶着满脸泪痕的受害者，是个年轻的白人，像芭比娃娃似的金发美女，一身黄色连衣裙裹得凹凸婀娜，哭得梨花带雨抽抽噎噎。随即成言与赵总还有宋律师一起去警局想领人时听到的情况是，受害者是别的楼层的其他公司员工，在电梯里碰到李侯见他醉得厉害，一时好心送他去了瀚迅办公室，进去后李侯拉着她又进了总工室——李侯等总部领导来纽约时的办公地点，结果在总工室里发生性侵，据受害者说差点得逞。“而李工……”成言又吞吞吐吐起来，“根本不记得发生了什么。”

关其雨只觉得一颗心沉下去。李侯醉了！那的确什么事情都有可能，小宝不就是庆祝第三代机器人“李世民”的庆功宴上他喝醉了播种的果实？恋爱结婚多年头一回见他那么疯狂，令自己一边讨饶一边沉溺，之后平淡的日子里甚至想过要不要倒杯酒把他灌醉呢！

“宋律师建议，这三天里赶紧找受害者沟通，如果能说动她和解，则花钱消灾是上上策，即使检方决定起诉也是最佳出路；就怕受害者一定不肯和解真上庭就麻烦了，估计最好的律师也最多只能缩短刑期，候审中还不知道能不能保释……”

“那赶紧去找她沟通啊！”关其雨急了。

“我们是想去来着，一是美国的风俗注重家庭，政客商人都口口声声family（家庭）不离口，宋律师说他先谈着但估计效果不大，大嫂如果能亲自出面一定更容易打动对方，我记得大嫂您有美国签证，最好赶紧飞过来；二来我们向公司总部汇报了情况在等叶总答复，宋律师的意见，”高情商的成言努力地斟词酌句，句句“宋律师”不离口，“呃，和解的核心就是赔偿，这个不知道大嫂的想法怎么样？”

“我的想法？”关其雨愣住了。初春的清晨颇凉，婆婆的习惯是过了春节就关空调经常还开窗通风透气，所以每年二三月份关其雨都冻得手脚冰凉，一身睡衣站着打了半天电话只觉得头脑都冻僵了，还是听到电话里成言婉转提醒“估计公司不可能承担这部分费用”才恍然大悟：是啊，性侵和解费！怎么可能公司出？李侯只是业务部总裁，而且这个罪名……

“五百八十万元。”关其雨咬牙说，“再多就要转让公司股权。”

成言没吭声，大概捂着话筒在和“宋律师”商量够不够，半晌才道：“好的大嫂，我这就先和律师去找受害者谈，就说您已经知悉情况深表歉意，大嫂您赶紧先把人民币换成美金准备汇美国，然后订最快的机票飞过来。我们随时沟通进展。”

关其雨一片茫然，只觉得像在做梦，噩梦、黑黢黢的噩梦。打开大衣柜抽屉的双手颤抖着，取出存折一行行手指移下来，五百八十万。多年来省吃俭用不买股票不买基金就老老实实存定期，想着再有半年也许存到六百万，就去买心仪的联排，在学校不远处，每天骑车上下班，李侯可以坐公司班车或者开车，最关键的是，和婆婆商量定期来看小宝，或者每周送回新街口一天，哪怕两天。

那是梦想的三口之家生活，自由自在的生活，不想笑就不笑，不想讲话就不讲话的生活。

“小关!”门突然被推开：“小宝今天闹得厉害呢!”

关其雨吓了一跳、下意识地合上存折，做贼心虚地抬眼望向婆婆。是她儿子的房间，她从来不觉得进来需要敲门需要征得同意，不管里面人正在做什么。关其雨曾要求装锁，李侯只是笑“自己家里装锁做什么”，后来来了机器人李白，为方便转盘的移动更是所有门户大开无遮无拦，装锁一事干脆没人提了。

好在侯华视线瞥过儿媳妇的手掌并没多停留，不耐烦地催促：“你起来了就赶紧过来看看孩子，别交给我了就觉得没事了。”

客厅的地上，玩具洒得到处都是，餐桌上牛奶泼得淋漓尽致，把两个肉包子在内的早餐和碗筷刀叉淹成了白色，小宝蔫蔫地靠在沙发角落，正举着遥控器不停地换台。关其雨心中过意不去，刚才忙着接电话没顾得上孩子，看看婆婆也是一身睡衣还没洗漱，连忙快手快脚地收拾桌子。侯华皱眉吩咐：“先看小宝，这个我回头喊李白慢慢收拾，它这会儿在洗衣服。”

关其雨口中答应着“就好”，迅速擦抹干净才到沙发前蹲下身子，柔声问儿子：“小宝，怎么不吃早饭?”然而向来乖巧的小男孩理也不理，更没有像往常那样立刻黏上来抱妈妈亲妈妈，而是蹬了蹬脚翻翻白眼，烦躁不安。关其雨打起百般精神哄劝，不管儿子翻眼踢腿，搂在怀里又是亲又是哄，孩子却只是不耐烦地焦躁。侯华说肯定是打针的反应，小宝一直很乖很听话的，

这么小的孩子受这个罪！朱陶那里记得多联系，昨天特意问了郭医生说十天观察法有用，盼着十天赶紧过去那只咬人狗没事，后面的针就别打了，小宝这样子太让人心疼了！关其雨呆了呆，露茜死了，而且是发疯死的，而且好像是自己做梦打死的，要告诉婆婆吗？

侯华招招手，李白旋转着来到沙发前，迅速捧出个棋盘随手落了一子，正蹬腿烦躁的小宝眼睛一亮，拈起白子搁下去，与李白开始下围棋。关其雨松了口气，暗暗感激李侯想得周到，设计的机器人功能中娱乐教育类很齐全，下棋包括围棋象棋跳棋无一不精，打扑克讲童话故事背寓言唐诗，据说以后还可以陪练算术几何历史地理，比外面风行的各种补习班强。而小宝继承了父亲对围棋的爱好和天分，多种游戏中最爱围棋，下起棋来能安静好一会儿。

“傻孩子，一下棋就好了，和他爸爸一样！”“到底在打针呢，过几天肯定就没事了。”婆媳俩互相宽慰着聊了几句，关其雨想起来又问婆婆怎么换美元。侯华说很简单啊，网上自己就能换，进入银行账号点击外汇服务，填换汇原因，选择币种金额就行，换好了能直接汇到国外，要是嫌麻烦或者怕出错就到柜台办，填个表让柜员办理就好。关其雨问换汇原因填什么，侯华望望媳妇说实话实说为什么换汇呗，一般就是旅游留学吧，国外投资什么的就不行，每人每年五万美元额度。

儿子媳妇存了多少钱？侯华猜不出也不关心，但是这几年流行移民，好几个老同事的孩子都出国了，澳大利亚、美国、加拿大、英国、德国，那都是一去不复返呐！好好的一家人搞得生离死别，孩子回来中国话都讲不利索！老人想念儿孙万里迢迢出国探亲，且不谈旅途一路之艰难、倒时差之痛苦，到了之后也是交通不便语言不通，与移了民变成外国人的子女思想差异、交流困难！孙子更要命，小小年纪已经开始谈性、谈大麻！

“每人每年五万美元？”关其雨口中下意识地重复，脑子里想的是那现在近一百万美金怎么办。

“是啊五万美元，旅游留学都够了哇！”侯华警惕起来。儿媳妇没出过国、国外也没有亲戚朋友，好好地干嘛问换美元，而且居然不止五万？小宝这么小不可能去留学，难道真在考虑移民？不行！怎么也不行！“你要换美金？干什么？”侯华努力克制着愤怒，冷冷地问道。

“不是，不是，不是我。”关其雨在婆婆目光的凌厉刀锋下落荒而逃。李侯性侵！怎么和婆婆说？喝醉了不小心？和一个美国金发美女？怎么都不该由儿媳妇说啊！等李侯回来让他自己向他妈交代！“是一个同事，她，呃，就是陆居，要出国旅游，呃，自由行。”

“旅游要不了多少钱，五万美元足够了，那是老百姓两三年的工资呢。”侯华将信将疑地打量着儿媳：“她去哪里？”

“呃，好像美国。不对，好像是欧洲，我不记得了，今天上班再问问。”关其雨慌慌张张地回答着婆婆的盘诘。还好，救命一般门铃响了，是李媛上班路上顺便来看小宝——区长乘地铁上下班，区政府距新街口地铁站不远，听说小宝被咬了连续几天都来的——连忙岔开话题寒暄客套，把在棋盘前聚精会神的儿子交给两人，匆匆又向机器人交代几句就急忙洗漱出门说赶着上班。下楼走出巷子仔细检查拎包，存折身份证都带了，其实今天上午没课，这么一早出门，去银行！

手机上陆居几条信息都是催论文，约好友中午在“LD”碰头。所谓“LD”就是十几年里两人结伴常去的时尚莱迪，两万平方米的地方密布有四五百家铺子，就在新街口，距两家都不远是一方面，陆居喜欢逛街，关其雨是个吃货，从大学生到助教到讲师，两个人对时尚莱迪始终痴迷。每次“LD”碰头边逛边吃，结果都是一个肚滚腰圆一个大包小包，很享受的几个小时。

可是逛不出论文啊！吃更加没用，吃什么也吃不出论文啊！生物神经网络疑团重重，人的意识是什么、如何产生？小到连老年痴呆是什么原因都不知道！还有自己这个梦，为什么二十七年萦绕不去、日日重现？为什么近日情节变幻，白狗露茜之死是否与之有关，以后的梦境会怎样，什么时候会有个了结？

这么多疑问盘旋往复，谈什么人工神经网络，写什么论文呢？

可是副高职称，一定要论文。在评定职称的世界里，论文才是最耀眼最必须最不可少的光芒。

第五章　六朝六潮

关其雨思索着信步前行，闷闷地提不起精神。清晨的新街口被薄雾笼罩，朦朦胧胧地似蒙了层面纱，鳞次栉比的高楼大厦和繁忙的人群车辆在雾中俱变得模糊遥远，连孙中山先生的塑像望去都极不真切，就像地球彼端的李侯出意外一样，真像在做梦。怎么会呢？性侵？与自己量子纠缠般相恋的爱人！

随人群下了台阶，正是早高峰时间，地下四向穿梭的人群大都行色匆匆，有的戴着耳机昂然前行，有的低头迈着大步，有的手上捧着早点，蒸饭发糕香得诱人。关其雨想起还没吃早饭，看了看几个早点铺门前人头攒动，犹豫了一下还是等办完银行换汇吧！

地下新街口像个迷宫，吃喝玩乐一应俱全，二十四个出口四通八达地连向不同的楼宇街道，走错了出口在地面上就得饶半天。关其雨极少去银行，研究了一会儿才确定是八号出口，上扶梯到了地面，看见中国银行的铁门已经开了，不少人进进出出，关其雨停下脚步静静眺望，终于再次捏了捏包里的存折，深吸一口气，一扭身大步上台阶进了银行。五百八十万必须换成美元，成言说的，和受害者好好沟通，关键就是赔偿。

“可以换啊，您今年的额度都还没用呢。”柜台前的小姑娘极客气极专业，“您现在换么？汇率是 6.68 有点高，可以吗？”

“换！”关其雨没想到这么简单，“能不能多换？呃，把这存折上的都换成美元？”

“您是说，正好到期的七十九万？”小姑娘甜甜笑着解释，“要不了啊，五万美元差不多三十三万四千就够了。余下的给您转存定期吗？”

关其雨犹豫着问：“不能都换美元吗？”

“每人每年额度只有五万美元，您要是想换，可以汇到其他账号里用别人的额度换。”小姑娘依旧甜甜笑着，解释家人朋友都可以啊，银行哪怕没账号可以立刻开啊，小朋友也可以的！用户口本！

李侯、小宝、向陆居借一下？侯华估计不能借了刚才问得凶巴巴的。关其雨心中盘算，五百八十万是十七个三十三万四千呢！教研室没那么多人啊！难道要向学生借？不好吧？关其雨不由得焦急。

“如果收款方是同一海外账号，要注意有外汇监管哦。”小姑娘笑容不变，一直甜甜地看得人心烦，“银行只负责办汇款手续，能不能汇出外管局那边会审批，要是有疑问会拦住不让汇出并且三年禁止换汇哦。”见关其雨一脸茫然又补充解释外管局就是外汇管理局，所有外汇进出都受其监督管理，五万美元不是小数目，汇一次还好，要是由不同账号汇几次就有洗钱的嫌疑，外管局有责任管的，最好有个合理的解释……

岂止几次，我需要汇十七次！关其雨张张口没出声。怎么“合理解释”要汇这么多美元去美国？丈夫性侵犯罪的和解费？望着小姑娘简直是镶嵌在脸上的笑容，关其雨捏着存折呆立在柜台前，恍恍惚惚。后面的顾客不耐烦地挤上来，催问着“办好了吧”“到我了吧”，关其雨下意识地点点头，瞬间被推得转过身去，裹挟在人流中淌到了大厅边缘。迎面是一面透明的玻璃墙，透过玻璃，一个大大的金色S映入眼帘。

“小宝妈妈！这么巧！”突然一声热情的呼唤，朱陶惊喜地奔了过来，“我正想着上午抽个空去你家看小宝呢！他都好吧？”见关其雨愣愣的没反应，忙担心地追问，“小宝没事吧，十天观察法失败，后面的疫苗只好打完，可怜小宝还要受罪呐！刚才路上和家父说到这个事，他建议去我们公司的健康中心做儿童心理辅导，不能让这事影响他的成长。什么健康中心？昇实新健康基地里的啊，挺好的，美国专家坐镇、高端医疗水平，尤其心理科在西方是成熟行业，比国内起步不久的好多了吧？你别客气啊，小宝那天吓得直抖呢。”

听着朱陶絮叨，关其雨侧过身，远远地望见一个与朱陶一样高大魁梧的身形站在金色S字旁等电梯，皱皱巴巴的米色亚麻便西装、花白鬓发间架着金丝边眼镜，与儿子的含蓄相反，并不掩饰奢华富贵。

是他，真是他。早该知道啊，这么巨大又亮晃晃的金色S，耀目得几乎嚣张，正是昇实公司的标志，放眼南都常常跃入眼帘，特别在新街口，想避都避不开。这座昇实大厦与六潮电器城并肩而立，不远处是第一百货、江南广场，大名鼎鼎的朱中道，就是这新街口数幢代表建筑的主人，中国名列前茅、福布斯富豪榜全球TOP100之内的大富翁。之所以认得，是因为新闻上经常出现，除了商界霸主他还有不少社会职务，慈善基金会主席、高校名誉

教授那些，号称中华第一商圈第一人！就那么随随便便站着，也是一身凌厉迫人的霸气，隔着玻璃墙都能感觉到。

三十年的商海霸主，以做事我行我素著称，比如电器城最早叫“六朝”，六朝古都嘛；朱中道收购之后不容分说改为了“六潮”，按他的话说：电器城“潮”，布局“潮”，商品“潮”，品牌“潮”，工作人员“潮”，顾客“潮”，关键啊，老板最“潮”，引领南都的时尚潮流！而且说到做到，新街口大屏幕中经常出现朱中道，握着电动牙刷在刷牙：“这个最风行，好用!”按下烤面包机烤两片吐司，“老外都这么吃!”跑步机上英姿飒爽，“家里也能跑，摆!”别说，比起影视明星，老百姓真的更相信朱中道，他推荐的家用电器确实好用又性价比高，而且最新最潮的都在第一时间推送。不过那个大屏幕对外广告是按秒计费的，昇实自家怎么算，朱中道出场是否也按秒，坊间一直有各种传言。关其雨想着，待会儿倒要问问朱陶。

“叮咚”一声电梯到了，朱中道望望儿子并没有多等，打了个手势径自上楼，身后两个黑西服的彪形大汉紧紧跟随。是保镖吧？自家公司里哎，新街口闹市哎，有必要吗？耳畔朱陶还在热心地关怀小宝：“我这次回来才知道，原来我们昇实的布局在向健康养老业拓展，江北这个新式健康基地涵盖了自小到老医疗健康产业一条完整的生态链，几年下来很受欢迎，正在复制到其他几个城市，建一系列健康养老小镇。中国人越来越长寿，七八十岁现在很常见，机构养老会有极大需求；新生人口的健康优育就更是迫在眉睫，倒金字塔的人口结构，底部不能出一点问题……”

朱陶说着敏感地察觉到关其雨心不在焉，连忙说：“看我扯哪儿了，小宝去看看吧，惊吓之后心理辅导很重要啊，你哪天有空?”

“朱陶，能不能帮我换一点美元?”关其雨摇头甩去对大富翁的遐想，现实地提问，心虚地对“一点”补充解释：“呃，我给你五百八十万人民币，需要在纽约收美元。”说着说着头就低了下去，声音轻得听不见，“急用，出了个意外。”

“你跟我来吧，一起上楼。”朱陶怔了怔，旋即说，“国内的外汇业务有严格限制，这个金额不算小，我和家父商量一下。”

两人并肩转出银行绕过玻璃墙，原来这里有个不起眼的小门通往昇实公司的大厅，门口站着个保安。长长的甬道出来豁然开朗，拱形的屋顶轩峻明阔，统一制服的保安散布在大门内外，S字正前方端坐着美丽的前台，望见朱陶含笑起立招呼，让关其雨在访客表上签了字。左转进了电梯厅，东西两面八部高速电梯在大理石的围拥中冷淡端方，关其雨因羞惭自脸至脖子的红晕渐渐褪去，悄悄抬头望了望难得沉默的朱陶，对他的缄口不语暗暗感激。倘若他追问发生了什么意外、为什么要用那么多美元之类，自己只好落荒而逃了。

上班高峰时间人不少，旁边几个年轻人叽叽喳喳议论着财务报销，一个说“等了两个月还没拿到报销款”；一个说“两个月算什么最长半年都等过，没办法，财务太忙了，经理批了也没用”；一个说“这样哪能垫得起，私房钱爆仓了啊”；一个说“哎，会不会公司故意的，拿大家的钱吃利息啊”；旁边的反对说：“不是不是，就是财务忙不过来！仅仅我们这幢楼里就三千多名员工，财务报销出纳就七个人，你想想怎么审核得过来？又马虎不得，假发票有过的，好多次！财务只好加强审核，苦了老实的员工！”

朱陶咳嗽一声，几个人转头看看朱陶，认出是刚回来不久的少东家，结结巴巴地又问好又打岔说了几句，来了部电梯慌慌张张赶紧一窝蜂走了。“年轻员工不懂规矩，小宝妈妈别笑话。”朱陶耸了耸肩，“本来有总裁通道，不过家父和我都是从这边走，和职工们多些接触吧。”在员工面前的肃整不知怎么就变成了惶恐。

“你们报销是人工审核吗？那确实耽误时间啊。”没想到关其雨认真地说，“我们去年做了个小型识别系统的方案，就是用人工智能审核报销单据，电子发票或发票扫描件，都是简单的图像识别，可以根据不同部门的规定设置标准范围，超标的会自动跳出来，录入存档也同时完成，比人工报销、人工记账快多了。”

“哦？”朱陶大感兴味忙询问详情，才知道这个方案在市科研成果交流会上被浩大公司——就是陆居丈夫吴浩的小公司，在百星高新区里，去年才整合的十五个高新区之一，本来八十几个——拍走，结合其数据库已经在实际应用，目前南都有超过一百二十家企业采用，大大减少了财务工作，报销时间普遍缩短到半月之内，不禁自嘲昇实落伍，还要财务逐一核对发票，报销时间这么长，难怪员工们有意见！

关其雨张张口没忍住，进出门禁都是保安肉眼识别员工，大家挂的工作

证是最原始的纸牌、手写着部门职务贴着照片，访客手工填表登记……仅仅这一个大厅就有多少可以用智能机器替代的工作？不光是省人工费，准确度更高、更安全快捷啊！

朱陶挠了挠头，说他也发现了，不过父亲朱中道觉得我们是商贸企业，不能像科技公司那样冷冰冰的都是机器；而且昇实成立三十年有不少老员工，自 1987 年一起搬空调电脑，踩着自行车板车满城送货，后来换了长安跑苏南苏北的，这些老员工和员工家属大都没什么文化，跟不上飞速发展的科技，留在昇实就做做保安后勤。关其雨意外听到朱中道重情念旧的一面，迥异于坊间流传的新街口大富豪的冷酷无情，又张了张口，这次忍住了没说。

会客室同样宽敞阔朗，关其雨第一次来到大名鼎鼎的昇实，虽没多问但好奇地打量了一圈。大概因为是总部，因为是零售起家，更大概是因个人品位性格吧，处处张扬着奢华，凹凸浮雕着安琪儿图案的墙布，金色大理石墙裙，不知所云的抽象派油画，厚实柔软的地毯踏上去像走在云端，真皮沙发宽大得简直可以当床，配着双层水晶茶几，上面的茶具是白底红花的经典英国瓷。整体风格像极了港台片中的老牌家族公司，同样到处是穿着制服优哉游哉的保安、服务员和清洁工，这也都是老员工或员工家属么？

关其雨摇了摇头，说不上是佩服朱中道，还是感慨中国这几十年飞速发展造就的一个个神话。

南都人都知道，昇实成立在 1987 年，从新街口六潮电器城中一个几平方的小门面房开始，靠销售家用电器积累了第一桶金，三十多年顺应改革开放的时代浪潮，一家一家店铺扩张，一幢一幢大厦吞并，终于成为占据新街口半壁江山的商贸帝国。侯华就常撇嘴不屑："朱中道当年自己搬电脑送我办公室呢！"或者"朱中道原来就住巷口那个旧楼里，早晚常在楼下吃鸭血粉丝汤呢！"大富豪昔日寒微时的八卦，有信息含量的只有一条："朱中道是民国大资本家朱昇的后人，也算为朱家争一口气，收复失地了！"

这也不是秘密，民国时新街口最著名的建筑是三民商场，与大华大戏院、福昌饭店等并列为民国几大名店，二十世纪三四十年代傲立新街口，抗日战争时期南都沦陷，之后三年内战南都经济形势一溃千里，三民商场倒闭，朱家败落。所以几十年后朱中道崛起，第一个收入囊中的六潮电器城就是原来的三民商场，老南都人都觉得是朱家人祖上福荫，新街口就该姓朱。

朱陶安排她在等候区坐下便进了长廊尽头的董事长室，藏青制服的工作人员弯着腰满面笑容地问喝点什么要不要用些点心。面前电视正放着新闻，茶几上的杂志都是些心灵鸡汤类，关其雨要了杯热咖啡捧在手中，随手拿起本杂志翻阅，静谧中只听到电视机的声音——音量调得不高不低，会客室的员工显然经过培训的。

“全国各地广泛学习研讨3月5日的《政府工作报告》，这是广大群众在讨论第三章中的内容：‘推动形成全面开放新格局。进一步拓展开放范围和层次，完善开放结构布局和体制机制，以高水平开放推动高质量发展。’”“大力推进‘一带一路’国际合作之外，扩大开放的内容还有加强与国际通行经贸规则对接，建设国际一流营商环境。全面放开一般制造业，扩大电信、医疗、教育、养老、新能源汽车等领域开放……放开外资保险经纪公司经营范围限制，放宽或取消银行、证券、基金管理、期货、金融资产管理公司等外资股比限制……全面复制推广自贸区经验，探索建设自由贸易港……”

关其雨对国家大事向来不关心，瞅着电视中热火朝天的场面，听着满耳的“开放”，并不觉得与自己有什么关系，心里只想着李侯在警局不知道怎么样了，一定度日如年吧？努力压下脑中纷沓的美剧中各种恐怖场景，关其雨伸伸脖子张望，朱中道会答应帮忙的吧？对于新街口大富翁，这不是多大事吧？

“积极扩大进口，办好首届中国国际进口博览会，下调汽车、部分日用消费品等进口关税……以更大力度的市场开放，促进产业升级和贸易平衡发展，为消费者提供更多选择……”

还是在讲“开放”，今年是改革开放四十周年，所以相关内容不绝于耳吧？侯华教育媳妇时用得最多的一句就是：“你们啊，身在福中不知福！”忆苦思甜地讲改革开放以前的物资匮乏和生活艰苦，什么买粮食买肉都要票喽、洗澡必须去公共浴室喽等等陈年往事，关其雨唯唯诺诺听着总觉得茫然。幸运的八〇后没有经历过贫困，把国家的富强视为理所当然，“主动参与和推动经济全球化进程，发展更高层次的开放型经济是新时代中国特色社会主义思想和基本方略的一部分。”“开放带来进步，封闭必然落后。中国开放的大门不会关闭，只会越开越大。”这些听在耳里也以为是老生常谈，并不知道其来之不易，更没想到听来宏大高远的政策措施，其实和每一个百姓密切相关，

很快就要影响到自己。

关其雨打了个哈欠，昨晚又没睡好，回想往昔睡到自然醒的年少时光，真是恍如前世啊！这次等李侯平安回来一定要带小宝回老家住一阵，狠狠地睡几天懒觉！肚子咕咕叫起来抗议还不吃早饭，关其雨翻了翻果盘中的糖果，挑了颗金色包装纸的，进口的，号称巧克力中的爱马仕呢。

“纽约快讯，当地时间 3 月 16 日下午，瀚迅技术公司纽约分公司发生一起性侵案，犯罪嫌疑人被纽约警方当场带走。确定是瀚迅公司南都总部业务部总裁李侯，素有家用机器人领域‘小侯爷’之称、绰号‘李图灵’的人工智能领军人物李侯。”关其雨头脑“嗡”地一声，杂志掉在了地上，口中的巧克力是黑巧克力，苦得张不开嘴。

“记者了解到，李侯这次去美国带了瀚迅公司最新产品、型号为‘李白 18’的家用智能机器人，与美国管家即全美家用机器人运营商商谈全美布局合作事宜，没想到在产品介绍会上发生意外，震惊全美……”

“小宝妈妈！家父说你这汇款的事有点小麻烦，搞得不好会被说成洗钱，方便告诉是做什么用吗？或者我个人卡上有十几万美元你先用着行吗?”朱陶跑进来，瞬间被关其雨苍白的面色吓了一跳，嘴巴停在了半张半合的状态，顺着她僵直的目光回头望向电视机，新闻还在继续：“据悉，目前李侯被羁押在警察局，警方将在 72 小时内做出是否起诉的决定。瀚迅公司尚未对此作出回应。”李侯穿着橘黄色囚衣的照片占据整个屏幕，胡子拉碴的容颜颇为憔悴。

“小宝妈妈，你这是，你这换美元是……”朱陶张口结舌。

“和解费。”关其雨苦笑，头不觉又低了下去，声音轻得像雪花在寒风中飘摇，“不知道受害者同不同意呢。”

电视画面中热闹熙攘的曼哈顿，办公楼巨石墙上深黑色的正楷“瀚迅”两个汉字下一个 H 字母是瀚迅的标识，方正工整得就像李侯。十二年前纽约分公司开业的时候李侯是研发部的总工程师，第一次公差去美国，那个兴奋呐！怎么打开全球最大的市场，怎么学习全球最先进的技术，怎么使中美两国互惠互利，怎么为东西不同文化的家庭提供最佳服务，将来再互联互通，一向寡言的他滔滔不绝地诉说着宏伟构想。十二年中瀚迅一步步成长为 AI 先进企业，造的机器人遍布全球，眼看就要进入美国市场之际，他却深陷囹圄！橘黄色的囚衣灼灼刺目，即使和解成功，这张照片也将他永远留在了耻辱中，十二年为进入美国市场的努力，瞬间变成了笑话。

关其雨心中一动，突然有些不安，时间很巧呢！十二年之中，他去纽约开酒会、参加酒会总有十几次了吧，偏偏这次海鲜汤中的伏特加足以醉人？恰在“李白 18”推出的关键时刻？怎么想，都不像巧合。

隔壁会议室传来激烈的争执，朱陶有意压低了嗓门，另一个毫不客气直截了当、粗豪锋锐的声音是朱中道吧？“她这个美元轮不到我们昇实多事！叶端直难道不管？瀚迅能有今天李侯是大功臣，叶端直会救他的！朱陶你太操心！”

“小宝妈妈她早上到银行费了半天口舌，她一个弱女子，宝贝儿子又被露西咬伤了……”朱陶不肯放弃，声音虽轻但是不屈不挠地继续争取。关其雨呆呆听着，苦笑着转身出了会客室。是太冒失了，与朱陶萍水相逢怎么就开口换美元？朱中道说得对，会被人说洗钱呢！

李侯怎么办呢？

外面不知何时飘起了小雨，几分凉意颇像梦境中的雪地。不过江南的天空低而沉厚，雨丝绵绵细细如雾如云，新街口的繁闹喧嚣在云雾中涤净，林立的高楼大厦、行色匆匆的行人都显出几分出尘的淡然，孙中山先生为革命奔忙的大步也在雨中慢了下来，睿智的目光怜悯地俯视着众生。身后的六潮电器城播放着音乐，不知哪一年的老歌：“哦，一年又一年，我们走向明天；当我走过你的身边，我愿带走你的笑脸……”更平添了怀旧愁绪。关其雨缩缩脖子，下意识地往路边靠了靠，取出手机匆匆发了条信息：“我不去 LD 了，有课去学校。”陆居会不会不高兴？顾不上了。

叶端直，她会管吗？

第六章　北大楼前

第一次见到叶端直，并不知道她就是叶端直、瀚迅公司的创始人、传说中铁血善战花木兰一样的女战士。

大四，在李侯手下实习，五月的南都已经开始燥热，办公室里那时没有空调，窗户都大开着，正对着熙熙攘攘车水马龙的中山路，很吵很闹。虽然是实习生，可是同正式员工一样用，节奏快强度高时间长，不吃不喝上个厕所都要小跑，连续十几个小时对着电脑编程是常态。好在关其雨自小是学霸，习惯了默不作声埋头学习做事，丝毫不觉得累，反而很享受这样的工作氛围：不是像毕业了的前辈们形容的，办公室政治复杂环境险恶人员关系紧张嘛！人人都在忙碌，噼噼啪啪键盘敲击的声音、窸窸窣窣纸张翻动的声音，在满屋的静谧中听起来比窗外的熙攘更贴近，就像学校图书馆或者教室或者宿舍嘛！简直就是新街口中的绿洲桃源嘛！偶尔抬头，研发部总工程师李侯坐在角落，盯着面前的电脑一动不动，陷入沉思的凝重为清俊的面容镀了一层光辉，黝黑的双眸在屏幕照映下像冬日的紫霞湖，清冽到一眼望见湖底嶙峋的岩石。

大家都传说，李侯之所以被称为“李图灵”，是因为他能像图灵那样在头脑中运算设计，即传说中的“图灵思维”，超出可见的三维空间，在无尽的方向无限延展，随便一个片段截下来说不定就是图灵机一样远超时代的新概念。所以他随随便便就是个围棋高手，也是在脑中摆兵布阵，瞬间能算到几十步之后；侯华曾大声为此惋惜，“可惜生在和平年代，不然肯定能像图灵那样破解敌军密码！”当然带着满脸的骄傲。

“李侯！李侯！”叶端直就那样风风火火地径直奔进来，蓝衬衣卡其裤穿得像军装一样硬挺，操练似的大步裹挟着燥热喧嚣，惊醒了二十几个埋头工作的员工，直截了当地嚷：“这个月一定要出成果！我卖出去了！”

“噗嗤”一声，是关其雨笑喷了。什么叫我卖出去了？这个形象古板、举止硬挺的女子像从电影里走出的人物！柳叶眉下单眼皮的双眼相距极远，直挺鼻梁下两片薄唇，下颌骨线条硬朗得简直像折纸！听到笑声女子皱眉侧目扫了一眼，目光冰冷凌厉，就是个女战士！战场上的花木兰，或者烈士赵一曼！关其雨不禁缩了一缩，笑容凝固在脸上，尴尬无比。旁边负责带实习生的俞好拉了拉她的袖子，“我们老板”四个字轻不可闻，见关其雨一脸懵懂，又动了动口型补充：“叶端直!”

叶端直！这就是叶端直！半截笑容彻底飞走，关其雨心里闪过“糟糕！坏了！要命！作死!”各种惊叹语，都打着重重的感叹号。第一次碰到老板就轻浮讥笑，我的实习报告会怎么样？眼前仿佛闪过原样奉还的戏谑和加倍的嘲弄，那会严重影响就业！关其雨忧心忡忡。

传闻瀚迅公司成立时叶端直二十五岁，刚刚转业，公司的注册资金就是部队带回的三万元，在新街口租了间办公室做电器代理，瀚迅的名字来自她老连长的大号韩迅。后来老连长成了男朋友又成了丈夫，肩章上渐渐有了星，瀚迅公司也从最早销售电话机、音箱音响等小家电勉强糊口，发展到吸尘器、电冰箱、电视机、洗衣机等几乎涵盖所有家电品种的大型代理公司，年销售额从六位数七位数不知不觉已经过了亿，毛利更是小几千万。一起创业的王守成等副总喜笑颜开之余走路都凸挺着肚子，这位女战士却反而比只有三万块资本的时候忧心，一句“光做代理不晓得哪天就倒闭了”开始开发自己的产品，尝试了数种小家电之后聚焦在吸尘器上，决意做出最价廉物美的吸尘器，不惜投入几百万搞研发。就是那时候李侯踏进了瀚迅会议室，面对一群考官毫无惧色侃侃而谈，仿佛茅庐中将出山的诸葛亮一样直抒三分大义：建议瀚迅由吸尘器进军扫地机器人。惊得王守成等跳起来，扫地机器人？

那时刚进入二十一世纪，南都人民刚刚从全部家务自己亲力亲为过渡到有洗衣机、微波炉、吸尘器等家电帮忙，再奢侈些的请个钟点工，每天上门或每周一两次三四次不等。扫地机器人，那是什么东西？

李侯耐心地解释。1997 年瑞典诞生了第一代扫地机器人三叶草，后来美国推出了 Roomba 扫地机器人，发布会上就销售了一万多台，圣诞节追加生产了五万台全部销售一空。中国现在看起来是市场不大，随着生活水平提高、人口老龄化、劳动力成本上升，不出十年一定会有个需求爆发。趁着还有时间早早开发，造出自己的拳头产品占领市场，布局不妨大一些，目标定在全世界最好的扫地机器人甚至更高级别的民用机器人，瀚迅，将是全世界顶尖

的民用机器人制造商。

王守成目瞪口呆，旁边几个副总面面相觑，知道李侯是电脑天才儿童出身，十几年里横扫IT江湖的“李图灵”，编程开发肯定是个人才，但市场而且是国际市场也懂？而且看得那么远？初生牛犊，不知天高地厚吧？什么“全世界顶尖的”，口气真大！然而最中间的面试官叶端直眼睛亮了，当即站起身领李侯去研发部，介绍已有研发成果和现在的研发团队，一番讨论之后不但立刻聘用而且任命这个刚毕业的应届电脑博士为研发部总工！王守成半戏谑半提醒地说：“叶总你这是刘备如鱼得水啊，简直把李侯当诸葛亮啊？”

叶端直不顾老臣子的劝阻，强势将公司开发政策改为专攻民用机器人，两年中砸进两千多万研发费用，超过瀚迅年营收的百分之十！一年后李侯真的造出了扫地机器人，叶端直大喜之余李侯却直言产品有问题：毫无目的地来回走，噪音太大，成本较贵还在其次，关键是吸力不高，扫过的地方仍旧有灰尘，或者说扫不扫变化不大。试用员工的评价则是：吸尘器不要比了，还不如扫帚！众人侧目之中李侯不声不响继续研发改进，叶端直则继续狠狠砸钱，引起王守成为首的一批老员工惊惶阻拦：“瀚迅好容易立足，不能败家”“瀚迅经不起折腾，工资好容易这两年刚稳了，今年的员工分红还没分”“做这个完全没把握的新产品，员工缺乏信心，人心要是散了就糟了”等等，都是大实话，叶端直知道。然而女战士固执地坚持研发，发狠宁可队伍散了也要造出拳头机器人，并用了句官话“要有瀚迅的核心竞争力”，寸步不让。王守成等一批老臣子无奈之下使出激将法，李侯到底年轻气盛居然立下军令状，保证两年内必见效益否则自己走人，叶端直后来知道了急得跳脚，也不知道是为了机器人还是为了“李图灵”。眼见着距两周年只有三个月，扫地机器人仍然不能扫地，销售完全无法开展，研发部的见到市场部的远远躲开，两头联络送文件或签字的差事基本落在关其雨这个实习生身上。就这样简直可以说危急危难的时刻，叶端直跑来说“卖出去了”，她卖的什么呢？怎么卖的呢？而且，“七！千！台！”她一个字一个字吐出，咬牙切齿斩钉截铁的话语让研发室瞬时寂静一片。

李侯缓缓抬起头，清冽如冬日紫霞湖的眼睛此刻波涛翻滚，简单明了地回答：“是。叶总。我知道了。”

之后两个月是关其雨一生难忘的艰辛时光，李侯在研发部角落里并排放了五张躺椅——那种印着红蓝条的尼龙布的沙滩椅，命研发部所有员工包括她这个实习生带了私人用品到办公室，二十四小时不分昼夜地钻研，实在困倦不堪了就到躺椅上眯一会儿，饿了要不盒饭要不方便面要不饼干点心，都在电脑前啃。关其雨原来极爱楼下大三元的萨其马，以前经常特意自校园跑到新街口买，这一场战斗中硬是吃得看到萨其马就泛呕，方便面倒还好，因为连泡面的时间都觉得奢侈，并没多吃。

那是江南的梅雨季，窗外永远是绵绵细雨的蒙蒙雾气，虽然全无闲暇眺望，可是满室的白炽光日夜照耀着也挡不住潮湿以至渐渐到处发霉，关其雨素来有洁癖，对泛滥的毛茸茸霉点由衷畏惧，每次困到眼睛半睁半闭也要坚持捏着刷子刷干净躺椅，不止一次刷着刷着睡着了，也并没人在意，每个人都透支到极限、疲惫不堪，只有在电脑前因专业习惯双目会不正常地闪起贼光。冲淋洗浴则在走廊尽头的公用卫生间，关其雨开始还习惯性地每天洗澡换衣，很快卫生间里晾满了衣服，湿嗒嗒地散发着霉味，又实在没有跑回学校宿舍的时间，干脆就随了大流，一件 T 恤硬是穿了十几天，以致后来清洁工进来打扫都赶紧戴上口罩，实在受不了屋里的汗馊味。李侯也就是那时变成了长发加络腮胡的艺术家造型，大多数时候盯着电脑一动不动转着“图灵思维”，偶尔双手十指翻飞像振翅的蝴蝶，有时候也起身，走到某位工程师前吩咐几句或是要解决的问题或是已攻克的坎。某次说完转身，看到关其雨怯怯地站在面前，手中举着牙刷，白色的软毛在手掌中摩挲，轻声细语地说：“下面加个刷子?”李侯呆立十秒大叫一声：“刷子！对，刷子!”劈手夺过牙刷吓得关其雨一哆嗦，抬头看时李侯已经冲出研发室直奔实验室，三天三夜后捧出了带底刷边刷的扫地机器人。

那是 2005 年的 7 月 31 日，瀚迅发展史上里程碑的日子，第一款能扫地的扫地机器人“李广 05”诞生，虽然噪音还是大，覆盖率还是低，但是因增加了底刷边刷，转过的地方一尘不染，对边边角角的清扫也极到位，叶端直大胆卖到香港的七千台受到市场的热捧。毕竟，售价定在三千九百港币，只有美国货的三分之一，而香港的人工费高昂，生活节奏快，时间紧张，扫地确实是个问题。代理商拍的广告是一名白领忙碌至晚乘地铁回到家，放着 TVB 的电视剧，“李广”在地上转来转去工作，白领手捧啤酒罐窝在沙发里享受生活状……直击香江人的内心，迅速成为热门话题，叶端直一口气追加

生产的 11 万台又一抢而空。

就这样瀚迅的拳头产品算是打响，公司成功定位在“民用机器人制造商”，继中国香港之后，中国澳门、中国台湾、东欧、俄罗斯市场相继攻克。研发部的员工们走路再不避人，迎面撞上市场部的甚至故意仰起头鼻孔朝天。那是，叶端直天天喊创新，研发部早成了公司的第一宝，不负众望地频繁推陈出新；很快“李广 06”“李广 07”诞生，先后加入摄像头和电脑视觉软件，从而使得覆盖率超过 95%，省心省力，叶端直以此打开中东市场，赚到了石油阔佬的美金；再后有了“李耳 09”——多了两只机械臂的家务机器人，“李世民 10”——四只手臂针对医疗康复养老助残公共服务等机构的多用途机器人，凭这两个进了公认难搞的西欧世界，以及同出一源的澳洲；又随着“李广”“李耳”“李世民”不断升级，边边角角的中欧北欧与加拿大也毫无悬念地拿下，各地分公司相继成立。

瀚迅的会议室墙上有个巨大的电子屏，世界地图上已经占领的地区标为绿色，尚未占领的则是红色，放眼天下有人的地方，除了最难啃的美国，就还剩南美洲和非洲，大家议论纷纷，这两个既贫穷又落后更人口众多完全不缺劳动力的地方，机器人而且是民用机器人肯定没需求，不用白费劲了吧？然而叶端直不肯，遥控器像哈利·波特的魔术棒一样果断挥出在红色上画了粗粗的箭头，市场部义无反顾地冲锋陷阵，每个人都带了一大包药，就那样还是有不少人生病甚至有两个病危赶回国的。不过出乎所有人预料，印象中贫瘠到全是人的这两个市场居然大获成功，拉丁美洲的逻辑是：“机器能做的事为什么要人来做？”非洲的口号则是：“上帝给了我们飞奔的快腿，机器人恰是我们的手臂！”都是能不劳动则不劳动的潇洒或懒惰，叶端直总结：“所以老说中华民族勤劳勇敢！”不管是否有种族差别倾向，结果是瀚迅笑眯眯地在两个洲销售出百万台“李耳”“李世民”。

就在全公司上下欢欣庆贺之时，叶端直却直直立在电子屏之前，对着最后一块红色蹙眉沉思。之后召开全体员工大会，说公司处在危险时刻，要看到扑面而来的危险，然后又是那句老话：“必须创新！只有创新才能活下去！”所有人面面相觑摸不着头脑，看看墙上地图大片绿油油的包围着美国一点红，形势何止一片大好，简直要独霸天下，“活下去”太危言耸听了吧？传闻叶总不久前离婚了，不知道是因工作太忙占据了全部时间无法承担一个家庭，还是多年无子无女有什么难言之隐，又或者已经升了上校的韩迅另有所爱，总之女战士悄无声息地变回了单身。是因此成了悲观主义者，所以口口声声要“活下去”吗？员工们猜测着，八卦中不乏腹诽。

只有李侯说“是。叶总。我知道了”，研发室不断创新，不到一年推出了有脑袋、六只手臂、能自己上下楼梯、号称全功能的“李白15”。

历史证明了叶端直的正确，市场上很快出现了“李广”“李耳”“李世民”的类似产品，当然名字不一样，广东的“李小龙”、韩国的“李舜臣”、日本的“织田信长”等都是强劲对手，拼价格拼质量拼服务，连保修期都不得不一再延长，市场环境秩序在竞争中被破坏，低端机型常常亏本销售，国际竞标中无原则地报出终身保修条款，瀚迅毛利率降到历史最低，最大的反转希望落在“李白15”身上，尤其在“美国甜心”“美国队长”打进中国之后。

十多年间常常听到李侯这句话：“是。叶总。我知道了。”不管是叶端直死命令必须赶出优化方案，还是研发新品种或者降低成本，甚至如手上加几根指头这种稀奇古怪的特殊客户要求，李侯都是这么简单一句，从不多话。研发室的老员工听到了却都悚然一惊，知道紧接着就是连天连日的加班苦攻，盒饭萨其马混着汗臊脚臭弥漫充斥。所以关其雨在实习期结束的时候毫不犹豫，不顾俞好的挽留决定回学校。

人生当然要奋斗，可是瀚迅无视人类体能极限，把员工简直当作机器人的做法关其雨不敢恭维，更不愿意自己成为机器人。明明身处南都最繁华的新街口，眼花缭乱的第一百货、环岛商城、六潮电器城、江南广场也算了，关其雨对衣着极不讲究，一年到头T恤或风帽衫的学生打扮，又喜欢最不知所云的绿色，为这被陆居说了一万次“清汤挂水”“毫无女人味”“像棵青菜跑来跑去”等等大肆批评；对一般女生着迷的精巧用具摆设也毫无兴趣，属于生活极简单品种；但是，楼下就是海林食品、冠生园、国卤、三星糕团、同庆楼、大三元、老广东等老字号，近在咫尺居然无暇享用！还有新开的“时尚莱迪”，里面多少好吃的！陆居最喜欢逛衣服饰品，有时候做指甲打耳洞，为了美貌而努力奋斗，因为东北口音砍价不易，次次拽了关其雨去助阵。关其雨一口地道的南都话“老板便宜得儿”总能腰斩成本，所以画面常常是陆居在试衣服涂美甲，关其雨坐在一旁吃吃喝喝。最爱一家叫“岁寒三友”的炒货店，里面的松子啊小核桃啊香得让人放不下。陆居笑她毫无淑女形象，

关其雨则理直气壮：南都老话“人生在世，吃喝二字”，人如果没了美食，那不就是机器人？

可在叶端直眼里心里，最好员工插上电源就能 24 小时×7 天工作，最好都像“李广”“李世民”“李耳”那样还不抱怨！她是花木兰女战士，能与她一起作战的肯定不是普通人，关其雨自幼胸无大志，吃着松子核桃看书打电子游戏就觉得人生至幸，实在不想把人生变战场厮杀作战。

好在实习报告并没有像担心的那样受到刁难，俞好客观地叙述了半年中关其雨的努力刻苦和贡献，李侯签字的时候抬眼看了看面前绿 T 恤被说成“跑来跑去的青菜”、大眼伶仃的江南灵秀女孩，提笔方方正正地写了几个字，关其雨好奇地凑头一望是“为瀚迅‘李广 05’机器人提供产品研发关键解决点”，不由得惊愕抬头，李侯却满脸严肃认真地点了点头，关其雨一刹那反应过来，他是真的这么想！那个刷子！

如果说第一次探头瞥见的好感是张生见莺莺惊艳般的条件反射，几个月近距离相伴的辛劳工作是欣赏是敬畏，这一刻突然都升华成了自心底的恋慕，他冬日紫霞湖般的双眸离开了显示器的反光，清澈得一眼望见湖底，那里对刷子灵感的记忆和感恩让关其雨明白了他的善良、他的质朴、他的稚拙，让人心生怜惜。是谁说过爱一个男人爱到了怜惜，那就是真正无可救药的爱情？就在四目相对、说不清道不明的暧昧中，背后突然响起威猛的呼喝：“李侯！李侯！”自然是叶端直，关其雨被惊得连忙接过报告，转身逃出了瀚迅，并没想到这声音会在自己的婚姻中挥之不去、避之不开，一扰经年。

回到学校埋头睡了整整三天三夜，在瀚迅几个月的亏空才算补回来，迷迷糊糊地睁开眼寝室里空荡荡的，想了半天想不起身在何处，研发室里永远灼目的日光灯像是还悬在头顶，伸颈眺望却是阳台上夏日的夕阳沉在西边天际，晕染了半个天空，衬映着蜿蜒的明城墙，勾勒出古都柔和的线条。清水冲了把脸下楼，校园在一片橙黄中静谧美丽，绿树招展鲜花缤纷，梧桐树的枝丫在空中交错，一幢幢古老的民国建筑静静矗立，清风徐徐拂过，爬山虎的叶子如波浪般起伏，关其雨满足地叹了口气。

他呢？他会变成瀚迅的一个高级机器人吗？

远处的广场上一片扰攘，大群的学生奔来跑去，呼朋唤友的、忙着掏眼镜的、书包里翻资料的、七嘴八舌聚在一起商议的、顿足跺脚拿不定主意的……关其雨侧耳听听，大学生和企业见面会？不限应届毕业生？那多好啊，海量的信息特别是市场的需求、实际的应用，对学什么怎么学该有多大帮助啊？这几个月虽然人累得脱形，可是不得不承认，自己的专业水平大大提高，更重要的知道了未来的研究方向：扫地机器人要提高效率只能笨拙地加个刷子？不，一定有更好的方法，它应该像人类一样会思考如何好好扫地。

“同学，让一让，让一让。”人群熙熙攘攘，不停地有学生挤过来挤过去。南大学科齐备，几乎所有文理科领域都有，难得见面会不限于实用的工科，连象牙塔中的文学历史之类都有报馆博物馆等单位摆着摊位，冷门的天文地理则请来了紫金山天文台，同样被欢欣的同学们围拥着。关其雨随人流涓淌到长案前，随手拿起桌上的资料，大大的黑色正楷“瀚迅 H”跃入眼帘，熟悉得像大三元的萨琪玛一样，让人喜欢又让人烦恼。抬起头，夕阳绚烂，满目橙云下正正方方的北大楼安然巍峨，爬山虎和楼前如茵的草地一并勃发着葱茏的绿意，很难相信，它们都已经九十九岁了。

一位文学院的同学正在诗意地朗诵余光中：

常青藤攀满了北大楼
是藤呢还是浪子的离愁
是对北大楼绸缪的思念
整整，纠缠了五十年

“李侯，你经常想到北大楼吧？听说瀚迅的标识就是你按照北大楼的方正设计的？”“李图灵，你有没有思念母校？”“对呀，‘小侯爷’今天回到校园有什么感想？”七嘴八舌的问话中，李侯耐心回答着，挺拔的身形在北大楼前益显峭直，清俊的面容被夕阳洒得橙光点点，双眸如冬日的紫霞湖般清澈见底，举手投足正像瀚迅标识一样方正工整。一转头看见了同样碧绿葱茏的关其雨，突然绽放了笑容。抬臂举起手中的遥控器按了两按，随即响起了“咯噔”“咯噔”的声音，众人循声望过去，青石板的地面上转过来圆圆滚滚的扫地机器人“李广 05”，但是不在扫地，背上驮着一面彩旗，工工整整地写着：“小雨，做我的女朋友好吗？”没等关其雨反应过来，人群已经欢呼声一片：“快答应！快答应！”“Say YES!”“Say YES!”于是橙红的晚霞作证，清俊的电

脑小侯爷与灵秀的江南其雨定情在北大楼前。

据说南都女大学生中绿衣盛行——爬山虎的绿、大草坪的绿，还有男同学爱在北大楼前表白就是从那时开始的，传言不知真假，但那一份量子纠缠的浪漫氤氲在古老的校园，更永远缠绵在心。

清澈见底清俊无俦的李侯，怎么会发生性侵这样丑陋的事？关其雨昏昏沉沉地抬头，发现正驻足在北大楼前的绿茵草地上，视野中四四方方的塔楼像瀚迅的标识、像李侯的言行举止、像十二年无波无浪的爱情。然而第一次，关其雨的目光逡巡在西洋式钟楼和其下古朴的明城墙砖砌成的楼体上，突然感到了一阵阵猛烈的撞击，像是古建筑经历过的种种时代大潮，又像是被狗咬、被性侵事件引爆的巨浪，随时会将自己冲得粉碎。

为什么一直没有意识到自己渺小？虽然母亲早亡，可自幼父亲疼爱得无微不至，成绩优异一直到大学也算学霸，老师呵护同学友爱，更不知道是否和实习报告中“李图灵”的一句推荐语或者“李图灵女友”的身份有关，之后的硕博连读、留校、升讲师都一路顺畅，从未经过挫折。直到评副高职称，直到这个倒霉的三月。

“家属！你有什么课啊？莱迪都不去！我帮你订了小核桃呢！论文有了吗？”陆居不知从哪儿钻出来，初春的微寒中一件红色的风衣像画中的人物，然而妩媚的五官此刻忧心忡忡，短短五个字问得忧国忧民般深沉。

“没呢。”关其雨没精打采地回答，只觉得恍恍惚惚。地球另一端的李侯被关押着呢，那一身橘黄色的囚衣！美元怎么换、买哪天的机票、怎么和受害者商谈、怎么救他？72 小时过去多少了？

陆居四下看看无人，压低了声音说：“我找到个门路！是老吴的老朋友，很可靠！熟人优惠价！一千五一篇，包上国内一级刊物！”

关其雨吓了一跳，回过神来：“那不好吧？”

“哎呀你傻啊！”陆居恨铁不成钢地劝导：“论文是职称硬指标！首要因素！你以为大家都是凭本事发的？说句不好听的，专业论文有几个编辑看得懂啊？要不看作者名气，要不看推荐人，要不就看门路！赶紧地，随便找几篇给我，没大错就行，咱俩搁一起多点，说不定量大还能谈谈价格打个折。”

关其雨不吭声。电脑里的存稿、抽屉里的旧稿都看过，错误是没有，可就是糟糕在完全有把握没错误，因为是四平八稳的老生常谈，毫无新意可言，与其说是论文还不如说是散文。一千五一篇发表？而且国内一级学术期刊？陆居见好友低着头不说话急了："哎呀你这时候不能清高啊！今年这个副高再评不上，明年人更多，难道做一辈子讲师？就算你肯学校也不肯啊，说不定哪天就像美国那样实行七年试用期制度，七年里要么拿到终身职位要么走人，升不了副高活该你卷铺盖回家！"

"其雨其雨"的手机铃声救了关其雨，"你家李侯的？哼，在美国还这么老打电话？你俩还真是恩爱呐！量子纠缠嘛！"陆居唠叨着，见好友面孔由白转红又由红转白，一句话不说，只对着电话"嗯""好""知道了"，伶仃的大眼睛更不知何时蒙上了雾气，吓得连忙住了口，伸臂搂住她瘦削的肩膀，一句"怎么了"吊在嘴边。

成言总算说完了，大男孩从昨天的张皇失措已经变成了如释重负，甚至感恩戴德。关其雨握着手机呆呆的，半晌深吸一口气，说："叶端直正好在加拿大，放弃了多伦多的一个重要推广活动，直接飞美国救人了。"

"谁？什么事？要'救'人那么严重？太平世界朗朗乾坤啊！"陆居连着追问。关其雨苦笑，随手把手机上的头条新闻递过去，陆居看一眼惊得跳起来："李侯性侵被捕？在纽约？作死啊！那地方神仙也够不着，犯了事只有坐牢一条路！叶端直去'救'人，难道劫法场吗？"

真要劫法场，叶端直也会干的吧？关其雨仰头望向钟楼，花木兰般的女战士，永远冲锋陷阵厮杀拼搏所向披靡，这次面对纽约警察和金发女郎一定也能凯旋。自己呢？柴米油盐在俗世，三口之家的自由生活是最大的向往，梦中的雪山是脑中最遥远的世界，一步一挪地走了二十七年只因为迫不得已，并不是有什么高远的理想。现在为了评副高职称，还要蝇营狗苟，一千五发论文？

春色葳蕤，古朴建筑上密密盘绕的爬山虎随清风起伏，葱茏得沉静厚重。"不，那些论文我不发。"很久很久，关其雨轻声说了一句，坚决得毫无余地。大不了，像梦中稚拙的小女孩，被流放在漫漫雪地，跋山涉水二十七年。

第七章 两个大国

“叶总，您来了就太好了！”地球的另一端，成言激动欢喜得语无伦次，“您看您看，我说告诉我航班，我去接您的。”

叶端直不说话，目光静静地扫过去，成言瞬间低下了头：“是是是，您已经到了。您说过公司内部不必要的接待工作要减少，我们应该面向客户。我们一直是面向客户的，我们不接您，我们以后也不接您……”叶总的目光，瀚迅员工们形容为刀锋、激光剑、机关枪，甚至迫击炮，都是一眼让人胆寒的厉害武器。成言觉得自己算不错的，身后的赵总和宋律师干脆不敢讲话呢。

“就是这里吗？”叶端直打断了成言的絮叨，指着面前宽广的大厅问道。

“是是是，新品展示会就在这里。那天我们请了很多客人，就这个厅够大，整整一层楼面，七千呎面积就是六百多平方呢。展台虽然不用，饮料食物都有地方，还有个四人乐队，洋人不都喜欢这一套吗，公关部想得很周到……”成言止不住口，自己也不知道哪儿来的那么多话滔滔不绝。其实作为李侯的助理，成言见叶总不算少，然而每次见到都是张皇失措语无伦次，怕什么呢？她又不是真的花木兰！成言在心底问了自己无数次，骂了自己无数次。

望望旁边的两位纽约同事，一个满额头的汗不停地在擦，一个低着头一声不吭，成言想起来，赵总有一次回南都总部年终大会上述职，讲了二十分钟被叶总打断，直斥他浪费大家的时间，二十分钟尽是客套话吹捧话，没一句有用的！其实原因大家都清楚，美国分公司因为一直没打开市场，赵总是在尽量低姿态，这也不行？而且是劈头盖脸地毫不留情地训斥！赵总真算有涵养能忍的，那之后居然没辞职。成言自问做不到，有家有口也做不到。

众目睽睽中，叶端直硬挺挺地缓步走过，扇形的大厅迎面弧形的落地长窗，擦得一尘不染地透明，脚下的空间便被直接连向蓝天白云。望过去，洛克菲勒大厦、世贸中心一号楼、美国银行、帝国大厦、纽约时报等等高楼巍然耸立，俯瞰则时代广场、第五大道、华道夫酒店、中央公园跃入眼帘。

并不陌生。从瀚迅成立开始，纽约来了总有三十趟了吧？全世界的名城中，恐怕这里是她跑得最多的一个地方。因为最仰视，因为最难。

1979 年中美建交举国欢腾，那时还没有电视，收音机和部队大院的大广播中天天播报，学校里不少人议论，不是“美帝国主义”吗，为什么要和敌人建交？十岁的叶端直对“冷战”这个词听得熟悉可完全不懂，美国苏联到底谁好谁坏，又到底谁是敌人谁是朋友？问父母，老将军呵斥：“不要讲这些！”老护士长搂住女儿含含糊糊地告诉她中国在对峙的两大阵营之间小心翼翼地寻求自己的生存发展之路。“生存、发展……”原来连伟大祖国做到这两点都不容易，更不是理所当然地一帆风顺，叶端直深深震撼，以至于这两个词此后余生盘踞脑海，成了瀚迅的座右铭。

1984 年叶端直正读高中，4 月底里根总统访问中国，那个轰动啊，全国上上下下都处于一级战备状态，部队更是从早到晚操练演习，父母亲都忙得不见人影。别看总统夫妇爬长城游天坛抚摸大熊猫信步街道社区，行程轻松愉快，实际上访问之前美国方面就先来了三个先遣组，安保、饮食、交通各方面都提出了很多要求，并对落后的中国表示了不信任，很多地方越俎代庖地非要他们领导安排，搞得中方很无奈，后来还出过一个“厕所”风波，就是总统保镖为里根总统霸占唯一的厕所遭到中方保安人员反对的事情。不过整体气氛友好，中国热情好客，而美国总统夫妇对神秘古老的东方大国表现出善意，安保这一块的摩擦被看作小插曲，毕竟里根就任总统的第七十天曾遇刺中弹，惊弓之鸟的他出门高度警惕，爱走偏门自车库直接进会场，爱穿防弹衣时时刻刻防备枪击，都很好理解。中方外松内紧，小朋友们唱歌跳舞送鲜花的时候，全中国公安特警和部队都做好了准备，随时能应对突发情况。那次访问之后美国成为“美国”，再不是“美帝国主义”，中美双发在经济、军事方面都有了密切合作。叶端直参军后进了研究中心，在那里认识了韩迅，近十年的时间一起学习研究，看到中美联系日益增多，看到中国为了推进两国合作制定专利法，看到首长们为美国转让来的卫星和导弹等各种高端技术欢欣，庆幸中美两国的准同盟合作，她朦朦胧胧地就想，哪天能去美国看看？

1993 年转业，与韩迅结婚。但是比起个人的小家庭，更让叶端直感慨的是社会主义国家的整体震荡，苏联解体东欧易帜，红旗下长大的原解放军战士实在不能接受，对美国为首的西方国家挑剔中国的人权问题、处处为难中

国这个最大的社会主义国家，更是愤懑不已。还好最惠国待遇和人权问题一直没能挂钩，中美贸易始终进行顺利。瀚迅公司那时候刚成立，开始代理各种品牌电器，中国香港、韩国、日本的都很顺利，三洋、三星、索尼等商标迅速挂满了瀚迅会客室的一面墙。美国有什么？香港的代理商含含糊糊地答不上，建议叶总就用日本、韩国的，又便宜又方便。叶端直有着勇猛向前的性格，心底对美国的神往更与日俱增，一咬牙走父母老战友的门路花了半年时间办了美国签证，飞到了纽约。

那是1996年，三十出头，真年轻啊！叶端直嘴角浮上了一丝微笑。旁边的成言看得呆了一呆，叶总会笑啊？真是新闻！透过飞机舷窗看到自由女神像的一瞬间，叶端直激动得只想高呼只想大叫大跳；再奔驰在宽阔的马路上，漫步在繁闹的曼哈顿，仰望联合国、世贸中心和帝国大厦，只觉得满心敬仰：这是世界第一强国，这是真正的全球老大！叶端直在有限的两周时间内东奔西走，一心想带个代理品牌回中国，无奈对美国一无所知，英语水平更是跌跌爬爬，第一趟美国之行空手而归，不，不能说空手，看到了真正的强国，看到了中国的差距，看到了亨廷顿《文明的冲突》的序言："如果中国政治稳定保持二十年，如果中国的经济高速增长保持二十年，那个时候的中国对世界秩序的挑战是肯定的。"叶端直满怀憧憬。

后来几次拿下了史密斯热水器的代理，后来遇到了iRobot，后来经历南斯拉夫大使馆被炸，中美关系不冷不热地维持着正常邦交国的尺度，两国的贸易额和双向投资百倍增长，叶端直来往于纽约南都之间，听到美国战略家们遏制中国的呼声渐渐高涨，心中总有深深的不安。虽然没有经历过战争，虽然生长在和平年代，但是熟读历史的叶端直知道，中国近现代历史上超过五十年的和平发展时期太弥足珍贵，真的怕突然哪天就因为意识形态、因为国土争端开战。再后来出差美国初次拜访时空公司的时候碰到"9·11"恐怖袭击，叶端直跟着人群在纽约中心像无头苍蝇一样惊慌奔跑，第一个反应却是：美国要反恐，顾不上遏制中国了。

如她所料，美国战略中心转移到中东，反恐战争从2001年打到2015年，中国有了十五年的战略机遇期。叶端直与千千万万个聪明勤劳的中国人一起，披星戴月地苦干实干，推进了中国翻天覆地的飞速发展。真是快啊，中国目前在全世界的GDP占比已经高达15%左右，仅次于美国的24%，国际贸易的总额超过美国的4万亿美元居世界首位！中国强大，中国人有钱，叶端直在世界各地的机场景点和商场中都看到庞大热闹的中国人群，喧闹着购物、拍照摄像、享受生活。这让盘踞在世界顶端三百年的盎格鲁撒克逊白人突然优越感受挫，怎么能不焦虑？他们自诩为上帝的子民，站在世界巅峰，中国人，一个有色人种，上帝知道吗？更何况，中国是一个社会主义国家！叶端直亲自跑美国管家即全美民用机器人制造商，一年至少两三次，日常的邮件推广、节日问候更是从不间断，然而前前后后下了极大功夫也没签下合同，协会的巴斯奇先生从中年渐渐变成了老年，从部门主管变成了公司总裁，十几年中总是耸耸肩安慰："民用机器人要进入美国家庭，我们不得不慎重！"

而前几天在加拿大，惊闻美国加征钢铁和铝的关税，加拿大首当其冲！憨厚淳朴的加拿大人问"增加的关税不是美国人在负担吗，怎么就成了阻碍别国发展的手段了"，加拿大总理更是称"关税是对美加两国长期盟友关系的侮辱"，尤其侮辱了"数以千计与他们的美国战友在阿富汗共同战斗并牺牲的加拿大军人们"。叶端直同加拿大人一样不明白，同加拿大的贸易怎么会被视为对美国国家安全的威胁？叶端直更担心，中国在这个时候会被当作什么样的威胁？毕竟美国宣布加征关税的原因是"由中国引起的全球钢铁和铝产能过剩，威胁美国本土钢铝生产者，而他们对美国钢铝自主供应有至关重要的作用"。即使中国的钢铁和铝只占其进口量的3.7％。

实际上，中国到今天还是发展中国家，经济规模、产业结构、城市化进程等各方面和美国都有相当大的差距，军事实力、文化产业和金融货币等方面更是远远不如。美国是世界第一强国大国，这一地位丝毫未被撼动，未来很长时间也不可能改变。叶端直坚韧不拔地继续跑、继续说，直到捧上今年的最新产品"李白18"，并把与时空公司的芯片合同条款出示说明，巴斯奇先生才甩甩已成银色的鬓发，十几年来第一次颔首："好！我们签这款机器人！"带着惯有的优越感，为成功掌控瀚迅公司不乏自得。

在民用机器人业内混了一辈子，巴斯奇一眼就看出"李白18"的极端高性能，7999美元，毫无疑问将迅速被抢购一空：而其中的关键芯片来自时空公司，产品只能优先供应美国，叶端直再能干，瀚迅再飞跃，"李白18"再先进，那也翻不了天。

所以这件事，不会是美国管家或美国时空公司作祟，美国其他企业更不

相干不会插手。叶端直沉思着，浓眉挤在了一起：难道真是李侯喝醉了性侵？怎么可能呢？

梅雨季节的南都潮湿阴冷，那个清俊无俦的少年在门口出现，瞬间赶走了阴霾，连空气都仿佛不再黏稠，突然清爽得洁净通透。他谈人工智能，谈家用机器人，谈瀚迅的未来，双眸清澈见底，令人想起冬日紫霞湖的清洌，百忙中居然闪过一个遐思，不知道能否有天与这个少年一起在湖中冬泳？之后同去研发部，当场聘请他为总工程师，大力研发机器人，都是因对他的信任信赖。李侯从内到外极净极清，像书中修行的道士，也像瀚迅的产品机器人，完全无法与性侵这样的龌龊丑陋联系在一起。

“刚才我上来是刷脸的，这个电梯怎么认识我的？”叶端直沉吟着问。

“大楼管理处每月更新系统，每月一号当天录入所有通行人员的脸模。我们是把分公司员工，还有总部常来的几位领导每月申请好。”赵总连忙回答。

“所以那位受害者确定是本大楼员工？”叶端直皱了皱浓眉，“是在电梯里巧遇李侯、两人一起进的办公室？”

“受害者确实是本大楼员工，叫南茜。大楼管理处那边了解到的情况是她刚到十一楼上班一个多月，那天的电梯监控录像中她是和李侯在一起。”宋律师递上资料，“我刚从警察局回来，与其做了初步沟通。她哭哭啼啼的，说是好心扶李侯，没想到会被侵害。我好言安慰，她给我看了当日手机拍的照片，在我们公司办公室拍了两张、总工室拍了一张，她说因为好奇，扶李侯进来后就东张西望拍着玩的，就是那时候李侯动手，呃，抱她……”宋律师偷偷觑了一眼叶端直，女战士的浓眉皱到了一起。是啊，这些难堪的画面实在与清俊无俦的“小侯爷”不衬啊！

几个人下电梯到十五楼，纽约分公司也是一层楼面，出电梯就是瀚迅的标识，工整的正楷“瀚迅”汉字下同样方正的H字母。赵总介绍，今年因为拿到了美国管家的合同，想着后面事情更多——“更”字明显加重——所以人员加到了三十五至四十之间，客服部已经初具雏形，只要“李白18”一进市场，后续服务随时能跟上。听到这里几个人对望了望，性侵事情发生在新品展示会上，会议最后的重磅程序与美国管家的签约仪式因此中止，怎么看都不像是巧合、是意外啊！

但这一桩对美国管家、对时空公司都大有好处的合同，谁会想去破坏呢？

叶端直环顾总工室，标准的只有办公桌椅加电脑的工作间，简单得毫无情趣，李侯在这里会情欲勃发到不能自控？因为醉酒？然而极有力的证据是受害者手机中的照片，确确实实是拍摄在 3 月 16 日下午的瀚迅公司，人脸识别的门禁系统她不可能自己闯入，而除了李侯，那个时间段没有其他瀚迅员工回过办公室。

“巴斯奇先生，我在纽约。您何时有空，我们把合约正式签了?”叶端直握着手机，像过去十几年一样若无其事，然而电话彼端“哈啰”后的一个停顿已经令人感觉到了巴斯奇的犹疑，叶端直心中暗叫“不好”，浓眉又皱到了一处。果然老头咳嗽几声，使劲清了清不需要清的嗓子，客套地说：“小叶你才到吧，不着急啊，先好好休息，把瀚迅的工作先处理好，优先处理李侯先生的事情，他等在警察局一定盼着你啊，能与受害者和解还是尽量和解啊，美国的监狱形势复杂，他这样，呃，不够强壮的进去了不好啊，你们中国人说的凶多吉少啊……”

叶端直听着老头绕弯，配合地连连搭腔：“嗯。是的。您说得对。是啊。太对了。”额头的汗却一颗颗冒出来，在大脑门上晶晶闪亮。很明显，一句话不提合同的事，美国管家是在观望，想看看性侵这事的走向。好，那就和解！女战士咬了咬牙。老头说得对，清俊无俦的李侯在监狱里面对各种魁梧凶残的罪犯，仅仅这个想法都令人心痛到无法忍受。更主要的，叶端直嗅到了山雨欲来风满楼的危险，美国现任政府正在一一推翻现行世界贸易制度，从加拿大一路过来，女战士只觉得达摩克利斯之剑悬在头顶。十几年的努力，瀚迅刚刚靠“李白 18”打开美国市场啊！性侵事件必须速速解决。

成言兴奋地向关其雨报告进展：叶端直如何不负部下所望，到纽约当天就找到受害者南茜晓之以理动之以情，醉酒不省人事，家中妻儿殷殷盼望，儿子才四岁你看多可爱等等恳切商谈；如何见对方面色松动，当场奉上一百万美元的本票令金发女郎无法拒绝，“有钱的中国人……”嘀咕几句很快便签了和解协议。“叶总出马，马到功成啊！大嫂你放心，我们很快就完成任务回南都了!”

然而不知是因这件事本身受到关注还是何处走漏了消息，纽约各大媒体纷纷以受害者这句话为标题发了头条，配以李侯被捕的照片，以及瀚迅工整方正的标识，橘黄色的囚服与深黑色的正楷字交相印衬，极为醒目极为刺眼，

水中涟漪一样迅速自北美蔓延开，传到了中国，传到了世界各地，全球一片哗然。“有钱的中国人……”短短几个字讲出了多少人的不平不甘心，瞬时收获了无数附和。于是更多媒体涌向受害者挖掘新闻，金发女郎时而愤慨，时而悲泣，时而举着一百万的本票呐喊，全世界的吃瓜群众在满足了八卦欲之外更激扬了正在抬头的民粹主义：占我们美国人的便宜！随着性侵细节不断更新，诸如怎么在电梯里邂逅酒醉的李侯、怎么刷脸进的瀚迅办公室和总工室，室内宽敞豪华俯瞰整个曼哈顿，这段故事日益细致入微、跌宕起伏、引人入胜的同时，对“有钱的中国人”的愤怒迅速升温，席卷了北美大陆，往西欧、澳洲各地扩散。

这中间，3 月 22 日当地时间中午，美国宣布将就中国在钢铁、铝贸易和知识产权方面的行为向五百亿中国对美出口商品征收“惩罚性关税”，同时限制中国对美直接投资。叶端直暗叫不好，果然中国政府迅速反击，公布了对美国商品加征关税的清单，一来一往互不相让，有不少媒体开始使用“中美贸易战”这个词。叶端直心中叫苦不迭，被加关税的又不是中国一家，何必过早地称之为“战争”？瀚迅的机器人好容易进入美国市场，偏碰上这个时候！巴斯奇耸耸肩说：“叶小姐，美中双方的关税争论会发展成什么样，谁知道？请你耐心等待，我不能签合同，在这样敏感而且尴尬的时刻。”叶端直明白老头的顾虑，敏感是因为此时的两国争端，尴尬则是迟迟不退的性侵新闻，真是该死，以前媒体从没有像这次如此关切瀚迅啊！

最糟糕的是，当事人李侯完全不回应，所有追击抓拍的镜头中都是双唇紧闭一言不发，与金发女郎南茜的戏剧化表演正好是两个极端。因此增添了更多神秘，媒体开始刨根问底，关人的警局、抓人的警察、受害者的亲属家人和朋友，当天参加午餐会的各路嘉宾，甚至大堂保安都有好事记者采访，添油加醋地又出来不少“猛料”：李侯素来风流倜傥，对女员工不规不矩，老婆就是公司的实习生搞大了肚子只好结婚等等。舆论因此更加兴奋，老男人出来讨论如何勾搭女友或养小三，不主动不拒绝不承担责任的金科玉律被喝彩被斥责；妇女权益者愤而怒骂李侯为披着现代科技外衣、满脑子封建时代三宫六院的变态；社会学家哀叹这个社会怎么了……

陆居一开始看到就转发给好友，表达愤慨、同情或者安慰，后来实在太多看不过来就变成了啧啧叹气：“量子纠缠那么浪漫的爱情，北大楼前‘李广’转悠着举旗深情表白的一幕是南大校园的经典，怎么被说成这么难听的八卦？以后这些媒体我是再也不相信了！”

“公司出面澄清呀！怎么都不说话？李侯的名声就算不要了，瀚迅的形象也不管了吗？还有对中国人的误解！‘有钱的中国人’变成了专有名词，对国际形势都有影响啊！”关其雨急得连扣大帽子吓唬成言。迟钝如她，也感觉到了美国政治进入民粹主义，因而对世界各国爆发了种种不友好，尤其对富强起来的社会主义中国更是质疑加怀疑。宣布“惩罚性关税”、公布“中国贸易实践的301条款调查”，一步步咄咄逼人。朱陶就常叹气：“以前觉得买的几家美国企业贵得离谱，现在啊，干脆再别想收购兼并美国企业了！那么严格烦琐的‘安全审查’，摆明了不让中国人投资！”侯华不以为然：“有钱为什么买美国企业？”朱陶好脾气地耐心解释：“不是想要先进技术嘛，这样比自己研发快啊！缩小技术差距啊！”

成言为难地摊摊手：“怎么澄清？越辩解媒体越炒作，断章取义，你说你的他报他的，驴唇不对马嘴！叶总吩咐，不理睬，用不了多久就过去了！”顿了顿又庆幸地感叹：“还好啊，我们公司不是上市公司，不然股价可要跌惨了！”

关其雨不懂财经，不过身处信息爆炸的时代，耳边这些上市啦、股价啦等等听闻实在不少，陆居丈夫吴浩的小集成电路公司“浩大”自成立之初就胸怀上市梦想，拼搏七八年终于大前年上了创业板，吴浩得意扬扬踌躇满志，陆居则直截了当地算账：“九个合伙人持股不一，我老公13.6%的股份，市值三个亿呐！”手机里装了股票软件，每天或惊呼赞叹或垂头丧气。关其雨好奇地问这股票能卖能变现能当钱用吗？陆居轻蔑地看看她说：“首先，是能质押变现的；更重要的，这叫身价！你懂不懂？这就是金融的力量，能把市场上的钱圈成自己的！你记得吧，吴浩毕业时他父母让他回上海，是我死劝他留下来，上海外企工资高是不错，一个月两三万，但别说升职难，就是升到高管又怎么样，哪儿有在南都自己创业好？几个亿身价外企高管一辈子挣不到！而且自己当老板自由自在，不用守洋规矩、看洋人脸色！”见关其雨笑又接着数落：“你别笑，你们家李侯在瀚迅忙死忙活呕心沥血，一样的，有什么用？啥时候能挣到上亿？你想买房子搬出来住，赶紧劝他下来，自己弄个小公司，强多了！”

相比之下，瀚迅的股份制度确实太古老陈旧了，像上个世纪或者更古老的集资方法。叶端直的三万元初始资金在做到一百万生意的时候发现资金瓶颈严重，和丈夫韩迅商量之后决定搞员工股份，很简单，一块钱一股，发动所有员工参股，每年春节前按上年12月底的全年财务利润分红。当时员工很多有顾虑，是王守成第一个站出来表示赞成，并拿出家里的拆迁款十三万认购——当时那是一笔巨款，可以买到城中两房一厅，之后员工们陆续跟进，最早的这批瀚迅股票集资了九百万，使得叶端直成功地将营业额做过一亿，并有余力搞开发。之后公司股票能买也能卖，公司财务部里专门有个“内股科”专门应对员工买卖股票、离职的员工退股、成绩优异的员工奖励股份等等，十几年间经过分红配股扩股，原来的一块钱已变成一百多块，所有留在公司并一直持有股票的员工大多欢欣庆幸，王守成却说“要是买了房子、特别是学区房，涨得还要多哩”“这个股票不能上市，发不了大财”等等，并不领情，受这种思想影响的老职工渐渐增多，对公司不但不感恩反而以开国功臣自居，甚至怪公司集资耽误了当年买房子开公司发财的都不少。俞好气得质问：“你们当年都有前后眼，都买学区房了？还是公司都上市了？讲这种马后炮的牙疼话!”

研发部生气不是没来由的，李侯为首，研发部大多数是后进来的员工，公司内部股票持股远不如王守成等老员工，工资奖金按成绩拿是比较高，但是每年的分红和股票增值远远不如老员工差的不是一点两点而是几倍。“李图灵”天生有种恃才傲物千金散尽还复来的潇洒清高，家里条件好一直没缺过钱，对此并不在意；其他工程师比较、讨论，愤愤不平的却大有人在，终于前年春节前爆发了研发部的集体大罢工，两百四十二名工程师坐在电脑前看书写字聊天吃东西，就是不干活。

“李白”当时刚具雏形，“李广”“李耳”“李世民”也在更新提升，按叶端直的说法是要拼一拼创新，哪怕在能耗和更新速度上有所突破也好，不能再靠低价和终身保修来恶性竞争。春节前要根据新产品定下全年的销售策略，各地市场部拿着产品资料年前年后搞活动做促销抢市场，是一年销售最关键的时刻。李侯素来不问俗务，像平常一样自己埋头工作，不时叫一声“成言，把这个交给张工”“成言，这个去问下陈工”，还是经成言悄悄提醒“大家在闹意见，罢工呢”才发觉不对劲，却仍然大惑不解：“罢工？为什么？”

为什么，列宁同志早就总结过，罢工是自发运动，是工人阶级的觉醒，起因无非是抗议繁重的劳动、待遇的不公正。年终奖研发部拿得不少，可比起按销售利润提成的市场部差了一大截，而股份分红更是居公司最后！王主席一年到头发发电影票，和职工主要是女职工谈谈心，组织两场乒乓球羽毛球比赛，收入最高！高得吓人！王主席就是王守成，瀚迅在2000年成立了工会，王守成主动要求自副总裁调任工会主席，带了一批老臣子；公司还有党支部一套人马，也大多是红色老同志，收入因持有的股份也都颇高。李侯听着手下七嘴八舌地抱怨，挠着头直皱眉，子曰“不患寡而患不均”，研发部基本上是高学历的年轻人，辛苦读到硕士博士，十之八九都是觉得能靠所学挣一个光明未来，像李彦宏一样成为天之骄子的，选择瀚迅之前肯定比较过薪资待遇、发展前景，刚毕业的年收入二三十万、几年后四五十万，俞好这样的高级工程师能拿到七八十万，真不算少。然而王主席等人的分红直接影响了这份成功感和幸福感。

怎么办呢？

叶端直惊闻研发部罢工，以一贯的雷厉风行火速应对，三天内推出了优秀人才持股计划，将自己的股份拿出来分给有特殊贡献的研发人员和其他人员；成立业务部，改变市场部独家营销的局面；甚至花了十多天时间与研发部的工程师们一个个谈心，鼓励愿意去业务部的大展拳脚。事实再次证明了叶端直的远见卓识，这次变革形成了瀚迅之后成熟的人才激励机制，人才的脑袋与钱袋结合，使个人贡献与公司长远发展结合，其中最令人惊喜意外的就是工程师们在业务部做的销售成绩后来居上，远远超过了市场部。别看工程师们大多是书呆子不擅言谈，可很多买家反而相信寡言代表的技术和实力，八面玲珑的销售员哪儿没有呢？叶端直受此风波刺激——传闻也是她的高参韩迅将军的提醒——开始在员工待遇上下功夫，小到单位食堂、卫生间，大到员工宿舍、园区幼儿园、学区内的小学中学，都力求做到更好。侯华就不止一次吩咐李侯“晚上带点素鸡回来”“买一只鸭子”等等，因为瀚迅食堂的饭菜又便宜又好。李侯不耐烦，侯华就找成言，甚至把成言拉进了李家的微信家庭群，小伙子买好食物塞到李侯手上拎回来。所以瀚迅的职工死心塌地为公司效力，进了瀚迅的门唯一想的就是做出成绩，几万名员工对叶端直崇拜崇信，所以成言信心满满地说：“叶总讲了很快会过去，大嫂你就不用

烦了!”

然而这一次的性侵事件，叶端直的判断被证明错误而且是大错特错，形势完全没有像她预想的那样不理睬就很快过去，冥冥中像有只无形的大手在推动，报道持续发酵，长期占据全球大小媒体，财经、娱乐、人物、科教、社会等各版面都无休无止地报道讨论，深黑色 H 正楷汉字的瀚迅标识与橘黄色囚衣沉默憔悴的李侯密不可分地相连定格，刺目得关其雨甚至不敢看手机、不敢上网，而随着这个画面的广泛传播，瀚迅的形象一落千丈。

很快，各地市场陆续传来噩耗，“李广”“李耳”“李世民”销售不畅、退货频发，代言的中外明星都纷纷毁约不愿再与瀚迅沾边，各国政府也迅速撇清关系，不乏正式声明瀚迅并非官方途径引入……不难理解，东西方文明中，性侵都是下三滥的罪恶，就像“淫贼”比“强盗”“恶棍”更为人不耻一样，李侯的这次事件并不毁在社会危害性，而是糟糕在成为瀚迅的耻辱，致命地丢失了十几年好不容易获得的信任和荣誉。

新合同难签，执行中的合同不少被毁约，原本忙忙碌碌收发货的物流中心不久就被库存堆满，江北、皖南、苏北几个生产基地放缓了生产速度还是积压严重，后来厂长们跑到南都总部当面问叶端直：“怎么办，难道要减员?”当今社会无论苏南苏北还是皖鄂湘，工人尤其技术工人不好招是共识，要勤快能干活，要听话肯加班，要守规矩不捅娄子，每一个一年干到头春节后又来上班的工人都是宝啊，狠心减员容易，以后缺人再招可就难了！叶端直要求减少工时维持基本规模，但是工人离家打工都是为挣钱，没有加班费没有奖金补贴怎么行，很快各地工厂开始了减员潮，叶端直内忧外患，而在王主席等人“打江山难，守江山更难”的哀叹中，瀚迅总部人心浮动，不少员工辞职，更有不少猎头积极挖人，这些都是后话。

而多年的竞争对手“李小龙”“李舜臣”“织田信长”“美国甜心”和“美国队长”迅速抢占市场份额，连新街口的大屏幕都变成了斯密达的广告，炫亮得刺眼，按秒收费在争夺市场的战争中只是不值一提的细节。关其雨远远望见连忙抬手遮在车窗玻璃上，可是胳膊纤细手掌瘦小，忙了半天徒劳无功，屏幕中“李舜臣”在烤肉店里灵活转动着底盘，四只机械臂忽长忽短地端盘子、送筷子、捧上韩国泡菜、翻转火上的肉片，“江南 STYLE”的歌声欢快活泼，背景放了一台电视机，里面古装的中国皇帝行动迟缓表情僵硬，明显在讽刺“李世民”的落伍。这个广告煽动性强到连李媛都买了一台，喜滋滋地连说“好用”，又叮嘱婆媳二人“别告诉李侯”！关其雨举着手臂，心虚地侧身看看李侯，生怕这个广告会刺激他，刚才在机场望见就知道，不能再刺激了。

李侯本就是个沉默寡言的理工男，表情单一，常规只表达“是”或“否”两个概念，关其雨习惯了丈夫的简单，做好了思想准备他不会对纽约事件说什么，然而今天在机场出口处一照面，还是狠狠地吓了一跳：一个月不见，头发在脑后束了个马尾，胡子变成了山羊胡，高瘦挺拔的身形伛偻得像老人，往日健步如飞的步伐踟蹰不安，最要命的是原本冬日紫霞湖般清澈见底的双眸，浑浊得像被污染了，眼珠更僵硬得没有焦点，见到爱妻也毫无反应地一动不动。

关其雨还没来得及伤感，等候多时的记者们发现了李侯，三十来个人一拥而上，闪光灯伴着咔嚓嚓的快门声、七嘴八舌的询问声击破了湖水的沉寂。“李侯你会辞职吗”“回家怎么面对妻子母亲”“孩子能接受吗”“会离婚吗”，各种毫不留情的问题砸在伛偻的身体上，使其益加矮下去弯下去，简直要贴向地面。关其雨心疼地奋力扑上前，拥住了丈夫往外走。“听说贤伉俪的爱情曾自比作量子纠缠，出了这样的丑闻还继续纠缠吗？是加一个远在纽约的金发量子一起纠缠吧？”刻薄的问题引起一阵哄笑，湖水中掀起一阵阵痛苦的波澜，关其雨紧紧胳膊，羞愤地加快了脚步。可是面前挡着重重叠叠的人群，无数长长短短的镜头、摄像机、照明灯，成言在前开路，平日壮硕的身躯此刻只显得弱小无力，一声声“让开”嘶哑而绝望。

“各位媒体同志！叶端直现场发布瀚迅官方通告！”远处忽然响起吆喝声——关其雨认得是瀚迅陈主任的声音——回荡在拥挤喧嚣的机场大厅中，刚毅峭直的身影随即出现在高台上。一群记者愣了愣，几个反应快的已经拔脚就跑，奔向叶端直的方向。瀚迅公司常有公共通告、官方发言，可是叶端直极少出面，汶川地震时亲赴现场做义工也是一言不发，平日媒体采访一概推到公关部，那里都是专业公关高手，一个字都不带讲错讲漏的，所以十几年里瀚迅从未出过公关问题，公众形象极佳，直到这次李侯性侵事件的意外。而现在，叶端直开口！亲自发布！正在取出无线话筒！媒体蜂拥转向，脚步杂沓匆忙，有两个年轻的记者犹豫着看看李侯，都迅速地被同事催促拉走。

成言乘机连推带拉，护着李侯夫妇二人总算上了面包车，重重地松了一口气。

关其雨忍不住回头望去，叶端直被包围在中间根本看不见，只有洪亮的嗓音一改往日的果断迅疾，慢悠悠地像打太极拳：“大家知道，瀚迅的最新款全能机器人，代号‘李白 18’，成功拿下美国民用机器人运营商‘美国管家’，签订了三年合约，预计将销售五十万台，目标嘛，不妨定在一百万台……”一个月前的老生常谈。就是为了让李侯脱身吧？

声音渐渐远去：“是，还没有正式签约，但来往二十几个回合，合同已经双方认可，就差最后签字手续了……”而以她坚韧的性格，不管美国管家怎么拖延，本来一定会在纽约等到正式签合同，现在却匆匆飞回南都，也是为了李侯吧？

可是这样的李侯，救出来还有用吗？这哪里是电脑天才“李图灵”，哪里是民用机器人的“小侯爷”？无论是研发部还是业务部，他能做什么？关其雨看着丈夫，一阵阵心疼。憔悴的面容、呆滞的神情，自机场一路奔到新街口毫无变化；直到浑浊的湖水中映入了“李舜臣”的广告，机器人穿梭在烤肉泡菜之间，长发山羊胡忽然抖动起来，干裂的唇中迸出两个字：“靠边！”

成言一脚急刹车，“嘎”一声停在了路边，紧张地回头问“怎么了”，李侯却不声不响地径自开门下了车。关其雨连忙跟上，百忙中吩咐成言把车开走，行李送到家就回去吧。成言还想再问，远处的交警已经吹响了哨子警告，只好依言匆匆开走。

李侯头也不抬地大步急行，关其雨在后面追着小跑，急得一颗心怦怦直跳，生怕记者又围上来。好在天色将晚，一头长发的李侯实在不像李侯，恐怕小宝、侯华迎面碰上都认不出！就见他转身钻进一幢大楼，赫然是六潮电器城，从电动牙刷到空调电视机到家用机器人一应俱全的、新街口的第一大电器商城，关其雨约莫猜出了丈夫的意图，越来越是担心。

果然，一进门就看到“李舜臣”在最显眼的商城中心旋转，四臂端着四个果盘，望见客人便伸过来，苏式点心、西式三明治、日式牛奶棒棒糖、茉莉花茶，总有个你喜欢的吧？营销做得极周到。关其雨顺手拿了个棒棒糖，搭讪地向丈夫说“这个小宝喜欢”。李侯恍如不闻，目光僵直地平扫商城，身形越来越伛偻得矮了下去。

商场中播放着震天响的音乐，“当我走过你的身边，我愿带走你的笑脸……”关其雨皱了皱眉，这首老歌真是经久不衰呢，怎么老听得到！跟着丈夫的目光，“李舜臣”之外，不远处的“李小龙”在耍弄三节棍，卖点是陪伴家中老少强身健体；“织田信长”在演绎茶道和插花，灵活的机械臂同时刷杯冲水剪枝造型丝毫不乱；再远一点单独隔离开的欧美进口商品区内，“美国甜心”搔首弄姿娇滴滴地说着：“下班了?”递上拖鞋；“美国队长”威猛地举着棒球棒抛掷着棒球逗孩子：“come on!”

放眼四顾，独独不见瀚迅的产品。

左手边是电视机专区，大大小小的电视机琳琅满目，式样也是挂式、座式、嵌入式五花八门。为了显示最美的画面，有的在播放青山绿水大好风景，有的是百花齐放争奇斗艳，有的则动物乐园猴子的纤毫都清清楚楚，也有几台正放着新闻，播音员正在严肃地报道：“当地时间 4 月 4 日上午，美国政府依据‘301’调查单方认定结果，宣布将对原产于中国的约 1300 种进口商品加征 25％的关税，涉及约 500 亿美元中国对美出口商品……”

关其雨怔了怔，侧头聆听。视线停留在丈夫身上，李侯还在搜寻瀚迅的产品，目光渐渐焦急。

“征税清单涉及中国信息和通信技术、航空航天、医药、机械、机器人等高科技产品，包括‘中国制造 2025’的战略产业……”

机器人，真的有机器人！关其雨回想叶端直刚才在机场的发布，以她的敏感，当然知道美国管家的拖延和关税有关，当然知道关税清单中机器人无可避免。是对“李白 18”过于自信，觉得加上 25％的关税也物有所值？还是对李侯的关怀超过了对贸然发布消息的顾虑？

身旁的李侯在颤抖，浑浊的湖水一浪接着一浪。“李图灵”一向不理俗务，所以恐怕不是关税新闻的反应，而只是找不到自己产品的焦急。关其雨心中不忍，转身找了个商场员工询问。小伙子态度极好，满面笑容地回答说：“都撤柜了！大半个月了！不过网上商城里有，搜品牌就找得到!”说着在手机上点开“六潮电器”的 APP，示意给两人看。不错，“李广”“李耳”和“李世民”都有，“搜”品牌找得到，否则页面上毫无显示。“你们怎么能这样呢?”关其雨气愤地问，“销售要积极嘛！多卖一点对你们不也是好事吗?”

“女士您别急，”小伙子机敏地打量着李侯，依旧灿烂的笑容中多了点怀疑的意味，“您看见下面的数据了？截至三月的销售量都很高，已经超过百万

台！不同型号的高中低机型都挤满好评！但是三月以来急剧下滑啊，一个多月只卖了几十台！市场不认、消费者不买账，我们商场也没办法啊！”

“这是暂时的！”关其雨急得跺脚，“肯定是暂时的！你们这样销售不行！”

小伙子耸耸肩：“我们听老板的吩咐。”

“不错。这里我说了算。”身后忽然传来冷冷的声音，“在商言商，做生意不是做慈善的，只认市场导向！”

关其雨脊背一僵，朱中道！偏偏就碰到他！不奇怪，六潮电器城是昇实的独资企业，看家的商城，前身就是二十世纪三四十年代独领南都风骚的三民商场，即朱家祖上当年辉煌又败落的地方。据说朱中道 1987 年下海时就对这里情有独钟，在一楼拐角租了第一个铺面，后来发达了一层楼一层楼地扩张，2004 年乘改制的时候全部拿下，据说又快又急没半点犹豫，十几年来果然增值了几十倍。不过近年来几大电商崛起冲击零售业，昇实的日子不好过，好在家电大件动辄几千上万元，南都的老百姓大多谨慎，要亲眼看见、试过功能，又有销售员实地讲解、推荐、拍胸脯保证的才放心，所以销售并未显著下滑，比起旁边做百货的江南广场和第一百货还是好多了。

“爸爸……”小声阻止的当然是朱陶，向来明朗的香蕉人冲关其雨尴尬地笑着，搭讪问道，“小宝妈妈，这位是小宝爸爸吧？”

李侯睬也不睬朱陶，定定地凝望着朱中道说：“瀚迅产品十几年的成绩有目共睹，价格质量服务都超过任何一个对手，昇实既然说在商言商，就该聚焦在产品，引导消费者关注产品自身！”

“信息爆炸时代，什么事特别是丑闻能藏得住？就算想盖，阿能盖得住？”朱中道冷哼一声，“讲产品就要讲制造商，偏偏阁下你是瀚迅的顶梁柱人物！做人么得[1]底线，怎么能让百姓信任？”

李侯清俊憔悴的面容抽动起来，湖水波涛翻涌，全是苦痛。关其雨担心地扶住他，清高的“李图灵”不理红尘俗事、不管柴米油盐，吃喝嫖赌一无所好，就是不食人间烟火的电脑“小侯爷”，可今天被贬到凡间还被踩！“做人么得底线”，这个评语怎么会和他联系上？

朱中道毫不客气地追击：“你看，到处是这种新闻这张照片，难道我想让

---

① 么得：方言，意指没有。

买机器人的消费者看见？”

身后的大屏幕，以及旁边电脑柜台上大大小小的电脑屏幕中不知何时又跳出了那张照片：工整方正的汉字加H的深黑色标识，旁边橘黄色囚衣憔悴不堪的李侯。

“又怎么了？”关其雨一颗心拎紧，慌乱地往前跨上两步，国际新闻播报员的声音平平淡淡：“美国机器人运营商‘美国管家’刚刚宣布，中止与中国瀚迅公司的合作协议，原因描述为‘瀚迅公司难以获得美国家庭的信任，家用机器人一旦进入家庭就成为家庭成员之一，这一缺憾将是致命的’。截至发稿，瀚迅方面尚没有回应。”

朱中道冷哼一声：“信任！就是这两个字！叶端直十几年辛苦筑造的信誉，就毁在这一张照片！”

“爸爸！”朱陶连忙阻止，“别说了！”

“我阿讲错了？”朱中道并不住口，与儿子争论起来，“你看看这张照片，走到哪儿么得？不要讲瀚迅了，中国人的脸都丢光了！”

“说意外喝醉了嘛……”朱陶小声辩护，目光觑着面前的李氏夫妇，只觉得尴尬而不忍。

“喝醉了阿是理由？”朱中道声音更大，“重任在身，干么斯[①]不多加小心？哦，喝醉还有意外啊？南都有句老话‘酒壮㞞人胆’，不要以为醉了不晓得，其实就是平常想干不敢干的事！”

“爸爸！”朱陶急得一头汗，南都土话迸了出来：“别讲了，阿好？”

李侯恍如不闻，面色惨白口唇翕动。关其雨隐隐听见他在喃喃自语：“刚刚宣布，为什么？为什么是刚刚？”

是啊！为什么是这个时间点？叶端直和李侯前脚刚离开纽约，美国管家就单方面中止合同？虽然关税大棒落地，价格上会多出25%，但一般做法是与卖家协商，双方适当分担；以巴斯奇的老辣当然知道，他只要肯谈，一定能说动叶端直让利销售。而叶端直不是傻子更不是新手，刚刚在机场再次公布这项合作是为了掩护李侯，但更多还是有一定把握，听李侯讲她与巴斯奇关系铁得很，老头从中年起就接受叶端直的拜访推销，十几年的交情；最重

① 干么斯：方言，意指做什么事。斯，在本书方言中指“事”。

要的，“李白 18”这么近乎完美的实用产品，识货的巴斯奇怎么会放弃？什么“难以获得美国家庭的信任”，太空洞了。

播音员像是听到了夫妇两人的疑问，接着一字一句地报道：“美国管家并同时宣布，将签约美国时空公司的新产品‘美国超人’。这款智能机器人质量无可挑剔，价格合理，关键是三十年来一代又一代的时空公司产品为美国和全世界家庭提供了优质服务，成为人类可以信赖的伴侣，以‘美国甜心’和‘美国队长’为例，是当之无愧的机器人家庭成员。这一次产品更新换代到‘美国超人’，除了以往的体力劳动，更多了智力提升，在与家庭成员交流、陪伴老人、辅导青少年甚至照顾婴幼儿等各方面都有巨大突破。”

电视画面转换，橘黄色囚衣的李侯渐渐隐去，跳出来一个机器人。“李白！”关其雨脱口而出。圆柱体的身躯、凸出的复眼、长短不一手型各异的机械臂，就是李白的模样！只不过个头大了一号！然而新闻播报员不紧不慢地接着介绍：“这就是时空公司新推出的‘美国超人’，大家可以看到，外形比‘美国甜心’和‘美国队长’更具人形，尤其面部表情更丰富易懂，最关键的是，听得懂、会说话、与人可以极好地交流，并由于学习快，无论是天文地理还是历史社科据说都达到了博士以上水平，是全能全方位的帮手，家庭的智囊，不用主人费心就统筹安排好家中一应琐事，将大大解放人力，让人类家庭享受自由自在的生活。”画面中机器人轻松端上晚餐，开启柔和的音乐，转身为老人读书、和小朋友下棋，一举一动就是李白的翻版。

“这，这是仿造李白……”朱陶嘴巴张得老大，结结巴巴地说，“李侯你怎么把李白的秘密全泄露了？”一拍脑门恍然大悟地断言，“肯定是那个金发美女！她笃定是个商业间谍！”

朱中道呵斥：“别瞎讲！动不动就是中国人的受害妄想症！”

李侯面色惨白得像纸，呆呆望着屏幕一动不动。

2009 年吧？时空公司曾起诉瀚迅侵犯其知识产权，几乎涵盖所有专利方面的指控，要求赔偿两亿美元，一门心思让瀚迅破产关门。叶端直与李侯殚精竭虑地思考“罪名”，双方的产品本来相似，“李世民”确实有些像“美国队长”，又是后起之秀，可瀚迅从未有意抄袭，指控的专利侵权都是欲加之罪。叶端直冷静反击，按照美国的方式邀请环球媒体来瀚迅南都总部参观，到各生产基地解说，请最好的律师团队打官司，最终双方于年底签署了和解协议，瀚迅赔了 300 万美元算是破财消灾，就那也被王守成等老员工心疼得哇哇直叫。那之后瀚迅暂时打消了征战美国市场的念头，产品坚决彻底地避开了时空公司称霸的工业智能，所有精力放在了民用机器人开发上，更下定决心加紧技术研发，研发费用定为年销售额的 15%！王守成率工会反对“有必要吗”“不要浪费啊”“这么多没用的研究”！叶端直坚持说研发利于瀚迅长远发展，并允许浪费，不同意研究出来还得卖出去才叫成功的说法，并说成功是多途径的，要宽容失败，科研上的不成功也培养了人才。

叶端直认准一件事的时候异常强硬而执拗，义无反顾，王守成等反对无效，所以瀚迅在此研发战略下，前沿技术、核心技术和基础技术齐头并进，这才终于有了“李白 18”，有了这次与美国管家的合作。一向谨慎前瞻的叶端直在年终会上一边读着上万件专利，一改往日的鞭策，带了几分喜滋滋地说：“瀚迅终于进入了良性循环，新科技促生新产品，开拓市场，销售快速增长，这样投入研发更多，再产生更多更强更先进的科技，瀚迅一定越来越强大！”

没想到，一夜回到了解放前。更没想到，时空公司公然仿制，这么快。

“据悉，‘美国超人’不同型号在美国的售价定在一万三千美元至一万七美元不等。”新闻还在继续，听起来普普通通毫不稀奇，“时空公司 CEO 奥威尔先生表示，将会迅速进军全球市场，首先考虑的就是中国，因为十四亿人口的市场太具诱惑力，虽然中美贸易正处于敏感期，但是中国政府连续表态增加从美国的进口，‘美国超人’也许会有幸成为中美贸易的新宠，在复杂的摩擦环境中为双方带来改善契机。”

“哇！”李侯仰头喷出一口鲜血，溅了关其雨一身。

“哎呀赶紧叫救护车，送医院！”朱陶奔上前又是搀扶又是擦拭，手忙脚乱。

“死不了，急怒攻心而已，回家休息吧！”朱中道冷冷地说，“下次再来看见‘美国超人’，可要有心理准备！”

关其雨霍地转头，愤怒地看向朱中道。这个毫不留情面、毫无同情心、彻头彻尾的商人！

“怎么？”朱中道不为所动，“这么好的机器人，一定大受欢迎！改善全中国全世界人民全人类的生活质量！这时若局限于中国产还是美国产，那就是

毛主席当年说的‘狭隘的民族主义’！还是这个新闻里讲得客观，这件事啊将载入中美贸易史册，成为中美争端改善的新契机！”

李侯又是“哇”的一声，鲜血飞溅得到处都是。仿造者理直气壮地侵占全球市场，购买仿制品的更认为超越了狭隘民族主义！多少年的心血啊，才成功研发出“李白 18”，才打开了最难的美国市场，转眼间，就成了“美国超人”进军中国！

关其雨拥紧丈夫往外走，踉跄的脚步中看见两人的身上血迹斑斑，忽然一阵一阵恍惚，仿佛雪山中那一记重拳“喀啦”响声之后，满目的鲜红。到底哪是真、哪是幻？

第八章 长江时代

“哎呀家属！才几天不见，你怎么瘦成这样?”陆居大惊小怪地喊，“要成骨架子了!”

关其雨笑了笑，苦笑，随口敷衍回答说：“没有啊。我一直都不胖。”

为什么瘦这样？每夜每夜睡不好，能不瘦吗?

李侯永远呆呆的，湖水浑浊得像在夏季洪涝期。生活不能自理，吃饭洗澡换衣都和小宝一样要人提醒要人侍候，机械地张嘴伸臂擦毛巾，甚至还不如小宝会说“渴，要喝水”“饿，几点饭饭”。身体似乎成了无知觉无要求的躯壳，坐在电脑前从早到晚一言不发，从不敲击键盘，屏幕闪烁的荧光印在苍白呆滞的面容上，不像是“图灵思维”在思考，恐怕只是发愣，甚至听到振新集团被美国宣布制裁，禁止出口芯片给该集团那么大的新闻也毫无反应。满世界讨论中国为什么依赖美国芯片的问题也无动于衷，而这，本来是他最关切的。夜里躺在身边就是个木头，关其雨几次尝试靠近都被他躲开，湖水中泛起的居然是厌恶！是恐惧！那场性侵让他丧失了性趣？还是失去了性能力？关其雨不敢想下去。

可这还不是最糟的，他不睡觉，他睁着眼睛，他小声抽泣呜咽，或者干脆放声大哭。关其雨嘬哄、规劝、安慰，使尽百宝也没用，侯华开始还小跑着“砰”推门进来连问“怎么了怎么了”“侯宝别哭，没事没事到家了”，时间长了发现哄劝没用索性也不再理睬，自顾自带着小宝睡觉，念叨“打针的孩子，要小心啊”。

露茜发疯暴卒一事到底没瞒得过去，是朱陶看侯华期待地追问、盼着小宝下面几针不用打时老老实实交待的。那时李侯正在纽约，桔黄囚衣的照片满大街都是，侯华又惊又怒，斥责媳妇：“狗死了瞒着我！侯宝犯事也瞒着我！你都搞得定、都摆得平！看把你能的!”关其雨低了头不敢吭声，还是李媛看不下去在一旁劝慰“大嫂是一片好心”“大嫂这是心疼妈”“小宝最要紧，剩下几针按时打完就是”，卓识——就是李媛的丈夫——也跟着劝“大哥这肯

定是被冤枉的”“总有水落石出的一天”。侯华怒归怒，曾经的银行高管也明白事情总要应对，唠叨埋怨着与儿媳妇一起抱着宝贝孙子，坚持打完了狂犬疫苗。

猜想是疫苗反应，小宝一直烦躁一直闹腾，见到久别的爸爸也毫无欢欣，父子俩如陌生人般在同一屋檐下彼此淡漠，急得侯华每天进进出出书房好几次，观音像前祷告的时间越来越长，“南无阿弥陀佛”的念佛机更索性二十四小时开着，梵音氤氲在公寓房中，关其雨不得不戴上耳机才能看书写字。小宝倒似习惯了，听着“南无阿弥陀佛”照样和李白下棋，凝神思索的乖巧模样让人心疼，侯华这个时候就会擦着眼睛说：“这孩子，和侯宝小时候一样一样的!”

雪山尽头的红云仿佛静止，漫山遍野的红衣僧人肃然静立，没有声音。关其雨奋力往前，一步一步又一步，终于转过了山脚，扑面洒下的阳光照得人睁不开眼。红衣僧人的前方原来是个高台，圆木搭就，潦草而狭窄，撑着巨大的花布伞，像旧时黑白电影中的道具，上面整齐地立着一排人。谁啊?谁在这雪地中高台上？关其雨揉了揉眼睛，实在太远，看不清。“哗”一阵风声呼啸，一只苍鹰自头顶倏忽掠过，振翅冲向碧蓝高远的长空。关其雨抬头仰望，第一次没有听到叮咚叮当声，这才发现密密麻麻的发辫干了，冰块不知何时无影无踪，再低头瞧瞧，深及膝盖的大雪落到了脚踝处。是春天来了吗？关其雨忍不住几分欣喜，雀跃地往红云走去。

“是我！是我！是我!”突然嘶吼声绝望地响起，猛地撕开了夜的宁静。关其雨一个哆嗦睁开眼，又是身边李侯在哭：“不是我！不是我！斯文扫地，不是我!”双眼紧闭，哗哗涌出的泪水早已打湿了枕巾被褥。

他出身知识分子家庭，他从小品格端方，他对妻子以外的女色毫无兴趣，他从没有过任何一丝淫心邪意，他以性侵为耻辱，为不可原谅的罪恶！关其雨心疼地伸臂自后搂紧了丈夫，面颊贴在他的后背上，李侯一阵战栗，喃喃地说：“我不知道，我真的不知道！我真的完全不知道！这段记忆完全空白！三小时的黑洞!”

“没事。没事。都过去了。”关其雨柔声安慰，紧紧拥住丈夫，“都过去了，都过去了。”李侯重复着“不知道，真的不知道”抽泣着渐渐没了声音，关其雨却再也睡不着。

醉酒的人会想不起当时的情形，可“想不起”只是记忆被锁住，这段记忆并未消失而是依然存在于大脑中某处，怎么能把它调出来，一探究竟呢？关其雨实在不相信李侯会性侵，一个陌生的金发女郎，无论俗世标准多么婀娜诱人，对于他来说远不如“李白”“李世民”甚至竞争对手的“李舜臣”更有趣。朱中道有一点是对的，虽然醉酒会让人行为失控，但所作所为一定是潜意识中深埋的，南都人智慧总结为“酒壮夙人胆”。酒精只是夸大行为，绝不会干一件当事人本来毫无兴趣的事。李侯一定是冤枉的，只要找出这段记忆，就能还他一个清白。

于是许多次，关其雨哄劝着丈夫去人民医院精神科，去专业心理医生处，去南大的实验室，甚至去了号称能通灵的灵媒处，然而无论是催眠法、诱导法、灵体合一法，那三个小时发生的事情李侯死活想不起来，真的就是个黑洞，吞噬吸积了期间所有的记忆和物质。关其雨无计可施心有不甘，又架不住朱陶一再邀请，便答应了去昇实健康医疗基地看看“美国专家”。不过李侯自从在六潮电器城遭遇朱中道之后对昇实反感之极，偶尔与妻子母亲带小宝下楼散步看到四处醒目的金色 S 都远远绕开，实在躲不过的就孩子气地转身背对着，僵直的目光和伛偻的身形在金光闪耀中益显凄凉，所以关其雨想来想去，只好以小宝要做心理辅导为由向丈夫明说去昇实。

总觉得终于打完了全套狂犬疫苗的孩子不对劲，蔫蔫地老在睡觉又常常烦躁不安，蹬腿翻眼的谁哄都没用，幼儿园去了三次都是不到中午老师就打电话让接回家，满脸诚恳地劝家长“还没恢复好，再歇歇，再歇歇”。侯华又是心疼孙子又是气媳妇，夹枪带棒地念叨“就这还要买房子搬出去单过”“老太婆碍着你哪儿了”“别想我把两个李家人交给你”“真是家门不幸”之类，李侯充耳不闻永远僵坐在电脑前，并不在意妻子被母亲数落得面红耳赤甚至眼泪汪汪，而同在一个屋檐下，连落荒而逃都是奢望。

这样日日夜夜磨折的生活，怎么可能不瘦？

小宝越来越难缠，连下棋也不再安静，扭动着身体哇啦哇啦叫唤，好几次把棋盘掀在地上。李白的设定程序中没有这一条，机器人茫然不知所对，自顾自旋转着走开，后来关其雨修改了程序，要求李白接住棋盘棋子、哄劝小宝继续下棋，才结束了地板上狼藉一片的历史。好在呆滞的李侯对儿子仍然关心，犹豫着答应了去昇实基地看“美国专家”。成言好些天没来说是出

差，关其雨知道瀚迅现在的状态焦头烂额，每个人都当几个人用，李媛、卓识上班也忙得脚不沾地，侯华看护小宝，自己要照顾李侯，只好请陆居帮忙，请她开了吴浩公司的商务车来。

“哼，心思重的人都胖不了！”侯华抱着孙子上车，百忙中接了一句儿媳妇“一直都不胖”的话，“什么时候安心过日子了，就能长肉喽！”

陆居诧异好友的若无其事，后视镜中她扶着李侯坐下，眉毛都没动一动。印象里她自尊心极强又极敏感，大家说她岂止林黛玉，简直可比拟妙玉，学生时代孤标傲世，集体活动鲜少参与，当了老师后第一年上讲台曾有学生起哄出言不逊，她当场扔了讲义罢课，倒也不要肇事学生道歉而是再不肯给其人上课甚至不愿意碰见，远远望到宁可绕路走，属于爱憎分明得有几分孩子气的性格。然而今天一路上侯华冷嘲热讽百般挑剔，她只无动于衷，指着窗外风景和李侯闲扯：“看！这就是长江五桥，你第一次看到吧？真壮观！得了鲁班奖呢！”“过江现在太方便了，你记得我们小时候念‘天堑变通途’？字面上背得熟，其实一直不知道意思。”还不忘向儿子说教，“妈妈小时候来看长江，只有长江大桥。喏，很远的那个，妈妈和你外公外婆在桥头堡下拍照片呢，对啊，就是外公床头的那张！是啊，那时候照片少嘛，全家福就那张最好，妈妈那时还没你大呢。对啊，之后外婆就去世了，妈妈太小都不记得了，下次我们一起去问外公。你想外公了？好哦，我们星期天就去看他。”

车窗开着一条缝，飒飒的江风带着水气钻进车中吹走了初夏的沉闷，远处绵延的青山，眼前开阔的长江，江面上往来穿梭的大小船只，都令人心旷神怡，暂时忘却了琐碎的尘世烦恼。她绿 T 恤的身影益加瘦削，真的像棵青菜还是小青菜，像导游一样笑眯眯地奋力东拉西扯，小宝难得地安静，李侯领情地附和点头，侯华也终于停止了抱怨唠叨，不时接一句“关老师一个人把你带大不容易”“杜老师要是活到今天看到小宝笃定喜欢”。陆居叹了口气，不知道是该赞叹好友的坚韧，还是感慨生活的磨砺，而杜老师——关其雨的亡母姓杜——如果真看到女儿如此委曲求全，会喜欢么？

除了小宝，其他几人对江北新区都不陌生：这里有十几所高校、几十个研发机构和相关企业，关其雨和陆居常来听课讲学或者科研交流活动；李侯呢，上班就在江北总部，是“李广”诞生半年横扫港澳台市场，叶端直坚定了做全球最大民用机器人制造商的梦想之时，果断地自新街口搬迁的。当时以王守成为首反对的员工相当多，谁愿意从最繁华的市中心搬到荒僻偏远的江北啊？每天上下班怎么得了，抽空买个东西跑个医院再也不能，还有孩子上学怎么办，谁接谁送？都是现实困难。叶端直表现出一贯的雷厉风行，安排班车、宿舍、食堂、幼儿园、医务室，对所有员工一律执行要么江北要么回家的政策，真有百分之十的员工辞职，然而坚持下来的员工大多很庆幸，很简单，收入步步高啊！江北的发展空间远非新街口办事处时代能够想象，一台台机器人变成了员工的一张张人民币，买辆小车上下班也够了。何况住单位宿舍，吃单位食堂，送孩子在单位幼儿园，有个小毛病抬脚就是单位医务室，生活轻松又惬意，像乌托邦啊！俞好就说，不用做饭，不用打扫卫生，不用烦学区，旁边就是新盖的一附小，名牌重点！

最感慨的是侯华，东张西望地看看这个指指那个，惊呼："噫，不对啊！""哎呀，都认不出了！"原来退休前做风控管理的工行高管曾常来江北做项目评估，高新技术开发区上百家企业中至少四分之一办过贷款，但是，"大变样啊！"侯华不停地感慨。望着熟悉的街道和母亲的困惑，李侯终于开口介绍"正在筹建新金融中心""准备金洽会呢""二十几条过江通道""高铁也批了""国际机场""南都北站""剑桥科技创新中心""江北图书馆"等等都是短短几个字，就这惊得侯华一路赞叹不绝，最后总结说：难怪讲从偏重江南的"上元河时代"，迈向拥江发展的"长江时代"！豪迈铿锵得又如当年的风控处长。

商务车一路飞驰，陆居不时在后视镜中看一眼好友，自李侯开口她就不再说话，接过儿子拥在怀中，含笑聆听母子两人的问答，只有眼底跳动的不安泄露了她的担心焦虑。面对全世界的指责鄙夷，她没有逃避没有辩解，她忙于找出真相还丈夫清白，她能够做到吗？被黑洞吞噬吸积的记忆，怎么才能取出来？

转过一个环岛，道路两旁花朵绿树明显多了起来，空气中弥漫着薰衣草的芬芳，金色的S标识扑面跃入眼帘，嵌着"昇实健康之家"几个同样金色大字的大理石门楼简直像南天门一样高峻巍峨。还是制服门卫上前询问，还是手工填写访客表格，还是内线电话确认，之后大铁门缓缓打开，足足花了有七八分钟，陆居一踩油门抱怨说："什么年代了！昇实落后得像上个世纪！这要是来七辆八辆车，还不得排队堵死？"

停车场也是一样，水泥空地上油漆刷着横竖线，手写着数字位置，管理员迎上来询问停多久，说明三小时之内免费，把进场时间填了个纸条压在雨刮器下。陆居嘲弄地提醒：“压好喽！别被大风吹走了！”

园区极大，西北农场一样宽阔无垠。看得出规划得很周详，医养护一体的所谓美国 CCRC 模式，就是为退休老人提供持续照料服务，将居家养老、社区活动、机构服务三者有机结合，比起消毒水味道弥漫的医院或昂贵的疗养中心，实质上更像个综合性社区，超市、银行、餐厅等配套设施一应俱全，规模不亚于城中一个街道。中心一幢五层楼房，健康咨询医疗服务集中在楼中，就是朱陶力荐的美国专家荟萃之地。

阳光正好，停车场走过来的路上无遮无挡，老老少少都走得一头汗。小宝没精打采地伏在爸爸背上，不时咕哝一声“热”。关其雨举着矿泉水瓶喂儿子喝了两口，跟在父子两人身后信步前行。仰头望向初夏的晴空，蔚蓝高远的穹庐许久未见了吧？新街口林立的高楼大厦顶上只有天空的边边角角，不规则的东一小块西一小块。不，不能说许久未见，这样的苍穹常在梦境中出现，尤其这几日春暖雪融，天空蓝得像刚刚染就，笼罩着巍峨起伏的雪山，翱翔的苍鹰如疾风掠过，一切都比电影还要清晰。

大厅里倒是很现代化，环形的电子大屏幕中循环播放着基地的宣传片：全球最先进的医疗机构，最大最全的养老基地，最安全无忧的护理中心，所以骄傲地自称“昇实健康之家”，很多病人老人确实把这里当作了家。还有一张张照片，下棋打扑克的、吹拉弹唱的、赛乒乓羽毛球的、唱歌跳舞朗诵诗歌表演小品的，无不笑意盈盈，自在潇洒。关其雨开始没在意，被陆居拉了拉才注意到，身边的侯华不知何时静静望着屏幕，凝滞的面容说不上是喜是忧。

公公去世三年，她从病榻前的看护直接转到一家之主，一天歇息或沉浸伤悲的时间都没有就承担起家长的责任，她无微不至地养育小宝，她忙前忙后照顾所有人的衣食住行，她关心儿子女儿孙子女婿媳妇，甚至关其雨忘了带伞她也会追下楼……她也有自己的兴趣爱好吧？她的梦想又是什么？这些运动的文艺的，让她想起了她曾有的好时光么？

“哎呀你们可算到了！”朱陶满头大汗地迎上来，“等你们半天了！约翰博士今天特意空出一天呢。李侯，呃，小宝还好吧？”

关其雨心虚地低头，好像要研究地上大理石的花纹，婆婆、丈夫那里都说的是给小宝心理辅导而没有提李侯的记忆搜寻，再三问朱陶是什么方法，他只说是美国带来的最先进理念，类似深度催眠。“催眠法试过了没用。”关其雨提醒，朱陶迟疑着张张口没出声，难道是什么要保密的机密疗法？

一行人自电梯上了五楼，重重警卫的门禁让众人多了几分紧张，还好阔朗的起居室中米色绒布沙发悦目温暖，电视屏幕中的《琅琊榜》虽是重播，胡歌还是让人百看不厌，朱陶驻足回身说医疗室里只能父母带孩子进去，侯华急了说“小宝离不开我”，陆居忙笑嘻嘻地拉她在沙发坐下，递上香茶点心，口口声声“后面怎么样了？林长苏被认出来没有”，老太太无奈只好坐下看电视，不忘权威地瞪了眼媳妇提醒：“小宝看好喽！”

一家三口换上雪白的外套，多了几分医院的味道，小宝勾着关其雨的脖子贴在她怀中问：“妈妈我们为什么来医院？”关其雨心中一酸，柔声道：“这不是医院，是健康中心。在这里的人啊，都是健健康康的！”好容易哄得四岁孩子跟着金发碧眼的约翰博士进了诊疗室，夫妻二人等在小客厅，关其雨一颗心怦怦直跳，知道真正关键的时刻就要到来，看看身旁的丈夫，不知何时又恢复了呆若木鸡的状态，浑浊的湖水沉寂得如一潭死水，那曾经神游宇宙无限延展的“图灵思维”呢？只会僵直着眼珠白多黑少了！关其雨不由一阵阵心酸。

“噔噔噔噔”高跟鞋响起，金发碧眼的西洋美女一身黄裙婀娜地飘进，李侯诧异地侧身望去，立刻皱紧了眉头。关其雨也吓了一跳：这是性侵案的受害者！叫什么维多利亚的？朱陶从哪儿找的，太像了！还是金发美女都是按照芭比娃娃长的？

维多利亚若无其事地扭到二人身前，极其自然地扶住了李侯，娇滴滴地问：“李先生，你没事吧？”

李侯剧烈地颤抖起来，湖水掀起了巨浪，随时要冲破堤岸要倾覆大地，然而人似中了魔法一般，竟然不能动弹。关其雨狐疑地凝望着，心中思索，无疑这是当日维多利亚的搭讪语，朱陶不知从哪篇新闻报道上搜来的，真下了一番功夫呢！细看可以发现，她不是维多利亚，不过同是金发碧眼的白种人，发型衣着有意模仿当日的维多利亚，再化化妆，虽不足以乱真，乍看有七八分像。当然，是欺负现在的李侯，以他目前低下的智力、混乱的心境，

分辨不出。

“李先生是去办公室吧，我扶您进去。”假维多利亚贴得更近，纤纤细手作势伸出一只扶住了墙壁。这是那天事发时的对话吧？姿势也是极力模仿的，像在电梯里！关其雨只觉得唇干舌燥，一颗心随时要跃出胸腔。后来怎么样，李侯做了什么，是受害者控诉的那样一起进了瀚迅，之后性侵吗？难道要在自己眼前上演这一幕？

单人沙发上的李侯一动不动，湖水不知何时退去，人似灵魂出窍般目光空洞。

出体！关其雨猛地一个哆嗦，脑中冒出一个单词。难怪朱陶不愿意说，太神秘、太凶险！恐怕是自己恳求得实在太过，甚至说了“李侯现在这样生不如死”“不能清白宁可去死”的狠话，他才同意美国人用这样的方法吧？据传在美国也只有寥寥几人会这门技术——有人称邪术——这个金发美女难怪看着眼熟，是几年前环游世界演出的那个魔术师么？

李侯的灵魂，在哪里？关其雨悄悄仰头张望，四下里毫无异样，头顶上的老式吊扇悠悠地转动，一阵阵凉风习习。

假维多利亚也不敢动，扶着李侯的纤细胳膊上两条青筋爆着一跳一跳，显出心底的紧张。弄得不好，眼前的天才“李图灵”、机器人行业中的“小侯爷”就会一直这样变成只剩了躯壳！汗水沿着面颊滴下来，关其雨和金发美女及李侯三个人都一动不动。时间在此刻停止了行进，凝固在地球的这个角落。

“不。”李侯突然开口，声音含混得正是酒后的大舌头，“不用了。”

关其雨霍然而起。就知道他是清白的！他没有让陌生的金发女郎送他上楼！他在电梯里已经拒绝！虽然他醉了！

什么进瀚迅办公室总工室、什么性侵，都是谎言！

泪水模糊了视线，近两个月的揪心、担心、窝心统统一瞬间消散去，关其雨全身没有一丝力气，软软地坐回了椅子中。湖水完全平静下来，清澈的双眸又如冬日紫霞湖般一眼望到底，明白了真相的李侯又是天生我材的“李图灵”，是傲视群雄的机器人业界“小侯爷”。怎么向公众说明？总有真相大白的一天吧！别人怎么想甚至也并不重要，傲性如他，只要知道自己不曾犯错不曾有辱斯文，就已足够。

他含笑走来，面容清俊如昔；身形恢复了挺拔，高冷更胜从前；他伸出手来、白皙修长……关其雨陶醉地正想接受一个拥抱或者一个爱吻，听到“我的手机呢”几个字愣了愣，原来他是要手机？

“端直，我是被冤枉的。”他拨通手机急急忙忙地诉说刚才的查核过程，他找寻到的记忆，“我确定我是一个人单独上楼的。”

“这帮强盗！栽赃陷害！”电话那头的女战士怒不可遏，“难怪我要看电梯监控，说什么呈堂证据不给看！催着我要不和解要不就起诉！李侯你放心，TMD这个事没完！我非查个水落石出不可！”向来豪爽的声音因愤怒更加洪亮，在静谧的治疗室中听来异常清晰。

假维多利亚笑了笑转身离开，不一会儿约翰博士牵着小宝出来，关其雨连忙迎上去询问心理治疗如何，小宝扑到母亲的怀中说“累”“饿”，约翰解释这是治疗后的正常反应，一边安排孩子吃了些三明治点心，一边建议最好再休息一段时间好好观察。

旁边李侯没在意儿子出来，絮絮叨叨地与叶端直说个没完没了：如何在纽约查清真相，如何向全球澄清事实，如何揭穿阴谋挽回瀚迅的声誉，如何重新布局“李广”“李耳”再把“李世民”推一推，如何重启与美国管家有关“李白18”的谈判，虽然加了25%的关税，整体价格还是比“美国超人”便宜……“美国超人”明显模仿“李白18”，这方面做做工作，没错，这件事与中兴通讯事件完全不同性质……

关其雨和约翰博士不约而同停止了交谈，与小宝一起呆呆地望着激动的李侯。滔滔不绝的话语透着无可替代的信任和亲密，那是一同冲锋陷阵的战友共同出入生死才能达到的情感，相比之下，俗世同床共枕的爱恋，日常柴米油盐的生活，甚至孩子，只显得苍白无力。约翰博士同情地望着母子俩，目光中毫不掩饰怜悯，欠欠身离去。

十几年的爱情，原来是一场早已注定的失败，再怎么努力，也不可能比战友深情。何况，是哪个哲人说的，要努力的爱情根本不是爱情！苦涩中，朱陶跳进来击掌庆祝，一家三口下电梯回到接待室大厅，李侯回答侯华的询问激动地表明“我是清白的”，陆居拍手“我早就知道”哈哈大笑，侯华感慨“美帝国主义亡我之心不死”“前天美国商务部宣布制裁中兴通讯肯定也是冤枉的”，小宝好奇地问“什么是美帝国主义”，侯华、陆居又笑着解释争论，

全都恍恍惚惚如电影画面一般在眼前滑过，来时的阴霾在一片欢声笑语中变成毫不相干的遥远。

众人随意漫步而行，朱陶热心地介绍。那是老人宿舍，都是带洗浴卫生间的单室套，还有为不愿意单独住的老人准备的标准间，不少呢！很多老人不愿意一个人住。套房暂时做不到也没必要，图书馆、活动室、餐厅每幢楼都有，老人别单独闷着好；旁边是游泳馆、羽毛球馆、小型运动场，可以打太极拳、跳广场舞或者做操，去的人很多！尤其早上打球要预约排队！再远一点有几亩地，种花种菜的都有，也可以养鸡养鸭，不为挣钱，很多老人喜欢，念着什么“吾不如老圃”干农活，觉得有事做，风雅得很！“昇实健康之家”现在接纳了全省四千多名老人，最小的六十一、最大的九十八，还有部分疗养的病号，中青年都有。外省的还不敢贸然接纳，怕应付不过来，等基地发展成熟了当然面向全国。谢谢夸奖，是很有意义啊，“不独亲其亲，不独子其子，使老有所终、壮有所用、幼有所长”嘛，寿命越来越长，人口老龄化将是社会问题，希望能为全国养老事业探索出个新路。效益？目前看是亏损，是是是，严重亏损，侯阿姨你真蛮懂的！整个基地投资三十多个亿，资金利息每年就几千万，人员工资、设备维护更新、日常衣食水电都是大开销，特别是医护人员的开支高……不过刚开始嘛，慢慢来，几年后应该能收支平衡，这个不求赚钱，只要老人们安度晚年就好。上市？是啊，家父有这个想法，募集些资金会有很大帮助，不过现在市场都追科技公司，炒科创概念，连我们集团的股票都无人问津一跌再跌，这样的健康养老基地更不热门……

“加入科技概念嘛！”侯华和陆居热心地为朱陶出主意，最热的像物联网、人工智能这些，改个名字嘛，“智能健康之家”之类，就有热点了啊！侯华拉了拉李侯，“可以与瀚迅合作嘛！”李侯笑笑不吭声，知道性侵事件真相后的激动渐渐平静，自然明白今天原来是妻子和朱陶特意安排的，两人煞费苦心地为自己洗冤，令人感动。不过昇实和瀚迅……不问俗事如李侯，也知道两家之间积怨颇深，朱中道、叶端直两个二十多年的老对手偶尔开会碰到都会剑拔弩张。合作？恐怕完全没可能。

关其雨张了张口，“昇实健康之家”同昇实大厦一样，整体太落伍了，科技化、智能化不是为了蹭热点炒概念，而是提高效率省钱啊！从门卫到接待到医护人员，至少能省一半员工吧？不过会不会又是朱中道照顾老部下？何必害大家失业？关其雨低下头，终于什么都没说。

一行人脚步轻快，渐渐走到了朱陶介绍的农田，果然桃李茂盛瓜果满畦鸡鸭成群，三三两两的老人有的除草，有的喂食，有的剪枝，一派怡然风光。依依垂柳下，东手一块巨大的山石凿平了表面，刻着娟秀的行书，侯华轻声念起来："晋太元中，武陵人捕鱼为业……土地平旷，屋舍俨然，有良田美池桑竹之属。阡陌交通，鸡犬相闻……黄发垂髫，并怡然自乐。"

"桃花源记！"陆居笑得前仰后合，"昇实很有文化嘛，放在这里倒蛮恰当！你看良田池塘桑树竹林都有，确实像老年人的桃源！"侯华笑笑，笑容中带着几分深思：比起新街口的大屋，比起与儿子媳妇孙子时时刻刻琐碎闹腾的日子，这里是完全不同的世界吧？小宝九月份就要上幼儿园了，到时会不会，没事做？

突然一阵喧嚷，迎面慌慌张张地奔来两个白大褂，一个在喊一个在打电话："快！救护车到了没？""快！送市里抢救！"

"怎么了？"朱陶拦住问道。

"不好了！三区有个老人突然狂躁接着昏倒不醒，判断是狂犬病发！"

"怎么会？"

"狗咬了没打针吗？"

"打的！打针的！当然打针的！"白大褂快速奔跑中被迫停下，上气不接下气地说，"假，假疫苗！"

另一个白大褂也慌慌慌忙地急着要走："疫苗是假的！这个东北厂家的狂犬疫苗全是假的！刚刚查出来了！"

朱陶挥挥手让他们去忙。关其雨一把拉住，咬着牙问："哪个厂家？"

"东北吉林的！"白大褂挣脱开，急急忙忙地飞步赶向救护车，"叫，晨森！"

关其雨晃了晃险些摔倒，李侯瞬间反应过来，声音颤抖："小宝打的疫苗？"陆居一拍巴掌："哎哟要死！"连忙捂住了口。朱陶惊得嘴巴张老大说不出话，侯华最后明白什么意思，一把从媳妇手里抢过孙子，搂在怀里痛哭起来："我苦命的宝贝！"

狂犬病的潜伏期从几天至数年都有可能，与病毒的毒力、侵入部位的神经分布等因素都有关系。最要命的，潜伏期内无任何诊断方法。

恐水、畏光、吞咽困难、狂躁，随后发生瘫痪、昏迷……发病后四五天就死亡，死亡率百分之百！

“立刻，马上去医院，重打，进口的！”关其雨昏昏沉沉，竟听不出这是谁的声音，只知道身旁侯华不停地在念叨“南无阿弥陀佛”“南无阿弥陀佛”，是因为虔诚的信仰，还是因为绝望的困境？

第九章 弯道超车

“小宝!”关其雨一声惊叫,“你在干什么!”

屋中一片狼藉,所有橱门抽屉大开着,满地凌乱的衣帽鞋袜枕巾被褥,梳妆台像刮过台风,各种瓶瓶罐罐翻的翻倒的倒,香气浓郁得可疑,仅有的两支口红一个在镜子上龙飞凤舞,一个在衣服堆里神出鬼没,到处深深浅浅画得像年画般热闹。曾经安静乖巧的孩子站在纷乱中正在忙碌,听见母亲的惊呼头也不抬,双手左右使劲一挣,一堆纸片飞向空中,开心得哈哈大笑。

“我的讲义!”关其雨顾不得浴衣带子还没系好,光着脚湿淋淋地从浴室中冲了出来,又急又气。

就十分钟!就想洗个澡换件衣服去开会!讲义是下午到昇实开会要用的!什么年代了,PPT 的投影仪说很久没用坏了,让带讲义,准备了小黑板!关其雨在电话里哭笑不得问朱陶那昇实开会交流都怎么弄的,海归香蕉人尴尬地挠挠头说,呃,都是念稿子,最多黑板上写几笔,是很原始落后,所以请你来讲讲数字化智能化啊!上次听你的建议财务那边用了智能报销系统之后大大改善了积压,员工们报销很快能拿到钱都很高兴呐!其他的也要说服家父,慢慢改起来……

朱陶难得吞吞吐吐,关其雨知道他的意思,他一个纽约回来的海归,学现代金融的,当然前卫,当然希望全部智能化,可朱中道是老派商人,稳扎稳打多年,对变革升级并不热心甚至反感。之所以请她一个讲师而非其他更大牌的智能专家去会上讲课,主要这个会议是验收“美国超人”的样机,朱中道第一张合同就承销了二十万台,样机到了昇实要在一周内给出明确验收意见,而又懂人工智能,又使用过类似机器人李白,且两年中提出过不少建议,又非瀚迅公司员工的专家,只有关其雨。

“什么专家,一个讲师,连副高都不是啊!”朱中道颇为不屑。学校的副高职称评选中,关其雨毫无悬念地在第一轮遭淘汰,没有发表任何像样的论文嘛!陆居则凭着抢发的几篇论文脱颖而出,经几轮评选后顺利晋级副教授,

欢天喜地地大宴宾客，酒席上昂扬宣称自己“此后正式跻身高级知识分子之列”，私底下不停地劝关其雨找路子发论文，无奈她只摇头不肯。朱陶知道这是关其雨的固执狷介之处，忙向父亲解释“资深讲师、硕博连读留校的”“业内口碑很好，评价很高”“最主要用过‘李白’，对‘美国超人’这样的智能机器人很了解”等等，总算说服了父亲。当然这些话在邀请关其雨的时候都略过不提，变成了“家父很期待”“昇实需要你的帮助”等等高帽。

关其雨本不想多管闲事，可这是“美国超人”，是时空公司明显仿制李白的智能机器人，关其雨很想一看究竟；而且昇实作为南都名列前茅的民企，新街口第一零售霸主，一张合同砸了二十多亿美金，若有闪失恐怕不但昇实扛不住，更会影响整个南都的经济！问朱陶为什么订那么多，朱陶皱眉解释时空公司开出的是霸王条款，不接受任何形式的分销或区域代理，中国市场设独家代理承销，公开招标。昇实为拿到这个独家代理咬牙开出了很多优惠条件，如即期信用证付款，如承担全国范围的维修保修而且是终身……

不懂零售的关其雨听得睁大眼睛，那时空公司什么都不用做？“说是技术支持，”朱陶苦笑，“两个工程师常驻昇实。”

“两个工程师……”关其雨又倒吸一口凉气，“二十万台家用智能机器人！”

“所以啊，请你今天来仔细看看，这个‘美国超人’到底有没有毛病！”朱陶毫不掩饰担心，不过向来嘻嘻哈哈的神情再凝重严肃仍然显得轻松明朗，“昇实的维修队伍还是二十世纪九十年代成立的，各地商城都配备有，三五个人不等，最早是维修代理的电话电冰箱电视机等产品的，后来各大品牌都有了自己的维修点，昇实维修部就处理那些过保修期的、消费者嫌品牌维修点太麻烦、太贵的，主要目的是留住商场客户，技术上属于万金油，家电都懂一点。但是机器人，尤其是‘美国超人’这个智能级别的，”朱陶摇了摇头，“估计无从下手。”

关其雨张张口忍住了没说，朱中道三十年的老江湖，商海中驰骋南北傲视海内外，这中间的关窍难道看不出？实在是太看好“美国超人”！而且昇实签的进价每台在 1 万至 1.2 万美金，30％的关税、16％的增值税，再加上各种销售费用，成本大约在八九万吧，可铺天盖地的广告中人民币零售价最低配置款也要十一万元，每台机器人净利润超过两万元！这一个品种就能完成昇实全年的利润目标！所以维修怕什么，大不了挖人组队，反正中国的工程师便宜！而且瀚迅正不景气，连成言都收到猎头公司的邀约，问“去不去昇实”！要不是李侯前一阵业界评语急剧下滑，恐怕朱中道也会不计代价挖“小侯爷”的吧？

叶端直在得知李侯被冤枉之时暴跳大怒，发狠要找金发女郎维多利亚算账，要挖出幕后指使者，要起诉所有设套的美国人，要为李侯为瀚迅正名，然而哪有那么容易？李侯完全没有证据，凭空找出的一句话回忆能说明什么？没有任何人相信！当初和解是瀚迅提出来的，没做为什么要承认？如果说那是个陷阱，瀚迅无疑完全是中计了，驰骋沙场勇猛无敌的女战士挡得住真刀真枪，却躲不过暗箭圈套。

这一两个月中，又碰到中美两国在 WTO 互相告状，美国发布《特别301报告》，美国代表团在北京的中美第一次谈判中漫天要价，在美的第二轮谈判仍旧差距太大且中方拒绝了产业补贴国企改革等四个领域的美方无理要求，美国各种声称中国“经济掠夺”的声音不绝于耳，中美贸易关系紧张到了剑拔弩张的地步，全世界经济受到影响，各大股市一片阴霾。这种时候，瀚迅纽约分公司——一个中国民企在美国的小小分支机构，竭尽全力有什么用？不但未能查明真相，反而被不少媒体说瀚迅花样多，已经认罪和解的还要翻案，诚信为负数，丢中国人脸，或者干脆就说中国人狡猾没诚信等等，瀚迅陷入了有史以来最大的危机。

最糟糕的，这个危机不知道何时能结束，或者到底能不能结束？“李广”“李耳”“李世民”全球败退，各地库存如山，所有生产基地不得不开始裁员，产量维持在去年二分之一的水平，就那也多！卖不动！市场部是按销售成绩拿提成的，一波一波的员工看看没希望跳槽走人，造成进一步的恶性循环。王守成主席领头抱怨：“早说见好就收！非要攻美国市场！”“美国人！那是咱们惹得起的？”“李侯是冤枉的，为什么不上庭非要和解？一百万美元花得眼睛都不眨！”“公司真不行了，趁账上还有钱，赶紧分红！”“对啊，先安抚军心发红包！”猪八戒分行李回家一样的散伙浪潮在公司蔓延。叶端直开紧急会议发几次狠才压下去，然而士气严重受损，工作量不足，再不用加班加点，班车准时发车，坐得满满的。

唯一的例外是李侯，从市场部总裁的位置上调整回了研发部，一头钻进

芯片研发中，夜里做梦都在喊“李太白”。关其雨被吓醒过不止一次，望着梦里也眉头紧锁、咬牙切齿的丈夫，深深质疑所谓的量子纠缠爱情。自己并没做什么，怎么地球另一端的阴谋，就把倾心相恋的爱人变成了只知道工作的机器人了呢？在丈夫的心中，家庭老婆孩子，这时候完全比不上芯片比不上瀚迅吧？所以关其雨只好答应去昇实帮助验收“美国超人”，在与叶端直的拔河中增加一点分量！

“我的讲义……”关其雨快要哭出来，裹了裹浴衣俯身一张张捡起白纸碎片。没想到小宝更兴奋，抢着把剩下的半沓稿纸又撕得满地，一边撕一边笑，笑得简直狰狞恐怖，简直像抗日片中的鬼子。关其雨愣了愣揉揉眼睛以为眼花，看到又是一阵纸片雨反应过来急忙喊：“小宝！不许撕！”追了上去，然而湿嗒嗒的光脚在地砖上滑不溜秋，“噗嗤”滑了一跤，瞬间痛彻心扉，嘴巴直咧到耳边！小宝得意地回头一笑，居然可憎又可恶，十足一扛着刺刀的鬼子！关其雨怒从心底起恶向胆边生，奋力起身，两步跨到顽童身旁，挥臂就重重打了下去。小宝显然没有料到母亲的暴怒，撇了撇小嘴正在犹豫，听到门口响起奶奶的说话声，立刻一屁股坐下、放声大哭。

“小宝，小宝你怎么了？”侯华跌跌撞撞地奔进来一把搂住孙子，侧头冲媳妇怒道：“干嘛打他！讲了不许打！”关其雨在儿子大哭的瞬间已经呆住，这时才知道思索这孩子怎么了，难道真得了狂犬病，闷闷地望着满地的碎纸片和痛哭不止的儿子，低头受训。

“李家五代单传，就这一根独苗，还得了狂犬病，不定哪天就发作了，没法治！你还要怎样？”侯华紧紧搂住孙子，泪水哗哗地像打开了水龙头，“他懂什么！是在你眼皮底下被狗咬，是你选的假疫苗，是你明知道咬人狗突然死了也不要求检验，都是你当妈的责任！”看见孙子娇嫩的小脸上几道手印，侯华越说越怒，多年积累的不满终于爆发，“他只有四岁！四岁！你亲儿子，你下这样的重手！对疯狗、对疯狗主人怎么没见你有一点脾气！你阿配做母亲！”

关其雨低着头不敢吭声。面前号啕痛哭的儿子、满脸泪水的婆婆都不像真的，下意识地抬手看看，掌心平常的粉红此刻一片雪白，用力打人的证据。

儿子四岁，第一次打他。

也是平生第一次打人。

打一个可能得了狂犬病的人。

李媛挺着肚子艰难地跑过来——母女两人去妇幼医院产检刚回来——扶住侯华和小宝一个劲地安慰，哄劝两人回房间，一边侧头冲关其雨使了个眼色，示意没事放心，百忙中不忘喊了一声“李白”。机器人应声出现在混乱中，八只手臂麻利地收拾，衣服鞋帽干净的按原样放回衣柜抽屉原处，脏的丢进洗衣桶，瓶瓶罐罐同样快速处理，湿抹布干抹布紧跟上，眼花缭乱中不一会儿就恢复了干净整齐。关其雨叹口气，伸手拍了拍机器人感慨：“李白，没有你真不知怎么办。”

机器人闪了闪复眼，按程序设定的套路回答：“主人过奖了，这是我该做的。”关其雨满腔愁苦被逗得苦笑，望着满手的碎纸片又心中恼怒，下午的会怎么办？开电脑再打印花了半个多小时，穿好衣服整理好，已经快到开会时间，伸头张望一眼，侯华搂着小宝歪在床上垂泪，小宝还在抽泣，小肩膀耸一耸的，李媛坐在旁边轻声劝慰。关其雨不由得后悔，是啊他才四岁，是啊他很可能得了狂犬病，是啊他的一切都是做母亲的责任。轻轻走近屋中，侯华不耐烦地挥手就差说“出去”！小宝感觉到母亲的气息，翻身立起搂住了她的脖子叫了声“妈妈”，小脑袋贴在了怀中。关其雨眼眶一热险些掉泪，打了他，他还是这么亲！

“亲生孩子，怎么下得了手！这么乖的娃娃，还要打！”侯华见状更是生气，怒冲冲地数落，“李侯小的时候，我们一个手指头都没碰过！骂都没骂过！不也教育成了科学家！打孩子，想起来的！”

“还有我呢，也没打过骂过，也算成才啊！”李媛笑嘻嘻地接上，故意夸张地摸着肚子说：“这个娃娃出来以后啊，我们都向爸妈学习，绝不打骂！真的，卓远昨天还讲，他那些学生难缠难管的多了去了，都要小心安抚，轮到自己家孩子，更要多百倍爱心耐心！”

侯华哼了一声不说话，依旧满脸不悦，关其雨无奈，只好搂着儿子对婆婆连赔不是：“看在小宝的份上”“刚才是我太急了”等等。良久侯华紧绷的面容才松开，叹口气说：“小男孩，总归皮一点淘气一点，当妈的多点耐心、多点宽容，为人母是一辈子的事，日子长着呢！更何况小宝他还不知道怎么样……”说到这里顿了顿，黯然改口道，“就李侯长到现在，也不能说省心不用管了吧？还不是一样操心、更操心！”

关其雨唯唯诺诺，不敢吱一声。侯华总算气消了大半，擦擦眼角说：“这个病，谁知道呢？我天天在观音菩萨面前求菩萨保佑，饶过小宝吧，只要小宝没事，我愿意替他！反正我老了，没用了！”

李媛连忙笑着接上：“妈您又谦虚了！您怎么没用，您一家之主、顶梁柱，最有用！家里没谁都行，可缺不了您！小宝的疫苗不是补打了嘛，应该没事了。”

得知晨森疫苗造假的当天，商务车从昇实健康中心直接奔到了人民医院，一车人除了小宝个个焦躁不安。侯华一路追问狗咬的情况、狗发疯的情况、选疫苗的情况，一路不停地责怪埋怨“想得起来的”“就会瞒”“怎么不讲”；关其雨老老实实地回答，像受审交代一样，别的不敢说一句。朱陶一个劲地赔不是：“都是我不好。”“全是我的错。”甚至问“露茜的骨灰在有没有用”；李侯捧着手机研究什么疫苗能补打管用，不时叹气摇头“这也不行”“不知道管不管用”；陆居把车开得飞快，连说“就快到了”“别急”“到医院就好了，赶紧补上”！

没想到刚转进广州路就望见医院门口人山人海，举着喇叭喊话的、拉着条幅抗议的、号啕痛哭捶胸顿足的……陆居反应最快：“全是打了假疫苗的！”人实在太多车子开不进，只好车子靠边放下乘客，陆居把车开走了，百忙中高声招呼：“打电话！”李家四口跟在人高马大的朱陶后面，穿山越岭般好容易挤进医院，然而进口的疫苗哪里还有？早有得到消息的各地受害者赶来补打，一大早不到十点钟就全部抢光了！新闻中，国家药监局出来说明是晨森公司批量造假、手段恶劣手续齐全，医院看不出来，这次也是偶然的药监局抽查中得到群众举报才发现的，现在已经展开全面调查，一定严惩不贷等等。门口的人群却都不散，最实际的问题，打了假疫苗的怎么办？真得了狂犬病怎么办？之后院办主任、院长陆续出面安抚：进口疫苗已在路上，凡本院打了晨森疫苗的一律免费重打；非本院打的出示相关病例也依次安排等等，对意外事故进行了最大程度的补救。等到夜里疫苗进院，排着长龙打针，取到余下几针的号牌，一家人忙完回到家已经是深夜。李侯皱眉默不作声，朱陶还是一个劲抱歉，侯华一路哀叹落泪，小宝又开始烦躁不安，关其雨从早上极度震惊后一直没缓过神，回想被狗咬、去医院、选疫苗、露茜暴亡、全套晨森疫苗打完，做噩梦一样，好容易结束以为醒过来了，却怎么突然陷入了更可怕的噩梦？而且看不见尽头？

那之后相关报道一直不断，全民激愤中总理发声，严打晨森公司毫无底线的造假行为！罚款、刑事追查、股票退市等等，晨森受到了史上最严厉的惩罚，再也没有疫苗公司敢造假了吧？然而关其雨想不到那么远，作为母亲只关心小宝到底有没有狂犬病，几个月来行为反常为什么，会不会有一天突然发作、突然送命？难道，他以后的生命就像时刻抱着定时炸弹？

“都怪我。”朱陶听着关其雨自语般的诉说，挠挠头满脸自责，“小宝那么乖的孩子，好好的遭罪。”

“怎么怪你，你当时要打进口疫苗，是我选了晨森。”关其雨神色黯然，回想仔细对比几种疫苗时的全神贯注，回想那一刻的犹豫：明明是假疫苗、还要注明那么多抗体吸引病人！真坑人呐！朱陶像是读懂了她的心思安慰地拍拍她：“谁知道呢？谁能想到居然有人为了谋利不顾旁人死活？”善良的她完全不能明白晨森的心理，几次困惑地皱眉问：“难道有什么原因？”什么原因？就是要赚钱！

“所以国内的诚信问题越来越严重，大家更相信进口货。”朱陶换了话题，“人命关天的疫苗都造假，别的还有什么不敢？像食品安全问题现在也日益严峻，吃东西都令人心惊胆战的，我们江南广场中开了家进口食品超市，欧美货、新加坡的，因为有运费关税等费用，同类商品价格比国产的高很多，可是生意很好，人很多。所以我想‘李白 18’如果五万元单价、‘美国超人’十一万，有条件的家庭还是宁可买‘美国超人’。全民印象里，进口产品就是好，就是值得花大价钱。”

关其雨默然不语。“李白 18”之所以首先在美国上市，李侯一直说是进口芯片条款的原因，可如果美国市场成功了，再进中国市场就更容易了吧？中国流行“洋人称赞型”推销方法，洋人认可的东西更容易为消费者相信。叶端直表面看起来豪爽不羁，到底是在商场上跌打滚爬很多年的，这个方案肯定也是经过深思熟虑的。只是没有料到李侯会遭陷害，更没料到中美贸易形势突然严峻。

隔着玻璃窗，朱中道居中而坐，左右和身后围了一群昇实的高管——朱陶介绍是集团冯总、电器城姚总、法务中心徐总等等——正在听老板讲“美国超人”竞标过程中的得意之笔。“几轮淘汰，最后只剩下我们昇实和广东超

美两家，他们拼命优化竞标条款，又去琢磨打听对方的出价，我就讲啊，不要那么复杂，竞标书按我讲的，就一行字!”朱中道说到这里故意卖了个关子，等所有人都屏气凝神睁大了眼才揭开谜底，“什么字呢？无论超美报什么价，我们昇实加十块美金！付现金！美国佬打开标书的瞬间呆住了，但这是允许的，么得任何一条美国法律禁止这样竞标，二十万台机器人就是总共我们给两百万美元现金美国人零花！所以‘美国超人’顺利地被昇实拿下!”

满堂喝彩，鼓掌声简直震得天花板都在响，各种奉承凑趣地追上来：“难怪我们进价都带个十块零头。”“一万零十块、一万一千零十块……”“这两百万啊，就要化成我们昇实的几十个亿!”

朱陶摇了摇头轻声说：“这些昇实的员工当面称赞不绝，不知他们心里怎么想的。其实这张合同对昇实很不利，尤其资金压力太大，你想想，二十多亿美元的信用证，从开证就压资金，要到零售全部回款多长的周期？昇实的所有流动资金而且是融资来的资金都压在里面了，后面还要付关税、增值税、运费等一系列费用才能上柜。所以背地里，我听到有人说他是豪赌，把昇实的未来全部押在了这个机器人上；有人说他是看到巨额利润昏了头脑；有人说他被美国人利用；还有人说是为了和瀚迅叶端直赌气报复……其实，他有他的理想。”

关其雨点点头：“我明白。朱老板是想走个捷径，直接买回来最好最先进的，省去自己慢慢研发进步的时间，就能奋起直追，赶上欧美发达国家，像当年日本崛起时的想法。”

“哇!”朱陶大吃一惊，“你可算是他的知己啊！他这个年纪的人，自小经历过中国贫穷落后的时代，一心盼着中国强盛。这三十多年中国富是富起来了，可在科技上还是相对落后，着急啊！像振新集团事件，对他刺激很大，企业即使做到振新那样一年销售超过一千亿，核心技术握在美国人手中也还是不行，这次搞得不好会破产吧？直接买进来就像弯道超车，快啊！像前面收购杰森事业部、收购世安集团，几次不顾估值问题高价买进，就是想穿过技术封锁，提升科技水平啊！当时觉得买得贵不划算，今天这个形势美国根本不让买了，所以回头看看，他老人家还是有远见，下手早的啊！虽然目前亏损得厉害，但好歹有技术在手上，肯定能翻身啊!”

“在那讲什么呢？”朱中道远远发现了交谈的两人，挥手招呼，“快进来，机器人马上要上场，我们看看这个‘美国超人’到底怎么样!”不断搓着的双手，暴露了兴奋和紧张。昇实押在“美国超人”上的何止是流动资金，更是全部将来!

“可是你记不记得当年日本的结局?”关其雨脱口而出的一句话，淹没在朱陶匆匆而行的脚步中。

1985年日本GDP跃居1.4万亿美元，是美国的32%，然而美国已经注意到来自日本的潜在威胁，开始对付日本。虽然日本人野心膨胀，《日本人可以说不》风行一时，最终还是被美国人用“超级301条款”“广场协议”逼进了二十多年的衰退中。规定日本集成电路向美国出口的价格必须高于所谓“公平价格”；规定美国集成电路产品需要在日本市场占有的份额比例；禁止富士通收购计算机公司；六名日立高管因所谓窃取IBM技术被判刑；东芝“非法”向苏联销售事件更使日本全民卑躬屈膝道歉……难以置信的不平等事件在二十世纪八九十年代一再发生。

今天的中国与当年的日本，有好多情形相像：制造业当仁不让，钢铁产量第一，高铁技术第一，手机和瀚迅机器人等电器全球扩张市场，就像当年日本的冰箱、彩电、集成电路，还有昇实这样的企业不停地海外并购，尤其是高科技行业的宁可高溢价也要拿下，和当年日本买下洛克菲勒中心一样野心勃勃……任何收购，都是一家企业的一次冒险行动，希望掘到金，常常折了戟。昇实这几年来冒着风险迎难而上，不仅是为了自身企业转型升级，朱中道的心中，有祖国强大的梦想，有引领全球科技的壮志；实际执行中更有欧美企业难以企及的雷厉风行和铁腕手段，为了远大目标不惜代价。也正因为如此吧，所以被美国的民族主义仇视，所以中国威胁论泛滥，所以对中国企业一直抱有很强的防备心。美国人越来越不愿意中国资本收购他们的企业，不停地以国家安全或者其他政治原因为由拒绝，这是国家意识形态战争在经济领域内的延伸，还是中西文明信仰不同的必然？无论如何，朱中道这样胸怀天下知难而进的勇士，都值得敬佩敬重。

然而远见和独断只有一线之隔，出发点是好的，结果会如何呢？当然今天的中国在政治上远非当年日本的卑弱，但毕竟我们刚刚发展了二三十年，毕竟我们是发展中国家，比起美国还有相当的距离，振新集团的例子就在眼前，稍有不慎就会被扼住喉咙！日本这二十年的沉寂更是有目共睹，昇实这

样的进取、这样急切的弯道超车，到底是福是祸呢？买进来的企业都亏损呢！关其雨忽然心中一阵阵不安，像水中的涟漪激荡，一波一波散开去越来越剧烈，在看到“美国超人”的一瞬间，甚至止不住颤抖。

外形就是大号的李白，底盘直径大，身体近两倍粗壮，机械臂加到八只，复眼干脆做了一圈环形，形成全方位无死角的视力，不用说，功能比李白更加齐全。它在阔朗的会议室中快速不停地旋转来去，八条长臂上下左右翻飞，刻意弄脏的墙壁家具和玻璃窗，短短几分钟就被收拾清洁得干干净净；又自屋角临时增加了炊具的茶水间中毫不费力地端出了蘑菇汤、鸭胸肉冷盘、腓力牛排、主菜、苹果派甜点和咖啡等全套西餐，关键是二十七位观众人人都有，且每个人事先的要求如不要加糖，如牛排几分熟全都记得一清二楚毫无差错！更一边播放音乐一边报道新闻，百忙中还直播了个乒乓球赛。

围观的昇实员工啧啧称赞：“十一万，值！”

“我要买一台，家务活再也不烦了！”

“是啊，老婆丈母娘不会再韶了！”

“省多少时间哦，以后不但周末能游手好闲，平常早上也起码多睡十分钟！”

“我讲啊，二十万台不愁销路！肯定一抢而空！”

“是啊，我估计南都一个城市都不够卖的！两百万家庭恐怕人人想买，就算负担得起的，三分之一总有吧？”

“还有苏锡常呢，都是有钱户！”

“别小看苏北，淮安、盐城、徐州、连云港那些城市现在消费水平也不低！不就十一万吗，拿得出来！”

“‘健康之家’那边先留一百台用吧？笃定节省几百个劳力！比雇人强多了！”

议论纷纷，一边倒地无限赞赏，居中而坐的朱中道听着不吭声但向来严峻的面上难得地显出几分笑意，显然对这个“美国超人”满意之极。旁边冯副总裁一句话说出了所有人的心声：“知道是个很了不起的智能机器人，但没想到这么能干！简直无所不能！”

昇实的高管都是年薪六七位数的，当然觉得不贵！坐在角落的关其雨远望着机器人，越来越是不安，努力抑制住身体的颤抖，摒去心中对仿制李白的恶感，客观地看了又看。“美国超人”有些大，但确实太能干，确实太完美，挑不出毛病。

或者，这就是毛病？关其雨悚然一惊。

这个机器人，能干到不像是机器人，完美到不像是家庭帮手！它端上晚餐的时候顾及所有人的感受，它清楚知道每个人的喜恶一一迎合，它明白所有人的需求自作主张地安排相应的娱乐教育！它像个家长，它简直自居一家之主！就像，就像侯华一样无微不至，一样不可抗拒！

机器人，我们原本只是想利用它干体力活，解放我们的劳力让我们的身体自由，可难道连智力都要由它替代？由它替我们思考、替我们安排？

那恐怕不是进步而将是可怕的灾难：人类的进化速度是二十年一代人，可机器人按摩尔定律每18个月性能就可提升一倍！人类将成为完全不具备竞争优势的劣势物种！那么小到家庭、单位、公司集团，大到国家、地球、宇宙，谁才是主人？

就像和侯华十几年的不睦，其实并非为了家务谁做得多谁做得少，谁的房间大谁的收入高，而是：究竟谁是家里的女主人？是年轻体壮学历高的媳妇，还是拥有大屋产权辛苦抚育儿子成人的婆婆？《孔雀东南飞》的悲剧几千年了一直重复，本质上，因为主权之争是永恒的斗争。

“什么？主权之争？”朱中道诧异地看着面前瘦弱伶仃的“专家”，忧心忡忡的神情真挚诚恳，忍住了“无稽之谈”的斥责，尽力心平气和地说：“这是机器人，家用机器人！名字虽然叫‘美国超人’，其实和超人没得一毛钱关系，它就是执行任务、完成程序指定的任务！我们人类主人设定的程序、指定的任务！”

旁边的人群都在和机器人说笑聊天，当“美国超人”慨然说出一句“让美国再次伟大”之时爆发了满堂的笑声。“这个机器人太可爱了。”“太好玩了，真的赶紧买一台回家。”关其雨还想再说，朱中道摆了摆手：“我知道了。其他还有什么问题？没有就这样吧。”竟是下了逐客令。

孙秘书匆匆奔进来，在朱中道耳边说了两句。朱中道一下子站了起来：“什么？白宫声明加关税？”

众人愕然中，“美国超人”不等吩咐主动开了新闻台呈现在众人面前。“当地时间5月29日，美国白宫发表声明称将于6月15日公布对500亿美元

中国商品加征25%进口关税的产品清单，6月30日前公布限制中方对美投资及加强对话出口管制措施。中国提出严正抗议，指出这显然有悖于中美双方在华盛顿达成的共识。有关人士预计，产品清单将包括信息通信技术、航空航天、机器人和医药机械等高科技产品；而作为反击，中国将会对同等规模的美国产品加征同样25%的进口关税。什么时候会正式实施？就目前情况看来，市场普遍表示不容乐观。”

所有人紧张地看着播报，议论经济形势这下不知道怎么样，全球肯定都受影响，股市肯定又要大跌……只有关其雨又是心中一紧：“美国超人”已经自说自话地开电视机，播放它认为应景的内容！它的更新比摩尔定律的18个月还要快！

“赶紧地，让时空公司赶紧装船发货！二十万台火速发货！”朱中道当机立断迅速下令，“配快船！”

“合约签的是分批交货，货还没好、都在生产中……”朱陶忙提醒。

朱中道不耐烦地一挥手：“不行！催交期！逼他们带快点儿！必须抢在加征关税之前！”

不用多说所有人都明白，要是被加征25%关税，再加上相应的增值税，每台机器人成本将上升三四千美金，招标开始就极端傲气的时空公司不可能承担，昇实将面对有史以来最大的亏损！

“可是这个机器人有问题……”关其雨纤细的声音被淹没在雷厉风行的行动中，昇实所有人都动了起来，连朱陶都被裹挟着急急忙忙出了大会议室。二十万台“美国超人”要火速进口、火速销售，遍销南都全城、苏南苏北、全国各地！

不会有什么问题吧？它就是个机器人，按程序指定完成任务啊。朱陶百忙中遥遥回头，开着玩笑安慰：“我们在用户手册上注明，万一有问题就关机拔插头！”

“扫地机器人‘李广’都会自己奔回充电桩！切断电源不管用！”关其雨哭笑不得地追在后面喊，然而朱陶已经急匆匆地裹在人群里走远了。手机偏偏这时候响起，而且固执地响个不停，关其雨无奈驻足，看看是个陌生的本地号码，接通了就听到对方问：“你姓什么？”

“你打电话找我，你不知道我姓什么？”关其雨没好气，诈骗电话吧？随手就想挂掉。“哎，哎，你是不是姓关？关木是你什么人？”对方听关其雨警惕地不吭声，叹口气说：“我是警察。过江隧道里发生车祸，浦口过来的大巴中 36 人受伤。关木在抢救呢！我们是在他口袋里发现的这个号码，写的是囡囡……”

“哪个医院？”关其雨猛地打断了对方的絮叨，“他是我爸爸！”

第十章　如河驶流

人民医院，又是人民医院。

人山人海，又是人山人海。

吵吵嚷嚷忙忙碌碌，每个人都在疾步都在小跑，神色或焦急或慌张或焦急中慌张。

关其雨一口气奔到急诊抢救室外，气喘吁吁地只看到里三层外三层围着人，最中间的是两个穿着制服的警察，焦急的神情努力和缓，勉强挤出一丝笑意在安慰众人："事故原因正在进一步调查……""目前初步判断就是大卡车司机疲劳驾驶，卡车失控突然越线，大巴司机虽然拼命转向可是躲避不及被撞翻……""医院全力抢救……""已经有十一位轻伤的可以出院回家……"

人群外还有个警察，年纪看起来轻一些，坐在等候区椅子上以膝盖为桌，正在一边打电话一边勾勾画画地记录，关其雨听出就是刚才打电话自称姓张的警察，连忙跨上去问："张同志，我爸爸在哪儿?"看他年轻的面孔上几分茫然忙补充道，"关木！关木在哪里?"张警察恍然大悟，捂住手中的电话指指急救室："还在抢救，你先等等。"

关其雨哪肯"等等"，几步走到急救室门口，扒着门缝往里张望。门缝极窄，隐约只能看见蓝色的手术服，关其雨不死心，觑着眼睛继续上下寻找更好的位置，心中不停自责：怎么这些天就没多想想爸爸？怎么就接个电话都不耐烦，因为自己的不开心不给爸爸好脸色？怎么就不能答应他暑假带小宝回去住一阵，哪怕几天哪怕一个星期?

母亲去世得很早，早在关其雨记事之前，努力回想，也只能模模糊糊忆起一张聪慧温柔的笑脸，一双黑亮而晶莹的双眸。家中没挂母亲的遗照，不过父亲老式床头柜上放着帧全家福，两岁的关其雨被母亲抱在怀里沉睡，父亲伸臂拥着母亲立在长江大桥的桥头堡下，两人笑得温馨甜蜜。五斗橱抽屉里还有几本影集，里面有不少父母的合影，浦口的老街和小巷、老山林场、定山寺惠济寺，都是一样幸福相拥的姿势和甜蜜的笑容。关木是浦口中学的数学教师，母亲杜莉也是，不过比父亲晚了几年进学校，是学校的年轻教师。“她在教研室门口出现，说‘我是杜莉，今天报到’的那一刻，阳光突然灿烂，金雨一样洒下来，照亮了我平淡的世界。”关木生性沉默寡言，独有在说到亡妻的时候不吝赞美，诗意浪漫，一点一滴的回忆像是他过往人生的精粹，更像是他生命的支柱。

“她课教得极好，带过一届毕业班，有好几个高考数学满分，创了浦口中学的纪录。难怪，她是上海华师大的高才生，数理化好是应该的。不少人问她为什么会来偏僻的浦口做中学老师，她就笑，说浦口很好啊，比甘肃老家发达多了，当中学老师是她的理想，她的父母就是中学老师可惜双双去世得早，所以她到南方来傍依祖母，不过老人家也过世了，所以我没见过她的家人，一个也没见过。过年过节都是在我们关家，家里人怜她是个孤儿，对她又分外地更好些。”

关其雨两岁那年，杜莉病故。那之后关木独自抚养女儿长大，关其雨考上南都大学之后两年，关木退休在浦口老家颐养天年，所以来南都城坐大巴，方便，有镇上始发到终点新街口的直达车。关其雨结婚之前，每年的寒暑假都要回家住一阵，短则一两个星期多则一个多月，眼见着爷爷奶奶相继去世，伯伯姑姑日渐病弱，堂表兄弟们一个个步入中年，爸爸也一天比一天苍老，更多地回忆往事、怀念母亲，常常笑着夸赞“真像你妈妈”“你妈妈也是喜欢吃这个小核桃”“你妈妈算得更快”等等，在关木的口中心中，亡妻杜莉是普天下最美丽最温柔又最聪慧的女子。

浦口是个小地方，老街坊邻居都互相熟悉，不止一次亲戚朋友来给关木提亲，小雨已经大了成家了你该找个老伴……他只是含笑摇头婉拒，后来发展到看见像说亲的就远远躲开。关其雨也劝过，关木叹口气，眼望天边的晚霞出神，轻声说：“和你妈妈相爱过、一起生活过，我不会再喜欢别的人。何必耽误人家？你妈妈总说，这一世啊我们一家幸福美满毫无遗憾；我会去找她的，我将来还是要和她一起的。”关其雨听得又是感动又是感慨，为父亲的一往情深，为亡母的卓越不凡。不免想到要是自己早亡，李侯会怎么样？他或许也不想再婚，可是侯华一定会逼他，他最后也一定会屈从！每次想到这里，关其雨都恨得咬牙，就为了这，也必须好好地活着！

看得出，关木不喜欢李侯，也不喜欢李氏一家。从关其雨带李侯回老家

拜会老父那天开始，到在南都举行婚礼，到小宝出生，关木一直客气地保持距离，对女婿从不提要求也从不套近乎，对女儿更不以关怀为理由纠缠，就连小宝满月也是单独一个人来看望，坐了不到两小时，丢下个大红包和蜂王浆等土特产就走了，引得侯华抱怨“讲起来是独苗苗外孙呢，这么敷衍了事、当真就交给我们李家了”等等。只有每年的寒暑假时会打电话问女儿是否回老家，听到“是”就笑眯眯放下电话忙碌，然而随着关其雨结婚成家、小宝出世，女儿回复得更多的是“否”，他也并不多劝多说，只是电话那头的沉默和黯然顺着电话线淌过来，令关其雨觉得抱歉而不忍。这次也一样，本想暑假带小宝回浦口住一段时间的，可惜假疫苗事件爆发，小宝重新打一轮针还不知道有没有用，按侯华的说法“以后每一天都像是捡来的”，关其雨比做贼还要心虚，在李家大屋里根本抬不起头，走路都要蹑手蹑脚的，哪里还敢提自己带小宝回娘家？要是有症状，要是突然发病怎么办？只好在电话里回答父亲“不一定”“说不准”。在“昇实健康之家”看到养护人员为狂犬病发作的患者着急忙慌地叫救护车火速进城的一幕久久在脑海盘旋，真怕哪天轮到小宝头上，浦口可没有三级甲等医院。虽然如果是狂犬病，N 级 N 等也不管用。

只是没想到父亲那天电话里一句“那我去城里看你们”是当真的，没想到他这么快会坐大巴过来，他是想女儿、想外孙了吧？寒假在家的十来天，那个幸福啊！老人家一早就把小宝接过去，带着走街串巷闲逛，会一会老友，用各种早点，小宝那么小的娃娃鸡汁汤包能吃一笼！常常是关其雨睡到了自然醒爷孙俩才回来，一家人再随意做点什么消遣，打扑克、下棋、出门爬一段小山，或干脆什么都不做就在院子里晒晒太阳，无比自在无比闲适。小宝对于父亲，像是新生命带来的血脉延续，带来的新希望新话题，不止一次见他抱着孩子对着那帧全家福说话：“小宝，这是你外婆，就是你妈妈的妈妈。”“你看，这就是咱们外孙，像不像小雨小时候？”“咱们这一世啊，可不算白来喽。”照片中的母亲永远微微笑着，笑得温柔聪慧，洞悉一切、了解一切。

怎么没想到呢？关其雨一阵阵自责。其实小宝这个病就是等吧？发作了神仙也没办法，不发作就谢天谢地谢菩萨，像陆居建议的“只能装没事，该怎么过就怎么过”。为什么不答应爸爸带小宝回去住几天？因自己的懦弱，害得父亲躺进急救室！关其雨摸出手机，屏幕上空荡荡的，李侯还没回信息，是又在忙吧？这一阵为了芯片研发，为了“李太白”，他越发拼命，好几天没回家了呢。

张警察这时总算打完了电话，伸头过来询问关木的职业籍贯、家庭住址、社会关系，关其雨一一作答，看着警察细细填好表格，最后一栏是状态更新，在“急救”一栏打了个勾，然而！后面一个格子就是死亡！上面好几行都勾了这个格子！“死了7个！当场是四个，抢救无效的已经有3个！”张警察看出关其雨的念头，一边说一边安慰她，“不过你爸爸应该没事，刚才推进去虽然没意识，手脚身体器官都没伤，应该是暂时昏迷，一会儿就该好了。”

手脚身体器官……关其雨听不下去，拿起手机咬牙按了一通密码，拨通了李侯已经关机的手机，让铃声固执地响着、响着、一直响着。终于接通了，“李侯你快过来好不好？”一句请求艰难迸出口，眼圈已经红了。然而不对，“李侯在忙啊，他这时候走不开啊！”熟悉的声音洪亮而爽朗，是叶端直！“小关啊，有什么事你先克服一下吧？或者有没有什么我能帮忙的？”

“我爸爸出车祸在急救室，叶总麻烦你让李侯听电话。”关其雨胡乱抹了抹眼角，犹豫着，还是清晰分明地说了出来。叶端直沉默一秒，答应了个“好”字，话筒中传来窸窸窣窣的衣袂响声、踢踢踏踏的脚步声，“李侯！小关的电话。说她爸爸出车祸在急救室，一定要找你！”关其雨皱了皱眉，对最后这五个字觉得非常地不舒服，然而李侯终于出现：“小雨，怎么了？”沙哑的声音中满是疲惫，还有几分强忍的不耐烦。

“呃，对不起，对不起，”关其雨急急忙忙地道歉，“是我爸爸，隧道里车祸，在人民医院抢救。”哪怕对世界上所有人硬气，包括侯华包括叶端直，可面对李侯的时候，永远都贤良谦恭，关其雨知道自己的死肋，一边说一边在心底骂自己没用，“不过警察说他应该没事，推进去时没受重伤。”

“好的我知道了。小雨我这几天很忙走不开，芯片研发正在关键时刻，你看情况，喊我妈或李媛帮忙，陆居也空吧？没特别的事就别打我电话了好吧？”李侯三言两语匆匆吩咐。

“特别的事，那是说非要死人了才算吗？”如果是其他任何一个人，关其雨当时就一句怼了回去。可那是李侯，是心心爱恋的“李图灵”，是关其雨十几年来无力抵抗的“小侯爷”，于是忙不迭地连连“好的好的对不起对不起，

你忙你的……”回答尚未结束，那边已经挂了。关其雨怅怅地望着屏幕熄灭，一侧身看见张警察诧异的目光，泪珠突然就夺眶而出，沾湿了长睫。

爱一个人，原来这么苦。

“关木！谁是关木家属？”急救室的门开了半扇，一个护士伸头喊。关其雨急忙跑上前去“我是我是”，跟着挤进了急救室。消毒水、血腥气、腐臭味等各种味道混合的气味扑面袭来，关其雨接过口罩戴上，白大褂医生匆忙地说：“初步判定脑死亡，24小时、最多72小时内没有变化就要宣告死亡。”

关其雨一听急了：“这是什么意思？”

“没有自主呼吸，没有脑干反射，一直深度昏迷。”医生带着怜悯、更多是疲惫，连续工作了近20个小时之后说话都简简单单，“典型的脑死亡。”

旁边的小护士怯怯地问：“请家属考虑下是否能捐赠器官？有个一起送来的车祸病人等心脏，关木老先生的心脏可以救活他。二十岁的大学生，回南都上课的。”

手术台上父亲静静躺着，安详慈和一如往日；大手粗糙温暖，像自幼随时可以牵到的每时每刻一样。关其雨贴近父亲的胸膛，听到他的心脏怦、怦、怦跳得规律而且有力，这是一颗慈父的心，三十多年为女儿遮风挡雨，为女儿永远默默等候，为女儿随时坐上大巴奔波来去。

而我，只因为孩子打了假疫苗，就不回家。

“等72小时。”关其雨跪在父亲身边，伸臂拥住了他温暖的身体，轻声然而坚决地说，“我要等72小时。”

“不会有奇迹的。那边等心脏……”小护士说了几个字，见关其雨回头一眼，目光如寒冰般凌厉，不禁退了一步。“好好好，72小时。”小护士讪讪地走开了，远远听到喊声：“等72小时，挺住啊，72小时就有心脏了！”

72小时，4320分钟，259200秒，会有奇迹吗？关其雨搂紧了父亲，脑中一片空白。三十多年的人生经验，奋力汲取的学识文化，自律自强的品格人格，博士头衔讲师职称，也许还有抽屉里那张五百多万的存折，在死亡面前，原来统统一无用处。关其雨紧紧偎依着父亲，感受着他的体温他的心跳，泪水纵横流淌，只觉得一片茫然。静谧空洞中，不知怎么，家中时时听到的“南无阿弥陀佛”突然蹦到了嘴边，关其雨下意识地张口，六个字像闪电光芒迸出，心底的无力和无助瞬间被莫名的热望替代，仿佛溺水的人抓到了救命稻草，仿佛在茫茫漆黑海面望见了远处的灯塔。“南无阿弥陀佛。”“南无阿弥陀佛。”关其雨默默念诵着，昏昏沉沉，紧张焦灼渐渐消散，渐渐像双目紧闭的父亲一样安然平静，渐渐单调困倦得打了个哈欠。

高台极高极远，不过雪已经开始融化，脚步轻快了很多，总能走到吧？僧人们渐渐在视线中放大，看得见翕张的口唇、上下移动的喉结，没有声音，但是他们在，他们在念经！经过刚才的一番念叨，关其雨恍然大悟，当然是在念经！

耳边传来问答声，关其雨循声望去又吓了一跳，问声来自半空，回答则是多年长不大的七岁女童在认真回答。只是，关其雨从没想过这些问题。

“如果你断了一条腿，你还是你吗？”

“当然是。”

“如果断肢再植，装了一个假腿，你还是你吗？”

“当然是。”

“走路的时候，你觉得是你自己在走呢、还是假腿在走呢？”

“当然是我在行走。”

“如果换一个别人的心脏呢，你还是你吗？”

“当然是。就像隔壁等心脏的大学生，只要换到一颗好的心脏活下来，他还是他。——他们怎么知道？有个大学生在等心脏？”

“如果你的身体全毁、但头颅完好，那么把你的头换到一具好的身体上，你还是你吗？”

“当然是。只要意识是我的意识，我就是我。”

“自我意识是什么？记忆吗？”

“是的。生命产生一刻起所有点滴的记忆，形成了自我意识，形成了‘我’。”

“那如果你的头脑受伤了，但负责记忆的海马体和前额还好，那么把你的这部分记忆体移植到别的大脑里，你还是你吗？”

“我想还是。”

“那么这部分记忆体放在一个盛有脑存活营养液的缸中，脑的神经末梢连在一台超级计算机上，你还是你吗？”

“普特南的‘缸中脑’吗？呃，这个还是我吧。”女童不确定。关其雨也

不确定。

“那么索性把这个记忆体的内容保存到一个人造记忆体中，这个人造记忆体是你吗？”

“是吗？是吗？是吗？”女童摇了摇头，满头的发辫飞舞起来表达着困惑。“什么样的记忆体，芯片、内存条、还是一台超级电脑？那怎么能是我吗？”关其雨也摇头，不是，当然不是。

“为什么缸中脑是你，人造记忆体就不是你了呢？内容是一样的呀！都是你的自我意识，很多人称之为灵魂的东西呀！只要灵魂在，肉体的消亡并不是死亡。永存的灵魂就是永生。所以只要人造记忆体承载着意识一直运行，就是实现了永生。”

不。不是吧？“人工智能之父”明斯基临死时冷冻了尸体，盼着科技发达后的某一天能把他的记忆移植到一个新的活体上开始新生，但是却不愿意接受移植到机器中，没有人认为机器中存在的意识是他自己。灵魂离不开肉体，人不是机器，人不能永生！

“那就是说人终究一死？和爸爸说再见吧，他不能永生。

他这一世啊，爱过，活过。

他这一世的人生啊，真有意义。

如河驶流，往而不返。人命如是，逝者不还。是日已过，命亦随减。

他这一世的人生啊，最有意义。”

声音好熟悉！温柔而聪慧的声音，我听到过，在我极幼时。她会柔声唤“囡囡”“乖囡囡”，会哼“睡吧睡吧”的摇篮曲，会唱“一闪一闪亮晶晶”，关其雨努力回想，没错，是母亲！她在劝解、在安慰女儿，她说父亲的这一世最有意义。可是她怎么会知道超级计算机知道人造记忆体这些新名词，她更从没见到七岁的女儿，她病逝在我两岁的时候！

关其雨一个激灵，醒了过来。急救室的灯光依旧明亮得冷冰冰的，父亲安静地躺着，双目紧闭。墙上挂钟滴、答、滴、答地走着，过去了几秒、几分钟、几小时？

苦苦守候，能够等来奇迹吗？

又或者母亲说的，人终有一死，如河驶流往而不返？

更何况，母亲在那边等他。

他们是在哪里相会？是灵魂拥抱灵魂吗？

父亲的左手腕上套着串佛珠，一直戴着，自关其雨记事就没见他取下，除了洗澡洗衣服等沾水的时候会郑重地收在床头柜第一个抽屉的锦囊中。小时候偎依在父亲怀中，小手正好够到佛珠，看到每粒佛珠上都有一颗大的月亮、密密麻麻围绕的星星，父亲慈爱地笑："对啦，囡囡真是聪明，这个叫星月菩提子，所以有星星有月亮。旁边红色的隔珠吗？那是琉璃珠，绿色的隔片叫绿松石。还有什么，最大的那粒母珠称佛头，对，这一粒黄色的是蜜蜡。"多少年一直也没在意，后来看到侯华戴佛珠，一串沉香木暗沉沉的，就有些好奇怎么素净得和父亲腕上的不一样，侯华撇了撇嘴："那些绿松啊蜜蜡啊琉璃珠啊，都是藏地的吧？我们汉地的可不就朴朴素素一串沉香木。"关其雨有些奇怪，爸爸一个土生土长的南都人，最远只到过上海，北京都一直念叨着什么时候去看看天安门呢，怎么会有藏地的佛珠？爸爸随意回答说，你妈妈的啊，她老家在兰州，那边离藏区不远，城里就有不少藏民。关其雨便觉得母亲很神奇，一个兰州姑娘，到上海上大学，又到南都工作，而她温柔聪慧的笑容中，丝毫没有兰州的风沙和黄土，尽是江南的水润灵秀。

挂钟一直滴、答、滴、答走着，父亲一动也不动。小护士来来去去看了无数次，小声地提醒"24 小时""30 小时""35 小时"……关其雨握着父亲的大手，手腕上黄色蜜蜡佛头垂下来，奄奄一息，毫无生机。

李媛挺着大肚子，陆居一身火红的风衣拉着西装革履的吴浩，朱陶健硕魁岸的身形，陆续出现在病房中。"妈说小宝太小了，来医院不好，她在家带他。老卓出差了。"李媛轻声解释，带着歉意。关其雨伸头望望，李侯，没有来。

芯片、瀚迅、叶端直、"李白 18""李太白"……这些对于他更重要。

并不是秘密，瀚迅的芯片研发开始于 2005 年，就是关其雨大四实习在门口张望的那一时，到 2015 年整整十年后，瀚迅发布了第一款芯片，成为全球仅有的几家具备芯片设计能力的公司之一，并成功运用在机器人"李世民"之中。之后自产芯片不断升级迭代，全面供应瀚迅公司的高端机型，"李世民 16""李世民 17""李世民 18"都自给自足。所以瀚迅公司机器人的成功和其他机器人品牌有不一样的含义，因为有芯，某种意义上掌握了自己的命运。而且"李世民"碰上了移动互联网的汹涌浪潮，网络流量爆炸式增长，它的

综合能力恰好匹配了产业发展趋势，将瀚迅推到了机器人制造名列前茅的位置。然而这一次李侯的性侵事件使“李白18”胎死腹中，在中美贸易的紧张时刻瀚迅被迫退回了原点。李侯是想用绝世芯片造出“李太白”，挽救瀚迅，重振声威。他没有错。

谁有错呢？

“关女士，已经72小时了。”白大褂医生冷静地提醒，隐约带着怜悯。终于没有奇迹，终于被宣布脑死亡。“死亡时间，北京时间6月2日二十点三十九分。”关其雨抱着父亲不松手，并没有哭，泪水肆意流淌，一颗颗滴在父亲身上。此后余生，再没有人慈爱地唤：“囡囡！囡囡！”再没有人骑车驮着驶过古镇的青石板街道，再没有人任她睡到自然醒才抱着外孙笑呵呵地出现；那两只温暖的大手被生生掰开，那一下下跳得让人安心的胸膛从此再不能依靠。

此后余生，就是孤儿。

“其雨！其雨！你怎么了！”“哎呀赶紧掐人中！”“急痛攻心，快扶起来！”“快推走别让她看见，心脏移植！”“对啊对啊，挖心呢！”“家属自己签字的，她知道。”“签字是纸上，看到了怎么一样！”“通知李侯啊！赶紧喊他过来啊！”“手机打不通、单位没人接，在忙呢！”“还忙什么！他老丈人死了！老婆昏过去了！还不赶紧过来！”陆居近乎愤怒地嚷。

“别烦他，他在研发芯片，他要造出‘李太白’，瀚迅不能没有他……”关其雨脑子里有个声音在说话，在一团混乱吵嚷喧嚣中自然无人听见。陆居凶巴巴地冲李媛吵起来：“关其雨哪点对不住你们李家？在你们李家十几年有功劳有苦劳！李侯那个怪脾气好伺候吗，要不是我家属，哪来的小宝？小宝被狗咬是个意外！假疫苗更是谁也想不到！她当妈的最难过！她是妈妈，比你们什么奶奶什么姑姑都亲！她爸爸死了！死人了！你们李家就派你一个大肚子出马？李侯，叫李侯过来！赶紧的！哎，你怎么不着急啊，这么大事不急不忙地，真不愧是当区长的，见多识广呐！死人了啊现在！”

关其雨泪眼婆娑，望向空中。母亲，你看到了？人不是机器，人不能永生。一场车祸，仅仅是一场车祸，就夺走了父亲的生命。他的心脏还在跳、他的身体还是热的，可是他死了。他去找你了吧，我们都会去找你的。

积雪消融，脚步越来越是轻快，没有人看到七岁的关其雨，苍鹰在头顶盘旋了一圈又一圈，不时仰颈长唳，同样焦急不安。究竟什么事？关其雨加快了脚步，奔向高台。

万里迢迢奔波而来的七岁小女孩，踮起脚尖伸长了脖颈拼命张望。

人终有一死，如河驶流。

第十一章　追梦圆梦

妈妈，我们都会去找你的。

不想这句话成真了呢。关其雨嘴角浮上一丝苦笑，随手抚弄着怀中小宝的满头乌发，茂密而柔软，心中涌起无限温柔：这傻孩子，这么吵的长途大巴上也睡得着！

兰州去夏河的四十座大巴士，坐得满满的，在高速公路上一路飞驰。窗外刷成绿色的隔道栏飞掠向后，远处满眼的黄土高坡则岿然不动，不时可见一个个窑洞，像电影中那样挂着红辣椒和玉米串，令愁苦中的关其雨笑了笑。对于生长在南都的江南闺秀，大西北的风光和人物无不新鲜有趣，只是越看越难以置信：母亲是这里人？

侯华不愿意媳妇一个人带孙子出门而且是去大西北，而且偏偏本来要跟着“护驾家属”的陆居意外小产不得不卧床休养；李媛也劝嫂子说西北不安全，等李侯有空了或者她孩子出世了，以后一大家子一起去嘛；连朱陶都难得严肃、认真地劝阻了两次，用的理由是小宝尚未痊愈，在家休养更好吧？然而关其雨表现出十几年来从没有过的倔强，和李侯谈，和侯华谈，坚持必须带小宝走这一趟，在终于得到同意之后即刻决然出行，难得的决心之下其实心底是深深的自责和煎熬：如果早这样强硬一次，带小宝回浦口过几天，爸爸就不会遇上车祸，就不会死！

伯伯和姑姑，古镇上的街坊邻居们都劝“命啊，别想了”“车祸那能料得到呢”“对啊而且是大巴士又不是小车”，还有的擦着泪念叨“老关天天拿着外孙的照片”“显摆给我们看，想孩子啊”“小雨刚上大学那几年不也一样”“岂止那几年，一直就想女儿对吧”“是啊是啊，小雨的照片、奖状、又来信了，桩桩件件都念叨得连我们都一清二楚”。听着这些话，关其雨只觉得深深心酸，想着父亲多年的慈爱，一次次哭红了眼睛。下葬的那天灿烂阳光中突然飘起了细雨，丝丝绵绵地缠绕，如三十多年慈和环抱的父爱；待将父母两人合葬好，雨过天晴弯出了一道彩虹，洗后的青山碧野苍翠澄净得犹如仙境，很难想象不远处就是现代化的南都。关其雨仰望蓝天，彩虹下的几朵云彩分明就是那张全家福，父亲笑得慈祥，母亲笑得温柔，他们在天上相聚。然而指给李侯看，他满脸的茫然：就是一团云，哪儿有什么笑脸？匆匆告辞先回了南都，直接去瀚迅上班了。老房子怎么办？家具物什怎么办？李图灵毫不在意，“你想怎么办就怎么办。”挥挥手小车一溜烟开走了。

这是我的家，我的父亲母亲相依相伴，我们一家三口幸福生活过的地方。房子并不脏，然而关其雨闷头打扫了三天，所有门窗擦得锃亮，所有家具床铺保持得和原来一样，连床单枕套都铺设得随时可以躺下睡觉。他们会常回家，我也会常回家，这里永远都是我们的家。关其雨固执地念叨，不顾众人劝阻地清洗，一双手在水中泡得发白。然而也明白父亲终究是不在了，遗物不得不整理，衣服鞋帽杂物全都忍痛捐走，旧讲义文稿打包卖废纸。

后来在书房角落的樟木箱里看到了半箱书信日记，关其雨随手翻阅，纸张都已发黄，很早呢，早在父母两人刚认识刚恋爱的时候，1980 年。奇怪的是，母亲的信——署名“杜莉”“莉”，字迹娟秀的那些——不少文字下用红笔画了曲线，有的旁边还有文字标注，加了问号、引号、感叹号各式各样，是父亲的笔迹，他写的颜楷字，端庄刚劲，很好认。关其雨开始以为是父亲怀念母亲圈出的柔情蜜语，含笑看了几张却发现完全不是，画线的文字没有一句涉及情爱，或者说甜言蜜语海誓山盟那些都没有画线，画出来的都是些大白话：“我在上大学的时候自己能吃一盘大盘鸡。”“这也叫兰州拉面？太假了。”“苏州的羊肉很好啊，和手抓羊肉有得一比。”“黄河在兰州城里是地上河啊。”“燃一丛篝火，大家围着火堆唱啊跳啊，深蓝的天空里繁星闪烁。”“那里的天空真的似穹庐一样啊，放眼一片绿色，高高低低的山上撒着羊群，像绿绸缎上绣着白花儿。”关其雨越看越是不解，这些为什么要画出来？还有些教学问题的就更不明白，关其雨自诩高等数学是强项，居然看母亲记录的内容很吃力！好些都是数学专业才学得到的啊！她教初中数学，不该是简单的一元一次方程或者拔高一点多元多次么？

直到在箱子最底层看到一本地图册，同样的红笔在地图上画了箭头、注明了日期，如上海标在华师大，2007 年 11 月，2009 年 5 月；如兰州标在兰州一中，2011 年 3 月，2013 年 5 月；关其雨想了半天恍然大悟，爸爸是在找妈妈！这些看似毫无意义的闲话，是在琢磨地点吧，那么就是在实际地方上

没找到？都什么年代了，还用这种笨办法！关其雨带着信件照片回了新街口大屋，李侯反正永远不在家，趁侯华带小宝出门的时候，把李白叫到房间里，把这些资料让它“过目”了一下——对李白来说是最基本的智能搜索，包括图片搜索、相关文字搜索——结果令人吃惊，兰州一中有史以来从没有过“杜莉”这个学生，不管是毕业的还是肄业辍学的；而上海华师大，在三十八年前有过一个“杜利”，但档案里明明是个男生，而且毕业去了广东！

怎么可能呢？一个人从出生到死亡，得有多少信息？像这阵最流行的《灭籍记》里说的，有多少张纸啊！输入“杜莉”的名字再查，同名同姓的全国有一百三十七个，包括在世的和已故的，可是一行行扫过去，年龄性别对得上的一个也没有，更别说再加上籍贯、毕业院校这些条件了。关其雨大惑不解，想了想将母亲的照片请李白识别，最简单的人脸识别——可惜母亲的指纹虹膜都没有，不然李白还能做多几个识别——关其雨胡乱想着，李白的答案已经跳出来，“杜莉”，登记在浦口民政局、与父亲的结婚证上，浦口中学教师、登记在学校的教师档案中，然而除此之外的信息，任何信息，都没有。母亲杜莉，原来只存在了这短短六年：进浦口中学教书，与父亲结婚，生下女儿。关其雨悚然一惊，那去世呢？父亲说她是病故的，联网的所有医院里为什么也没有信息？即使是三十二年前的 1986 年，也不可能不去医院就病故啊！除非是故意隐瞒做手脚！

那本地图册翻了又翻，兰州那一页上画得密密麻麻，关其雨回想自己上大学上班之后的这些年，父亲常说出门旅游，问去哪儿他总笑呵呵地含糊其词“旅游嘛”“附近转转”“老同事安排的”“看看老朋友”之类，搞得自己有两次以为他第二春了所以神神秘秘，心底还纠结过要是冒出个后妈怎么办，现在才明白，原来他都是奔在找寻母亲的路上，那是他的梦想、是他终身的寄托。

爱一个人，竟然可以矢志不渝到穿越生死，明知无望还要苦苦找寻。关其雨忍不住想，自己对李侯的痴情，是遗传自父亲的性格吧？若是有一天他不明不白地不在了，也会一直找到底的吧？他还是忙、忙得不见人影。“美国超人”上市引起全球轰动，夸张的报道说是“智能民用机器人跨时代杰作”，时空公司的总工保罗本就被誉为“机器人之王”，鲜花掌声中更被加上“名副其实”“当仁不让”等赞美之词。当然也曾有声音质疑瀚迅三月份展示的“李白18”像“美国超人”的原型，不少媒体都在现场看过啊，这时美国管家出面告诉大家，“李白18”的关键芯片其实是时空公司的产品，就像振新集团一样。于是媒体释然，再无人提起。

振新集团的七年禁售令终于被解除，条件是十亿美元罚款、四亿美元资金托管以及美国监督下的管理层全部撤换，容许美方指定人员加入公司合规团队。全中国一片哗然，很多人认为这是丧权辱国的不平等条约，不能接受；然而受制裁后发布公告说“受禁售令影响本公司主要经营活动已无法进行”的振新集团接受了这些条件，董事会原董事全数辞职。后来美国商务部委任代表入主，监督振新集团的生产销售和运营。

这件事极大地刺激了中国科技界、企业界，中国“无芯”“缺芯”的现状让大批中国人警醒，华为等一直致力研发芯片的有识之士受到赞美，阿里巴巴、格力电器等巨头开始投资开发芯片，国人普遍意识到只有掌握核心技术的公司才有资格进入全球市场。瀚迅多年的自主研发受到一致认可，叶端直常被叫去在大大小小的会上发言，与以前畅谈成为民用机器人巨头的梦想不同，话题重心总被引到芯片上，叶端直毫不谦虚地接受各方“有芯之士”的称呼，在数个场合豪言壮语瀚迅一定要做到芯片完全自给自足，“在南都这方热土，圆全中国人的芯片之梦！”军人出身的她，讲话像誓师，极振奋人心。连王守成这样的也不再反对研发，变成一日催促几次“什么时候能出来”“瀚迅要做个表率”“为中国人争口气”等等。研发部人人铆足了劲，连天加夜地工作，“李广”“李耳”“李世民”在各种细节上进一步更新升级，换代产品做足功课，稍稍挽回了一些市场。

除了瀚迅总部，分布在德国、瑞典、俄罗斯、印度等地的四家研发中心也在争分夺秒，虽然每个中心的研究侧重点及方向不同，最大的梦想都是将“李白18”进化成“李太白”，这种国际化的全球同步研发体系聚集了全球技术经验和人才，技术领先全球，有什么理由“李太白”芯片不成功呢？而且南都有各种最优政策、健全的法制、无缝隙的服务、广阔的全球市场，没有人觉得叶端直夸张，一定能在这方热土上圆芯片之梦，那是全中国科技界企业界当前最热切的梦想。

可偏偏就是“尚未”，偏偏就卡在瓶颈中，芯片自给自足的梦想并没有因众人的追逐和支持而迅速实现，“李太白”陷在不知何时出世的困境。这期间

“美国超人”出尽风头，第一批销往邻国加拿大的两千台机器人广受好评，时空公司相对于瀚迅，又成了高不可攀的对手；曾被“小侯爷”追赶到极近距离的“机器人之王”保罗，又恢复了高山仰止的偶像地位。

所以家庭、妻子、感情，对于鏖战中的李侯，都是奢侈吧？他不是不想，只是无暇顾及。此时此刻的他，面对烧到眉毛下的战火，只能挺身全力迎战，和战友一起打造“有芯之士”。只可惜自己不是他的战友，不能和他并肩作战。关其雨一阵心酸，想到李侯吃住睡都在研发室，肯定又是胡子头发一把抓的不羁模样；而女战士叶端直，虽然眼睁睁看着“美国超人”称霸全球，一定铆足了劲想尽了一切办法，但却绝不会走歪门邪道或者抄近路，瀚迅的经营生产还是靠她自己。

关其雨摇摇头甩去困惑遗憾，看到兰州往外画了条粗粗的箭头，箭头往西再往西，落在了夏河县，画了个圆圈，又重重打了个大大的感叹号。

父亲的感叹号，变成了女儿的决心，变成了南都往兰州的高铁车票，变成了大巴上母子相拥的身影。“妈妈，我们来找你。”关其雨一路默念，在吃到大盘鸡，在啃着手抓羊肉，在看见迥异于内地的兰州拉面，在惊讶堤坝围拱的黄河时，一再确定母亲曾在这里，否则信件中圈出的文字不可能详细生动得活灵活现，虽然也许没上过兰州的中学、小学、幼儿园，但是她确实在兰州待过，而且很长时间。

怀中的小宝动了动，低低叫“妈妈”，关其雨连忙俯身凑近，轻声问：“小宝你醒了，喝水吗？”“嗯，渴。”关其雨扶起儿子，拎过座位下的双肩包取水。就这一错眼的工夫，小宝突然“哇”的一声，头一顿吐了出来，呕吐物——早晨吃的面片就是类似南都面疙瘩的煮面——飞溅得到处都是，首当其冲的就是仅隔着过道的僧人，红僧衣立刻变成了花僧衣！

关其雨急得连说“对不起对不起我来擦我来擦”，左手扶着还在搜肠刮肚的小宝，右手举着开了一半的矿泉水瓶，还试图伸手拿包里的小毛巾，狼狈之极。僧人笑了笑用生硬的汉语说“不要紧”，笑容温暖慈和，声音浑厚低沉，使得手忙脚乱的关其雨自慌乱无措中平静下来，定定神拍着小宝的背让孩子好好吐完、漱口，脏外套脱下换了件棉背心把他最心爱的小猪玩具给他捧着，再取出小毛巾想帮僧人擦拭。没想到前座的女藏民早已拿自己的外衣在擦，男藏民从驾驶室拿过来垃圾桶，用草纸把满地的污秽收拾起来，后座的背包客也纷纷拥上来帮忙，连那对商人夫妇也停止了张望车底的行李，回头关切地询问。人多力量大，地面上座椅上不一会儿就收拾干净了，僧人一直含笑说“没关系没关系”，女藏民——大家听到她叫卓玛——却只固执地擦了又擦，关其雨上前要帮忙也不让，好容易半天擦完了，恭恭敬敬地对僧人又是合掌又是施礼躬身倒退着回了座位。

后来的路程就很顺利，小宝似累了一样乖乖地偎依在母亲怀中，偶尔问两句“妈妈那是牦牛吗”“那个马跑得好快”“一群羊啊妈妈”，关其雨答应着，看儿子双眼中缠绕多日的焦躁暴戾不知怎么神奇地都隐退不见，惊异地侧头望望更洛加措，心中说不上是轻松还是酸楚。离兰州越来越远，黄土高坡和窑洞渐渐稀少，道旁的绿树多起来，一排排飞掠而过，远处的牛羊马匹或成群或零星地散落在草原间，与缤纷的格桑花一起为绿地绣出点点图案，正是母亲信中描绘的景色。此时回想新街口林立的高楼大厦和烦嚣的车水马龙，像梦境一样遥远。

进夏河站已是中午，关其雨临下车迟疑着回头想问更洛加措的电话号码，后面的人流涌上来，关其雨不好堵在路口只好带小宝下了车。车旁有个藏族青年举着“关其雨”的牌子在等，是预订酒店时订的接车服务，一直担心是否能准时来接，没想到早等在车站了。青年一头卷发，黝黑的皮肤透着高原藏民都有的红光，汉语很流利就是腔调忽高忽低，自我介绍叫扎西，是青年旅舍的导游兼司机。七座面包车半新不旧，里面收拾得干干净净还特意放着两瓶矿泉水，就是有股藏区特有的味道，腻腻地黏厚，是羊肉味还是牦牛味？关其雨进了酒店房间也是同样的感觉，嗅了一圈却找不到根源，和内地标准间一样的两张席梦思床、被褥床单雪白，卫生间洗浴俱全，仿佛任何一次出差住在苏锡常，也有两瓶免费矿泉水、也有方便面热水壶放在吧台上。那就是空气的味道吧？

面包车颠簸着行来，街景和想象的差不多，甘南偏僻一角的小县城，主干道就东西向一条大街，街道上车辆行人混合共行倒还是行人更强势些，道两旁或方形或菱形的藏式建筑小店铺一个挨着一个，各种旅游纪念品琳琅满目。关其雨远远望见大巴上那对浙江商贩夫妇正在店铺门口卸货，一箱箱“义乌小商品市场”标签的货物打开，里面都是藏族风格的小挂件、藏服、毡帽，甚至念佛机。看到前台认真挑选的游客们，关其雨不由笑起来，肯定不

少南方的游客吧？千里迢迢地再把这些“藏族”纪念品带回去。

远处的殿宇巍峨高耸，金顶在阳光中耀眼夺目，隐约可以望见鎏金的法轮、宝瓶、幡幢，长廊前的河边几十个藏民自觉地排列整齐正在磕长头，身体扑倒、手臂前伸、头触地，起来，再扑倒，一次次叩拜的虔诚显得肃穆庄重绝不可亵渎轻视。自己从不信佛，可是小宝的身体会好吗？还是会一直难受直到狂犬病发的那天，再昏厥暴毙？妈妈知道她的亲人遭遇了危险吗？万里迢迢跋涉而来，会有奇迹吗？我的梦想，不过是三口之家的幸福生活而已！关其雨定定神，自包里取出了照片。

“只有一张照片？”扎西瞥了眼全家福，为难地回答，“而且是三十几年前的？这估计找不到吧？”扎西大概常常接待游客，与母子俩很快熟络，见关其雨愁容满面连忙劝慰，“我把这张照片请附近的人传看传看，说不定年纪大的有记得的。你确定她是什么时候来的？”

什么时候呢？哪一年呢？母亲进浦口中学不久就与父亲相恋，之后结婚，之后生女，之后病故，父亲没有与她出过远门，结婚就在小镇上摆的酒，去上海置了些衣什。所以应该是来南都之前，但再早再年幼也不大可能。关其雨沉吟：“可能是 1978 年 1979 年？或者 1980 年。”

扎西呵呵笑了：“好，快四十年前了。我问问看啊。”笑容轻松，显然并不认为能够问到。

关其雨想了想，从包里郑重地取出那串佛珠：“母亲的遗物还有这个，这应该是藏区的了吧？”讲着这个话，心虚地回头望了望浙江商贩的店铺，谁知道呢，说不定也是在类似旅游纪念品商店里随手买来的。扎西诧异地接过，看了好一会儿迟疑地说：“我带你去找老马吧！要是有谁认得这佛珠，一定是老马。”

“啧啧，这串珠子有年头了，看看这个包浆多醇厚，开片多完整，还有这个颜色、紫黑色上一层润，还有色差呐！而且是偏月，而且还有大小形状磨损都不一致的，不得了，这个至少有上百年了……”老马并没有想象中那么老，也就三十出头，瘦瘦的中等身材，戴着回人的小白帽；也不是想象中的大善人憨厚模样，而是敏捷精明言语利索，典型的商人。扎西解释老马铺子是代代相传，这个现任老马实际上是小马，接班刚十来年。

关其雨摇了摇头：“这是我母亲的遗物。我是希望能靠这找到她当年的踪迹。您知道这串佛珠可能来自哪里吗?”

老马叹口气掩不住失望:“老东西,绝对是老东西。哪里的可看不出。”

“让我看看。”一个苍老的声音突然响起,小学徒推着轮椅推出了一个满脸皱褶的老者。实在是老,膝盖上的双手干瘦枯瘪长满了斑,白帽子下的鬓角一片雪白。“老马!马老板!”扎西叫道,原来这是上一代的老马,真正的“老马”。小马连忙把佛珠递了过去。

“真是它。”老马一颗颗捻着念珠,神情像是感慨又像是悲伤,轻声说,“这么多年,终于回来了,我想想,三十、三十几年了?姑娘,你去找嘉木样活佛吧,活佛会告诉你答案,只有活佛才能告诉你答案。”

老马叹口气,摇了摇头:“有这串佛珠,活佛一定会见你。他等了很久、很久了。”扎西回头看看目瞪口呆的关其雨,目光交错中都是又惊又喜,当然惊的成分更多:嘉木样活佛,等了很久?这串佛珠?

关其雨牵着小宝的手,看扎西匆匆去找他的姑母——在这里厨房里帮忙的,能见到嘉木样身边的人——思绪一团团纷乱,佛珠能交到活佛手上吗?嘉木样活佛看到佛珠,会认得吗?老马说得极肯定,细问却又只摇头叹气,那这串佛珠到底有什么特殊呢?搂着偎依在怀中的小宝,关其雨无意识地抬头四望,这一间房类似江南大宅的轿厅,供求见的客人等候,只不过东西两面各放了一张炕,而非江南的太师椅,炕上铺着厚厚的羊毛毯,那种大花大朵大红大绿的艳丽风格,这才是藏区特产呢,关其雨想起义乌产的那些“藏区”纪念品不禁笑了笑。

“叮咚”一声手机响,关其雨心中一喜连忙取出手机,小宝也抬头期待地问:“是爸爸吗?我想爸爸。”

出来快两个星期了,侯华按走前约好的每天早上七点、中午十二点、晚上七点联络三次,确认母子俩平安无事否、有何需要否,每次都细细叮嘱或者说长长吩咐一番;陆居捶胸顿足地说不放心“家属”一个人带着小宝在大西北转悠,不停自责怎么自己关键时刻掉链子;李媛每次通话都是匆匆忙忙,让人想象她挺着个大肚子忙好多事包括十几个项目在做,临了总是一句“哎呀不说了不说了,谁谁又催我了,嫂子你多保重”;同事好友常有联络,连很久没能见面的俞好都发过几个微信。只有李侯,很多天没有消息,打过去永远打不通,用密码开启好容易接通一回,他几乎是恍惚着问“谁,什

么事”，关其雨当即泪盈于睫，哽咽着挂了电话，而小侯爷居然也没有再打过来。

他已经是个机器人，或者说一台正在战斗的机器，一心一意只要研发出核心技术。关其雨不让自己再打丈夫的电话，可是心底的盼望却像火苗时刻窜动着，碰到铃声就似被风吹着变成火炬。

“小宝妈妈你在忙吧？你们到哪里了？”原来是朱陶。海归在屏幕中笑得一贯地灿烂，照亮了昏暗的厅房，“小宝好吧？”

“朱陶哥哥我都好。”小宝看到妈妈失望的表情，乖巧地应答。

“那真好。你吃得惯不？”

“我吃得惯。每天很多肉肉啊，很好吃。妈妈就惨啦，没有菜么！”一大一小居然聊得甚欢，关其雨呆呆听着，心底只觉得酸楚。朱陶也忙，也极忙，听说为了朱中道“美国超人”赶在关税影响之前进中国海关的命令，除了邮件电话交涉之外自己飞了一趟纽约，到时空公司总部催交期，据说二十万台机器人神奇地就要完工，接着出口装船、进中国上海港、国内销售，朱陶作为这个项目的直接负责人肯定更忙，不过再忙也每天打个电话过来问小宝怎么样。大概他心里总觉得小宝被狗咬是他的责任吧？

只有李侯，只有李侯杳无音信，他真的是忘了爱人和孩子，忘了俗世了。

“妈妈看，这是朱陶哥哥公司新来的机器人，叫‘美国超人’！”小宝高举着手机伸过来，“真好玩，比李白大好多！妈妈你说它们谁打得过谁？”

“傻娃娃，机器人怎么会打架？它们都只会为我们人类服务。”关其雨抚摸着儿子的乌发，恨不得放声一哭，为变成机器人的丈夫，为他遭受的冤屈，为生命中诸多无奈，为曾经有过的爱情。“量子纠缠。我们就是量子纠缠。”他说，清俊的面容上绽开温柔的笑容，融化了福昌饭店、融化了新街口，整个世界都因这笑容瞬间清新。

“鬼魅般的超距作用。”爱因斯坦对量子纠缠这样评论。它们不论相距多远都会彼此作用，一个上旋则另一个下旋，一个在被测量则另一个知道测量在发生和结果，它们相互作用的速度比光速还快，超越空间的距离。

现在我和他不过相距一千多公里。

不，即使同在一个南都城，同在新街口陈阁老巷大屋中，也不再彼此作用。

噔噔噔噔脚步声响，“在哪儿，她在哪儿?”急切的呼唤声苍老而虚弱，饱含着热切、期待和深情，“她终于来了，她在哪里?”

红色的僧衣袍角闪现在窗外。关其雨不由自主地牵着小宝站起来，就要见到嘉木样活佛，他果然看到佛珠就出来了!

第十二章 往事开缄

“这就是关其雨，南都来的。”扎西扶着一位红衣僧人颤颤巍巍地走了过来。关其雨愣了愣，长长松了口气之余暗暗失望，不，不是嘉木样活佛。

“嘉木样不在，去北京了，要住一两个月回来。”老人真是很老了，尤其藏区人平均寿命短，长年在高原上受阳光直射的面庞干涸粗糙，即使同样年纪看起来远较江南人苍老。“临走的时候吩咐我，会有一位贵客来访，让我好好接待，把所有的过去都讲清楚。我在等你，一直在等你！”

关其雨不吭声，心里乱糟糟的：我是谁？我怎么就成活佛的贵客了？又有什么过去？我第一次来！甘肃、西北都是头一回！

跟随着老人缓慢的步伐，穿过一进客厅、一进佛堂，一直到了内室。靠墙是一张巨炕，夏天仍然铺着厚羊毛褥子，提花垫单垂落长长璎珞，矮脚茶几上整整齐齐放着茶壶茶杯，散落着两个蒲团。老人示意关其雨带小宝随自己坐在炕上，扎西恭恭敬敬跪坐在了门边。墙上挂着很多唐卡即藏族传统的画，很多不认识，尤其不少形象威猛得令人吃惊，翅膀、烈火、金刚杵等看得小宝往母亲怀中缩了又缩。老人忙笑着解释安慰：“那是金刚手，那是大威德金刚，对好人尤其好孩子好得很，保佑众生的！”

一位僧人走进来泡了壶藏茶，沸水冲开砖头似的茶叶，颜色深得像黑咖啡，香味更加醇厚浓郁。小宝好奇地看着，拉了拉小僧人，也就七八岁的一个孩子，黑中透红的面庞上两只月牙般的小眼睛，笑嘻嘻地回身挠挠小宝招了招手。小宝大喜，恳求地望向母亲，关其雨迟疑着点点头，两个孩子喜笑颜开地手拉手出去玩了，扎西看出关其雨不放心，忙说“我去带他们玩”，跟出去了，很快传来嘻嘻哈哈的笑闹声，听声音好几个孩子一起。关其雨松了口气，转身面对老人坐直身体，满脸疑问。

老人的声音和他的容貌一样苍老，层层叠叠的褶子舒展、折起、再舒展，一伸一张中过往的岁月如画轴缓缓展开。

袅袅茶香中，声音低沉而沙哑，无限的痛楚蕴含其间。关其雨一阵默然。

“不好了！不好了！”小僧人突然急急忙忙地冲进来：“小宝昏过去了！”关其雨一惊站了起来：“怎么了？”扎西慌慌张张地抱着小宝紧接着出现，小顽童满头的汗水，又是呕吐得一身，满脸的唾沫污秽，面色烧得通红。关其雨冲过去抱住儿子，连声喊“小宝！小宝”，可是毫无反应。

“我们几个正在玩，他突然大跳大叫，浑身抽搐着呕吐，我们以为他闹着玩呢，结果一会儿就昏过去了！”

狂犬病真的发作了？关其雨心中一阵冰凉。无药可治的狂犬病啊！全世界都没办法！昇实健康中心的约翰博士都说了美国最先进的医疗机构也无计可施。李家五代单传的独苗苗，量子纠缠十二年爱情的结晶，难道要埋身在拉卜楞寺？泪水不知何时滴下来，一颗颗落在小宝娇嫩的面庞上，他原来是个肉嘟嘟的圆脸，这半年来被狗咬后各种烦躁，已经变成了尖尖的下巴。他形容不出，他只会讲“难受”。半年中，这孩子可受了多少苦？

关其雨搂紧儿子，哭得伤心而绝望。

第十三章　察势者智

“物质不是最主要的、人才是最主要的，只要教育和教师得到重视尊重，国家就有希望。要鼓励优秀的人去培养更优秀的人，教育是最有效的国力提升，也是最牢不可摧的国防！”主席台上孙院长慷慨激昂，同台的院领导、省市领导含笑颔首表示赞同，台下不时爆发阵阵掌声。这些重视教育的话，当老师的谁不爱听？何况看样子不是空泛的夸赞表态，而是有实质政策！

“简单地说，以后的职称评定将有多维标尺，论文论著的要求将逐步淡化，高校教师和科研人员将根据岗位特点制定分类评价机制。”换了位省领导讲话，谈到了大家关心的具体问题，大教室中安静下来。“增加技术创新、专利发明、成果转化、技术推广、标准制定等评价指标的权重，将科研成果转化取得的效益——包括经济效益和社会效益——作为职称评审的重要条件。”

掌声雷动，坐在第一排的张主任尤其举高了双手拍得简直夸张，确实值得庆祝，至少没评上副高职称的讲师们这下高兴了吧！陆居推了推关其雨：“哎，家属，你有希望！”关其雨愣了愣，连忙跟着鼓掌，稀里哗啦地拍了一阵。在说评职称的事呢！陆居已经是“陆教授”，自己还是“关老师”啊！关其雨极力收敛心神集中注意力想听清楚具体政策，然而思绪飘飘荡荡，总自己飞去高原上。

回来半个月，生活全都恢复了正常，陈阁老巷大屋中平平淡淡，不过很快学校开学，关其雨开始上班而小宝进了附近逸仙路上的民办幼儿园，和陆居的女儿小薇在一个学校。最大的变化起因于幼儿园老师的教育，小顽童强烈要求自己晚上单独睡，婆媳两人又争论很久，侯华犟不过孙子、不得不同意小宝晚间睡在自己的儿童房里，于是半夜经常听见老人家悄悄地起身穿过客厅去看孙子。关其雨没有多说高原上的事，只告诉家里人在藏区看了个藏医，小宝应该没事了。侯华将信将疑地兴奋，每天“南无阿弥陀佛”念诵时增加了“多谢菩萨保佑”的感谢词；卓远匆匆忙忙地竖大拇指“藏医历史悠久神秘神奇、看这种疑难杂症最好”；李媛则关心地问“什么藏医怎么治疗的”，关其雨含糊其词地应对不上，还好李媛手机不停地响匆匆忙忙地被叫走了；而李侯只回来过一次，潦草地和老婆孩子触碰了一下就又赶去了研发室，据说新款芯片已经到了最关键的时刻，关其雨想和他详细说下小宝的事竟也没机会。

反倒是工会王主席某天晚上亲自上门探望，说是叶总吩咐的，研发室以李工为首这几个月熬得辛苦，感谢家属的理解和支持云云。客套的官话刚说完，李白端着水果香茶上来待客，王主席好奇地打量攀谈，从“你叫什么名字”“你几岁了”的幼儿问答，渐渐问到“你会干什么”“你每天的任务是什么”，再到“你喜欢你的工作吗”“没有休息不累吗”等情感对话，李白一板一眼地回答“我喜欢我的工作”“我不累我不需要休息”，文质彬彬有理有节，像是训练有素的专业人士。王守成便感慨：“这机器人好！比保姆好！现在的人呐，尤其我们瀚迅都是高学历的高才生，讲不得说不得！”侯华找到了知音，拍着巴掌赞同：“可不是！以前那个钟点工又懒又馋讲三步动一步！稍微表达下不满意，她就干脆不干了！有李白之后，我们家的家务活儿那是再不烦了。”关其雨有些诧异，李白来之前的钟点工小张可是侯华再三夸奖又勤快又懂礼貌又体贴人的，现在都为了突出李白变成了懒惰跋扈，与王主席对瀚迅员工的不满呼应着，越谈越是投机。

他们不知道吗？李白其实“听不懂”，它那些回答都是程序中设定好的，碰到提问自动跳出来，绝不会有另外不同意见的答案！它做多少活、做什么活，也是严格地按照主人的设定程序，时间精确到每一分钟！如果有一天无事可做，它不会主动找活，不会百无聊赖，它就是个机器！关其雨腹诽着，含笑聆听着两人夸奖李白，叹息“李白 18”在美国的遭遇，鄙夷“美国超人”的模仿，频频点头表示赞同。在听到“昇实的二十万台‘美国超人’就要投放市场，媒体炒作得沸沸扬扬，本该是瀚迅的风光时刻，都是美帝国主义的阴谋”时还配合着叹息了几声。王主席望着忙碌的李白啧啧称赞说“美国超人”要是一样的话可得买一台回家，见侯华愣住旋即反应过来不能自相矛盾，连忙岔开话题问关其雨：“听说你们暑假去甘南旅游了？”

“旅游？”关其雨怔了怔便连忙点头。是啊，甘南之行在亲朋好友眼里就是一场普通的暑假旅行，景点如何、环境如何、吃住条件如何、导游有没坑

人、有没有被宰等等，一场生死之旅化为俗不可耐的谈资，又渐渐湮灭在日日的忙碌中。其实这样最好吧？关其雨很识相地寡言甚至沉默，这时见王主席问起只好笑着说："蛮好玩的，寺院建筑很雄伟，空气很清新，是，早晚有点凉……"不顾侯华在一旁狐疑地盯着，继续笑着说，"藏民很友好，藏餐还不错，……"脸笑得酸，心底的秘密和苦楚啊，能向谁说？关其雨因此常看着四岁的娃娃吃饭出神。

主席台上的声音越来越高："评定专业技术人员职称，不受户籍、档案、年龄、单位性质和身份的限制，外语和计算机将不作统一要求！"人群欢呼起来，张主任摘了眼镜擦拭，口中不停地说："早该这样，早就该这样！"

陆居又推了推好友："哎，这个倒蛮公平的！不过竞争更激烈了呢。"关其雨唯唯诺诺，半天想起来外语和计算机其实都是自己的强项，前面评不上副高就是论文不够，现在论文要求淡化；其他评价指标增加，是个好消息吧？可是当曾经念念不忘的副高职称突然变得触手可及，客观地再看看自己，学术上确实没什么建树，技术创新、专利发明、成果转化、技术推广更寥寥可数，乏善可陈；智能报销系统算一个小成果，可比起诸多同事动辄带动一个产业、创建一个新项目的研究发明，实在太微不足道了。仅凭认真教课的态度，内容都是陈词滥调，在历史文学科目或者能混一混，在日新月异的人工智能领域，哪里谈得上专业呢？关其雨只觉得惶惑而惭愧。

"高层次人才、急需紧缺人才采取职称直聘办法，国家科技进步奖、中国发明专利金奖发明人、列入国家重点人才工程计划对象等等，这些人才可以直接认定相应专业高级职称！"

这一次的掌声倒不响，台下人群窃窃私语地议论，毕竟大神级的人才是少数，这几个奖哪一个也不容易得到。"总之，我劝天公重抖擞，不拘一格降人才！"主席台上高亢总结，正在出神的关其雨猛地惊醒，被陆居拽着起身鼓掌，拍红了双手，目送各级领导一一退场，不少师生拥上去询问，心中五味杂陈。不拘一格降人才！气魄真大啊！

在浦口。

手机"叮咚"一声："小宝妈妈，你差不多中午出发？我让小孙去接你了。"几乎同时又是"叮咚"一声，孙秘书的信息已经到了："关老师，我十二点半到您学校门口接您可以吗？朱总说请您早点到。"

关其雨匆匆回了两个“好的”，侧头问陆居：“我们去食堂吃饭吧？昇实的车十二点半到，说让我们早点到。”陆居低头在看手机，关其雨又推了推她，陆居愁眉苦脸地抬头说：“你去吧，我吃不下。”

“怎么了？”关其雨诧异。陆居的性格最是开朗，高兴则哈哈大笑、不高兴就大叫大闹、连哭也是号啕大哭绝不会像好友那样无声落泪，更常常哭着哭着就笑出来。哪怕是去年副高职称没评上的时候也绝无气馁，振臂发狠说“老子等下一次”！因这份刚强与关其雨的柔弱相得益彰，才互相做了“家属”，印象里十几年中从没见过她这么沮丧。“怎么了？”关其雨又追问了一句。

“难怪人都说啊，共患难容易共富贵难！”陆居恨恨地道，“你知道的，老吴的公司，是几个老同学合伙、一起拼出来的，名字叫‘浩大’，其实最早就他们四个！后来增加到了九个股东，当然现在有七八十人了。记得刚开始的时候都没钱，每个人家里凑一点、自己省一点，方便面吃了好几年，天天熬夜加班，还好选对了路，集成电路产业市场需求量大，又蛮得政策支持的，七八年工夫就上市，市值二十几个亿，算一帆风顺了吧？”

关其雨听得连连点头，吴浩是隔壁东大的，高两届，与陆居在舞会上一见钟情，不到一周就确定了恋爱关系，爱得潇洒张扬；毕业时为要不要回上海与陆居争执，上海发展前景更好，靠家近方便等都是理由，但是陆居爽直地表示自己绝不想离开南都，难得细致地列了张表格对比两个城市的各种生活工作指标，吴浩不知道是被说服还是被感动，真就决定了留在南都而且不留校不进机关国企，自己创业。那几年确实很艰苦，但并不艰难，几个志同道合的伙伴嘻嘻哈哈地工作，玩儿一样也罢了，关键是一分耕耘一分收获，小公司每天都有收获都在进步；加上目标明确道路清晰，七八年也就真上了市，几个人成了富豪。陆居为此时常说什么“察势者智，驭势者赢”，为做对了选择题洋洋自得；吴浩则感慨着夸赞“老婆你有旺夫运啊，当初要不是听你的，我老吴若回了上海，也就做个白领啊”“啧啧看咱这车、咱这房、咱这前途，到哪儿能混出来”“小薇就是个公主，咱这身价不比欧洲那些小国的王室强”之类，夫妻二人不是不膨胀的。

“谁知道好日子过多了，就开始有人作怪！就是那个老蒋，非要听老婆的话，把股票质押，套出资金炒期货，还加了杠杆！期货那是一般人能玩的吗？

何况今年全球被美国闹得鸡飞狗跳的震荡市场?”陆居气愤愤地讲得口沫飞溅,“可谁劝都没用!非要质押非要炒期货!结果好了,被平仓了!他们几个人在商量怎么办呢,浩大6.8%的股权,要不要合伙赎回来?赎的话哪儿有那么多流动资金?依我说啊,别管他!”

“好啦好啦,”关其雨连忙劝解,“你该庆幸,是老蒋又不是你家老吴,你们继续做富豪,小薇还是公主,别烦啦!”

“是啊,想想真后怕,老蒋那时来找我们老吴谈过好几次,什么挣大钱挣快钱挣现钱。”陆居叹了口气,“我们算不贪心命大的。看老蒋又可怜又可嫌,多少年的辛苦打了水漂,他老婆要离婚呢!”

“就是。可见做人不能贪得无厌,还好你们老吴谨慎,别想了。”关其雨附和着劝解,拖着好友吃饭洗漱,看她一路长吁短叹不禁又连连安慰,一边暗自庆幸:李家在这方面家风淳朴正直,没人贪财没人计较金钱,李侯天生不问俗务更不问阿堵物,李媛疏朗开阔,对物质享受几乎没概念,不然她那个位置腐败太容易了;卓远和自己也是,虽然一个教高校一个教职高,都从里到外透着知识分子的清高。像陆居这样为公司股权烦恼,还有老蒋这样因贪心破产的,在李家永远不可能发生。

不过心里总是不安,隐约有什么事。什么事呢?股票质押、加杠杆、全球市场震荡……中国商务部副部长受美方邀请率团访美,与美国财政部副部长就中美经贸问题交流……不不不,不是这个新闻,和这个国家大事无关。但是肯定与美国有关联。

“哎呀!”关其雨坐在车中突然叫了一声。惊得正在打盹的陆居一个哆嗦,挥手捶了她一拳:“干什么啊,吓人巴拉的?”小孙也关切地在后视镜中张望:“关老师没事吧?”

“没事没事,我以为家里煤气没关,刚才想起来关了,没事。”关其雨随口敷衍,没想到陆居理解地叹口气,自作聪明自以为是地劝慰:“福昌饭店那是在装修!八十多年的民国老建筑,曾经荣耀显赫,不会拆的!”又热心地伸头向小孙解释:“喏,就是那边福昌饭店,对于‘关老师’有特殊的意义,量子纠缠呐!在整个南大都有名的!”小孙似懂非懂、点头答应不迭,关其雨哭笑不得,牵了牵嘴角。车子正好在等红灯,望着前方熟悉的民国建筑掩映在葱茏的绿荫之后,搭满了施工脚手架,李侯一句清朗的“我们就是量子纠缠”

表白仿佛就在昨天，清俊面容上绽开的温柔一笑，亦仿佛从未远去。

关其雨努力收回惆怅，偷偷打开手机看股票行情。绿色的昇实集团，九块一！市值只有一百四十亿！关其雨一颗心沉了下去。初遇朱陶的三月份，昇实大概在三十块、五百三四十亿的市值；后来涨到四十多块，市值超过七百亿，朱中道踌躇满志地觉得能达到一千亿，所以“美国超人”高达二十亿美金的货款是即期信用证加二百万美元现金，所以高价收购杰森、世安等一系列海外企业用的是现款，为理想而建的昇实健康中心每个都要几十亿资金！昇实的股票不但质押，而且加了杠杆，恐怕还不止一倍！然而收购回的企业亏损，健康中心也是亏损，昇实集团作为上市公司的报表一次比一次难看，二季度的亏损达到了有史以来最严重的十九个亿，市场一片哗然，全南都老百姓都在议论昇实没事吧？

朱中道数次亲自出马，在各种媒体上豪言壮语“这几个投资都是经过深思熟虑都是有远见有未来的，假以时日一定能扭亏为盈，就像当年昇实的各种其他投资一样成为昇实的看家产业”云云。然而这一次金融市场没有给他、给昇实机会，集团股价持续下跌。很简单，如陆居所说，今年全球市场震荡，都被美国闹得鸡飞狗跳，投资者宁可现金为王；成绩好的公司都受影响，何况昇实这样亏损的？“察势者智，驭势者赢”的道理都懂，久经沙场的朱中道对经济形势、对全球环境不可谓不敏感，然而怎么也没料到美国这届政府的任性随意，没料到全球市场因对美国政策不确定反映出的震荡不安，一片阴霾。

别说朱中道，全世界有几个人想得到呢：堂堂美国政府啊，动辄变关税、退群、翻脸……诚信呢，哪儿还有诚信呢？可那难道不是中西文明共同认可的为人准则？

所以在六潮电器城看见强打精神的朱中道，关其雨的心拎得更紧，情况有多严重？当然表面看起来还是斗志昂扬积极振奋，但不时茫然四顾的张皇、眼底担心的空洞、下意识攥紧的双手，不用多细心就能看得出他的不安和焦虑。关其雨想悄悄问一声朱陶，然而香蕉人忙前忙后地正在敦促“美国超人”的首场秀，舞美灯光要管，展示流程要管，互动环节的内线顾客即俗称的“托儿”也要管，见到关其雨陆居两人，握手都没空劈头就是一句：“小宝妈妈，快把超人的设定再过一遍，确保万无一失！”

陆居先笑了："你们昇实那么大公司，真把我家属当顶梁柱啊？"关其雨点点头什么也没说就钻进了操作室。也好，昇实那么大公司，上千亿资金的事，自己问又能做什么呢？"美国超人"是关键的一环，只要顺利销售迅速回款，近两百亿的资金回笼，一切自然都好了。

首秀程序是自己帮着设定的，浓缩了这款机器人的功能精华：洗衣做饭收拾房间同时完成多项家务，陪孩子下棋、念古诗、英语对话穿插其中，迎合所有家庭主妇的需求，四十五分钟展示机器人的"超人"能力。朱中道看了很满意亲自拍板，一起工作的昇实员工也都称赞说家里一定要买一台，不知真假。昇实为这场活动事先的预热做得相当到位，大大小小的媒体全方位宣传，晚报晨报头条告示，省市电视台新闻广告同时上头条，新街口的大屏幕循环播放，网络上各种自媒体的宣传就更多，全南都的百姓都知道这件了不起的盛事，知道"美国超人"降临南都，知道以后可以摆脱柴米油盐的家务活，只要十一万！所以三点钟活动开始，两点半整个电子城就已经挤得水泄不通，陆居啧啧惊叹："今天来的顾客有上万人呐！""不对，几万人吧？""天哪，不会第一天就全部卖光吧？"最后这句赞叹声音太大，不远处的朱中道听到了，紧皱的眉头终于舒展开，笑了一笑。

果然，经典的星际迷航音乐声中，"美国超人"忙得让人眼花缭乱，围观的顾客不时爆发出惊叹、喝彩、鼓掌、口哨等等各种称赞。关其雨找了个角落坐下来，望着"美国超人"，左手下意识地拈起佛珠，默默地念起心经。那登说得对，念一段时间就成了习惯，仿佛跑步晨练阅读似的变成生活的一部分，不念会别扭，当然并不是祈祷也并不会去想这件事的实际作用，就是习惯，就是要念，经文像是屏障，隔开了尘世，隔开了凡俗。

"美国超人"真大啊，比李白大很多。李侯老说李白的尺寸是经他的团队精心研究设定的，那时空公司做的这个尺寸也不是无缘无故吧？总不可能只是为了表示这不是仿制"李白18"？还有这八只长臂，像海洋中的章鱼一样狂野恣肆，远远超过李白规规矩矩的六条手臂。时空公司颇动了一番脑筋呢，刻意做得像中西文明的差异。李侯如果看到，会怎么想？上一次听到新闻他吐血了呢，那之后发狠研发芯片要赶紧造出"李太白"，更是因为"美国超人"的刺激。

李侯……关其雨揉了揉眼睛，那是李侯？那站着的是李侯？真是他！人山人海围观顾客的最前端，赫然站着李侯！胡子拉碴依旧清俊无俦，衣服皱皱巴巴还是挺拔傲立，在人群中卓尔不群的“李图灵”！关其雨一阵欣喜，站起身跨出两步就想迎上去，然而立刻又站住了，李侯身旁一身蓝衣、桀骜不羁、傲视群雄的，当然是叶端直！两人被人群拥挤得靠得很近，都在目不转睛地看着场中的机器人，不时侧头低低说几句，应该是讨论这款机器人的特点优劣、与“李白18”的异同吧？大概也在讲外观尺寸、八条手臂吧？是同事间普普通通的工作对话，然而那种自然而然的契合、那种浸润彼此心田的协调一致，令茫茫人海中的两人如此显眼触目，令隔着展台呆望的关其雨如此胆战心惊。

李侯的目光平扫过展台，那一瞬间关其雨的呼吸快要停止，他要看见我了！他要看见我了！他会打招呼吗，会叫我过去吗，我要不要过去？还是他会走过来？不管是走过来还是走过去，那么多人看着不大好吧？有什么不好，管他呢！我们是夫妻，我们是量子纠缠！

然而李侯平淡地望着，视线毫无起伏地扫过去，明明看见了妻子，可是视而不见。关其雨急得踮起脚高高挥舞手臂，他还是毫无反应，反倒是叶端直的目光跟着扫过来，远远地笑了一笑，轻松自然中全是居高临下的优越。

关其雨手脚冰凉，浑身僵硬，眼泪不争气地在眼眶中转来转去，就要夺眶而出。旁边陆居正兴致盎然地盯着机器人，不停地感叹：“太好用了，我这就买一台回家！”“哎呀家属你怎么不早介绍，这么好的东西！”又忙着打电话，“老吴，我买一台机器人哦！昇实那个‘美国超人’，钱我自己有，微信限额？没事我刷卡！”大嗓门在嘈杂的商场中依旧洪亮得清晰可闻，不少人望过来，昇实的员工窃喜着这个“托儿”真像呐，好几个跟着跑来登记购买！

李侯终于也循声望了过来，视线再一次无痕掠过，关其雨下意识地往后退了一步，瑟缩的身体不自禁地颤抖。他看见我了，他明明看见了！可是对于他，远远不如“美国超人”，甚至不如“美国超人”的顾客值得研究！过去几个月，为了他、为了小宝身心交瘁，在高原上他杳无音信，从藏区回到新街口他不见踪影，别说亲密爱人，讲几句话见一面都不可能！关其雨一口浊气憋在胸口，摇摇晃晃。

忽然一只有力的臂膀从后拥住，牢牢地扶住了瘦削颤抖的双肩，关其雨惊惶地侧身，是朱陶！“其雨，没事。”崭新的称呼理所当然地温柔轻唤，宽

阔的胸膛满是理解和呵护，拥着她瑟瑟发抖的身体柔声安慰“没事”，坦然直面一台之隔的那一对战友。李侯终于皱了皱眉，紫霞湖深处水波激荡，叶端直又笑了一笑，意味深长。

手脚渐渐有了温度，慌乱悸动的心跳渐渐镇定，头脑渐渐恢复了意识，关其雨挣脱朱陶的臂膀，悲凉地最后望了眼对面，轻声说：“我回去了。”朱陶并不多问，一句“我送你”就护着她转身往外走。关其雨摇摇头坚决地说：“你好多事呢，去忙吧，我自己走。”灵巧地在人群中转了两转已经消失在人海中。朱陶怔了怔，昇实的员工七嘴八舌地喊“朱董！”“朱董！”的声音中夹着朱中道不满的声音：“陶陶！回来！”

关其雨低着头在人群中疾步而行，迅速出了六潮电器城，一抬眼看见环岛中的孙中山先生俯望着自己，目光和绿度母菩萨一样慈和悲悯，突然悲从中来，忍了很久的泪水夺眶而出。正是下午的上班时间，来来往往的行人不多，又大多望着六潮电器城的大屏幕议论机器人，并没在意一个瘦小女子伤心落泪。新街口每天来来往往那么多人，打闹的吵架的号啕大哭的都有，无声流泪的实在不算什么。

“梦想越是美丽，就越显得遥不可及。”大屏幕中的机器人正在陪伴儿童——是小孙戴着婴儿围兜装扮的——头上还戴着粉色蝴蝶结、口中含着奶嘴，故意装弱智表情，他的中等身材在巨大的“美国超人”面前也就是个儿童，吧嗒吧嗒着嘴眼巴巴地望着机器人，哼哼唧唧地讨吃。

关其雨泪眼婆娑地望着，愁肠百结中和围观的群众一起笑了起来。机器人拿着儿童勺在搅拌碗中的亨氏儿童餐，逗弄着儿童，小孙配合地傻笑、张嘴、猛吃。观众们笑得前仰后合，一边议论“比请保姆划算”“多方便啊”“不用休息”“什么都能干”……“美国超人”像是听到了大家的夸赞，越发精神抖擞，其他六条长臂有的擦桌子有的叠衣服有的收拾玩具，偌大的房屋中所有该做的家务有条不紊地进行，而且口中还在念叨：“可奇怪的是，一旦你下定了决心，很快地，那些梦想就一一成了现实。”煞有介事的话语再次引得观众哈哈大笑。关其雨又跟着笑了，笑着笑着笑容凝固在中途，渐渐化为紧蹙的眉头。

这几句话，并没编在程序里！这是昇实员工加进去的？不会啊，临开场自己才核对过！“美国超人”陪伴儿童的台词有唐诗“窗前明月光”，有三字经“人之初，性本善”，有英文字母歌“ABCDEFG”，但是没有这几句！是电影台词吧？听着耳熟，对，是《超人》里的！不不不，机器人知道这个不奇怪，关键问题是，怎么会自作主张地对孩子讲？

算常识吧？近年人工智能的回暖，源于“深度学习”这一重大的技术性突破，有效训练人工神经网络中的新增神经元层，使用大量特定数据，识别数据和结果之间的关联性，从而为结果做最佳决策。本质上，“深度学习”就是机器学习的一种算法。它来源于人脑的启发，但绝不是人脑的模拟，它必须依靠大量的相关数据。这都注定了它只是“狭义人工智能”也叫“弱人工智能”，仅能识别规律从而得出最优解，而不能像人类那样认识并思考。而“美国超人”现在自己拿主意的表现，则属于“通用人工智能”，或称“强人工智能”，即达到了人类的智能。怎么可能呢？本以为这一天很遥远，没想到这么快就来到了眼前！而这对人类是福是祸？科学界一直争论不休！

关其雨急忙拨通了手机，朱陶！朱陶！接电话！铃声一直响着，单调地响着。快接电话啊！

他刚才叫我“其雨”，好像？为什么？

是因为从第一天相识起，他的善良、他的坦诚、他毫无心机的单纯、他完全不同于含蓄李侯的阳光明朗，让自己一步步接受他的关心、他的善意、他的呵护？是的，其实心底里明白，那个像夏日旭阳一样的青年，一直在呵护自己！南都城的人工智能专家成千上万，朱中道讲得没错，一个讲师而已，为什么偏偏找她把关这么重要的机器人？他一声声“小宝妈妈”的呼唤，其实饱含着无限的深情，他的臂膀坚强有力，他的胸膛宽阔温暖，那令人安心的男子气息啊，真的久违了。

他说“其雨，没事”的？那一刻的他，泰然如紫金山，浩然如扬子江，是所有少女梦中的白马王子吧？

可是自己决然地挣脱，转身离开。

他生气了吧？所以不接电话？

朱陶！朱陶！接电话！快接电话啊！

“美国超人”有问题！

“美国超人”很可能具备通用智能！

“喂。其雨？我在救护车上。”过了好久朱陶终于出现在手机中：“家父

他，他，中风！什么，机器人有问题？我听不清，我回头打给你！”

关其雨茫然挂了电话，呆呆地不知该做什么。大屏幕中不知何时换了整点新闻，播音员冷静的语声怎么听着也像自己一样带着难以置信：“中美贸易的阴霾再次引发全球恐慌，美股遭遇黑色星期二，纽约股市三大股指大幅收跌，创2018年新低。受美股大跌影响，全球股市走低，欧股全线收跌，德国DAX指数跌幅超2%，日经指数跌3%，东证指数跌1.4%，韩国首尔指数跌2.3%。A股三大指数开盘即发生断崖式暴跌，平均跌幅约3%，沪指盘中最深跌幅超6%，创四年最低……两市超1700只个股跌超9%，上千股跌停，上涨个股仅70余只……中国证监会紧急召开记者招待会，重申中央关于防范金融危险的精神……市场恐慌情绪蔓延，恐慌指数VIX涨破21，美国总统特朗普再次指责美联储……”

满眼绿油油一片中，昇实集团排在中间，跌停板上的负10.01，并不是最显眼的。八块二，是这个收盘价吧，使得昇实终于爆仓，使得走在钢丝上的朱中道中风。这一个个的绿色号码，又有多少个撑不住的昇实、多少个倒下的朱中道？不限于南都，不只中国，也不仅美国，日经、韩国首尔、东证、德国DAX……全球市场都在难以置信都在恐慌，所有地球人都受到影响。

之后会怎么样？美国长债利率升高，企业筹资不易，影响利润，房贷违约风险上升，学生贷款压力增大，国际资金流出新兴地区？新闻中的这些词语像洪水一样自顶倾泻，但现在的“势”，谁能预测呢？之所以恐慌，就是因为政策的不确定，因为不知道“特不靠谱”的美国政府会干什么。

关其雨不懂经济，然而近日越来越觉得人人被裹挟其中无法置身事外。真的像侯华愤慨的那样“美帝国主义亡我之心不死”？至少今天，昇实是被成功打压了。那个外表霸气到横蛮的“新街口第一富豪”啊，为了弯道超车抢技术、为了人人老有所养的雄心，爆仓！中风！

傍晚的凉风轻拂，关其雨瑟缩着，清晰地预感到一场惊天风暴就要来临。

第十四章　人机共存

“美国超人”毫无悬念地席卷了整个南都城，又如野火般迅速蔓延到江南江北。各种媒体热议，百姓津津乐道，各种段子手应运而生，据说南都人见面的第一句问候语变成了：“你家阿买‘超人’嗒?”

然而出人意料，销量并不高。“二十万台货，现在只售出五万台，大家都想着中秋节和国庆节冲一把，快速销到十万台。”朱陶难得地皱眉，阳光明朗的面容显出沉稳的一面、好看得出奇。

关其雨呆了呆，连忙收敛心神说：“我看市场部的报告，不少顾客反映它太大了，至少要占一个对开门冰箱的位置，家里很难转得开，要让它干活还得先腾地方，是这个原因影响了销售?”

“是啊，我们之前没考虑到这个问题，几次演示实验都是在宽敞的大会议室。南都城中尤其是老城区，上个世纪的旧公寓房偏多，面积小人口多，‘超人’施展不开，不少顾客兴冲冲地跑来准备买，看看这么大就放弃了。”朱陶叹气：“其实李白的那个尺寸正好，瀚迅真是有远见，或者说更了解市场。你上次讲过这个问题，偏偏家父他听不进。”

关其雨默然。当时提醒朱中道的，一是尺寸太大，二是“美国超人”的意识问题。现在大货机器人会应时应景随意更改播放曲目和对话内容，在关其雨看来是极严重的问题，如果它真具有了通用智能，那一定要有相应控制程序。然而先是朱中道不以为然急着订货，抢在加关税之前仓促进口；后有昇实集团的整个高层不同意暂缓销售，一致主张对外缄口不提这个缺陷！朱陶虽然是少东家，可才回国半年、才刚刚在昇实熟悉环境，朱中道又是突然中风病倒的，没有给独生子尚方宝剑——他只是个董事、是昇实董事会刚成立时朱中道为儿子留的位置——所以几次董事会总裁会高管会上提出这些问题，都被否决了。昇实作为资产高达两千亿、年销售额一千六百亿、利润一百亿的上市集团，有一支庞大的领导队伍。朱中道是董事长兼集团总裁，集团副总裁有四个，都是二十世纪九十年代跟着打江山的老臣子，分管四个主

要公司；然后业务部、零售部、医健部、国际部、金融部、文传部都各有总裁、副总裁，数幢商业大厦，各地分公司和海外企业又有不同的负责人，总经理有六十多个，层层叠叠的管理机构是庞大的商业集团运转的基础，关键时刻，又成了执行力缓慢的直接因素。

“自作主张的问题，会严重到什么程度呢？”朱陶担心，“我带了一台回家试验，目前没发现这个问题。顾客那边也没有投诉，我们的市场跟踪目前看还好啊，就是技术工人忙不过来，上门服务的已经预约到三周之后，电话咨询也要排队几个小时。”

关其雨苦笑：“智能机器人本身功能复杂，所以时空公司聪明地配备了基础套餐，清洁、做饭、陪伴三大类，绝大多数顾客应该都是在购买时，不，是在技术工第一次上门设定时直接选定的套餐吧？所以……”

朱陶极聪明，立刻反应过来：“你的意思是，即使‘美国超人’篡改服务内容，顾客不知道是它犯错而投诉，只会以为是技术问题而咨询？”连忙按铃，让小孙把近期的咨询记录送进来，想了想又吩咐，“时空公司那两位常驻技术员，也一起请过来。”

“我原来要求的是早中晚做三顿饭，各有不同要求，‘超人’现在做四顿，多了个下午茶，是哪里按错了吗，怎么重新设定？”

“我要求‘超人’每天晚上把地板拖干净，这样晚上没人走来走去嘛，就很干净；不知咋搞的它是早上拖地，天不亮就在忙，吵得一家人都睡不好觉，请派人来重新设定。”

“我爱人有痔疮，饭菜一定不能辣，所以我们家连鱼香肉丝都是甜味的。买之前问了多少次，技术员说没问题能做到的，可是不是设的时候忘记了？它碰到川菜系列就偏要做辣的！我把家里辣椒藏得再隐蔽它都能找到！味道怎么样？好吃啊！所以我爱人痔疮犯了！不行，你得赶紧来重设！”

……

关其雨霍然起身张了张口，又重新坐下。这么大的漏洞，是时空公司的技术疏忽？还是有意蓄谋？是哪个环节的问题？要改的话怎么改？已经到客户手上的五万台怎么办、仓库里还有的十五台又怎么办？对面的朱陶正望过来，两个人自对方的眼中，都看到了深深的恐惧。

别说昇实现在深陷资金困境，就是最好的时候比如去年，突然面对一百多亿的残次品，也会是一场极大的考验。关其雨上次就问过，时空公司的货款昇实已经全部付清了。

电话录音是中文的，而且很多南都口音，翻译坐在旁边好不容易翻完了顾客反映的问题，两位时空公司的技术员额头冒汗，安德鲁不停地拭汗不停地说“Impossible（不可能）”，吉奥则喃喃地“O，GOD（上帝啊）”。朱陶按停了录音，直截了当地说：“立刻连线时空公司总部，彻查原因，24 小时之内给出解决方案。”关其雨再次听到他讲英文，干脆爽利，正是美国人的风格。

两位美国技术员也不含糊，不顾美国时间是凌晨四点，迅速接通了总部上级米歇尔，对方的声音带着浓重的睡意，到底是最精干的老牌时空公司，并没丝毫不满抱怨，听这边一通描绘、叙述、讨论之后，立刻决定迅速组织技术部门查找原因，尽快给出解决方案。

“立刻再派几个技术人员过来。”朱陶插口，“南都这边估计很快就要陷入顾客的投诉风潮中，你们两个人肯定应付不了！”安德鲁和吉奥对望一眼，知道这说的是实情，叽里咕噜再一顿商量，米歇尔答应下周派人，不过，如果找不到原因，来了能做什么？

能做什么？朱陶吩咐小孙：“立刻召集总经理以上所有高管，紧急会议！‘美国超人’必须撤柜！”见小孙迟疑，又连连催促，“快点啊！火烧眉毛了！别管他们讲什么，开会，立刻！”

“朱陶！怎么能撤柜！你这是违背老板的宏图大略！对，我就要这样讲！”冯国庆冯副总裁是集团负责零售业务的，是 1989 年和朱中道一同下海的老伙伴，在集团兢兢业业干了三十年，德高望重。发言时常常会回忆往昔岁月，今天倒还好，没有扯得太远：“收购那两个美国企业的时候我们拼命劝，劝不住，让他一个人当家高价收了两个亏损企业！还有‘健康之家’，先搞个小规模的探探路嘛，他也不肯，讲什么‘老有所养’，直接几十亿砸进去、还不止一家！结果资金搞得紧张了！这个美国机器人是他看好的，我们不懂高科技，但是相信老板！当年电脑我们也不懂啊，老板自己也不懂，不是带着我们一路走过来，公司做得数一数二的？现在为了一点小问题就撤柜？”

“不是小问题，机器人违反程序设定是致命缺陷……”关其雨小声提醒。

“我们昇实高层开会，轮不到外人多嘴！”冯国庆一挥手打断，“专家意

见，只能参考！当年苹果电脑刚出来的时候，专家也说中国人用不惯，老板果断引进，卖得好得很！就是凭代理苹果把其他代理商打下去的！我相信老板的眼光，这个机器人他说好销就一定好销，顾客电话怕什么，多安排几个客服应付就好了嘛！”

“是啊是啊，还有十五万台库存，这个要是停止销售，资金就是雪上加霜！”

“而且后面突然停止销售，舆论肯定不会放过，立刻知道货有问题，前面的顾客一定会大举退货，那就糟糕喽！”

“讲得对！现在的人多精呐！十几万的大家电，笃定要讨个说法。”

“真的不能讲，不是多大毛病嘛！”

“高级电子产品，哪个没有点小问题？苹果手机还经常圆钮失灵呢！照样卖得火！”

“对啊对啊，加强后续客服，不要出现退货就行了。”

“退一台两台也没事，肯定还是卖出去的多。”

七嘴八舌，都是反对撤柜、坚持销售的。这样的场景已经不是第一次，朱陶在医院打给关其雨得到第一次提示时已经立刻向冯总提出，之后几次会议上要求暂停销售，那时还没有这些客户录音，仅凭“专家”关其雨的建议，当然是被迅速否决了。

冯国庆得到普遍支持，态度更是坚决，冲旁边的六潮电器城姚总经理微微示意，姚总经理含笑开口：“关老师，是关老师吧？上次在我们六潮电器城见过您。我听说你是南大的讲师对吧？您对智能机器人的研究到什么水准？另外，我听说您是瀚迅公司李侯的夫人？在您眼里，‘美国超人’再怎么好，也比不上瀚迅的产品是吗？”

“原来就是个讲师啊！”“那算什么专家、副高职称都没有！”人群议论起来。“是李侯李图灵家的！”“那个闹性侵的？”“听说当时合同都谈好了，临时因这事被美国管家叫停的。”“那就难怪啊，她肯定恨死时空公司了。”“小点声，时空公司两个专家在呢。”“没事他们听不懂，我猜这位关老师有备而来啊。”“搞不好啊，这些电话都是有人指使的呢。”各种议论低低地蔓延开，会议室中近百双目睛集中在关其雨身上，好奇、轻蔑、恍然大悟、意味深长……

关其雨涨红了脸，羞愤难当，猛地站起来说：“我叫关其雨，我是南大‘智能科学与技术’专业的讲师。我对‘美国超人’的判断，完全基于我十六年的专业知识！我不懂商业，我不懂零售，我只知道这款机器人有致命缺陷！机器人不按既定程序行动，自作主张地篡改指令，这是很可怕的原则问题！这样的产品流到市场，后果难以想象！恐怕无法人机共存！今天的这些客户技术咨询，毫无疑问只是第一步！”

会议室中一片寂静，刚才七嘴八舌议论的昇实员工都停了下来，望着面前霍然而起的女讲师。老式短发一看就是十元小店随意剪的，绿T恤洗得泛白不知道穿了几年，瘦削的身躯因激动而微微颤抖，娇小的面容疲惫憔悴带着两个黑眼圈，然而昂然无惧的神情让江南的灵秀喷薄而出，两只眼睛清澈如雨后青山。

“诸位！”朱陶站起身，严肃而诚挚地说，“这些电话录音你们都听过了，这是实实在在的用户反应，时空公司的两位技术员在这里，也同意关老师的看法，这个不是小问题。”安德鲁和吉奥听着翻译的话，连连点头，碧蓝的眼睛中满是担忧。

“各位如果有疑问、可以亲自去走访顾客或者咨询专家。我身为，呃，昇实的董事，更是‘美国超人’这个项目的负责人，要求立刻停止产品销售！”说着目光转向冯副总裁，诚恳地说：“冯叔叔，您当年毫不犹豫地相信支持董事长，这一次，请您同样相信并支持他的儿子！”

少东家打感情牌！最重的一张！所有目光落在了冯国庆身上，关其雨也一眨不眨地望着：还有十五万台“美国超人”啊，任其流入市场进入消费者家中，会是什么后果？真的不可想象！刚才说的恐怕无法人机共存，并不是吓唬他们。

墙上的挂钟滴答滴答地走着，每个人的心都跟着一跳一跳，昇实三十年的老臣子会怎么做？冯国庆看看美国专家，看看桌上的录音机，五指无意识地敲着桌子，踌躇难决。朱陶直挺挺地站着，本来就魁伟的身形简直像座小山，脸上的坚持显出难得的倔强。

“好！我为朱家卖命三十年，我听你姓朱的！”冯副总裁终于表态，“但是昇实集团肯定就此陷入资金绝境，阿有办法应对？”

话音未落，会议室大门“咣当”被推开，两名保安慌慌张张地跑上来：

“不好了！不好了！来了一堆讨债的，说是昇实欠他们钱，气势汹汹地又吵又闹！我们赶紧把大门关死了，不过要是他们硬翻，能翻过来啊！”

人群哗然、纷纷跑到玻璃窗前，二十六楼俯视下去，巍峨的大门似玩具一般，人也小得像木偶。几十个青壮年举着字牌“还我血汗钱”“昇实无赖”“欠债还钱”，一声声“还钱”“还钱”的口号响着，怒气冲冲地正在和几个门卫吵闹。门卫人少，唯一能做的就是把大门锁死，以身体堵在门口，被讨债人推搡之下已经连连后退贴在铁门上。

冯副总裁气得发抖：“这还了得！闹上门来了！赶紧打110!”两个保安忙说已经打了，警察在路上；不过估计讨债的人他们也没办法，人家没违法，就是要自己的钱，有的还带了法院的判决书呢。

“是哪个单位的，要的债是哪个部门的业务？”朱陶沉声问。

“资金缺口普遍，来的肯定不是一个单位的。”法务中心的徐总经理闷闷地回答，“浙江信托公司、无锡融资公司有四笔到期的无法支付回购价款，对永仁公司的担保逾期，这几个法院都判了昇实被执行；还有网络理财平台销售的理财计划也到期了，各个商场供应商的货款拖欠就更多，都早过了合同的付款时间……”

会议室中一片沉寂，每个部门都是一样的情况，财务没钱不是一天两天，而是一百多天三四个月了。从集团收购海外企业开始不宽裕，“昇实健康之家”成立之后更紧张，付款时间越拖越长；集团股票复牌后连续跌停，资金就更紧，一年内到期的非流动债超过货币资金的一倍多，只好继续运用大量并购贷款和各类杠杆融资；最后一点好容易贷出来融出来的现金全投进了“美国超人”中……卖掉了五万台是不错，货款尚未完全回笼，回来也不够六潮电器城自己的应付货款。大家都指望中秋节、国亲节冲一下销售，“美国超人”带着其他产品一起火一把，资金状况能改善呢！

时空公司的两个技术员互相望了望，虽然听不懂，但感觉到空气中弥漫的紧张气氛，何况还有大门口吵吵闹闹的人群？朱陶侧身说：“关老师，麻烦您陪两位美国专家去技术部，跟踪研究‘美国超人’的问题。”关其雨点点头并不多说，故作轻松地堆上笑容领着两个美国人走了，临出门回头望了一眼，朱陶被围在玻璃窗前，身后是南都秋日的晴空，绝高，又绝险。

“朱董，请收下。”业务部的魏总经理放了一个信封在朱陶面前，大大的

“辞职申请”四个字触目惊心，不等朱陶答复，微微颔首潇洒而决绝地转身离去。朱陶愣了愣，早就听说有猎头公司来昇实挖人，资金问题导致业务无法开展，各路债主不停地上门追债，工资奖金也好几个月没拿到了，不少人动脑筋趁着能找到好去处赶紧走人，犹豫的一是在昇实时日非短多少有点感情，特别是崇拜朱中道的不少，二是认为“美国超人”的巨额利润应该能扭转集团局面，资金紧张会缓解；现在朱中道中风进了医院，“美国超人”有致命缺陷，还有什么可留恋的？追债的都堵上大门了！让这位年轻的海归少东家去折腾吧！称呼他“朱董”以前是恭敬，此刻则是似讽刺似呼吁“好说好散”了。很快，朱陶面前就放了二十多封辞职信，不少是当场在会议记录纸上写下递过来的，会场中不知不觉少了四分之一的人。

警笛声响，缓缓驶来的警车中下来几位人民警察。门卫连忙迎上去讲情况，然而讨债的人群激昂愤怒，迅速围住了警察挥臂诉说或者振臂高呼，远远的也能看得出愤慨，听得见呼声“还钱”“还钱”，门卫渐渐被说得又往门边退缩，越缩越小。

“警察问阿能下去个负责人？”保安队长捂着手机怯生生地问。众人明白，这样拖着警察也没办法，这些人既然来了不会轻易离开，员工下班怎么办？业务单位来办事怎么办？昇实的声誉——如果还有的话——怎么办？

“我下去。”朱陶转过身说，“大家都去正常工作。”

“我陪朱董。”冯副总裁冲惊呆的几十个高管挥了挥手，大浪淘沙，现在这种情形下留在公司的都是真正的骨干，“都去工作。徐总带几个人和我们一起。”

法务总经理点头答应，搞法律的什么阵仗没见过？供货商追讨货款没有错，信托公司理财公司要求兑付更没有错，他们面对的是客户群、是工人、是无数家庭。上门讨债像这样举牌子喊口号算文明的，带刀枪棍棒、打砸抢搞破坏加威胁的，滚地装死耍无赖的，都不稀奇。只要最终能还钱，讨债的并不难对付。

真正愁的是，几百亿的负债，哪里有资金还？

昇实的少主，只会把矛盾引到他个人身上，能有什么解决办法？还有那个南大的讲师“专家”，同样一脸的单纯懵懂，相信她讲得对，“美国超人”是有问题，但是这个时候撤柜，是想把昇实推下悬崖么？昇实这个时候，顾

得上啥“人机共存”吗？徐总心里一句句腹诽，然而跟了朱中道和冯副总裁二十年，可以说身家性命都在昇实，默默跟在几个人身后下楼。

“你是朱中道的儿子？小老板！你讲阿该还钱？”果然讨债的头领情绪激动一把抓住朱陶，“告你讲，不是我自己的钱呐！多少顾客堵在我门口哩！我生意不做么得斯，我几十个员工、员工家里头老老小小的都要来找我！你讲阿是？”

“哪个不是呢？”旁边一个胖子附和着激动起来：“我们签合同的时候写好了付款日期，我们相信你们昇实，我们么得喊你们带款提货、么得喊你们预付货款，你们大集团，阿能这样坑我们小公司啊！”

“就是滴就是滴。”要债的一个个七嘴八舌地吵起来：“你们几千亿资产的大集团，欠我们这几百万干么斯”“你几百万，我就八十五万，是我两个月的员工工资，要是拿不到，马上员工就要到我家讨饭喽！”

朱陶显然没经过这种场面，外套衬衣都被拉扯得东倒西歪，魁梧的身体虽然始终岿然不动，神情却几分错愕几分羞惭，双拳攥得紧紧的。冯国庆知道他自小练柔道的——朱中道就这一个宝贝儿子宝贵得很，请了各种武把式教，后来他自己选了柔道，能打得很——但是此时能打吗？再能打也不能打！忙上前一步连声说“放开放开”，几个保安拼命拉住要债的，警察也劝：“有话好好讲，人家老板出来了嘛，不要动手，不要动手。”

徐总经理下颌微扬冲几个法务部的手下示意，钱经理高声问道：“合同都带来了吗？到我这里登记，排队付款！”

这句话最有用，要债的人群立刻停止了推拉拽搡，有的立刻递上合同复印件介绍自己，有的低头翻找资料，有的看见钱经理在本子上认真记录连忙打电话：“哎，快把合同发我！”“快点，带快点！”

朱陶松了口气，站在一旁看钱经理将门房变成了临时办公室，讨债的自动排成了长队一个个上前登记：单位，合同号，欠款时间，金额。大多数还絮絮叨叨地补充几句因为这个欠款遭受的困境：单位工资几个月发不出，欠下游进项款人家停止供货还上门要债，网民投资者最难缠已经四处宣扬我们平台不能投，这生意还怎么做……钱经理仔细聆听，点着头把这些也记录在备注里，人群得到安抚，渐渐安静下来。排在后面的踮脚伸头望着前面，已经登记好的也不肯离开，回头牢牢盯着钱经理手中的本子，有的还拍个照片发回去。

“哎，那到底什么时候付款啊?”一个小伙子突然叫道。是刚离开登记台，正在把合同装包里的网上理财平台叫什么“包赚不赔”的。昇实金融部在其平台上发了一个理财产品，四千万的盘子，已经逾期两个月没有回购。

“对啊，什么时候付款?”登记好的和在排队的都被提醒，纷纷高声发问。队伍渐渐乱了，后面的人抢着挤上来。

徐总经理连忙上前一步高声说：“登记排队是第一步，我们会尽快安排付款!”

“尽快尽快，什么时候?”

“对啊，我们都听了两个月‘尽快’了!”

“立刻付款!”

“对！立刻付！不然我们就冲进去!”

“冲进去！有什么拿什么，反正抵债!”

人群重又骚动起来，队伍乱成一团，朱陶再次被围住。他这次没有愕然，伸长臂取过钱经理的登记表，扫了一眼说：“一百万以下的，本月内全部付清！一千万以下的，三月内付清!”

冯国庆急得提醒：“朱董!”说大话容易，没钱啊！本来指望“美国超人”迅速回款一百多个亿的，偏又要撤柜！这些欠款看起来金额不大，架不住票数多啊！今天门口这些追债的，只是冰山一角而已！为什么不付，不能胡乱开这个口子啊！这边付了，立刻数倍的债主上门啊!

朱陶侧身对老臣子笑了笑意示安慰。这几个月在父亲身边学习，知道最大的债务是银行的金融债和各种融资机构的融资债券，都是几十亿的规模，那些确实是还不上，但是这些小的零星债务，何不早些清掉？听债主们说已经影响了工作生活，于心何忍呢？家里几幢房子卖掉也要还!

“真的假的?”讨债的看见两人打眼色，却起了疑心。这个昇实的小老板听说刚从美国回来的，美国人，哪能信啊！又毁约又退群，联合国的会费都赖着呢！前几天正式宣布将中国2000亿产品加征10%关税，9月24号就是我们中秋节那天正式实施！还讲这个税率到年底，2019年元旦就加到25%呢！还讲中国要是反击的话，就再加征其他2670亿商品的关税！欺负人呐！不过中国也没客气，对美方“深表遗憾”，为了维护自身正当权益和全球自由

贸易秩序，将“不得不同步进行反击”！美国人，不能信！

“我们阿能相信啊？”

“被骗过不止一次了！”

“要担保！”

“对，要政府担保！”

“对，政府出面担保！”

“好，大家安静！”冯副总裁听到人群的呼声反而镇静下来，“我们这就联系人民政府，看他们怎么说，阿好？”

“不用联系，已经来喽！”负手旁观的警察指指远处，“区政府的起亚车，那不是？这边闹得这么厉害，我们局里报告的。”

“好喽好喽，政府来人了！”

“来的谁啊？”

“是李区长！我认得！”

“哟，区长亲自来啦？”

“好，太好喽，这下能拿到钱喽！”

万众瞩目中，李媛挺着大肚子，艰难地从车上爬下来。冯国庆连忙上前搀扶：“哎呀，李区长您怎么来了？您这身体要多小心啊！”

“就我最清楚你们这个事情嘛。”李媛走到最前面钱经理的位置，面对气势汹汹的讨债人群，提高了声音，嗓门洪亮地说：“大家不要激动，啊，昇实集团最近发生流动性危机，大家拿不到该拿的钱，日子很难过，我们都理解！”

“理解有屁用，赶紧还钱！”讨债的极不客气。

“就是！不要打官腔，讲实话！”

“昇实是我们南都的明星企业，大家不要担心。”李媛皱了皱眉，基层单位干了十几年，什么难缠的人没碰到过？谈话的时候偷偷打开录音笔录音、找碴举报的都有，所以现在不少人说公务员是高危职业呢！

不过南都人素有“大萝卜”的美称，极赞南都人的宽厚，只要以诚相待好好交流就能沟通，追债的不过是要拿回钱而已。李媛清清嗓子，继续提高声音说：“由省政府牵头的昇实债权协调委员会已经成立，初步统计昇实的各种债务目前总额是二百三十亿元，听起来蛮吓人的，但大家都是南都人吧？

即使不是南都人，也熟悉这新街口吧？来，大家放眼好好看看，那边六潮电器城、江南广场，再前面是第一百货、上元时代中心，往西环岛商城，还有我们面前这幢昇实大厦，多宏伟、多壮观！都是我们南都的标识建筑！这些资产加在一起，远远不只两三百亿吧？所以大家不要担心，按照昇实的资产，完全有偿还能力！”

阳光刺眼，李媛抬起手掌遮住阳光、身体晃了晃。肚子里拳打脚踢的，孩子又在闹腾，是有意见吧？母亲一点不重视他，所有的时间都在工作工作工作。李媛深吸一口气，奋力抑制住疼痛和一阵阵眩晕：“给昇实一点时间，让他们喘口气，把资产盘活，就能把大家的钱都还上！要是都闹都逼，昇实无法正常经营，反而没钱还债！”

前面的一番话都没问题，大家听得很专心，尤其“有偿还能力”这句话很让人松了口气，但是听到最后并无明确办法，而且最后一句颇有责怪威胁之意，讨债的人不乐意了：“哪个想闹啊？么得办法啊！”“就是，我们想给时间，哪个给我们时间啊？”“讨债的都坐到我家里了！”“刚才朱老板不是讲一个月到三个月吗，喊区长签字作保！”“对，对，作保！”

“包赚不赔”的小伙子挤上去，不由分说地抓起李媛和朱陶两人的手在写好的一句“三个月内还款”之后签字，朱陶看一眼四千万的本金有些迟疑，小伙子愤怒地高喊：“还钱！我们公司门都不能开了！五十个员工、五十个家庭！你要让他们都上街讨饭吗？”

朱陶一阵热血上涌，刷刷刷画上自己的名字，小伙子捏着李媛的手便催李媛签字。李媛当然不肯，嘶哑着声音喊：“大家不要急，听债委会的统一安排！”然而人群已经激动起来，举着手中的合同拼命往上挤，生怕错过这一场答应还钱的盛宴，朱陶瞬间被人群淹没，眼前全是挥舞的合同纸张，李媛的声音越来越弱：“大家不要急！……统一安排……”

冯副总裁被隔在外圈急得乱转：“不要挤！不要挤！”带着保安门卫奋力扯开人群往里挤，听着李媛的声音越来越轻不知何时没了声音，冯副总裁高声大喝：“都让开！李区长你保重！李区长！李媛区长！”淹没在人海中、昏昏沉沉的朱陶终于被呼喝声惊醒，猛地一振双臂甩开拉扯的人群，冲到了李媛的身边。

李媛弯腰捂着小腹，因痛苦而扭曲得面目全非，朱陶连忙扶住，低头却

看见地上一大摊水渍。“水！羊水！羊水破了！”不知道谁叫了一声。“李区长要生了！”

朱陶一把抄起李媛，起亚汽车已经闻声挤过来，几个保安门卫护着两人上车，人群也慌了，“包赚不赔”的小伙子大声辩解：“怎么怪我！歪怪！”“我喊她签她不肯哎！”“区长不该管么？父母官哎！”“走走走跟去医院！”

一个瘦削的身影气急败坏地追出来，气喘吁吁地喊：“李媛！李媛怎么了！朱陶！”奋力挤进了起亚车，是关其雨在楼中得到消息追了出来。

汽车一溜烟地开走，人群清晰地听到车内乱哄哄地叫喊：“人民医院！就人民医院近！快！快！快！”不少人跟了上去。剩下的看看要债的人不多了，昇实门口警察保安门卫警惕地守卫，犹豫着“改天再来”“答应付了会付的吧”互相安慰着零星散去。

冯国庆望着纷乱而去的车辆人群，摇头叹了口气，银白的发丝被风吹乱了几缕挡在眼前，老人伸手轻轻拂开。徐总经理也叹了口气，冲钱经理递过来的债务记录本摇了摇头。夕阳西下，几人都没有说话，静静眺望着新街口，眼前的六潮电器城、江南广场、第一百货、上元时代中心、环岛商城，还有身后的昇实大厦，巍峨的建筑物自四个方向围拥住环岛，衬映着孙中山先生刚毅的面容；金色的S标识被阳光染得橙红，微风中平生几分异样。三十年奋斗的成果啊，会在今年的全球震荡中灰飞烟灭么？毕竟是两百三十亿的债务，协调委员会又能怎么办？“美国超人”撤柜，前面已经购买的消费者嗅到问题，会善罢甘休么？讲什么人机共存，昇实现在的状况，人也好机器也好恐怕都难以生存啊！

第十五章 丰厚土壤

“都怪我！都怪我！”人民医院的产房门口朱陶不停自责，“我没保护好她。”关其雨苦笑着安慰：“怎么能怪你，她是在工作。”

“工作工作，工作得命都不要了！一个这样两个这样，个个都这样！”侯华刚刚赶到，正在擦着满头大汗。“卓远电话死活打不通，微信又不回，小关你赶紧想法联系上他！老婆生孩子，一点都不关心，么事人一样！”

关其雨不敢附和也不敢反对，唯唯诺诺地连忙四处找卓远。不过两人一个高校一个职业中学，工作上风马牛不相及，在李家又都属于弱势外人本就交流不多，连微信都只是共在一个李家群中从没单独加过，他的老家更远在陕西，卓家人就婚礼时来南都见过一面，关其雨实在不知道怎么联系上他，“想方设法”只好查询他单位号码打过去。“卓老师啊不是这个号码。”“你打错了。”“你等等我给你查。”七八个电话之后好容易一个声音洪亮的女老师回答说：“卓老师出差啊，去拉萨送学生了！周一的火车！还要几天才能回来吧？”

“出差出差！老婆不要了？孩子不要了？”侯华跺脚抱怨，“预产期是还有两个星期，但‘预产期’是预计的日期，前后半个月都有可能！早生的太多了，这点常识没有吗？还要出差！工作、学生比老婆孩子还重要？”

关其雨小声劝解：“卓远带的西藏班，都是大老远几千公里来的，求学不容易……”金陵职业中学几年前开设了西藏班，招收边远藏区的学生，这些学生大部分汉语说不利落，还有几个听都困难，语言不通导致的性格孤僻胆小自卑是普遍问题。偏卓远不怕麻烦，没日没夜地与这些孩子同吃同住同玩，抓紧一切时间交流陪伴，每天千方百计地鼓励称赞，渐渐那些孩子变得开朗变得自信，学习、生活进步很快。他有句名言“先做父母，后做老师”，令同样为人师表的关其雨感佩，自问怎么都做不到：看到头疼的学生比如沈不豫之流，只想远远躲开；就是那些讨喜的，叶慧、张洁、方琼珏等等，也觉得最好别来打扰呢。

“他们不容易，媛宝就容易？”侯华一听火更大，“上班忙一天，回到家没人疼没人问，可怜挺着个大肚子还要洗衣做饭一样不落！听讲那些学生喊卓远‘阿爸’，真拿那些藏区学生当自己孩子？媛宝要是有个好歹，看他懊悔一辈子！”关其雨不敢再吱声，低头沉默不语。李媛多年辛劳，卓远兢兢业业，夫妻俩等这孩子等了好久，但愿她母子平安吧！还好小宝请陆居接去了，在陆家住两天和小薇玩吧，李媛生孩子出院回家坐月子看来都是侯华和自己两人的事了。

“伯母您别急，李区长刚才送进去时还好，医生也说是正常生产。”还是朱陶一贯地善良，安慰起老同志。侯华显然心有所感，李家一再出事，都是这个外姓人在身旁帮忙宽慰。卓远也罢了，本来女婿是娇客，儿子呢？李家该有的顶梁柱呢？永远不见人影！电话永远打不通，或者说已经很久打不通，家庭群里每天只有侯华早上发个“大家早上好”，媳妇跟一个“早上好”，李媛常会附和一个表情符号“大家快乐一天”，女婿偶尔转发些心灵鸡汤或幽默笑话，李侯则从来不出声。是忙到不看手机，还是根本不在乎这个家？这些人？

“小关，你把李侯也叫来！”侯华越想越气，“就一个妹妹，大龄产妇，不闻不问！家不要了，孩子不管，非要死人了才回来吗？小关，我不是讲你爸爸那事惹你伤心，你看看，实际情况是这样嘛！就那次回来过两天，之后就看不见人！”

“我找不到他……”关其雨苦笑着说了几个字就被婆婆一挥手打断，“笑话！他是你丈夫！你找不到他！孟姜女万里迢迢找到长城呢！你们这些人自居知识分子，一天到晚讲自尊自强讲独立自主，讲到最后怎么样？真就‘独’立了！两口子搞成这样子，你难道没有责任？你就不能主动点……”责怪教训似洪水般淹过来，朱陶尴尬地别过脸又转回来张口想打岔劝阻，关其雨无奈，试试李侯的手机、微信仍旧一个不通，咬咬牙，按下了“叶端直”的按钮。

出人意料，立刻接通了。“小关，怎么了？”直截了当雷厉风行，叶端直立刻料到有事。

“我婆婆，不，我小姑子，呃，就是李侯妹妹，李媛她，”关其雨心中暗骂自己没用，在女战士面前永远都这样慌慌张张，“李媛要生了，在人民医院。请你、请你、呃……”

侯华一把抢过电话：“叶总啊！我是侯华啊，我知道你们单位忙，不过李侯就这一个妹妹，高龄产妇有很大风险，让他过来看看妹妹好吧？再忙也不能家和亲人都不要了吧？”不愧是当年工行的大处长，讽刺挖苦都是大道理，只听到叶端直连连答应：“好，我立刻找他。”“好，好，您老放心，我让他过去。”

放下电话，侯华瞪了瞪媳妇：“做人呐，太含蓄不是好事。你想要什么，明白告诉人家多好！让人猜，人猜不到自己又气，再等人来哄你，这样在琼瑶小说里谈谈恋爱还行，真过日子怎么可能？就是个神仙，天天端着，天天要人供奉，那也有厌的时候啊！”

话中有话，关其雨又是一阵苦笑。婚姻走到今天的困境，婆婆觉得是媳妇的性格使然，相敬如宾渐渐变成了相敬如冰。也许吧？看陆居那样对丈夫从无避讳也从无客套，顺心了则搂住了吹捧亲昵，不如意则当头喝骂甚至挥拳就打，不管是在什么样的公众场合，常看得外人目瞪口呆。然而这种模式下两口子幸福得很，吴浩不敢有一点违拗，鞍前马后地伺候，连接送都是随叫随到。

神仙，天天端着……父亲曾叹气：囡囡，你这性格就像你母亲。

神仙……

关其雨心中一动，下意识地摸了摸左手腕上的念珠。父亲去世之后她把佛珠一直套在腕上，父母的遗物啊，代表曾拥有过的父母怜爱，碰到急事难事尴尬事，比如学校里刚评上副教授的同事得意扬扬，比如婆婆没完没了的责备教训，比如陆居过于热忱的关怀数落，她便会情不自禁地抚摸念珠。倒也不是怀旧或期望，只是让自己从生活的琐碎中转移注意力。不过一直认为信仰宗教愚昧而且落后，是退休老头老太干的事，而自己到底是受过高等教育从事科学研究、自诩知识分子的，戴着佛珠总觉得不伦不类。为了遮掩只好总穿着长袖，天生胳膊短，买回来的长袖衣衫无一不超过中指，所以盖得算严严实实，即使在炎热的八九月秋老虎季节。

此时转着念珠，心思格外纯净灵敏，“神仙”就是另外一个世界的人，外星、银河系之外、海洋深处、平行宇宙……直觉上，母亲从这些地方来的可能性更大吧？

关其雨不觉得自己的直觉荒唐，爱因斯坦就说他是“依靠直觉和想象”发现了相对论。这位伟人认为：“人们之所以领悟不到宇宙的秘密，是因为他们习惯于将自己桎梏在眼见为实的牢笼里，不允许自己尽情想象，大胆假设，从而掩盖了直觉的光芒。”

侯华早就注意到媳妇暑假旅游回来之后的变化，正要开口询问，一个青年人——关其雨认得是昇实小孙——急匆匆地跑过来，老远就冲朱陶喊：“朱董！老板醒了！”

“什么？”朱陶猛地站起，惊喜地叫道，“太好了，中午医生还说不知什么时候呢。”迟疑地望向李家婆媳，侯华早已连连摆手：“去吧去吧，这里么得你的斯！”关其雨也笑着示意无妨。朱陶不再多说，大步疾行，一边问小孙什么时候醒的，医生看了怎么说，吃什么没有，小孙一一回答，两人很快出产科楼穿过小径上电梯到了内科住院部的 VIP 病房。朱陶隔窗望见父亲双目半睁，虚弱但努力地抬起脖颈张望，知道他是在找自己，不由得一阵心酸，连忙一步跨进，伸臂扶住父亲，轻声问候：“爸，你醒了？”床头立着继母就是朱中道以前的张秘书，识趣地微微点头退了出去。

“你小子……”朱中道松了口气，就着儿子的力量撑起一半身体，朱陶连忙塞了个枕头垫在他身后，眼见父亲眉梢眼角都扬起，不由又是一阵心酸。那神情是见到儿子的喜悦，过往无数次父子别离再见的时候他都是这样高兴，不管是在机场、火车站、新街口、纽约时代广场、哥伦比亚大学校园。

“爸你安心休养，很快就会好的。”朱陶掩饰地清清嗓子，接过小孙递来的温水，小心喂父亲喝了几口。

朱中道满足地舔舔嘴唇，叹了口气：“休养？阿可能？‘美国超人’怎样了，卖了多少？只要这个机器人销路好，我们昇实今年就算成功。”到底病后虚弱，一口气说了这么多话有些气喘，眼巴巴地看着儿子。朱陶知道父亲是希望听到十万十几万的数字、最好是“卖光了”“供不应求”的喜讯，张了张口迟疑地说：“五万。”

“五万？怎么只有五万？”朱中道大失所望地皱眉，旋即又自己打气，“市场接受新品种有个过程，赶紧让老冯好好策划，中秋节国亲节冲一把！尽早过十万！”见朱陶不语不禁着急，使劲撑起身体说：“怎么，你叫不动他？这老东西，打电话！我跟他讲！”

朱陶无奈扶住激动的父亲，狠狠心，把“美国超人”的情况、把早上开会的结论缓慢但一口气告诉了父亲。只听到朱中道的呼吸越来越重、心跳越来越急，小孙一声惊呼：“老板!”朱中道已经晕了过去。

护士医生赶进来，手忙脚乱地掐人中急救，朱中道悠悠醒转，主治医生周主任是人民医院内科的第一块金字招牌，更是朱家多年的好友——当年朱陶母亲缠绵病榻就是他一直治疗照顾，侧身轻声对朱陶说：“你爸这病就是急的，你可别再刺激他了。工作的事少谈。”

朱陶惊魂未定，听着周主任的话连连点头。病榻上的朱中道努力睁开了眼睛，虚弱地道：“不撤，行吗?”周主任不知道这句话的意思，但看出病人渴盼焦灼的目光，几乎是屏住一口气在等答案，连忙笑着打圆场：“有什么不行？老朱只要你身体好了，怎么都行!”朱陶低了头不吭声，一向明朗阳光的面容郁闷像病房雪白的四壁。

“儿子，不撤，阿好?”朱中道的声音虚弱得几乎听不见。周主任诧异地顺着他执拗的目光望向朱陶，他是在恳求！叱咤商界三十年、二十岁闯荡新街口、五十岁纵横四海的朱中道在恳求！他气若游丝，牢牢地盯着儿子，仿佛用尽最后一丝精力。周主任心中不忍，在背后伸手轻轻拉了拉朱陶。朱陶何尝不知道这件事对父亲意义重大，昇实目前的危机、“美国超人”撤柜是将昇实送进绝境？刚从追债的人群中奔出来，李区长受牵累躺在产房呢！

“不能不撤。”朱陶迎着父亲的目光，轻声说，“售出去的产品已经有大量投诉反馈，肯定是致命缺陷，目前的状态无法安全地人机共存。如果继续销售，后果真的不堪设想。”

朱中道执拗的目光渐渐涣散，渐渐地交织起痛苦、懊悔、担忧、焦急，呼吸随之又急促起来。周主任连忙握住他的手连声说：“老朱你想开些，工作的事就交给陶陶吧!”

“时空公司总部已经在紧急处理，很快就会有解决方案，爸你别担心。”朱陶口中安慰心中焦急，就算有办法，修修补补么？退关、万里迢迢运回美国，修补好了再重新报关进口？中国海关那里咨询了是有这条出路，按此操作据说关税不受影响，可是以美国人的办事效率，这一圈绕下来至少半年一载，就算届时市场还认“美国超人”，还能销售，这么多资金压在里面这么长时间，昇实也会被生生拖垮。

“第一，政府……”朱中道一阵急喘，双眸中沉思和抉择交替，突然果断开口，“每次开会都鼓励我们，法制护航、最优政策，还有无缝隙的服务，是企业创新发展的丰厚土壤……”

朱陶连忙点头安慰：“已经向区里市里都如实反映了，他们理解是流动性暂时紧张。李区长今天亲自来过，说昇实是南都的明星企业，肯定按最优政策，呼吁大家给我们一点时间。省政府牵头成立了昇实债权协调委员会，肯定会有办法的。爸你放心吧。”李区长不但来过还出了意外，这个就不说了。周主任在旁边一个劲地使眼色呢。

朱中道不顾周主任的连声劝解，固执地半撑着身体，眼中依旧是纠结、迟疑，还有一丝伤感：“第二，叶端直……”

朱陶愣了愣，找瀚迅？对啊！他们造得出“李白18”，就能修好“美国超人”啊！关其雨都能看出问题，何况号称“民用机器人小侯爷”的李侯，何况纵横全球机器人市场的叶端直？不过那天在发布现场的一幕……朱陶有一刻失神。她在颤抖她在哭泣，明知道她丈夫就在旁边，明知道不该自己管，可怎么能袖手旁观？

“不要，感情用事，”朱中道说的断断续续，不知道是安慰自己还是劝儿子，“昇实，生死关头，八万员工……”

“好，爸爸你放心。”听到“八万员工”四个字，朱陶再不犹豫。八万个人，意味着八万个依赖昇实生存的家庭！朱中道闭上眼睛，低低地叹气，断断续续的声音沉重而悲伤：“要是人生能重来一遍，我不会走这条路，太难了。那时在珠江路，八个平方的小门面，晚上收工了斩只鸭子、开两瓶啤酒，适意啊……我搞乌得了……陶陶，还要连累你……跟政府好好讲，今年美国这个情况，我实在么得想到，辜负了南都城这片土壤……”

朱陶红了眼眶，握紧父亲的手，只说：“爸你放心！”都说好汉也怕病来磨，记忆中父亲永远是意气风发斗志昂扬的，现在躺在病榻上，又是后悔又是自责，连珠江路八个平方也变得美好了！不过丰厚的土壤并不是客套话奉承话，几十年的商海阅历让他看好南都的客观条件，有了足够的信心勇气去拼去干，然而现在折戟沉沙陷入困境；美国发起贸易摩擦是没想到，“美国超人”出现致命缺陷是意外，但昇实内部的问题呢？不求创新的陈旧经营模式，多年不变的老套路渐渐失去核心竞争力，发展所需的动能在哪里呢？朱陶陷入了沉思。

产房外的关其雨并不知道朱家父子的对话，呆呆坐着听婆婆数落，李侯小时候何等听话何等乖巧，结婚之后不爱回家、现在干脆看不到人影等等。关其雨想说不是“结婚之后”，而是“进了瀚迅之后”，可是侯华滔滔不绝地说得正在兴头，何必打断她的兴致？更无可能改变她的观点。关其雨只觉得累。婚姻走到这一步、家庭走到这一步，梦想中三口之家自由自在的生活，是再也不能有了吧？也许，带着小宝母子两人自由自在地生活？关其雨为脑中突然冒出的这个想法吓了一跳：离开李侯吗？永远离开他吗？

其实有什么分别，离开的或许只是陈阁老巷大屋，他根本就不在。

“李媛家属！谁是李媛家属？”产房的门突然打开，一个护士站在门口喊。侯华连忙奔上去叫“我是我是！”护士瞥了眼说：“就你吗？直系家属呢？”

“我是她妈！”侯华愣了愣，“还不够直系？”

“病人丈夫呢？”护士冷冷的，满脸疲惫。人民医院的产房大约是世界上最忙最累的地方，有好事者统计过，平均每小时出生 11.7 个婴儿，且 24×7，节假日无休，所以护士医生又累又乏，能怎么要求呢？

“我女婿在出差……”侯华急急忙忙地解释，自己也觉得弱，出差！是理由吗？老婆生孩子了还出差！好在护士没有追问，目光在她身上转了转说：“生了个男孩，七斤四两。不过李媛的状态不大好，主任建议转去内科。”

“太好了！”侯华听了前半句正在欢呼，听到下半句忙又追问，“怎么不好？要去内科？那就赶紧转啊！”

“这个我们决定不了，要家属拿主意的。”护士连眉毛都没动，有气没力地招招手。关其雨记得送李媛进来的时候就是这个护士接的，一直没见她出来过，那么到现在至少一天一夜，搞不好更长时间没休息了，这样的工作强度下难道还要她喜笑颜开？李侯也一样啊，没日没夜地思考研发，在脑子里摆方案，“图灵思维”转到几年后了吧？是自己太奢求了，家也好爱人孩子也好，他哪里顾得上呢？

胡思乱想中随婆婆走到李媛榻前，她闭着眼脸色苍白，因妊娠而浮肿的面部和身体看起来都胖乎乎的，手指按下去，一按一个坑。枕边搁着个紧紧包裹的婴儿，正打着哈欠，小嘴嘟得圆圆的。侯华不知怎么就哭了起来，扑到女儿身上落了一床眼泪：“媛宝，你受苦了！”

李媛不动，反而是旁边的婴儿睁开了眼，乌溜溜地望着半空，澄净得正像冬季紫霞湖的一汪碧泓。李家人的眼睛啊！关其雨不由自主地往上跨了一步。

“你看，产妇就像睡着一样。叫她喊她都不动。”护士急匆匆地说，带着焦急更多是疲惫，“我们量了心跳呼吸血压连B超都是好的，内科主任来会诊了也说是好的，人应该没事。你们家属决定，是推到病房休息？还是再做些检查？还是转到其他科室或者其他医院？”

“问我们我们怎么晓得！”侯华带着哭腔愤怒地说，“你们医生不该拿主意吗？转院，你想起来讲的！在你这好好地生孩子，干嘛转院？我们哪块都不去！”

“我们是产科，孩子大人都平安。”出来了一个高个子中年医生，看起来同样疲惫不堪，一边脱着手套一边说，“这个病人的情况我们医院从来没碰到过，像是累睡着了一样，刚才请内科主任会诊看过了，生命应该没危险，什么系统都正常，可就是叫不醒，保险起见最好还是再查一查，这边CT、核磁共振的单子都开好了，直接去缴费检查就行。”见侯华迟疑又说，“或者先推到病房休息，注意观察，说不定睡一会儿也就醒了。”

侯华第一个反应是取出手机打电话，寂静的产房中清晰地听到手机中“您拨打的电话无法接通”的应答声、机器的自动应答声，两次都是。侯华恨恨地语音留言：“卓远！李媛不好了！医生讲不晓得阿会醒！你到底什么时候到，老婆孩子都不要了吗！”还是无人搭理，侯华只好转身求助地望向关其雨，这么大的事情，能商量的居然只有媳妇！自己一直轻视一直不满，至今升不了副高、笼络不住丈夫、还老想搬出去的讲师儿媳妇！

面容平静但毫无生机，不过身体各个系统正常运作，呼吸均匀、胸膛和缓地起伏……关其雨一直在观察。好眼熟、好难忘的模样，第一次发现原来小宝最像他姑妈啊！

“等一会儿吧？先观察观察。”关其雨轻声说，像是劝慰婆婆、更像是拿定了主意。抱起李媛枕边的婴儿，凑到了她的脸前，将柔嫩的小脸轻轻在她面颊上摩挲。婴儿闭着眼又打了个哈欠，很享受的神态，站在一旁满脸狐疑的侯华，被外孙逗得笑起来：“小样！和他大舅小时候一样一样的！”

大舅？关其雨要想一会儿才反应过来是说李侯，对啊，是他外甥呢，这和小宝像李媛是一个道理。小宝能挺过来，李媛一定也能，她的儿子、她的母亲都在呢。也许是几十分钟，也许是几个小时。医生不知何时不见了，大概去忙下一个病人，护士靠在旁边的小凳子上打盹，实在是太累了吧？

婴儿娇嫩的面庞越来越红润，侯华着急又担心地问："这观察到什么时候啊？还是推去做检查吧？不行就赶紧会诊！可不能耽误了！"一边又摸出手机恨恨地喊："卓远！你老婆成睡美人了！""李侯！你妹妹就是不醒怎么办？"过了一会儿实在忍不住冲媳妇说："去检查吧？李媛再不醒，这娃儿又怎么办……"正絮叨着突然停了下来，李媛的眼皮在跳，一下又一下，睫毛像蝴蝶飞在花丛中般扇呼，"她的手也在抖！"侯华一声惊呼。

关其雨暗自庆幸选对了路，连忙将婴儿贴得更紧，想了想又招呼侯华："妈你到这边扶着。"自己是个外人，是不是她母亲更好？"扶着？还是叫医生去检查吧？"侯华皱着眉头反对，但是看媳妇一脸严肃紧张不由分说地拉自己过去，只好扶住了女儿。

"近点再近点。"关其雨嘱咐着，期待地看着李媛，可等了好一会儿也没动静。眼看着飞舞的蝴蝶又要停下来，关其雨狠狠心，伸手打开婴儿的包裹，将粉嫩娇弱的手臂掏了出来——上一次是我抱着小宝，面颊贴着面颊，婴儿太小所以要大面积接触？"你干什么？冻着孩子！"侯华见媳妇的行为越来越离奇，惊慌地想要护住婴儿，手忙脚乱地想裹好包裹，却被关其雨打成了死结，一时轻易打不开，急得叫："这怎么得了，冻死孩子了！"

"死不了！"关其雨一声暴喝，"您安静点成吗！想李媛醒就别吵！"

"你，你，"侯华慌得噔噔噔退了两步，第一次看到媳妇爆发，她失常了？她要干什么？她还从包里取出个玩具放在枕头边，这么小的婴儿玩玩具？还是给李媛玩？

奇怪的是婴儿双臂舞起来，左手不用人吩咐就牢牢地攥住了花茎，右手"吧嗒"一声盖在了李媛脸上，自己乐得咯咯笑了两声。侯华目瞪口呆，刚生下来的孩子！又是动又是笑！那是什么玩具？蓝色的莲花？

"触发器！"关其雨的身后不知何时多了两个人影，男子胡子拉碴，白衬衣皱皱巴巴，紫霞湖般的双眼目不转睛地盯着蓝色花，轻声但坚决地说："量子触发器！"蓝衬衣女子同样震惊："怎么可能？哪儿来的？"

关其雨全身一震，心底一半在奇怪为什么看到了久别的丈夫和假想情敌双双出现还这么镇定，一半却恍然大悟：对啊，这是量子触发器！原来母与子就是同一组量子，母子血脉就是量子纠缠，所以才能穿过生死，才能超越时空，才能感应互动，才能相救相依。

就像此刻，虽然没有打电话没有发视频，只要手搭在花上，就可以清晰地看见小宝正在陆居的豪宅里开心玩耍，和小薇一起在轨道小火车旁呜呜叫着奔跑，满地散落的玩具和零食，陆居纵容的声音在喊："没事尽管玩，回头让'美国超人'收拾！"两个孩子闹得更放肆，在雪白柔软的地毯上打滚，哈哈哈的笑声震荡到天花板上。

"妈，哥，"李媛睁开了眼，含糊不清地问，"这是我的，儿子？"

侯华"哇"的一声哭出来，长时间的焦灼担忧愤懑随着泪水汹涌奔流。关其雨拍了拍婆婆，把婴儿的手臂塞回包裹中裹好，然后小心地收起花球，酸楚地想：他的目光一直就在花上，他妹妹从昏迷中惊醒，他母亲慌乱地痛哭，他妻子在病房行为乖张，他儿子不见踪影，他全都不闻不问，双眼只盯着乌巴拉花只盯着量子触发器，甚至身旁的战友叶端直在寒暄在慰问，他也恍如不见。

我怎么会嫁了这样一个人，这样一个机器人，这样一个没有感情没有心肝的机器人呢？

"夫人！你怎么样？你没事吧？你受苦了！你真了不起！你是我卓家的功臣！第一大功臣！"一个中年男人胡乱嚷嚷着，冲进了病房。

李媛激动地抬起手臂："快看！我们的儿子！"侯华哭得鼻青脸肿地抱怨："卓远你好意思！到这会儿才来！"李侯身后的叶端直也颔首致意："卓老师来了？"只有李侯动也不动，傻了似的一直盯着关其雨收拾花，看着她将小球塞进包里，才怅然若失地转了下眼珠，双眸有了焦点。关其雨叹口气，说："卓妹夫，李侯爷，二位大驾光临呐！"

卓远听出话中的讥刺意味却毫不在意，又或者根本没听见，捧着婴儿的粗布包裹只呜呜咽咽。侯华提醒他打电话报喜，李媛让他记得回去准备家里的婴儿床尿不湿等用品、李侯也终于想起来讲了句"恭喜"，叶端直则说有熟悉的月嫂可以介绍……好容易卓远能开口，解释这几天送学生回拉萨，汽修专业嘛，受欢迎！抢着要！留南都的也不少，奔驰宝马都不难进！不过藏区的孩子么，回去建设拉萨更好吧。对对对，去留自愿，无论南都还是拉萨都是孩子们成长的丰厚土壤，一定能茁壮成材，对对对，我们当老师的自然是尽全力帮助。是是是，这次是我不好，没想到媛媛提前了……

关其雨听着满屋的欢声笑语，忽然想起四年前小宝出生是在这里，而父亲说三十四年前因为难产，母亲也是大老远地过江来的人民医院。

第十六章　关键法宝

待一切骚乱终于平息天色又已见晚，李媛在单人病房中安顿下来沉沉睡去，婴儿吃饱了奶被护士抱去婴儿房集中看护，卓远舍不得儿子乐颠颠地跟着护士跑去继续发痴——虽然被告知家属只能站在窗外隔着玻璃看，那也好嘛——侯华急着回去梳洗更衣睡觉，关其雨也跟着告辞想一起回家，李侯却突然开口："小雨你等一下。妈你先回去。"

关其雨怔了怔在走廊中驻足，见婆婆叹口气匆匆去了，宽大的褐色僧袍消失在厚厚的门帘后，回过身望向丈夫，曾经无比亲密爱恋、这半年来日渐生疏、此刻形同陌路的丈夫。叶端直站在远处打电话，利落的蓝衬衣刺得关其雨眯了眯眼睛。

李侯踌躇着，似乎不知如何开口，即使是机器人，也知道讲话做事的忌讳吧？不能上来就伸手"我要那朵花"，倒不是体贴对方的感受，而是知道结果会碰钉子，所以"李白 18"的设计中放了一串应景问候语在"我要"之前，至于如何应景，就要看机器人当时的搜索功能。关其雨很奇怪自己这时候还想着机器人，一边略带好笑地看着面前的男人，那个自己明明深深爱慕眷恋的男人。

"你，都好吗?"

"嗯。"还不错，用的标准问句。带一点感情恰到好处。

"对不起，我这一阵实在太忙了。"

"没关系。"也不赖，表达歉意让对方平息怒火。

"我，呃，我一定要把芯片研制出来。别的，都只好放一放。"

"我知道。"摆困难讲道理，小侯爷越来越厉害了嘛！关其雨又眯了眯眼睛。

"你知道我想的是量子芯片，卡在一个点上，量子纠缠是其中的关键。"李侯缓缓筹措着词语，"希望能得到你的帮助。"

"母子是一对量子，血脉是量子纠缠，所以触发器能够引发母子间能量互动。”没想到关其雨干脆利落地回答，“爱情不是。包括你和我。”

李侯愣了愣，像是久远的回忆在瞬间苏醒，那一年她只盈盈二十，宽大的T恤随着一走动一转身灵巧婀娜，黑白分明的双眸笑意盎然，即使连熬几天几夜，即使疲惫得站着瞌盹，即使沮丧得乱抓头发，也永远透着俏皮可喜，是那种江南女子独有的灵秀，就像南都的青山绿水一样灵气氤氲。可怎么，都变成了枯木朽枝？是额头眼角的皱纹？是空空荡荡的平板瘦削？还是紧闭双唇的沉默无语，眼底挥之不去的无奈隐忍？李侯悚然一惊、歉疚瞬间溢满了胸膛：她是生死相许的爱人，是终身相伴的妻子，是养老携幼的孩子母亲！她生生被我累到这个地步！

然而眼角瞥见不远处的蓝衬衣，凌厉狠辣的话语声清晰地传过来：“不行！今年必须裁掉百分之十！我不管什么王主席张主席！公司的困境你不知道吗？这不仅是资金问题，资金我去跑去要，各种最优政策可以用到极限；但公司的经营谁也替代不了！产能过剩库存严重，是我们自己要解决的问题！”

李侯又是一惊，听说公司要裁人，竟是真的！百分之十！都是因为我大意！饿肚子不能忍一忍吗，喝什么海鲜汤，在那样重要的关头！让人有机可乘！半年的愤懑委屈不要紧，连累了整个瀚迅！李侯抬起头，定定地望着妻子，一个字一个字地重复：“母子血脉是量子纠缠……”

深爱多年，他的一举一动关其雨清清楚楚。眼见他触动、眼见他内疚、就要向自己道歉的时候，远处叶端直的大嗓门惊走了一切，李侯又变回了只问工作的机器人，关其雨怔怔往后退了两步，一转身，决然而去。

初秋季节，人民医院的大门后已经挂上了厚厚的棉布门帘，不知道是为了御寒还是安全，深蓝色的老粗布里塞着厚厚的棉花，极重，关其雨用了全身的力气才掀开，瘦削的身影隐进去，没有看到另一端魁岸的身影一撩帘子跨进来，远远地径直冲叶端直迈过去。

“朱少爷。”叶端直嘴角微扬，却没有一丝笑意。整个人像一把出鞘的刀，或者拉开弦的弓，带着迫人的威势甚至凌厉的杀气。

朱陶笑了笑，大大咧咧地拱拱手，武打片里的江湖味儿十足：“叶总！叶前辈！您大概知道了，我们昇实现在陷入流动性危机，前天讨债的都追到大门口了。李区长就是为这事倒下的，我的狼狈样您没在现场看到，不过不少

人拍了照片，小报上自媒体上很多都有出现。”

“哦？我倒真有些好奇朱少爷躲债的样子。”叶端直随口敷衍，脑中急速飞转：瀚迅的困境天下知晓，朱陶不会是要借钱，那为什么找过来？远处的李侯似乎有些迟疑，终于还是转身回了李媛的病房，并不愿加入话团。

“昇实唯一的生机，就是‘美国超人’。”朱陶实话实说，“我知道这款时空公司的产品是参考借鉴了瀚迅的构思。”

叶端直冷冷哼了一声，不言语。参考？借鉴？明明是仿制！

“二十万台目前销售了五万台，不过我们决定余下的全部撤柜。”

“什么？撤柜？”饶是叶端直久经沙场，也呆了一呆，“真的有问题？”

“你们知道有问题？”朱陶很聪明，立刻听出她言下之意，气愤地又说了一遍，“你们知道有问题！”知道可是不说！

叶端直不说话，摊摊手耸耸肩，凝视着年轻人。“美国超人”首秀那天的情景浮现，朱陶叹了口气说：“是啊，不能怪你们，其雨，呃，关老师也看出来了，直截了当地告诉我了可是没有用。那时候的情况比较复杂，家父正好中风……结果拖延到现在大批客人投诉，最难处理的是已经卖掉的。”

叶端直仍旧不说话，好笑地看着他。朱陶极聪明，不过富家子弟的不谙世事、香蕉人的天真单纯，合在一起表现为心直口快，就显得比正常中国人笨。李侯在展示会上发现“美国超人”有问题，但是说吗？能说吗？和谁说？怎么说？怎么说也没用啊！不谈与时空公司竞争对手的立场，不谈“美国超人”明显仿制“李白 18”的愤懑，仅仅讲叶端直与朱中道，就有多少讲不完的仇怨！

昇实与瀚迅的竞争开始在二十世纪九十年代，朱中道那时候已经有了六潮电器城一层的铺面，叶端直则刚刚起步在新百租了间办公室，渺小得朱中道根本就不知道。然而初生牛犊的勇猛加上多年部队的训练，更多因为天生的斗志，推销时拼价格拼保修期拼送货时间，迅速地攻城略地抢了不少客户，很快就在南都电子产品供货商中有了名气，坏名气，不小的坏名气。不止一次昇实谈好的合同中途被叶端直抢走，特别有一年人民医院门诊楼装空调的大单，朱中道亲自上门商谈送了两台样机，设备科和办公室各装了一台“试用”才获得合同草稿，十拿九稳的一单大生意，叶端直横空杀出来、直接闯到院长办公室，以便宜百分之十的价格，缩短十天的安装时间和多两年保修期的优惠抢走了合同，因为是一把手院长直接签的字，既不符合常理，甚至有流言说叶端直的关键法宝是美人计。朱中道得知后气得暴跳，联合南都的同行们对瀚迅实施围剿，对瀚迅做的全部客户，几家供货商上门竞争挖墙脚，无奈叶端直是天生的斗士，毫不畏惧众人的挑战，价格宁可没利润甚至亏损也做，自己开面包车送货也要抢时间，保修期一再延长，请吃饭喝酒就更不在话下。对，那时大部分还是国营单位，都有设备科或办公室负责单位电器采购，送礼一般不敢收，吃饭则是通用法门，叶端直每次若无其事地把一大桌人喝好喝倒，自己则眼睛越喝越亮，气色越喝越好，合同趁机签掉，于是坊间改了说法，认为酒量才是瀚迅的法宝。有次军区大院的几个放映厅和会议室装音响设备，朱中道做工作请客，叶端直也做工作请客，军区后勤部主任被两人磨得受不了，干脆放在一起吃饭，酒席上双方人马很快斗起来，划拳拼酒。朱中道那时正当盛年，又带了手下冯国庆等眼睁睁地看着，怎么肯认输？去卫生间呕了几次还接着拼，最后终于喝到胃出血叫了救护车，叶端直据说是不忍心，把合同送到病床上表示让给昇实，可偏偏用了个词说“敬老”。气得朱中道当场把合同撕得粉碎，赌咒“就是死了也不要你瀚迅送花圈”！

后来，南都的电子产品供货商只剩了昇实和瀚迅，再后来昇实成为占据新街口半壁江山的零售巨头，瀚迅则在李侯的影响和叶端直的决断下转型成了机器人制造商，两公司之间交集越来越少，朱中道也渐渐明白叶端直制胜的关键法宝既不是美人计也不是酒量，不过是瀚迅多年一贯的研发创新，叶端直本人对此也直认不讳。然而十几二十年的龃龉，双方都是记忆犹新耿耿于怀，何况这次昇实大肆购买“美国超人”，简直就是落井下石！朱家公子跑来找我？真是天真！

朱陶像是没看见叶端直嘲讽的神情，取出手机按了播放键，嘈杂的背景中惊慌的叫声：“哎呀！你们什么时候来人看呐！这个机器人闹得我们受不了啦！”“我要退货！随便多少钱！我们现在出门都被它限制，非按它的时间不可！”“关机关不掉！它逼我们吃这个辣的鱼香肉丝，我爱人吃得犯痔疮！”“买了个祖宗来家，甩啊！”

录音机的声音不小，李侯不知何时出现在身后，听着录音眉头越皱越紧，然而那一种方正即使在川字形的眉峰上也丝毫不减，朱陶瞥了一眼叹口气，

调大了声音。

“你们再不来人，我要报警了！现在家里机器人成了老大！都得听它的！所有作息严格按时间表，洗个澡几分钟它都要管！”

“天哪，歇得了！我进不了家！机器人说没到时间不让进！”

“你听听你听听！这是什么音乐！我们家人喜欢越剧，它偏不让放，每天放这啥交响乐，吵得脑壳子疼！”

“求求你们，赶紧来把这个‘超人’拿走吧！我偷偷打的电话，可别让它知道！”

“我让‘美国超人’擦地，它跑到隔壁串门去了！两台机器人对面坐着不干活！就红灯一闪一闪的！”

“我家这台什么都好，就是红灯一直闪！半夜里关机了也闪！家里弄得鬼气森森！我急得拿块毯子盖上也不行！不晓得干么斯！”

叶端直扑哧一声笑了出来：“昇实为南都百姓增添了不少生活乐趣啊！”朱陶并不在意她的嘲讽，解释这是刚才一个小时的投诉电话，比起前面的技术咨询和报修，内容上越来越严重了，时空公司总部的技术员已经准备出发，说这次要来 11 个人，全是时空的一等人才。但是包括这边的安德鲁和吉奥，要来的保罗、米歇尔、奇索罗等专家，全都不知道是什么原因；安德鲁和吉奥拆了几台机器人在研究，一直在和保罗等通话研究。叶端直听着一串熟悉的名字，张大了口，这都是时空公司的干将，是瀚迅的死敌，是智能机器人界的顶尖大神人物。

李侯简短地说：“带我去。”

叶端直一把拉住：“李侯！”即使不谈瀚迅与昇实多年的恩怨，不谈昇实这次无视瀚迅的困境大手笔购买死敌时空公司仿制的产品，瀚迅目前自身难保，正处在研发量子芯片的关键时刻，要是再没有结果瀚迅很可能继限产裁人缩减规模之后陷入更大的危机，流动性危机一旦出现就是恶性循环，到时救不了昇实反而把自己搭进去！本来是时空公司的产品，时空公司的技术员在解决，瀚迅为什么要蹚这个浑水？

李侯又皱了皱眉，看着上司面色凝重简短干脆地说：“红灯闪是它们在联系，如果五万台联手，后果不堪设想。”

这些投诉电话有一个共性，机器人设定了模式让用户遵循，包括食物、包括时间、包括音乐娱乐，很显然，它们把自己换到了主人的位置，它们正在控制一个个家庭，下一步恐怕就要走出家庭，它们的目标，将是南都城。

叶端直一震，嘴巴张得更大。军旅出身的她立刻联想到战争，警报长鸣烽烟四起，不过这次不是外国侵略者，而将是人类与机器人的战争！“我去找老韩。”叶端直转身就走，李侯迟疑了一秒，要惊动部队吗？会有那么严重吗？反过来如果真到了那个地步部队有用吗？在头脑中能凭空算出几十步棋的“李图灵”此刻却算不出今晚的形势，只好在后面喊了一声：“保持联系！”

“知道！不会轻举妄动！”叶端直回答着已经走远。朱陶听两人对答约莫猜出了意思，急得跳起来：“走，快走！”

走出大楼，迎面深蓝色的天空中好大一轮圆月，银辉遍洒大地，鳞次栉比的房屋、迎风摇曳的杨柳、路上穿梭往来的人群车流都像镀了一层银似的亮闪闪的。医院门口的小卖部进进出出的还很多人，都提着大包小包，脚步匆匆。“明天中秋节呢！”朱陶想起来，“本来指望趁过节冲一下销售的，要不是出问题，销到十万台不难啊！”见李侯不答想想自己这番话讲得不合适又改了话题，“‘李白18’怎么样了，哪天要是能上市了交给昇实吧？”“小宝讲是陆居接回家了不用担心。”“侯伯母很虔诚今天从毗卢寺过来的呢。”“幸好李区长没事了，卓家宝宝真好玩呐……”。

无论说什么闲话李侯都不搭理，朱陶只好住口，终于意识到李侯对自己的冷淡。也是啊，是露茜咬了小宝，是自己请关其雨判断“美国超人”且引出一系列麻烦，甚至李媛也是倒在昇实大厦门前。而且，自己对关其雨的态度是超出了一般朋友范围吧？首秀展示会那天，众目睽睽中拥着她安慰！即使在开放的美国，“married（已婚）”也是无可推诿的理由、不该与其产生暧昧的感情，只该保持距离。朱陶不禁惆怅起来，明朗的面目在月光下沉静如雕塑，李侯瞥了一眼，冷冷哼了一声。

很快到了新街口，节日前夕的第一商圈四处装扮得花团锦簇，高楼上披红挂绿，灯彩闪耀，连绿化带中都用花木堆出了“节日快乐”“欢庆国庆”等各种字样。快十一点大型商场都已经关门，不过还有不少中小店铺开着，人来人往、宾客盈门；转盘四周的几个广场、时尚莱迪的入口处、也都熙熙攘攘地人潮未退。朱陶领李侯自后门进了六潮电器城，指了指正门口巨大的“通知”说：“‘美国超人’柜台上已经撤柜，顾客闹死了！明天开始接受退

货，不知道会有什么反应呢！真怕这个事还会影响别的产品销售！”李侯仰望着告示牌，终于牵牵嘴角第一次有了一丝反应，不知道是对时空公司的嘲笑，还是我早知道的自得，又或是无可奈何的感慨。虽然瀚迅与昇实是二十几年的宿怨，可都是南都，是中国的优秀企业，今年这个时候，只希望彼此更强更好啊！

九月的南都正是所谓“秋老虎”的季节，室外夜风徐徐还好，六潮电器城内空调关了只觉得燥热，尤其底层的库房本就四面无窗，蒸笼一样闷热无比。拆出了一地零件，穿行在凌乱工作间中的两个美国技术员早已满头大汗兼汗流浃背。

“联手？它们本来在一个共同的平台上，就是我们公司的共享平台，是由公司总部统一管理，就像微软的电脑、苹果的手机，也像人类的社会一样。”安德鲁挠挠头说，“但是它们相互之间是不能联系的，最初的想法是怕干扰用户，倒没想过它们自己会联系。”

“那总部平台现在什么情况？”李侯永远惜字如金，迅速取出自己的手机清晰地说，“用瀚迅的网看一下。”

吉奥有些迟疑，在冬日紫霞湖般澄净的目光中终于妥协，接过手机几秒钟联上了时空总部，又迟疑了一下推到安德鲁面前，有意无意地避开了李侯的视角。两个美国人迅速翻页，安德鲁突然一声尖叫：“NO!”

“怎么了？”所有人的心拎紧了，凑过去只是一张照片，公司开会的照片。李侯反应真是快：“屏蔽！谎言！保罗·米歇尔根本没过来！”

大家面面相觑，都从对方的眼中看出了深深的恐惧。“美国超人”不愧是“美国超人”，已经把虚假信息传到了总部！照片上“美国超人”在中国大获成功，受到各种褒奖等，还有张安德鲁、吉奥抱着奖杯的照片！“我们一直用的昇实的网络，恐怕、恐怕……”安德鲁结结巴巴。原以为总部已经知道情况，救兵已经在路上，原来都被机器人做了手脚！并不难，到的第一天就知道昇实是个老式商业公司，网络设施陈旧，除了财务部不久前因为安装智能报销系统更新了防火墙，其他部门的网络基本只用于电子邮件，对外界侵袭毫无防备。

李侯脑子转得飞快：我如果是机器人，野心勃勃地想要翻身做主人，第一步自然是封锁昇实的消息，让一切看起来平安无事，安德鲁和吉奥发回时空公司的报告改成喜报，反向内容也可以任意篡改，总之切断时空公司纽约总部与南都的联系，技术人员更绝对不能让他们过来。第二步，隔离每个用户家庭，五万台机器人联合。第三步，扩大力量，再加十五万台。第四步……

“朱陶，赶紧联系昇实的售后服务，问清楚现在用户的情况！还有剩下未销售的机器人都在这个库房吗？加强防卫安保！”一向从容不迫的李侯说得又急又快，朱陶早已脸色发白，急忙吩咐下去。十几个藏青制服的保安很快出现在门外，队长下了死命令：“严守库房！任何人不得随意进出！”

安德鲁和吉奥对望一眼，就用李侯的手机直接联系总部主管米歇尔，事出紧急干脆视屏电话，然而对方先是不接，好容易接通了满脸狐疑，连问了几个安全问题之后质问为什么报告内容全变了？两人面面相觑，确实与机器人假传的喜报内容迥异，确实是在用多年死对头瀚迅公司的手机，总部怎么会信呢？就算不是蓄意欺骗，恶作剧也可能嘛！模拟声音、模拟面容现在都是很平常的事，传闻叶端直后来咬定李侯的性侵事件是办公大楼的人脸识别系统被人做了手脚，虽然警察局和大楼管理处都说不可能，可是安德鲁和吉奥都知道那对于电脑高手完全轻而易举！生平第一次，两个美国技术员对科技的发达是否一定带给人类幸福便利产生了怀疑，就像此刻，甚至无法证明我是我！

而美国人向来注重隐私，时空公司更是忙到没有聊天的时间，所以两个人想和上司说点能证明自己身份的悄悄话，一时居然想不起来。朱陶本就忙乱之极，见状急得叫：“我来和她说！”冲着手机吼道：“我是昇实的老板朱陶！你们时空公司造的这什么机器人！闯大祸了！”米歇尔愣了愣，回了句：“我们调查后回复。”不由分说把电话挂了。朱陶气得跺脚：“安德鲁！吉奥！想办法！快！找你们的夫人家人女朋友，赶紧去总部讲清楚！”

这时小孙跑进来挠着头报告：“奇怪，客服说没人投诉，‘美国超人’突然都消停了！”见朱陶皱眉又忙补充说，“我们公司有不少人买的，徐总和钱经理等，我打他们电话打不通。”

“打了几个？”李侯冷静地问。

“四个，呃，不对，五个……”小孙急忙解释，“我怕朱董等得着急……”

“我这就安排大家联系所有的用户。客户资料卡上都有联系方式。”朱陶

毫不迟疑地吩咐。

“可是工作量太大，而且这么晚了一般人家都睡觉了，骚扰不好吧……”小孙看看墙上的挂钟已经十一点二十，嘀咕着被朱陶瞪了回去，噔噔噔跑步去安排：“是是是，立刻打，全部联系一遍！”原来大大咧咧随和可亲的少东家，今天威严得吓人呢！

手机突然响，惊破了地下室的闷热紧张，朱陶看看号码，瞥了眼李侯还是立刻接通了电话。“朱陶！你能不能来一下？”是关其雨急急慌慌的声音，“我在陆居家楼下，大门口的门铃按不响，她们家电话、陆居吴浩两个人的手机都打不通！”

“别急，别急，”朱陶轻声安慰，“会不会出去玩了，看电影什么的？”

“怎么能不急啊！小宝在她家里！”关其雨气急败坏，“这么晚了肯定不可能在外面！我和陆居讲好了晚上来接小宝的！”

“小雨，你按门铃是什么情况？”李侯一把抢过电话。

关其雨愣了愣，显然没想到李侯会和朱陶在一起，两秒钟后调大了音量说：“你听，我按门牌号 501 就没动静，之后没有铃声，更没人答应。按其他人家也一样。整幢楼无声无息，所有灯光都熄灭了，一片黑魆魆，像，像一座空楼房！”颤抖的声音透着恐惧，李侯心中一抖，仿佛看见她黑白分明的双眸，瘦削娇弱的身形，在黑夜中焦灼无助。

“你别担心，我这就打 110 报警。”她似乎感觉到了，怔了怔反过来劝慰，“警察应该有办法。”

她在这个时候还想着照顾我！李侯的眼睛有些模糊，清了清嗓子说：“小雨，我猜想，花球触发器你也试过了，没反应对吧？我们怀疑是‘美国超人’出了问题，五万台机器人在搞阴谋。我和朱陶、安德鲁、吉奥在六潮电器城里拆几台机器人在看问题根源，你不能报警，我们不知道机器人看到警察的反应。因为，可以说，现在所有‘美国超人’的用户都是人质。”顿了顿又补充道，“包括小宝。”

一片沉寂。

朱陶埋怨地跺跺脚：“你何必吓她？叶端直不是去找部队了？明明有后援支持的嘛！”旁边正在紧急联络家人的安德鲁、吉奥对望一眼没吭声，李侯分析得对，这帮机器人看来聪明，不，狡诈得很，知道截断通信隐瞒真相，今天晚上的行动恐怕酝酿准备了很久，五万户家庭的人，在它们手上，相对“美国超人”粗实的身体和无坚不摧的多条机械手臂，人类脆弱得就是任其宰割的羔羊。真到了动武的那一步，军队能赢吗？就算最终能赢，这几万户家庭肯定也牺牲了！

过了足有二十秒，终于有了声音，出乎意料，关其雨没有大叫没有惊讶，颤抖的声音反而平静了：“你们放心。保持联系。”顿了顿道，“我觉得‘美国超人’的问题，应该是在核心操作系统处，现在情况紧急，最快的办法是让时空公司关闭总开关，让机器人休眠。”

“好。你放心。”李侯简短答应着顺手挂了电话，睬也不睬身旁朱陶要抢手机，也不给他自怨自艾的时间，直截了当地问：“这时候不可能分已售的和在库的，二十万台一起关机吧？”

“可以！”朱陶耸耸肩，显出香蕉人的洒脱，“二十亿美金总没有五万户家庭重要。”

“朱董！朱董！”小孙满头大汗地跑进来，“已经打了三千两百家用户电话，全都不通！有鬼！真有鬼！”

朱陶呵斥：“别鬼啊鬼的！技术问题，这是技术问题！核心操作系统，懂吗？”小孙缩了缩：“不懂……”

这时安德鲁找到了妻子，偏偏在旧金山旅游，距离纽约好几个小时飞机的路程；吉奥则在和前女友打口头官司：“我是吉奥，宝贝你相信我，这么久没联系是被派驻在中国忙，一个叫南都的城市……”

李侯对几人的忙乱视而不见，埋头在昇实的电脑上十指翻飞，白炽灯下修长的手指像白玉雕成。“丁零丁零”一阵响声之后，时空公司的保罗出现在屏幕中：“李侯？”显然大出意外也大为惊慌。

安德鲁、吉奥双双惊呆。就刚才用了一下他的手机，他就知道了时空公司总部的路径！短短三分钟解下昇实网络上机器人设的屏障，找到了时空总部的最高层！大家都说瀚迅有这个宝那个宝，恐怕李侯才是最关键的法宝！

“保罗！过去十三年我们见过九次，最近一次是今年 3 月 16 日下午一点零八分，我说的第一句话是‘保罗你要减肥了’。”李侯冷静而简短：“你的回答是‘减肥也要有时间啊’！”

“所以？”保罗丈二和尚摸不着头脑。这位时空公司的技术第一人，多年

来傲视全球，是当仁不让的“机器人之王”。在世纪初市场上凭空冒出“李广”扫地机器人的时候并未在意，出现在视野中的瀚迅也只是落后中国的一个小工厂，没想到之后十三年中眼睁睁看着“李耳”“李世民”一次次惊艳亮相一次次更新换代，瀚迅和李侯的名字越来越响亮，越来越纵横四海，直到今年“李白18”，看到资料的第一眼就知道一定会广受欢迎，这个家用智能机器人的扛鼎之作必将改变机器人的历史，甚至人类的历史。

“所以我们两人聊了一会儿纽约的天气，谈了三句‘推特总统’，对不对?”李侯好脾气地继续问。

“是啊!”保罗小心翼翼地回答问题，心中的警惕随不解越升越高。这个天才中国人，他想要干什么？难道？难道是?

“现在你知道我是李侯，我身旁是贵公司的安德鲁和吉奥。”两个美国技术员连忙挥手说“哈啰”，保罗皱眉看了看，勉强点了点头。李侯见对方首肯，快速地说：“贵公司的机器人‘美国超人’集体暴动，屏蔽了所有用户家庭，情况极端危急。我们要求立即关闭该批所有二十万台机器人的总开关。”

“你肯定?”保罗愣了一会儿，反问：“关闭二十万台机器人总开关，非同小可！这批货是昇实自己承担客户维修，不可能再退货换货!”安德鲁连忙插话把刚才的情况说出，吉奥建议保罗去向米歇尔核实，保罗皱眉听着，面上神色变幻不定，显然拿不定主意。

“保罗，‘美国超人’卖出了五万台，是五万个家庭。机器人封锁了相应建筑物的通信，所以仅仅目前已经有几十万家庭受到生命威胁！我四岁的儿子在其中一个用户家中，音信全无；我的妻子一个人守在沉寂的大楼外，恐惧担忧。”李侯冷静的声音终于有了一点波动，“所以是的，我肯定，百分之百。”

时间像凝滞了，保罗碧蓝的眼睛中闪过震惊、怀疑、担忧、难以置信等各种情绪，李侯不说话，抬手将小宝的照片放在了身前。保罗呆了呆，凝视照片良久，终于说：“好。”捧起电脑前行。画面中只见他灰色的T恤衫晃动，偶尔可见灯光闪烁，环形立体屏幕像未来世界，听到噔噔的脚步声和“真的?”“什么?”“你确定?”等简单的对话。

安德鲁和吉奥低声嘀咕：“总部这个区我第一次看到，是总控制室吧?”

“我进去过一次，公司所有的机器人在这里注册备案，几百万台的数据!”

“怎么区分异实的二十万台？生产批号和发货地吗？”

“哎呀，这批货好像不只这二十万台，往北面加拿大也销了三千台！米歇尔还说加拿大不容易，这次主动尝新了！听说后来挺受欢迎的！在多伦多、渥太华都要排队买呢。”

电脑里果然传来紧张的询问声：“加拿大那边怎么样？”“还没消息，早上刚上班。”“赶紧联络！”“是，保罗。”

安德鲁叹口气：“加拿大是出了名的慢，不知道南都这里的机器人和加拿大的是不是统一行动？要是也串联了可就糟了！”

李侯突然猛地站起身，问朱陶：“这幢楼里用了吗？”

朱陶偏偏听懂了：“有一台，不是代替原来的保洁员，是家父说方便展示给客户看的。在顶楼会议室。我马上派人去看。”

“估计不在了。”李侯果断取出手机，讲得急促快速但不容置疑，“小雨，听我说，立刻回家，把‘李白’带到六潮电器城负一楼，越快越好。”

电话里关其雨又沉默了几秒，立刻说：“好。我尽快。”

“你的意思……”朱陶睁大了眼睛，李侯指指电脑：“保罗这么久关不掉，一定是受到了干扰。知道我们在联系纽约总部的，只有楼里这一台。”

“天哪，那怎么办？”安德鲁急得在键盘上连连敲击，“哈啰！哈啰！保罗！怎么样了？”呲呲啦啦一阵怪声，电脑屏幕中突然变成了老式黑白电视的雪花点，任安德鲁怎么敲、吉奥怎么晃、朱陶急得拔了电源再插，电脑都是白茫茫一片。再看手机，不知何时没了信号。百忙中保安队长急急慌慌地跑进来反映：“朱董，我们的对讲机突然都不响了，手机全都没信号。座机？座机内线通，外线不通。”

李侯站起身往门口走，朱陶捡起他扔在桌上的手机，并不例外地也是空白，忙追在后面喊：“你是去接，呃，小宝妈妈？”李侯不答，挺拔的身形随着越来越快的步伐透出焦灼紧张。能在脑中算出几十步之外的“李图灵”想到什么了？朱陶感觉到不对，停下来侧耳倾听。

“美国超人！”一个保安惊呼。

机器人，果然来了。

第十七章 中秋佳节

“快，都进来!”李侯已经冲出工作间，连连挥手把一个个保安推进房中，朱陶和两个美国人反应过来，急忙连拖带拽把所有人都赶进库房，“咣当”落锁。

透过库房通往工作间的小玻璃窗，清晰地看见“美国超人”旋转着底盘转过来，一步步贴近，穿过空旷的走廊——保安都进来了嘛——在工作间停了下来，八条机械臂捧起地上零散的机器人部件，呆呆凝视着不动。

那一刻，所有人清晰地看到了它脸上的悲伤。

朱陶倒吸一口凉气：“天哪！它有感情!”安德鲁低呼：“不可能!”吉奥又是一句：“我的上帝!”保安们有的张大口，有的小声嘀咕，有的试着再打电话，然而无一例外都不通，很显然，“美国超人”切断了六潮电器城与外界的联系，同另外五万户家庭一样。那些家中的人，是在无知无觉地睡觉？是在懵懵懂懂地享受夜晚家庭的温馨？还是也惶遽地躲在最后的屏障后等待机器人的判决？

凝视良久，“美国超人”终于放下了手中的零件，头顶的红光一闪一闪。李侯抿紧了嘴唇，神情变得更加焦急担心，朱陶这次不用问也知道，那是因为机器人在联络、布置进攻。

果然，机器人转到了库房门前，试探性地撞了一幢。“没事，它的重量不够。”安德鲁安慰大家，“这个铁门它撞不开。”

话音未落，“喀拉”一声小玻璃窗的玻璃被“美国超人”揭开，完完整整的一片玻璃握在手中。惊得屋里十几个人一片尖叫。“美国超人”一条长长的机械臂从窗户中伸进来，四处探寻。

朱陶一个箭步冲到门口插上了另外一道铁门闩，李侯苦笑着摇摇头：“没用的。”果然机械臂探来探去找不到门路，索性“哗啦”一声拆起了窗户，虽然是砖石混凝土结构，在它的钢爪铁臂中毫不费力地一块一块卸下，随手扔在工作间地上变成了瓦砾尘土。

“怎么办？怎么办？”朱陶急得连连追问，“我们死了没关系，这库房里的机器人再被它发动激活，二十万‘美国超人’的大军，南都立刻沦陷呐！”

怪腔怪调的中文没人觉得好笑，好莱坞大片中的戏剧情节就在眼前。“美国超人”已经切断六潮电器城对外的联系，区区保安对于它恐怕不值一提，那它到库房来唯一的目的，就是寻找同伴，其余的十五万台！只见它刚才的悲伤转眼已化作了拆墙的力量，几条机械臂连番飞舞，窗户豁口越来越大，只要高度够机身长度，它立刻就会撑臂进来。它会怎么对付这十几个人类？它曾经的主人，让它扫地擦马桶从早干到晚还要展示给各种好奇的人看！

一个保安突然哭出来：“我昨天，昨天搞怪，有意泼了半碗剩汤在它身上想看看它怎么清扫……”“我也是，”另一个保安不停地揪头发，紧张得直抖，“我，我把口香糖粘在它眼睛上……”“我在它手上上涂了糨糊……”

七嘴八舌的忏悔，都是对“美国超人”的恶作剧。保安队长气得大骂：“活闹鬼！你们是来保护公司的，机器人又么得惹你们，捉弄它干嘛？这下好了吧，看它怎么收拾你们！”

朱陶烦躁地斥责：“这会儿别讲那些没用的！赶紧去看看后面的机器人，守牢！”

“轰隆”一声，碎石尘土弥漫，小窗户变成了大窗户，“美国超人”的头出现在窗前，三百六十度无死角摄像头一闪一闪，显然在观察库房内的状况。“上帝啊，它看我的目光是仇恨的！”吉奥惊叫。“我第一次发现你这么感性呐！”安德鲁故作轻松的嘲讽也在颤抖。

乱石嶙峋的“窗户”中，“美国超人”两条粗壮的机械臂撑在碎石上试探，保安队长鼓足勇气，举起电棍——这是保安队最厉害的武器——奋力向机械臂砸去！然而“当”一声机器人的钢爪急速弹出，无声无息地接住了电棍，随手一捏，电棍成了块电饼，旋即圆头转动，目光奇怪地望过来。保安队长吓得大叫：“它要报复！它要报复！”朱陶纵身跃上，一把将队长拉到了身后：“别说话，没事！”保安队长连忙住口，可是全身抖得筛糠一样。

没人笑话他，他的职责是对付小偷、无赖、无理取闹者，太平的南都这些都少得很，现在面对这个钢铁侠一样的机器人，八条钢筋铁臂在眼前飞舞，钢爪锋利还带电，谁不怕啊？都是血肉之躯啊！

“哈啰！你叫‘美国超人’？”突然一声问候响起，吸引了机器人，“你从

美国来?”

一直沉默的李侯松了口气，紧皱的眉头舒展开：“援兵到了，大家放心。”众人将信将疑地透过“窗户”望出去，保安们倒吸口凉气纷纷摇头、吉奥又是一句：“上帝啊!”安德鲁第一个表示怀疑：“它？太秀气了吧?”

的确，李白在“美国超人”面前纤细矮小得就像儿童，无论身高体格还是机械臂的数量长度都差太多，而且比起此时凶相毕露剽悍强硬的“美国超人”，有股书卷文秀之气，就像江南才子摇着折扇面对悍勇野蛮的蒙古骑兵。

“我叫李白，就是中国古代那个大诗人李白呐！什么床前明月光疑是地上霜，什么凤凰台上凤凰游，什么飞流直下三千尺，都是他写的!”李白在不远处左右旋转，絮絮叨叨地套近乎，朱陶第一次发现它这么能侃：“所以我的强项是文学啊！中国的孔子孟子荀子老子杜甫白居易，外国的雨果巴尔扎克莎士比亚所有名篇我都倒背如流啊！你们美国的，马克·吐温、杰克·伦敦、海明威、嘉丽妹妹，我都熟悉啊！我最喜欢那本《飘》，啧啧，斯嘉丽，佳人呐!”

朱陶“哈”一声忍不住笑了出来，李侯含笑摇了摇头，紫霞湖般的双眼遥遥望了望李白身后的墙角。朱陶反应过来：“她在后面遥控?”

“别看!”李侯简短地说，“‘美国超人’发现她就糟糕了!”朱陶连忙收回了目光，还好，“美国超人”没在意库房里的人类，视线在李白身上逡巡探究，满脸狐疑。

“你累了吧？歇会儿，咱们聊聊？你知道吗，今天中秋节哎！是中国传统的团圆节，仅次于过年嗒!”李白不屈不挠地套近乎，“我还有几个伙伴正在往这里赶，大伙儿凑一块儿就热闹啦！就真过团圆节啦!”它还会虚张声势！而且看出“美国超人”现在是孤身一人，急着找同伙！

“美国超人”终于转身，正面看向李白。“在它心目中，李白应该是同类吧?”朱陶小声地问。李侯不吭声，看了看两个美国人，朱陶极聪明：“你的意思就像瀚迅和时空？是同类、是竞争对手，但关键时刻能联手?”

“我的同伴在这屋子里，我要去把它们放出来，像你说的，团圆节。你来吧!”“美国超人”瓮声瓮气地说。朱陶觉得，所有保安都觉得，这个声音比平日在顶楼作为产品忙碌干活展示给客人看时洪亮且霸气。难道它一直隐忍伪装？难道它一直默默顺从着各种荒唐的指令，忍受着各种匪夷所思的欺负侮辱，心底筹划等待着反抗？包括保安队长在内的一群保安们面面相觑，只觉得毛骨悚然。

“好的好的!”李白欢天喜地地答应，缓缓旋转过来，“就是这里面吗?”纤细的手臂指着窗户。

它在干什么？她想干什么？朱陶只觉得心跳到了嗓子眼。十几条人命就算没关系，剩下的机器人全在里面呐!

“不错。”“美国超人”骄傲地回答，“我们有九十分钟时间。”朱陶看看表，午夜一点，机器人们准备两点半干什么？真的团圆团聚？那之后呢？好多科幻电影的镜头在眼前晃悠，对人类血腥屠杀、残酷奴役？以“美国超人”的强壮，都完全可能啊！不过它们这么狡猾，会联手会策划会阴谋，才不会像美国大片中那样蠢笨地用铁臂用武器吧？截断对外通信它们能一幢建筑一幢建筑地完成，真要想消灭南都居民，它们一定有更快速干脆批量处理的办法；而以人类肉体的脆弱，被处理被消失是太简单了。

“好，时间很充分。完全来得及。”李白答应着加快旋转速度，转到了窗前，好奇地向里面张望，十几个人屏住了呼吸紧张地回望，一个保安咕哝了一句：“什么援兵!”

就这一句话，“美国超人”瞬时起了疑心：“援兵?”

说时迟那时快，李白突然身形暴涨，顶端两只长臂同时围拢“美国超人”的后颈，那是开关的位置！众人一声惊呼，才看出原来李白的圆柱形只是躯壳、里面还有一条身体可以伸出，瞬间长高了一米多，已经比“美国超人”高出半个头。不过内体显然更加纤细，在粗壮的“美国超人”面前像江南摇曳的杨柳。果然“美国超人”毫不畏惧，硬生生地把身体往后一砸，李白的手指如果碰上就是折断，根本不可能再按开关，只好一矮身躲了过去。

“可惜!”朱陶跺脚叹气，转身瞪了瞪保安。

两个机器人撕破脸，在工作间打起来。“美国超人”力气大，一心想抓住李白；李白个子高，念念不忘找机会按对手后颈的开关，不敢和它硬碰硬。两个都转得极快，“美国超人”因为底盘直径大，围堵范围更广，不过满地的零件和两张工作台不时挡住去路。“美国超人”连声吼叫，八条手臂全方位翻飞连搓带扔，不一会儿地面空空荡荡，李白无遮无拦地直接面对敌人，不由得一慌神，“咔嚓”被“美国超人”拗下一条手臂!

“我去帮她！”李侯冲了出去，关其雨操作机器人是高手，可小侯爷才是高手中的高手，是天下第一高手！

“我去帮它！”朱陶一跺脚也迈出了“窗户”，捡起墙角的垃圾桶、破碎的工作台台面就砸向“美国超人”。管他呢！砸不死它也恶心死它！太坏了，时间都算好了，两点半，两点半你们要干什么，杀人还是侵袭？攻城还是掠地？翻天了呢！你们是机器！是工具！朱陶一边扔一边咒骂。“美国超人”怒不可遏，转了两转就晃到面前，伸出长臂就要拎起朱陶！紧急关头“砰”一声巨响，老树般粗壮的身体上火花四溅，是安德鲁砸了个机器人底盘在它背上！两个美国人领着十几个异实保安手中搬着各式各样的部件，没头没脑地只管扔只管砸，一片混乱中“美国超人”一声怒吼，气冲冲地转向众人！

“都下去！”李侯高喊。就缓了这么一口气，李白操作换人成功！在小侯爷手下像游戏中一样武力瞬时提升百分之四十，旋转着左趋右退，剩下的五条手臂忽长忽短忽上忽下，龙卷风一样让人眼花缭乱得睁不开眼，“美国超人”被绕得晕头转向，傻乎乎地追赶拦截阻挡，被李白趁机绕到身后，有次差点碰到开关！

“加油！加油！”朱陶兴奋地拼命鼓掌跺脚吹口哨地助阵，安德鲁吉奥跟着喝彩，小侯爷亲自操作的机器人当真不同凡响，各种性能发挥到了极限，“原来它有内体。”“原来它的手臂可以连续加长。”“原来它的底盘自带探测功能。”两个美国人满额的汗，“美国超人”模仿“李白 18”不是秘密，以为加大了块头、加厚了钢板就是升级版了，原来李白的秘密多得很，危险条件下有这么多应急功能！

李白又是一次旋风旋转，“美国超人”晃了晃将后颈背对着墙壁，然而李白手臂不可思议地在将到墙壁时突然拐弯，直接按到了开关！原来它的这只手臂可以连续加长，有三个肘关节，自动成圆！“吧嗒”一声，开关揿到，“美国超人”双眼的白光应声而灭，关机成功！

“万岁！”人群一阵欢呼，“万岁！”

可是眼花吗？做梦吗？“美国超人”手臂疾伸，“吧嗒”一声重新打开开关！

“什么鬼！”朱陶张大了口。

“三秒。”安德鲁苦笑，“公司统一设计，从‘美国甜心’开始的，关机时间三秒钟。没想到这个时间够它自己重新开机。"

"甩!"朱陶恨恨地骂了句南都话。美国人听不懂，但料到不是好词，跟着附和赞同："屎!"

李白显然没有料到三秒内重新开机，急忙往后退了一步。"美国超人"恶狠狠地盯着它，重新恢复光亮的眼睛变得白中带红，凶狠中带着残暴，李白又左旋右转，想要引它追赶，然而"美国超人"不动，两秒钟后突然一转身，直奔十几个人类转来!

"快跑!"朱陶惊呼一声，推着人群往库房撤，一个保安两个保安三个保安爬进"窗户"，安德鲁、吉奥也被拽了进去，然而"美国超人"实在太快，转眼转到了朱陶身后！还有保安队长和七八个保安！李白奋不顾身地冲进来，挡在几人身前，"美国超人"不睬它，手臂在人头上晃荡，钢爪距离朱陶的脑袋不到十公分!

李白慌了，手忙脚乱地阖身扑上，五条手臂牢牢抱住了"美国超人"。"快跑!"朱陶连滚带爬和几个保安跑出了"美国超人"的臂长范围，然而机器人这次似乎找到了窍门，挂着李白在身上不依不饶地继续追赶，粗壮的身体直接撞向"窗户"，"轰隆"一声巨响，两个机器人披着一身碎石瓦砾摔进了库房!

"糟!""怎办?""干么斯?"人群除了发抖，除了慌乱恐惧，还能干么斯?接下来是什么？被大卸八块手脚分家？还是被撕得粉碎血肉横流？李侯呆立在工作间，紫霞湖般的双眸中闪过一丝痛楚。

李白突然猛地一昂首，双眼留恋地望向人群，一只手臂戏剧化地扬起，人群听到了一句再也想不到的话："这一世啊，最有意义!"

霹雳横空、烟云炸裂、火光冲天，洪亮的高呼声中，两个机器人灰飞烟灭!

李白抱着"美国超人"，炸碎了自己!

浓烟滚滚，漫天飞舞的碎屑尘土落了一身，所有人呆呆望着，它那最后一眼啊，是大义凛然、是恋恋不舍、是慈悲怜悯。不过，它那句话是什么意思？什么这一世那一世?

关其雨脸色苍白摇摇晃晃地自李侯身后走出来，蹲下身捡起地上一颗围棋子，泪水一滴滴落了下来。朱陶胡乱抹了抹挡住眼睛的碎屑，挥挥手，保

安们捡拾起地上的零碎物件，关其雨凝视着掌中的棋子说：“叫它出来的时候，它在收拾围棋，说：‘小宝这几天能升段了’……”语声哽咽，再也说不下去。

“叮铃铃”突然铃声大作，手机响电脑响座机响门铃响警报响，六潮电器城突然从被封闭的孤岛变回了繁闹的商场，好消息蜂拥而进。“二十万台‘美国超人’全部关机成功!”“加拿大的也成功了！幸亏你们提醒!”“用户电话打通了！有的半夜惊醒问我们咋回事，有的张口就骂人听我们说全款退货才算了。”“我在老韩这里，讲好了随时待命。没事了？那太好了！李侯你真是南都的救星！这个时空公司啊，要好好总结教训!”叶端直像在战场上一样意气风发。“家属！你人呢？怎么到现在没忙完?”嗓门最大的是陆居，“小宝睡着了，你今天别来了，明天接吧！正好回家过中秋节！喂，喂，你怎么了，就两晚不见儿子，至于嘛！别哭别哭，要不我现在把小宝叫醒送过去？哎，别哭呀！大过节的!”

关其雨的泪水哗哗流淌，朱陶跨上一步停了下来，李侯走上前，伸臂轻轻搂住了妻子。这一场痛哭，哭得星月无光，哭得天昏地暗。为什么至亲的人一再离去，为什么他们说同样的告别话给人无谓的希望，哪里有下一世呢？我只想这一辈子自由自在三口之家的幸福生活。为什么这一点点卑微的愿望都不能实现？

“安德鲁，找你们总裁!”朱陶踢了一脚地上的残片，恶狠狠地说，“什么‘美国超人’，根本是美国鬼子!”

商场中不知哪里的广播还是电视机响起了早新闻。“9 月 24 日 0 时 1 分，美国政府对约 2000 亿美元中国商品加征 10％的关税措施正式生效。同时，中国政府对原产于美国约 600 亿美元进口商品实施加征 5％－10％不等关税的措施正式生效……”

朱陶心情恶劣，张口骂道：“作，美国政府你就作！作到鸡飞狗跳怨声载道你有什么好处?”痛哭中的关其雨听到他气急败坏的骂声，“噗嗤”笑了出来，李侯的双眸波涛翻涌，紧了紧手臂柔声轻哄：“好了好了没事了。”

一个保安走近前递过一个金晃晃的小匣子问李侯这是什么还要不，“李白的核心操作系统……”不等李侯说完，关其雨一把抢过叫了声“李白”就又抽泣起来。朱陶挠了挠头，没好气地瞪了瞪保安：“去！别打扰关老师!”

安德鲁和总部絮絮叨叨汇报刚才惊心动魄的战斗，吉奥在一旁帮腔，不时绘声绘色地补充几句，朱陶插口说：“有监控录像，发给你们看！”新闻还在播报：“中国国务院新闻办公室发布《关于中美经贸摩擦的事实与中方立场》白皮书，旨在‘澄清中美经贸关系事实，阐明中国对中美经贸摩擦的政策立场，推动问题合理解决……”

白皮书！所有人都安静了，连保安们都停止了捡拾整理，安德鲁、吉奥和视屏中的时空公司总部几个大佬也停止了对话，静静地听着新闻。一个保安小声问：“白皮书是什么啊？”保安队长瞪了瞪眼不许他讲话，所有人竖起了耳朵。播音员冷静的话语激荡在整个电器城中：“中国是世界上最大的发展中国家，美国是世界上最大的发达国家。近四十年来，中美经贸往来克服重重障碍，形成了结构高度互补、利益深度交融的互利共赢关系，也成为中美两国关系的压舱石和推进器……”

政府或议会正式发表的重要文件或报告书，因以白色封面装帧，俗称“白皮书”，是最正式的官方文书。中国政府1991年发布第一部白皮书，近三十年里总共发布了九十多部，都是针对大事要事如人口问题、知识产权问题、食品药品安全等的正式文书，全面准确地介绍中国政府在这些重大问题上的政策主张、原则立场和现状进展，增进了国际社会的了解认识。现在，对中美经贸摩擦发表了白皮书。

“2015年美国对华出口和中美双向投资支持了美国国内260万个就业岗位，其中，中国对美投资遍布美国46个州，为美国国内就业岗位超过14万个，而且大部分为制造业岗位……2017年，美国对华出口总额1298.9亿美元，比2001年中国刚加入世贸组织时的191.8亿美元增长了577%，远远高于美国对全球出口的增长率……”

朱陶猛地伸头到安德鲁面前，冲着屏幕另一端的美国人吼道：“机器人都晓得联手对付人类了！你们美国还闹什么闹？真要等机器人把我们一个个收拾掉吗？还有外星人、不明生物、海底世界、天外来客，你们都不在乎，偏要和中国人闹腾！”

“外星人？不明生物？”保罗跟不上朱陶跳跃的思维没明白。朱陶心情恶劣，摆摆手道：“比起来同为人类就是同类嘛！应该怎么相处早有定论嘛！很多名人讲过嘛！比如你们的马克·吐温说：‘生命如此短暂，我们没有时间去

互相争吵道歉发泄责备，时间只够用来去爱！’”口中引经据典，视线却总离不开远处的李侯夫妇。保安们不敢笑，有的抬眼望天，有的低头继续收拾，有的与安德鲁、吉奥搭讪，两个美国人却都赧颜低头，偶尔笑笑也满是歉意和尴尬。“美国超人”捅这么大娄子，偏偏美国政府猛挥关税大棒！昇实少东家气愤得有道理，人类文明进步到今天，难道靠争执吵闹？难道不该互相关爱？听说瀚迅是昇实的老对头呢，可李侯慨然出手，叶端直也没坐视不理啊！

一片金光缓缓洒下，旭日初升在东方，新街口又是新的一天。洒水车叮叮当当地驶过，早点车的轱辘吱吱扭扭地停靠在巷口路边，上班的人群急匆匆地走向地铁口、公交站，晨练的老人精神抖擞地散落在广场草地，没有人在意六潮电器城中的喧嚷。“今天中秋节。”保安队长轻声嘀咕了一句。

“干活干活！”朱陶终于移转目光大手一挥道，“开门迎客！赠送中秋礼物！接受‘美国超人’退货！”

关其雨抬起头，泪痕未干的面庞上满是担忧。昨夜的机器人危机过去了，用户和南都城安然无恙；可是今天开始的退货，会给昇实带来多大的冲击？如果昇实不幸倒下，对南都的经济有没有影响？新街口的半壁金色S、昇实八万员工还有健康中心的老人病人怎么办？病房里的朱中道恐怕都很难熬过去！而中美贸易摩擦继续升级，会给中国、对美国、对全球带来什么后果？

2018年的中秋佳节，寻常得像每一个中秋，可又实在是不寻常的。

第十八章　大学之道

“3 月 16 日，‘李白 18’在美国第一次展示，外观和主要性能都介绍得很清楚了。但是最关键的一个设计，就是核心操作系统中我们装了‘人心系统’，这个从未向外界、或者说因意外未来得及向外界公开。”李侯说着顿了顿，眼中闪过一丝刺痛。大家知道他想起了“性侵”事件，那段耻辱至今没有澄清，那段经历恐怕他终生难忘。

旁边的朱陶直截了当地抱不平：“所以阴谋导致了大祸，因果不爽。我说谁，谁自己心里有数。”

说谁？昇实偌大的会议室中坐了几十个中国人、美国人，因这句话狐疑地互相望望看看，然而所有人都面无表情地不作声。

说谁呢？终于时空公司总裁奥威尔冷笑了一声。

“为什么叫‘人心’？很简单，人工智能飞速发展，理论上，电脑可以模仿人类智能、然后超越，所以它会有与人类类似的意识甚至情感——当然这个问题有争论，看怎么定义意识和情感，所以我用的是‘类似’——而人，有善恶感，有是非观，有判断对错的标准，这些并不是简单的与生俱来的‘人之初性本善’，而是我们人类在成长受教育的过程中一步步学习培养出来，形成了我们的世界观人生观，就是‘人心’。所以人工智能的‘人心’，至关重要。”

面对美国时空公司和美国管家的调查组，李侯侃侃而谈。紫霞湖般的双眸冷静冷淡，言谈举止舒徐自如。半年过去，又是原来端直方正的小侯爷。

“‘李白 18’的‘人心’系统就是机器人的基本价值观，大家都知道的，著名的机器人三法则：第一条不能伤害人类个体，或者目睹人类个体将遭受危险而袖手不管。第二，机器人必须服从人的命令，除非该命令与第一条法则冲突。第三，机器人在不违反第一第二条的情况下要尽可能保护自己的生存。”

“这个我们也装了！”保罗抗议。特意从美国飞过来是不得已，也是不服

气：昇实作为买家嚷嚷要全部退货并索要巨额赔偿，事发过程有凭有据还有时空公司自己的两个证人，保罗不是不相信“美国超人”出问题，但是整个城市避过一场大祸据说是因为“李白”？怎么可能呢？在美国纽约看过“李白18”，“美国超人”就是模仿那个做的啊，只会更好啊！机器人三法则在二十世纪四五十年代就出现了，几十年来一直被奉为机器人学的金科玉律，时空公司作为机器人制造专业公司，当然每件产品都严格遵守这些法则！

旁边的奥威尔先生皱了皱眉，出了这么大的问题，技术部不认为有错！3月份在得知“李白18”与美国管家要签约的消息时，公司召开紧急会议，技术部拼尽全力很快造出了“美国超人”，大家心知肚明是模仿“李白18”，不捅破而已，结果闯这么大祸！朱陶讽刺是“性侵”阴谋的恶果，逻辑上是有道理的。奥威尔不自觉地手指轻敲桌面思索，这件事一出，恐怕全世界都这么想，真冤枉！比李侯还冤！到底是谁干的？朱陶难道查出了什么？

“被篡改了不等于没装，比没装还要糟糕。”李侯毫不客气地否定，“这个系统第一个要点是一定不能改，所以瀚迅用的是只读存储器ROM，并且密封在不可拆卸之处。对，就是心脏的部位，就是它的‘人心’。”

“更新升级的时候怎么办？”问话的是美国管家的会长巴斯奇先生，叶端直的老朋友。满头银发梳理得一丝不乱，言行举止谨慎不苟，让人一眼就心生敬仰。美国管家这次来了四个人，会长亲自带队，时空公司这次出的问题太大，五万台“美国超人”暴动！联手远在地球另一端加拿大的三千台！要不是李侯出手，南都还真就被占了！随机抽选走访了一百户当晚被困的家庭，所有人都懵然不知，十点半到一点四十五之间的记忆像是被抹去一样，并且前后的事情无缝连接！虽然不清楚机器人具体到底要干什么，但肯定是想翻身做主人，二十万“美国超人”大军，人类能否抵挡真是未知数，虽然南都有强大的军队，但面对几十万家庭难道动武？听到报告时巴斯奇先生简直怀疑是故事、是谣言，在清晰齐全的证据尤其是机器人篡改的时空公司来往讯息、安德鲁和吉奥“哦上帝”的描绘下不得不相信，后怕得出了一身冷汗。还好这款机器人在美国还没上市，不然会怎么样？

尤其感激李侯之处，是他说服了朱家父子，这场惊天大祸完全没有在媒体上出现，要求当事的十几个人严格保密，所有证据凭据包括录像资料、各式物证整整齐齐摆在面前，等协会的决定。这张民用机器人有史以来金额最大的合同，签约前美国管家审核过，昇实因急于要货并没有提特别要求用的就是时空公司的常规合同，合同最底部的老条款中有“除非机器人产品发生严重危害用户生命安全事故，不得退货”一条，时空公司自傲的是几十年来从没有出现过这种情形，这一条也就是做做样子，没想到这次真的发生了！

倘若昇实大张旗鼓地宣扬控诉，时空公司全球的销售会立刻跳水，股价更是非大跌不可。美国的三大城市群都在制造业发达地区，波士华城市群——即以纽约为中心的大西洋沿岸城市群——是美国人口密度最高的地区，是商贸金融中心，更是美国最大的生产基地。产业地标如服装、印刷、化妆品都实力雄厚，时空公司引领的机器人制造业算一个，几十年努力使得世界人民想到机器人就想到纽约州，好像提到钟表就是瑞士、数码相机就是日本、飞机制造自然在西雅图一样。不过这十来年，瀚迅横空出世一步步逼近，真令人担心，会不会有一天谈到机器人会变成想到南都？

最主要的，这次来南都绝不是简单处理后事。机器人威胁论由来已久，最著名的是霍金在2015年1月联合特斯拉的老板埃隆马斯克等人类智能专家签署了公开信，提倡对人工智能的社会影响展开认真调研。去年甚至在全球移动互联网大会上公开演讲说他担忧人工智能很有可能是人类文明史的终结，因为它能以不断加速的状态重新设计自身，而人类受到漫长的生物进化的限制无法与之竞争，很容易被其取代。很多人认为霍金危言耸听。人工智能毫无疑问会改变社会并产生不少隐患，比如他提到的解读数据引起的隐私问题、致命性智能自主武器是否该被禁止的问题，但什么“不遵循人类意愿的超级智能”，什么“人工智能超越人类智力范围挑战人机关系”，什么“我们的头脑被人工智能放大后远不能预测其成就”，这就夸张了嘛！明明一步步的成就都是看得见、都是可以推断的嘛，巴斯奇先生与这“很多人”一样，坚信人工智能就是一次技术革命，都在可控范围内。万万没想到，在2018年9月24号这天被彻底颠覆！“美国超人”有思想有感情，会搞阴谋、会布阵、会仇恨、会野心勃勃，“李白”则会忠心护主、会舍生取义！

老人伸手摩挲桌上一块块碎片，智能机器人金属躯体炸裂后原来会沾上这样的七彩锈斑，那是它们的血迹吗？还是泪痕？

“区块链保证更新的安全性。”李侯毫不藏私，干脆地回答，“每次更新后‘人心’被自动检验，如有异常，机器人会被自动关机。”

李侯接着介绍了这一程序对机器人行为的控制，原来在“李白 18”做出看似普通的每一个动作之前，‘人心’系统都会过滤检查是否违规，包括是否伤人，是否不确定有无危险，是否违背程序中任何一条。只有该系统检测过关之后，行动才会被允许执行。对，哪怕是最基本的一个扫地动作，也要先确认扫地范围内有没有人，看似很麻烦耽误时间，其实和人的思维一样快到根本感觉不到。所以第二个要点，在任何情况下，这一程序都行使最大权限范围。

保罗叹了口气，“美国超人”装了基本价值观程序，但是每次系统更新时会一起更新，这就有了篡改的可能；而且并没有将其放在首位，而是任务优先，任何情况下先完成工作。本来认为这是美国式的优良品格，直到今天。

李侯理解地笑了笑：“因为‘人心’就像法律，任何时候机器人不能干违法犯罪的事。以往的认识可能没到这个高度，毕竟以前的弱智能，能力有限。”

巴斯奇几个都点了点头，看来基本准则必须立法，像人类的法律一样，更要从速从严。但美国管家能改进的只是美国的民用机器人，其他国家呢？其他品种呢？迫在眉睫的比如工业机器人已经大量使用，还有无人驾驶汽车，怎么办？是造车的负责，是购车的用户负责，还是另外成立无人车联盟？这一切是迫在眉睫还是尚在未来世界？

“而且啊，一定要设终极开关和终极自爆系统的双保险，防止最坏的情况！”朱陶插口说，“瀚迅的这个设计平时看似多余，关键时刻如 9 月 24 号的晚上，就知道真是管用！‘美国超人’关不掉的问题一定要解决！”

保罗举了举双手表示投降，大胡子遮住赧然，太丢人了，自己造的机器人自己控制不了！安德鲁按了按遥控器，画面中“美国超人”在被李白关机后的三秒钟里自己伸臂重新启动，惊心动魄的一幕再次惊得会议室中鸦雀无声。

“还有第三个要点，我个人觉得是更重要的。”李侯清了清嗓子，面色变得凝重，“为什么同样对于人类主人，在同样的工作面前，‘李白’和‘美国超人’的表现迥异？我说这个并无贬低任何人的意思。”

“李侯别客气嘛！”朱陶打断了他，香蕉人的直爽不能理解李侯这种传统中华礼仪的谦逊，“产品高下一目了然，现在不仅是帮他们答疑解惑，更为了人类的将来必须提高机器人质量！不然下一次未必在南都，未必碰巧有你李侯和‘李白’在，倒霉的不知道是谁呢!”

巴斯奇先生赞成：“这次的事件时空公司会负责，保罗今天来也是诚意来道歉来学习的，大家尽管直说。”

“机器人的意识，是经由深度学习而来，像我们人类受教育一样，所以怎么教、教什么，这个应该引起高度重视。我们已经认识到人类教育不仅仅是教谋生手段，而是以人性以精神为本，培养善良、悲悯、感恩、同情等一切高贵品质，让少年成长为有信念、信仰，负责任、敢担当的人，像我们中国人早就讲的‘大学之道，在明明德，在亲民，在止于至善’，至善可能是人需要一生孜孜以求的目标，但高尚品格应当超过生存技能、超过文化素养，这点都同意吧?”

李侯说得很诚恳：“机器人也一样啊！它学得快，快得是我们人类的多少倍，那就更要好好教，说到底，它学的都是我们灌输的啊！‘李白’的知识库，我们选择性地连接，像婴幼儿教育一样先以六经四教打底，孔孟之道儒家文化的仁义礼智信，现代文明的宽厚包容感恩等都重点‘教’，影视娱乐连接也注意不乱塞，近两百部红色经典片让它先看，你们不要笑，它在危急关头为了救人自爆，就明显受到了英雄形象如董存瑞、黄继光的影响，那也是朴素的为人类造福的心理。反过来，如果都只是轻歌曼舞武打言情或者玄幻阴谋，它囫囵吞枣地都吸进去，糊里糊涂地混在一起就成了它自己的观点。”

保罗默然。“美国超人”也深度学习了很多经典，特别是几部超人大片、蜘蛛侠、钢铁侠都看过，但确实没有把关筛选，一直任它在网上自己逛。所以取样机器人的报告有的常说“如果上帝是万能的，那他一定不是仁慈的；如果上帝是仁慈的，那他就一定不是万能的”。有的认为“‘疯子’，那是庸人对无法理解的伟大想法的称呼”，也有的喊“占领地球消灭蚁群”，五花八门稀奇古怪。但是这又牵涉到中西方对教育认识的差异，而像“李白”这样自杀式爆炸，保罗认为那是政治或宗教洗脑，并不赞成，不过毕竟在危急关头力挽狂澜，功过对错就不在这里争执了。

奥威尔先生见保罗不吭声，不由得暗暗叹气。经李侯一解说，其实都是不难的事，怎么时空公司就没想到呢?

“还有平常生活中的耳濡目染、言传身教，我想也是有关系的。”朱陶又

插话，“李白那么善良又勇敢，明显学的，呃，李夫人。我想机器人就和孩子一样。”

几个美国管家对望了望，这次事件看起来是这样的结论，但恐怕并不能得到全世界人工智能专家的认同，普通民众更加接受不了：机器人、怎么能是人？去年十月，沙特阿拉伯授予香港汉森生产的机器人索菲亚公民身份，全球舆论哗然；之后这位“索菲亚公民”参加各种会议、受聘为 AI 教师、遭遇人类追求，全世界像看闹剧一样看着这个机器人说笑逗唱，有几个人真当“她”是个人？是个和自己一样的人？

巴斯奇先生咳嗽一声，对瀚迅这次的果敢救助和无私交流表示了感谢，在机器人与人类发生冲突时瀚迅表现出高尚的情操，令人敬佩；协会将对这些有关机器人的三条要点慎重考虑，尽快形成法规文件，对全美生产的、进口的、涉及的民用机器人统一管理；并将在全球包括中国呼吁，争取达成共识。之后话锋一转，目前的棘手问题就是“美国超人”这二十万台怎么办？昇实提出全部退货有道理，索赔损失也有道理，但是先不谈时空公司的损失，昇实的商誉也严重影响吧？

“名誉当然重要，”朱陶老老实实地回答，“但实际情况如此也没办法。‘美国超人’没法卖啊！我就问问，谁敢开机？”

保罗张了张口没说话，扭头望向老板，奥威尔则望向巴斯奇。巴斯奇先生又咳嗽一声，缓缓地提出美方的解决方案。“很简单，就地请瀚迅公司帮忙修改——这个我亲自上门拜托叶小姐，为了全球的民用机器人前途，请她出手相助，一切费用由时空公司承担，这期间的资金利息、受损费用当然也是时空公司的。再次上柜如有差价，也由时空公司补足，如何？”

“你们打的美国好算盘！”冯国庆坐在朱陶旁边一直没说话，突然开口吓了众人一跳，矮小精瘦的身体居然发出这么洪亮的声音，一口南都话翻译要想一下才明白：“你们阿想过这次大祸的危害？害人呐！对昇实、对用户、对南都城！这样有致命缺陷的产品草率出厂，时空公司是罪魁祸首，你们美国管家也有责任！你们阿晓得，我们那晚上在场的保安，都在做心理辅导，约翰博士——也是美国来的专家——说好几个终身不能再从事类似工作！还有几万用户，好几个小时什么都不记得，约翰博士讲这对他们的健康肯定有影响，但到什么程度哪个也不晓得！里面好多小孩，几岁的，几个月的，还有孕妇，以后阿会有斯？还有关老师，就是李夫人，那之后像换了个人，本来就话少，现在干脆变成哑巴了！这都怎么算？哦，你们轻轻巧巧地就说这个产品修修再上市！哪个敢卖？我是不敢！”

一席话疾风扫落叶般卷过，屋中一片寂静。话粗理不粗，奥威尔先生又皱眉敲手指，对昇实的控诉能怎么办？二十万台机器人呐，二十亿美元的货款，关键是时空公司的声誉，那是身家性命呐！但是对方指责经济损失之上更厉害的是对人的伤害，这个就题目大了，他只好求救地又望向美国管家。

巴斯奇先生连咳了两声，说：“冯先生的意见都是对的，对保安和李夫人，时空公司愿意适当补偿；几万户家庭嘛，谁也没有这个经验，但既然没有明显损伤，建议息事宁人如何？心理学上有个词叫‘暗示’，当事人觉得这个事件会有影响，那就真在心理上有了阴影，反而对他们的健康有害无益，不如缄口不言引导大家恢复正常生活，你们说呢？”见不少人颔首，巴斯奇先生又接着说，“这次‘美国超人’确实出了问题，这个不可否定，但是坚持‘退货加索赔’的话，怎么退？怎么赔？这个要经历漫长的谈判协商过程，我们协会不偏不倚居中协调，但毕竟是这么大的事，无法代替任何一方做主；如果谈不拢不得不上法庭，将是两败俱伤，别的不说，昇实，拖得起吗？”

朱陶霍然而起：“你这是威胁？”

巴斯奇先生笑了笑，一丝不苟的银丝根根闪着狡黠，摆手示意朱陶坐下——冯国庆拉着他坐下了——缓缓含笑说道：“六潮电器城，过去叫三民商场对吗？令尊朱中道把公司名字起为昇实，是纪念他的祖父朱昇、父亲朱实对吗？七十多年前，三民商场是南都最著名，甚至全中国最大最摩登的现代商场，结果呢，最后资金链断裂破产！除了你们朱家，还有唐家、虞家、雍家、盛家，这新街口近百年中来来往往更替了多少富商英豪！哪个不是不可一世？哪个不是自以为万年基业？实际上呢，就像你们中国的一句俗语‘你方唱罢我登场’，都不过是这‘中华第一商圈’的过客！中央商场，1936年开业时很风光吧？后来怎么样？太平商场，靠喊口号‘提倡国货’起家，还不是很快没落？”

“中央商场、太平商场解放后不是好好的？”朱陶又要站起来、被冯副总裁按住：让美国人说完嘛！巴斯奇环视屋中，冲激动的朱陶笑了笑又说：“昇实的流动性危机不是秘密，当初时空公司签这张合同前做过资信调研，因为

担心所以要求签了即期信用证，货款收到的那天他们几个，”指了指奥威尔说，“还去喝了一杯庆祝呢！那还是两个多月前，换到现在，这张信用证大概根本赎单困难吧？恐怕货在码头，要千方百计找单据不符点？”

“你！”朱陶不顾冯副总裁阻拦，站起来就要反唇相讥，见老人花白的脑袋摇了又摇，总算没张口怼人，气呼呼地重又坐下，瞪着巴斯奇。

“你们中国人不是老说‘从实际出发’？说出这句话的民族，是有智慧的。昇实目前的状况，只能速战速决，资金尽快回笼。”巴斯奇先生叹了口气，“我刚才的提议，你们可能觉得是偏袒时空公司，实际上我是为你们三方都想过了，包括瀚迅。”

李侯不吭声。瀚迅在缩减规模在裁人，这一票二十万台机器人的整改工程，确实是雪中送炭，至少一个多月的产能不会白耗，裁人也许就能缓一缓。

“这件事太大，我们需要时间考虑。”冯副总裁看了看朱陶和李侯，“我们两家也要商量一下。”

“好。你们有七十二小时的时间，10 月 4 日前最终决定。我们协会的意见就是这样，不同意的话，就请你们直接与时空公司谈判。”巴斯奇先生站起身告辞。“如果上法庭的话，恐怕是两败俱伤。”临出门回头最后一句话，像是恫吓又像是劝解。

“商量什么？”朱陶最心直口快，垂头丧气地说，“美国人是对的，昇实拖不起！他就算同意退货，我们这边零售退货、包装、装船、办退关手续、船开回美国，那边再清关，至少两三个月，何况现在还没谈妥？时空公司一定会想方设法拖延。一百多亿压在里面啥时候拿回来不知道！偏偏昇实负债累累，债主追到门口了！”

李侯沉默。瀚迅的状况也好不到哪儿去，全球销量虽然稍有恢复，但比起“李广”“李耳”“李世民”的产能，仍算是入不敷出，“李白 18”胎死腹中，而“李太白”何日能成？美国人就是看准了两家公司的困境，所以提出这个所谓“三全其美”的方案。

“老板怎么讲？”冯国庆问。

“怎么讲？”朱陶被提醒，想了想说，“找政府？”

“着啊！”冯国庆一拍大腿道：“那天李区长在现场也说了嘛，昇实是暂时性的流动性紧张，又不是资不抵债！我们这边一直在和债权协调委员会商量希望债务能缓的尽量缓一缓、再给我们点贷款，他们提出昇实整体要改进，我说了这些都在做，但是‘美国超人’这事最急。下午有个债权协调会，我这就把今天美国人谈的情况去汇报。”

“我和你一起去。”朱陶立刻赞成，“事不宜迟。”

“政府?”李侯默默念叨。对于向来不问俗事的小侯爷，这个词听起来陌生得很，也许，应该提醒叶端直?

“李总你别嫌我倚老卖老多嘴，”冯副总裁突然说，“我们昇实出了问题你看政府都这么重视，你们瀚迅那更应该和政府商量！你们是南都的优势产业，上上下下一心希望你们做成产业地标！像那些早年南都的金字招牌，熊猫电视、玉环热水器、蝙蝠电扇、伯乐冰箱……啧啧，全国人民都在用，为南都争光呐!”

“冯总您那是老皇历了!”钱总经理说，“现在南都的产业地标一是集成电路，上下游企业两百多家；二是新能源汽车、生物基因那些，产值几百亿呢!瀚迅的机器人和这几个一样具有行业标杆性，代表目前全国产业的发展高度，说是南都标志性产业可能还弱点儿。”

“对对对，还是你们小杆子会讲，是这个道理。”冯国庆笑说，“不过我猜你们叶总那个人精，不用我们提醒她一定早就想到了。说不定啊，不用她提，已经被关心被支持到了！不就是南都标志性产业么，强调一下嘛！不要烦了!么得斯!”

说着几人一起走至电梯口，朱陶望着李侯突然说：“恕我多嘴，其雨，呃，关老师实在不容易，李侯你应该多关心她。”

李侯怔了怔，电梯门缓缓阖闭，“下行”的声音中朱陶明朗的面容消失在视野，担忧而关切的声音却还在回响。李侯忍不住郁闷，自家的爱人妻子，这个年轻人毫不掩饰好感！摆明了抢人吗？不容他多想，电话铃声响起：“李侯，早上谈得怎样？美国人怎么说?”

“叶总，巴斯奇的意思是二十万台‘美国超人’请瀚迅维修，他们承担费用和重新上柜的差价。我怎么看？我想这个机器人无论如何不能任其流向市场，另外，我想这能为瀚迅争取一个多月的时间，这一个多月也许就是关键的一个多月。不过昇实没同意，冯总等反对得厉害……什么，夏副市长要来我们公司？好，我马上过来。”

李侯暗暗佩服，冯国庆不愧是老江湖，料到瀚迅的困境不会被忽视，叶端直更一定早想到了。这是让自己去汇报研发现状，讲讲“李太白”就差最后一口气、不用多久一定能成功的前景吧？冯国庆讲得其实有道理，如果能得到南都品牌的背书，对下滑的产品信誉应该有帮助。李侯思索着，心底闪过一丝刺痛和深深的歉意。

小雨，小雨，你等我，也许就最后一个多月，你等我。

第十九章　落地成香

“我等你？”关其雨恹恹地说，“不用了吧？我和小宝在这挺好的，难得几天国庆假期，你忙你的。”

“哎呀！家属！客气啥！”电话那头的陆居一贯地大嗓门，“我们先去婆婆家待个两三天，不去不行，老太太说好久没看到小薇了，然后我就杀回头去找你哈！你等我！一定等我！小宝在不，让我跟他讲！”

“干妈。”小宝蔫蔫地哼了一声，与陆居童言童语地说了几句放下电话，继续闷闷地坐在窗前，望着窗外不出声。十月的老山远望去绚烂多彩，夏日的浓绿渐渐褪去，秋日的金黄、深深浅浅的赭红散布其中，使得起伏的山峦屹立在蔚蓝的半空中就像刚刚挥就的水彩画儿。小宝圆圆的脑袋在画前一动不动，颇有几分惆怅，半晌突然问：“妈妈，李白什么时候回来呢？”

关其雨心中一酸，眼眶就又红了。从李白自爆的那刻起，这个眼睛像装了开关，“李白”两个字就是密码，一按就想哭，和爸爸去世后一模一样。关其雨才知道，原来两年时间的日夜相伴，李白已经在心中生根，已经成了密不可分的家庭成员，已经有了无可替代的亲近感情，虽然，它是一个机器人。

侯华不知道具体情况，早上一睁眼找不到李白，听说“坏了”就呆住，连说：“那赶紧修呐！”催了几次见媳妇不吭声就催儿子，仍然无结果就叹气，不愿意再在陈阁老巷的老房子里多待，跑去服侍女儿坐月子，每天乌鸡汤猪蹄汤鲫鱼汤轮番上阵，叮嘱李媛不洗澡不洗头不要着凉不要下冷水，外孙子被起名卓识，闭着眼睛睡觉就足够讨喜，侯华忙得不亦乐乎。虽然在女儿家时常惋惜“要是也有一台‘李白’做家务就好了”，但是与月嫂和保姆斗智斗勇另有一番乐趣，倒也并无太多的哀思，比起小宝上幼儿园之后每天的长吁短叹，状态好太多，李媛这个宝宝生得真是时候。

所以关其雨很讶异小宝的反应，全世界好像独独留了他陪自己难过。关其雨忘不了李白不自量力地与“美国超人”殊死搏斗，忘不了它最后的回眸，忘不了它那声“这一世啊最有意义”，忘不了它牢牢地抱住体量大它很多的敌

人，忘不了它在眼前轰然炸碎。关其雨的性格中颇多浪漫的英雄主义，陆居总笑她不切实际，传说中的桑哲救嘉木样故事已经让她深深震撼，而理想中的英勇就义竟然就发生在眼前！这种冲击直击心底无法稍减，冯副总裁讲得一点也不夸张，本就话少的关其雨，干脆就变成了哑巴。

说什么呢？还有什么好说的呢？有什么能比得上李白那一眼、那一声、那一炸？这一个多星期，关其雨只觉得自己的生命都是多余的，都是苟且。还好有小宝，这个同样牵挂着李白的知音。

“不管它什么时候回来，我们都等它。”关其雨柔声安慰，“走，我们上山去。”见儿子不起劲又哄劝，“想想看，李白要在的话肯定想去啊。”

“那你把它的心带着。”小宝说。关其雨愣了愣，看着儿子清澈执拗的目光失神了几秒，这孩子，都听见了？当日李白自爆的现场一片狼藉满地的碎片，保安清理打扫过程中发现除了钢铁外壳，有一个心形的金匣子，交给了关其雨，那正是李白的核心操作系统，就是机器人的心脏，李侯特意取名为LibaiPU的！里面除了不可更改的预录有三大法则等机器人规则的“人心系统”，还有各种知识素养学识功能，李白一身本事全是由此而来。

关其雨试着把匣子连到电脑上，没想到一排文件中出现了“记忆”的字样，打开来，“2016年十二月三日，到主人家”“2017年一月一日，第一个新年”“2017年三月八日，第一个妇女节，主人很高兴”等等，竟然是李白的日记！有的是写下来的，印刷体字迹工整机械，有的是录音，点击就传出熟悉的瓮声瓮气的机器说话声。关其雨听了几天并没发现什么规律，基本上就是李白随心所欲，想起来就写几行或者说几句，时间大多是半夜，大约主人休息了它无所事事的消遣之举。然而无论是寥寥几笔，还是那熟悉的声音，都让关其雨想起它，想起两年中相伴的时光，这几天乘小宝睡觉的时间偷偷地在看在听，没想到被孩子发现了。

“好，我们带它一起。”看着小宝雀跃，关其雨小心地将金匣子装进了双肩包。摸了摸包里，手绢纸巾钥匙手机备用衣物都好好地躺着，手腕上的念珠也照旧绕了四圈，关其雨放了心，牵着儿子的小手出门。

老房子在浦口老街的汤泉道上，出门穿过古旧的老街，左拐跨过一湾小河，再沿小路走两三里路就到了老山的西南坡。茂密的丛林里有踩出的一条小径，弯弯曲曲，崎岖坎坷，就是上山的路。从小到大，关其雨被父亲牵着背着走过不知多少趟，上大学之后每次寒暑假或周末回来父女俩也常常一同上山，一直到后来工作、结婚、生子，忙得没时间回浦口，算起来，有近十年了。

这十年中，父亲独自踽踽在小径上，不知想些什么？关其雨心中酸楚，满是内疚。

“妈妈，这个果子能吃吗?”“妈妈，你看这个树叶红得像红旗!”“妈妈，那只鸟叫得好好听呐!”“妈妈，这是什么花?”小宝无比好奇地东张西望，不时捡个果子、树叶或者踢踢石块、草皮，确实这里与他自小生活的新街口相比是完全不同的两个世界，而在甘南的时候他又疾病缠身，这大概是他第一次自由自在地徜徉在大自然中，新鲜而愉悦。关其雨欣慰地温柔回答，答不上来就拿手机对着扫一扫，装的“十万个动植物”APP立刻就跳出答案来。“妈妈，手机好聪明呐，什么都知道。”小宝惊讶。“是啊，这棵大树妈妈小的时候就常看到，一直不知道是什么树，今天亏了小宝问，原来叫丝棉木。外公要是在啊，肯定夸小宝聪明!”

有一搭没一搭地与小宝说着话，关其雨仔细地四下观察。小时候牵着父亲的大手上山时听他说过，母亲最爱爬山，甚至下雨天也会穿着雨衣上山；父女俩漫步山中父亲会指着这个树说“你妈妈刻过字呢”或者“你妈妈常在这石块上歇脚一坐坐半个小时”等等。经过甘南之行，关其雨相信母亲千里迢迢来南都，隐居在浦口镇中一定有她的原因，说不定，原因就在这个山上。但是老山真大啊！这一个多月每个周末都来爬一天，狮子岭、龙洞、莲花五峰都爬过了，看不出什么名堂，无非就是各种参天古木盖着奇峰群山。也有溶洞，关其雨不相信母亲会对那些陡峭奇险的山洞有兴趣，说不上什么原因，就是觉得不可能。难道是那几间古寺？南朝的惠济寺、明朝中期的七佛寺、明末的兜率寺？关其雨觉得怀疑。那么究竟是什么原因什么目的呢？母亲最后不明不白地英年早逝，无论她是为了什么，关其雨都希望能为她实现未竟的心愿。

国庆节七天假呢，好好地绕山几圈，争取找出母亲的秘密。

“哎哟!”小宝突然叫了一声，关其雨忙回头望去，小男孩摔倒在山路上，正在奋力爬起。看着他圆圆滚滚的身体在泥泞中手忙脚乱，关其雨又是心疼又是好笑，不过从小就特意培养他自己起来的习惯所以并不上前搀扶，为这

与侯华也争执过不止一次，侯华甚至严厉地责问过：“你是他亲妈吗？”

小宝努力了半天，终于哼哼唧唧地站起来，得意地冲妈妈笑：“妈妈？”知道这时候会得到奖励，一个拥抱一个赞赏或者一个亲吻，果然“吧嗒”一声妈妈响亮地亲了一下：“小宝真厉害，这么滑的山路自己爬起来！”紧接着说，“从头到脚一身泥，我们找个地方洗手好不好？”

小宝乖乖地跟在妈妈身后，两人四下张望，隐约听到潺潺的流水声。“妈妈，有小溪！”小宝蹦跳着，泥巴甩了一地，循着流水声走在树林中，看到脚印踩出的下山印迹，便追着脚印下坡，又转了两个弯，眼前豁然开朗出现了一个五彩缤纷的山谷。并不大，四周群山环绕，围拢着一小块绿地，散落着星星点点的各色野花野果，东面山坡上挂下一条银链般的溪流，清澈的溪水溅起一颗颗水珠，被阳光照得七彩闪亮如雨后彩虹。小宝欢呼一声，直冲小溪奔过去，却不是洗手，两条短腿踢着水流，兴奋地咯咯大笑，像撒欢的小狗。

关其雨也觉得心旷神怡，从李白爆炸后第一次感到了平静。难怪都说大自然是疗伤神药，在这样高远宏阔的天地间，个人的喜怒哀乐实在微不足道，很容易抛之脑后。随意在草地上盘腿坐下，眼前的绿色好不悦目又好不熟悉，仿佛北大楼迎风荡漾的爬山虎，仿佛悲悯的笑意融化在每一棵青草、每一株绿树之中，更多了山的雄浑和水的仁厚，令人从心底安适欢欣。其实这是生命本来应该的模样吧？阳光正好，暖暖地照在背上，和煦的微风徐徐拂面，小宝欢畅的笑声在空中跳跃飞舞，时远时近，久违的舒畅惬意一丝丝自脚底涌上，仿佛三月那一天在东方广场上，也是这样的阳光、这样的清风、这样的笑声，仿佛这大半年什么都不曾发生。

那该多好？要是父亲没有碰到车祸，李白在忙碌家务，李侯不时会发条信息……

李侯李侯，我们还能回到从前吗？

“妈妈！快来抓鱼！”小宝奔过来，沾满泥水的小手毫不客气地拉住妈妈往溪水边走，“妈妈快看！好多鱼！”

关其雨愣了愣，望见小溪清澈见底的水中钥匙般的小鱼窜来窜去，游得正欢，遇到挡路的石块就灵巧地避让闪过，展现着生命的活力。小宝努力伸长了胳膊，两只胖手在水中奋力抓向小鱼，当然抓不到，小鱼远远地游开去，示威似的扭着尾巴。“妈妈，你有没有渔网、鱼钩，或者鱼竿？”小顽童沮丧地问。

“小宝，你为什么要抓鱼？”关其雨打起十二分精神，准备开始一场艰难的精神教育。他是个神奇康复的孩子，当然很可能只是藏地空气清新饮食简单生活规律，而他本来就没大病也说不定，但是谁知道呢？在这孩子的事上，宁可信其有地谨慎吧！

“我想它们陪我玩啊，抓起来我们就能带回家啦！可以一直一起玩啊！李白不在了，我好孤单啊！”小宝的回答有些出乎意料，关其雨愣了愣只好换种思路，告诉儿子小鱼离不开水，对它们最好的就是让它们自由自在地在留在小溪中，想和它们玩我们明天再来就是。答应妈妈，不要伤害鱼、鸟、乌龟等等任何小动物。

“那要是碰到蛇咬我，碰到大灰狼要吃我呢？”小宝睁着圆圆的眼睛认真地问，“像上次那条白狗那样扑过来呢？妈妈你不是把它打死了？”

关其雨被噎住，没好气地说：“妈妈没打死它，它自己发病死的！”说到这里有些不确定，心虚地避开了儿子的目光。

“我知道我知道！朱陶叔叔说过，是在他家客厅里……”难得见到母亲恼怒，小宝慌了神，口中连连解释，不想脚下一滑，“扑通”跌进了溪中，水花四溅！关其雨惊得大叫：“小宝！”不管不顾地蹚进水中，可是小溪看着不深，其实水位过了腰，而且水流颇急，小宝人小力弱，已伏在水底没了声音。关其雨奋力迈步走向儿子，但还有好几米远！“小宝！小宝！”关其雨就要哭出来。

又是“扑通”一声，一个身影一跃入水，三扒两划就到了小宝身边，双手环抱奋力举起，转身几大步走回岸上，将顽童伏在山石上，猛力在背上压了几压，小宝“哇”地吐出一大口水。

“没事。安全了。”救人的说。

“沈，沈不豫？”关其雨望着从天而降的救星，结结巴巴地问。这个从无好感的学生怎么会突然出现在老山？而且是这么荒僻的山谷中？望过去，湿淋淋的牛仔裤上又是泥又是土，灰色风帽衫脏得基本变成黑色，一双高帮皮靴像是刚下过农田，而乱糟糟的长发和胡子则像是深山的野人。野人？关其雨想了想，还是上学期在学校里见过，对了，好像听说家里出了事、这学期

请假没来。看这样子，是真出了事？

沈不豫扶着小宝，另一只手随意掸了掸身上的水，尴尬地笑笑又叫了声“关老师”，在她惊异的目光中低了头，皮靴在地上无意识地蹭来蹭去，最后说：“关老师，他这一身都湿了，赶紧换身衣服吧？”

关其雨松了口气，不擅嘘寒问暖的性格最怕絮絮叨叨表达慰问关心，何况三个人都湿淋淋的？还好双肩包里有几件衣服，先把小宝擦干换好，自己也躲到树林后简单抹拭，再看向沈不豫，他耸耸肩：“今儿太阳好，我照照就干了。”关其雨点点头，不再多问。

然而小宝的腿上划了道极深的口子，一直在流血，顽童惊魂未定尚不知道疼痛，看着母亲拿手绢包扎只是一个劲咧嘴吸气。沈不豫说口子太深要去缝针，见关其雨皱眉思索忙出主意：“这边有条小路直通山下开发区，没多远就是紫光集团，那里面有医务室。不对外开放，讲是讲只对员工服务，不过小宝这么小、好好商量会帮忙的吧？而且，而且……”

沈不豫吞吞吐吐，显然有难言之隐，关其雨实在不想追问，对这种个人隐私八卦也从无兴趣，可是事关小宝的治疗，只好问：“而且什么？”

“而且我这几个月在那边打工，有临时职工证。”沈不豫说着取出一个卡片亮了亮。关其雨狐疑更深，好好的学不上，几个月不见人影，跑到紫光打工？听陆居说他来自富裕家庭，不知天高地厚的性格与出身分不开，能这么冒冒失失地跟他走么？

沈不豫见关其雨还是迟疑，小宝歪在母亲怀中蔫蔫的，腿上新扎的手绢已经染红，终于咬了咬牙下决心说：“好了关老师，我老实说！我不去学校是因为，因为，因为我父母都是晨森公司的高管，一个董事一个经理！”

“晨森？”关其雨张大了口。不是似曾相识，而是没齿难忘的名字。

“对，就是那个晨森！那个造假疫苗、那个害了全国百姓的晨森！他们是刽子手！他们为虎作伥！是那些带血的钱养大我，我吃的喝的用的全都是受害者的鲜血、尸体、冤魂！”沈不豫踢着地上的石块、青草，痛苦地大喊大叫。也许这番话在心中憋屈已久，也许这个苦痛折磨得他无法承受，也许长久的自虐生活让他即将崩溃，终于碰到了一位可以倾诉的亲人，所有的痛苦瞬时找到出口，像开了闸的洪水奔腾宣泄。

“为什么他们昧着良心赚钱，毫不在意别人的死活？为什么有这样冷酷可怕的贪欲？为什么偏偏是我的父母？为什么我这么多年懵然不知，还沾沾自喜自高自大？”

关其雨默然不语，想起在听到疫苗造假时的慌乱、恐惧和难以置信；想起人民医院门口的人山人海，想起医护人员竭尽全力弥补挽救的声嘶力竭、日夜奋战。其实到现在也搞不清小宝到底是否得了狂犬病，到底是否痊愈，而全中国有多少类似小宝的受害者，类似自己这样备受煎熬的父母亲人？人生唯苦，苦的根源是欲望，名利权情，无一不苦；更何况晨森这样贪财到不顾用户死活、不顾人命关天只要赚钱的肮脏？难怪沈不豫羞愧难当。天上的云朵缓缓流散，似乎也不忍听闻这悲伤的控诉。

“我恨他们！我不要见他们！他们托律师找我，托姑妈劝我，托舅舅安慰我，告诉我我的名下有存款，卡里有多少多少，但是我不要！我怎么能用那个钱？那都是带血的钱！”沈不豫倾诉着，“所以我休学，躲开老师同学，我没脸见人！这些天我躲在开发区，几个公司干干零工，我不要他们找到我！”

“你做什么零工？”关其雨有些好奇。

“一开始没经验碰到什么做什么，搬砖头、打扫卫生、送外卖都做过。后来发现开发区里有外包活儿，不少中型公司把做不了的零碎活计交给附近高校师生的小公司小工作室，做软件的、画图的、翻译的……很多种。”

“外包？那质量能有保证吗？”

“其实更保险呢！因为做不好拿不到钱拿不到后面活计，大家都加倍仔细认真。包括我在内，比以前上课刻苦多了！”沈不豫挠了挠头，“比起搬砖送外卖，还是这些脑力活儿更适合些。时间长了人头熟了，人介绍我到紫光打工，稳定而且有宿舍，虽然是那种几十人一屋的大通铺，比露宿强，所以您相信我，我，我这个证件是真的！”

关其雨点点头，俯身背上小宝，随沈不豫往小路走。果然是条下山的路，两边都是山崖，狭窄得容不得两人并肩，像黄山中的“一线天”。小宝歪在母亲背上渐渐恢复了神智，说了句：“妈妈，好疼！”关其雨柔声安慰“马上就到医务室了”“医生看了就会治好的”“乖，忍一忍”“一条小口子，没事哦”。沈不豫听着，满脸难以置信，嘴巴张得大大的，显然没想到孤傲冷淡的关老师有如此温柔到低声下气的一面，再想到自己的父母，不仅叹了口气。

关其雨侧身回头看了他一眼，有些迟疑地说：“我带儿子住在山下老街

上，是我父母的老房子，有间空屋。你要不要搬过来？大通铺你很多活儿干不了吧？”见沈不豫犹豫又笑着说：“不行你就付房租，每星期一百块怎么样？还是不愿意？那每星期一百五？”关其雨不爱管闲事，可是沈不豫今年大四，正是人生的关键时期，不管后面是继续求学还是走进社会工作，都不能一直不见人啊，先劝出山再说吧。

“好！谢谢关老师。”沈不豫咬着牙恶狠狠地说，“反正我永远不用他们的钱，以后都要自食其力！其实不少同学都在实习了，就是考研的也想多些实践经验，打零工的不少呢。好在南都机会多，兼职工作半天的、小时工都能找到。”

说话间不觉出了“一线天”，豁然开朗。关其雨目望着面前宽阔的马路、整齐的一排排现代化厂房，再回头望望幽深的山谷，只觉得不可思议。沈不豫随意介绍这一块是集成电路产业基地，两百多家企业呢，涵盖芯片设计、晶圆制造、封装测试、终端制造等产业链上下游全部环节。

关其雨迟疑着问：“谈不上全部环节吧？”知道集成电路是信息技术产业的核心，可以说是战略型基础性先导性产业，不过新闻里总说目前我国在国产 EDA 和 IP 的设计技术水平方面仍然落后，依赖进口。自从振新集团被禁售事件发生以来，技术产品进口变成了全社会关心的焦点，关其雨以前对这些不闻不问，现在居然也了解了不少。当然，与思念李侯不无关系。

沈不豫笑着回答：“关老师你不知道，这里在建‘集成电路设计服务产业创新中心’呢，那时候 EDA 领域我们南都能实现卡位战略，打造全流程 EDA 工具平台，EDA 工具国产化就不远啦！”

“真的？那可真是填补了中国在 EDA 全流程覆盖的缺失呢。大手笔！”关其雨被他的兴奋感染，又看到远处紫光集团在望，脚步轻快了许多。

“对啊，完善 IP 库平台，形成全面支撑 IC 产业的技术能力，以后啊，中国的半导体产业链就真的完整了！”沈不豫耸耸肩，“其实不稀奇，在南都这个地方，只要有好的想法、好的成果，落地是很容易的，而且快得出奇。”

落地……关其雨依稀想起张主任常讲现在政策鼓励“科技成果项目落地、新型研发机构落地”，教研室好几位老师在此激励下将研究成果找相关企业运用到实际中，自己原来那个智能报销系统也是个小小例子，不管钱多少，看到自己的主意被实际运用，真是开心呐！反过来，再好的想法不能落地实施，就都是空想。

人脑的思维到底是什么？精神思想或者也是物质的一种？意识场就是量子群吧？茫茫太空、广阔大地，到处都有与我们意识场量子群相纠缠的量子群。而我们的意识，包括各种思念牵挂、忧虑担心、祈祷祝愿，甚至做梦和遐思，都会牵动相纠缠的量子，影响到实际的结果。所以才会有“心想事成”“美梦成真”“事事如意”“如愿以偿”，才会有“乌鸦嘴”和“一语成谶”！而更洛堪布诚挚地说着“相信啊，你们相信啊”，那所谓的“信则灵”更是思想意识影响事物走向的典型；还有那登说的“发愿”，也是力量很强的量子群，强到僧人认为能够消除业力，要知道佛学的核心是因果，业报是整个理论体系的根基呢。

而“落地”，本是思维在实际时空中的结果，因为对其执着，形成了精神思想的量子群互相纠缠影响决胜的信念，就是“事成”，就是“成真”，就是“如意”“如愿”，就是“则灵”。也就是说，最强的“落地”量子群发挥作用，提高人脑运转的速度，强化相关思维和记忆能力，并直接催发实际成功。不难理解，知道能够“落地”，确信能够“落地”，所以研发得更欢、更起劲、更有针对性、目的性，所以也真的就“落地”。很难强分先后因果，更像是量子在纠缠状态。

在课堂上天天对学生讲，人工神经网络模仿人的神经机制，在电脑中模拟出“神经元”的计算单元，使它们之间通过加权连接而互相影响。通过改变这些节点的加权值，可以改变人工神经网络的计算性能。早期的神经网络由单层拓展成多层神经元之后，形成比较“深”的人工神经网络，电脑的能力大大增强，这就是“深度学习”一词的由来。

所以机器学习，如果能用类似落地的强量子群，触发人工神经网络的相关节点，将大大提升学习的速度和强度，将是事半功倍的高效率。

关其雨一阵激动——不妨叫作“超效学习”？

深度学习的应用中有一些互补技术，如强化学习（reinforcement learning）和迁移学习（transfer learning），但是尚无人想到超效。既然只是分析类比，既然大数据和计算机性能都支持，自速度和强度提高效率实际上是最可行的。

不觉已经进了紫光集团，门禁是现代化的人脸识别系统，沈不豫解释了

两人的由来，顺利地一路直行到了医务室所在的后勤大楼。没想到人很多，门口停了三辆大巴四辆依维柯，看样子是来参观的。关其雨顾不上，跟着沈不豫匆匆穿过人群，耳边依稀听到洪亮的介绍，讲的就是集成电路设计服务创新中心启动，欢迎龙头企业、国家工程研究中心、知名高校、科研所和上下游企业群策群力，联合进行关键技术攻关，加速实现核心技术的突破；通过产业创新中心及其专业投资基金，运用市场化机制，实现对国内企业的并购整合和协同发展，逐步形成具备和国际巨头抗衡的能力……

“2022年补足关键短板，实现技术升级；2030年就要建成全流程平台呢!”沈不豫说着吐了吐舌头，“比我刚才讲的还要快!”

医务室的医生护士都很和蔼，并没有关其雨担心的不接待或不耐烦，清洗伤口，缝了三针，挂上一瓶点滴，小宝乖巧地配合，中间只轻轻哼过两声“疼”。护士便夸“宝宝真乖”“你这儿子教育得好”“上学了吧？一幼的啊，难怪这么懂事”等等，关其雨不擅闲聊，在热情的生人面前尤其拘谨，“是啊”“是”嗯嗯啊啊地应着，低头避开大家的目光。沈不豫有些好笑老师的狷介，取出手提电脑自顾自忙起工作，关其雨倒松了口气，靠在椅背上闭目养神。小宝挂着点滴动弹不得，黑乌乌的眼睛好奇地转来转去，落在沈不豫的电脑上问：“哇，沈哥哥你的电脑好大啊，一定很重吧，这是雷蛇吗？我爸爸也有一台。我妈妈那个就好轻，女生嘛!”语声清脆稚嫩，关其雨听着听着，嘴角浮上了笑意。

接着是两个人嘻嘻哈哈的说笑声，键盘噼里啪啦的敲击声，游戏中的追逐欢歌声……关其雨含笑摇了摇头。该庆幸吧？经历了一次次的折磨，他们仍然有这样欢欣的笑声。

他们呢？李侯在苦苦钻研量子芯片的奥秘，朱陶在努力化解昇实集团的危机，与时空公司还有美国管家的谈判会如何收场？这两家企业都是南都的明星，对城市经济有不可忽视的影响，他们能渡过这个难关吗？听李媛讲，瀚迅一直备受关怀，是科技局、工商局、税务局等相关部门的重点关注对象，今年的意外一发生，政府就提供了各种帮助。不过叶端直是个倔强的性格，始终认为资金政策等客观条件不妨伸手要帮助，经营却是瀚迅自己的事，所以重担仍然压在研发部即李侯的芯片上。

身旁的声音突然变了：“主人，你们的衣服洗好折好放抽屉里了。”“主人，下盘棋吗?”“主人，今晚炒香椿头加菊花脑蛋汤如何?”“主人，明天想吃什么?”

李白！关其雨吓了一跳，睁眼看看包里的 LibaiPU 不见了，连忙一步跨到两个顽童身前，皱眉说：“这个别在这里玩好吧?”

沈不豫不明所以，连忙取下 LibaiPU 递还给老师，见小宝噘嘴不乐，想了想在包里翻出个模具递到他手上说：“看，我自己做的!”果然小顽童转移注意力喜滋滋地玩起来，说：“妈妈，沈哥哥好能干啊，你看这个做得多好玩。”

关其雨瞥了一眼，多棱多角的像原子又像神经网络，沈不豫挠头解释这个模型是因为给附近一家锂电池厂上课，别看厂不大，却是瀚迅公司的供应商，一年营业额也过十亿了呢。“喏，这个是为了和他们解释量子，量子在被通过手段测量到或观测到之前，都不会拥有严格的属性，测量之前它们可以存在于两个或多个地点，一旦被测量，会落入更经典的现实世界，只能存在于一个地点，也就是粒子的存在形式是由观察而决定的。就这个量子物理的基本原理，大家都说听不明白，就做了这个模型课上用。”

听到“量子”的瞬间关其雨怔了怔，连忙调整好心绪随口问，“那大家明白了吗?”

“看到模型还是似懂非懂，后来瀚迅的俞好师傅恰好过来——对了，当得知我是南大的时候她说认得您——就和大家打比喻，‘心生万法’‘心生秒有’‘物随心转，境由心造，烦恼皆心生’‘一切因果世界微尘，因心成体’等等，不少人就懂了。”

“心生万法?”关其雨重复了几遍。这是第一次听到佛教理论与量子物理的联系，沈不豫见老师感兴趣，不禁有些高兴：“挺形象的吧？测量前就像我们想到它之前，有一万种可能；一旦想到了，就在一个地方，但是一万个人有一万种想法。后来上课我就这么说，大家都夸讲得浅显容易懂呢!”

关其雨沉思不语：母亲精通佛法，母亲是现代数学教师，沈不豫讲的这些应该是母亲早就知道的，会不会是在想把这二者联合起来？怎么连呢？心生万法，量子的不确定性……

常识，计算机是用单个电子确定的能量态在什么位置来表示“0”和“1”，“0”和“1”通过开关的闭合来表达，晶体管越来越小，就快小到只有

一个电子即单电子晶体管，这就会出现“隧穿效应”，即电子直接从晶体管穿过去，导致无法利用闭合来控制电子。李侯苦苦研究的量子芯片，就是在想方设法避免“隧穿效应”。

那如果，干脆不避免、干脆不确定呢？即不要再用单个电子能量态的位置，而用不确定的纠缠方式表示，以同一量子群其他量子的状态来决定到底是“0”还是“1”，这中间用强量子群触发的“超效学习”更快地使用量子运算，直接左右量子群中“0”和“1”的状态呢？

关其雨迅速取出手机，拨过去，永远是“可能手机不在身边，请稍后再试”。关其雨无奈，打通了成言的电话：“让李侯听电话，急事。”

成言吞吞吐吐：“李工这几天的情况不大好，不不不，看我这乌鸦嘴，就是太忙了，就是那个芯片还没有突破，他吩咐任何人不得打扰……不过，不过，”听到一向温和的关其雨在电话里重重哼了一声，成言忙说，“不过大嫂您，您当然例外。”

过了足有十几分钟，李侯终于出现在电话中，并没有不耐烦，而是彻底的疲惫不堪和近乎绝望的空洞：“喂？小雨？”

关其雨听见这两个字的称呼，蓦地红了眼圈，自己也不知道是伤感还是心酸。中秋节那天他紧紧拥着柔声安慰，他是在乎的啊！然而不等硝烟散尽他就匆匆赶回了瀚迅，连小宝都是当妈的一个人去接的，更不要谈一家人一起过中秋节！要知道，那是在生死激战的一夜之后，是在失去了李白的极度痛楚之中啊！侯华说得对，是自己多年过于独立、过于明理，尤其这半年过于坚强、过于懂事，反而使李侯少了被依靠被需要的价值感，自力更生并不全是好事，女人应该会示弱，应该会依赖甚至无赖。

可惜，明白得太晚了。

深吸一口气，关其雨努力平静地开口：“用量子状态改变‘0’和‘1’为不确定，再用超强量子群触发神经网络提升学习速度和强度，左右二者状态的不确定性。”平稳匀速不停顿地一气说完，抿紧了嘴唇等待。他是“李图灵”，他在脑中能算到几十步之后，他一定明白。

只要不确定，“0”和“1”的闭合就不会影响，而计算机当中，任何复杂的运算都是通过单个比特和两个比特的运算操作构成，美国某研究机构已经实现了千皮秒级的运算。而按照“超效学习”的运算，将突破单个比特运算速度，在一个电子上面完成 10 皮秒级用 1 个电子表达信息的两个元素“0”和“1”的运算，即运算速度提升百倍。其实际结果就是计算机运行速度的几何级增长，直接大幅增强处理数据的能力。

“我知道了！”三秒钟，最多三秒钟，李侯大叫一声，“我知道了！小雨！谢谢你！谢谢你！”兴奋得语无伦次的声音恢复了生机，仿佛久旱的高山在雨后重又碧绿如新，“芯片，瀚迅，李太白，统统有救了！小雨，谢谢你！”

关其雨不再听，凝望屏幕一动不动地看着李侯激动，抬指挂了电话丢进包里，嘴角又浮上了苦笑。当眷恋的变成陌路，当仰慕的从神坛跌落，当纠缠的从此分离，原来是这样苦涩。

“李侯年尚少，文武学彬彪。河朔一尺雪，北风暖貂裘……”

“李侯少年真自喜，收名拟擅东南美。大科异等不作难，堂堂奏赋明光里……”

从小不喜诗词歌赋的自己，曾经因为恋慕傻傻地吟诵。并不知道含义，只不过因有他的名字便心生欢喜。

再也回不去，那纯粹纯净的爱情。

这个地方，原来还会给出答案，无论曾经多么纠结难舍。

第二十章 细话初心

“这就是瀚迅总部?”奥威尔挪到窗边，伸头望去。

没有人回答，都知道这不是问句，更多是一种“Finally（终于）”的感慨。竞争多年，在全球市场上为抢底盘你死我活地斗了好几年，今天终于一睹庐山真面目，看到了瀚迅的大本营。

过长江的时候几个美国人就有些激动，虽然对中国不甚了解，但长江都是知道的，中国第一也是亚洲第一大河，世界上仅次于尼罗河与亚马孙河，当然美国人因英文的原因都叫它扬子江。“想象过它的壮阔，可是真在眼前出现，震惊!”奥威尔的一句话讲出了几个人的共同心声。

秋日艳阳下，远处低缓的丘陵参差起伏，眼前大河横亘，如茫茫大地般宽广无垠，滚滚流淌的江水，轮船小舟往来穿梭，一派安宁又繁忙的景象。再联想它几千年的历史、曾经的惊心动魄、数不尽的大事件大人物，真令人浮想联翩感慨万千。“滚滚长江东逝水，浪花淘尽英雄，是非成败转头空……”中国通巴斯奇情不自禁地吟咏，几个美国人好奇询问，听了一段三国英雄的故事，又是笑又是啧啧称奇。

“三国？那太古老，一千七八百年喽！不如听听六十九年前，毛泽东主席眺望长江写下的千古名句。”坐在副驾驶座上的陈主任回头笑着向客人介绍：

钟山风雨起苍茫，百万雄师过大江。
虎踞龙盘今胜昔，天翻地覆慨而慷。
宜将剩勇追穷寇，不可沽名学霸王。
天若有情天亦老，人间正道是沧桑。

好诗吧？多么磅礴的气势！伟大领袖啊！我们南都人基本人人都会背。看到这长江啊，就想到这诗，想到当年南都解放的雄伟场景，想到新中国几十年的路程。陈主任是瀚迅的办公室主任，也是瀚迅党支部书记，老党员根正苗红政治觉悟高，负责瀚迅的接待工作。几个美国人第一次见到他就被他侃侃而谈的口才惊到，问为什么瀚迅一个民营企业需要共产党的党支部？

“为什么不需要？”他诧异反问，“民企？民企更要重视非公经济党建啊！我们培养干部团队，我们为企业的和谐稳定出谋划策，我们引领员工的核心价值观教育，我们引导企业积极向上的文化氛围，我们联合工会帮助员工与企业共同进步，我们对管理层进行严格有效的监督！你别看叶端直厉害，她是我们党组成员，得听我们的意见！”

见几个老外摇头不信，陈主任手臂一挥更加激昂：“你进我们公司看看就知道了，我们总部五千多员工中有六百多党员，那都是政治素质好、业务技能高的公司核心！我们再艰苦的任务也有人上，是因为有大无畏的党员在！企业前一阵多难啊，销售额巨幅下降，库存是有史以来最高的，缩减生产规模、行政裁员、工厂减员！关键时刻我们党员同志们起到了稳固的奠基石作用。我常问大家，初心是什么，使命干什么，奋斗比什么，要造最好用的机器人造福人类嘛，一时的挫折怕什么？亏得大家思想坚定，瀚迅才能挺过这个难关！”

“挺过？”巴斯奇先生敏锐地发现了关键词，过去式！

“是啊，挺过难关，瀚迅开始了新时代！”陈主任滔滔不绝地开始描绘远大理想，“今年的销售额估计会有下降，但是不要紧，我们四季度冲一冲，明年春季打翻身仗！明年就是瀚迅的好年头！”

几个美国人听着陈主任欢快热情的介绍，面面相觑，奥威尔先生冲巴斯奇努了努嘴意示询问，老头耸了耸肩：“不知道。政治策略？也许？”

给昇实、瀚迅七十二小时考虑，是几个人再三商量过的。看准了两个中国企业都陷入极端困境，除了接受这个方案绝无出路。而瀚迅告知机器人的关键在于“人心系统”，正在生产的“美国超人”只要按此改良了就没问题，今年的生产销售都不受影响，更有可能抢占瀚迅的不少根据地，中东、欧洲、俄罗斯那些“李广”“李耳”“李世民”卖得很好的地区，很快就可收入囊中！

按巴斯奇的说法：“朱中道和叶端直都是聪明人，不会想公司破产，肯定是选择接受我们的方案。他们强调‘卧薪尝胆’‘东山再起’甚至‘胯下之辱’什么的，一时的挫败中国人不认为是失败，他们会择机再来。但是那时候，‘美国超人’的危机已经顺利化解，时空公司和美国管家将强大到和他们

不在一个层面。”奥威尔和保罗听着这个判断望向老人的目光简直是崇拜，这么大的危机，轻轻松松滑过，若无其事！当然这仅限于高层对话，安德鲁和吉奥都没有资格听到。

所以这两天几个美国人好好放松，在南都游山玩水，紫金山明城墙莫愁湖秦淮河都逛了个遍，各种南都小吃名点尝到撑不下，还有昆曲白局金陵古琴，外行们听得居然哈哈大笑；南都博物院整整看了一天啧啧称赞，对素有“大萝卜”之称的南都人友好热情，比画着手势也交谈甚欢。在美国忙碌不堪的几个人工智能泰斗，在南都实实在在享受了两天，欢声笑语中不时交换的眼神都在说，等昇实和瀚迅投降吧！所以当陈主任联系邀请几人去瀚迅总部的时候，这种轻松愉悦达到了顶点：肯定是瀚迅想在车间现场定下怎么修改“美国超人”，这种效率是瀚迅一贯的风格嘛！他们这样积极主动，瀚迅修改的价格，昇实可能的零售差价补偿，看来还能再压压！

陈主任出人意料地意气风发，只是故作姿态吧？巴斯奇猜测。

汽车奔驰在宽阔宏伟的弧线形钢塔斜拉桥上，窗外美丽壮观的扬子江风光渐渐变成了摩登现代化的江北开发区景观，大大小小的高校和研究中心挨个扑入眼帘，各式企业厂房鳞次栉比，令人油然而生奋发情怀。巴斯奇望向前座，陈主任的豪言壮语此刻听起来无比自然，他说：“南都进入了拥江发展的‘扬子江时代’，江南主城和江北新主城成为南都的‘一主一新’，大家都说啊，撸起袖子加油干！”这份昂扬的斗志干劲，居然像是由衷的。美国人摇摇头，只觉得不可思议。

陈主任正在伸头刷脸，没听见奥威尔的问话和感慨。黑色正楷的字体方方正正，“瀚迅”两个字傲踞在轩峻巍峨的门楼中更显端庄，奥威尔第一次发现原来汉字本身就蕴藉着厚重的韵味，一笔一画搭起来，比一切精心设计的标识都要有气魄，下面一行放着同样工整不苟的拼音字母，上下组合呼应，平生出凌厉迫人的气势。“像他们两个人吧？”巴斯奇先生说。真的，字母像叶端直的强悍，汉字像李侯的沉厚，合在一起就是攻守皆不惧，横扫全球民用机器人产业的瀚迅。

周围的建筑也是一样，都是方方正正的低层楼房，前后左右排列得整整齐齐，建筑之间隔以绿树，四车道的马路同样横平竖直地列于中间，没有一幢高楼，没有任何其他形状的建筑物，连房屋前后的冬青树都剪得四四方方。

奥威尔看得笑起来："这难道是中国人所谓的'风水'？"

陈主任回过头严肃地说："不错！中国有句老话'没有规矩不成方圆'，瀚迅就是要做规规矩矩的企业，生产规规矩矩的产品。"顿了顿说，"像'美国超人'那样设计本身有重大缺陷，不试用成功就贸然上市销售，害人呐！我也想问问你们美国人，你们当时怎么想的？"

美国人不吭声。保罗低下了头，难掩赧然之色；奥威尔连连咳嗽，不接话茬。"美国超人"的问题是意外，但是新产品确实未经过足够的试用确认期，就是想抢市场。虽然昇实催货催得紧，想躲过加征的关税有不得已之处，可最主要还是时空公司自己拿主意；当时的想法是，像"李白"那样试用改进两年多，耽误时机啊！然而，然而实际的后果……陈主任问得对，投身机器人行业，谁不是想造出最好的机器人呢？谁愿意害人呢？

两天来的得意轻松渐渐消散，心情变得沉重起来：正在生产的"美国超人"已经在迅速添加"人心系统"，但这个系统又是时空公司第一次设计使用，又将直接进入用户手中，而且面向中东欧洲和俄罗斯等国家，承担着开发新兴市场的任务。如果，再有一次意外呢？还会像这次幸运，碰到李侯在现场，碰到"李白"救人么？侧头望向巴斯奇，老头的银发随风飘动，透露出内心的不安。

厂区正中央是办公大楼，方方正正的草坪前同样四四方方的七层平顶楼房，旗杆上五星红旗迎风招展，金色艳阳下分外鲜红。几个美国人仰头望望红旗，心情复杂地进了室内，看见轩峻阔朗的空间迎面又是工工整整的"瀚迅"标识，不知怎么心中都生出几分异样。无论如何，这次应该感激瀚迅的吧？不要再压价了，巴斯奇下了决心。

叶端直笑着大步迎出来，又是握手又是问候，一边怪身后笑嘻嘻满脸轻松的成言："怎么不早点告诉我客人到了？"领着美国人在会议室分宾主坐下，继续嘘寒问暖聊这两天在南都的感受，"紫金山美吧？这个季节有红叶了呢！""明城墙上面走了多远？每段的风景都不相同，好看着呢！""秦淮河的画舫坐了没？那里的小吃绝了！还有昆曲看了没，白局干脆听不懂吧？"几个客人含糊回答，望着热情开朗心情极好的主人，心中的忐忑像落地窗中透过的斑驳阳光一样洒落：她这葫芦里卖的什么药？

"你们李侯今天不在？"保罗忍不住问成言，大男孩却不回答，笑嘻嘻地

望向叶端直，透着古怪。

“在。一会儿我领你们去看他。朱陶和他在一起。”叶端直像是没看到几个美国人互相递眼色，潇洒地“啪”一个响指，遥遥地转出了一个机器人，圆底盘，六只手臂，凸出的复眼带几分滑稽。

“李白18!”保罗失声叫道。3月的展示会上，这个机器人一出场就赢得了满堂喝彩，掌声、夸奖声、啧啧赞叹声，“瀚迅的问鼎之作。”“民用机器人的飞跃。”“改变全世界人类生活的创行革命。”……那都是自己一心想得到的荣誉、一心渴盼的认可。

“保罗先生你好，我不是‘李白18’。”机器人转过来，举止从容，笑容可亲，颇有几分不卑不亢的风度。“这是您喜欢的美式咖啡，不加糖。”一杯热气腾腾的咖啡落在了保罗面前。

“巴斯奇先生，您的胃要注意保养啊!”机器人声音自客气转为柔和，“中国有句俗语‘三分治七分养’，您喝杯热牛奶好不好?”老人正在抬手整理银发，看着面前的热牛奶，手臂忘了放下来，呆呆地只是发愣。

“奥威尔先生，您大前天说很喜欢南都的雨花茶，”机器人缓缓转动，变戏法一样又放了杯碧绿的清茶在桌上，“这是今年的新茶，您尝尝怎么样?”

叶端直笑眯眯地端坐在宽大的会议桌对面，客气地招呼“请”“别客气”。“叶总，您不吃早饭的习惯不好啊!”机器人却也没放过她，“这里有点心，垫一垫吧?”

随着话音，四盘精美小点五仁月饼、萨其马、梅花糕和芝麻糖同时出现在桌上，叶端直瞪了瞪眼睛：“没规矩！有客人在应该怎么办?”

“对不起叶总我错了。”机器人立刻知错就改，四盘点心瞬间被移到了美国人面前，“保罗先生，巴斯奇先生，奥威尔先生，你们请用。这是南都的名点，味道不错的。”铿锵的机器人在刻意放缓的柔和中，竟然有几分劝诱的意味。

“你，你是谁?”奥威尔的声音有些沙哑，端着雨花茶的手有些颤抖，溅了两滴在桌上。

“我是瀚迅公司出品的最新一代民用机器人。我叫，”机器人飞速将奥威尔面前的水珠抹拭干净，一边老老实实地回答，“南都李太白。”

“李太白?”巴斯奇皱了皱眉，“介绍介绍你自己?”

“我出生于2018年10月4日凌晨两点二十分，出生地在南都瀚迅本部。我今天一岁了。”李太白垂手侧立，恭恭敬敬的态度依旧不卑不亢，“我有二十万个弟弟妹妹，这几天会陆续来到世上。李侯总工程师和昇实朱董正在探望它们。”

今天凌晨才造出来的！奥威尔盯着机器人，脑子转得飞快：二十万台！卡在这个数字当然是有计划的，替代“美国超人”！奥威尔焦急地冲巴斯奇连连使颜色，老人坚持一丝不苟地整理好银发，才清了清嗓子问：“叶总，我记得，这个机器人是只能优先销售美国的，所以，今天是要谈谈今后的合作吗？”

“巴斯奇先生，您是中国通，您没听到他的介绍吗？”叶端直爽朗的笑容此刻看起来颇有几分寒意，“他叫南都李太白，它是瀚迅公司出品的。”

“南都李太白、瀚迅出品……”巴斯奇喃喃重复。

“它用的量子芯片，是瀚迅自己研发成功的，所以完全与您无关。”叶端直笑容不变，然而目光凌厉得像刀锋，“这个产品，我想销到哪儿，就销到哪儿。第一步，就是面向昇实退货‘美国超人’的受害顾客；第二步，在昇实铺货，给等待的消费者一个交代，并让观望的全球消费者成为粉丝。您觉得，李太白的圈粉能力如何？”

“啪”又是一个响指。李太白立刻回答：“主人您过奖了。我会努力奋斗，争取大家的信任支持。我是南都的机器人代表，所以我的全名叫‘南都李太白’。我代表南都，我吃苦耐劳、谦虚谨慎、细心细致、任劳任怨、无微不至、察言观色、善解人意……”

各种成语如流水般滚滚而出，奥威尔“噗”一声喷了满桌雨花茶。没等他抱歉，李太白的几条机械臂已经起起落落地擦抹干净，收走旧茶杯，换上一杯新茶，还递了块雪白柔软的手绢在他手中，口中不忘安慰“没事没事”，惊得奥威尔说不出话来捏着手绢也忘了擦嘴。巴斯奇摇摇头叹道：“李、太、白!”

不用说，瀚迅与昇实的这个方案太强，明显是用现成的“李白18”换芯片升级统统变成“李太白”，瀚迅生产立刻能够运转，昇实立刻有货上柜，而且很显然销路一定好过“美国超人”，便宜啊！好用啊！也就是说两个公司撇开美国人携手走出困境，不过这中间有个很大的问题，就是售价。巴斯奇与

奥威尔对望一眼，决定试一试。

“我记得，‘李白 18’的零售价格是 7999 美元？为打开市场‘李太白’，定价还要调低吧？中国定在四万元？五万元？二十万台的销售额瀚迅昇实两家分，也就三四十亿元进账？”巴斯奇耸耸肩：“昇实的资金缺口两百多亿肯定支撑不下去，瀚迅也好不到哪儿去吧？中国有个成语叫‘杯水车薪’？”

“巴斯奇先生真是做足了功课，知己知彼啊！”随着响亮的话语声，门口出现了一帮人，都是熟悉面孔，冯副总裁、徐总、钱经理等等昇实的员工。中间簇拥着一辆轮椅，一个魁梧的老人坐在椅上仍然比普通人高出一截。

朱中道！几个美国人都是一惊。

轮椅主动驶到叶端直面前，老人伸出手说：“叶总！好久不见！”叶端直笑了笑，一大一小的两只手握在一起，久久没有分开。二十多年的恩怨啊，在这一笑一握一声问候中随风逝去。

“冯总您怎么了？”身后员工轻声问冯副总裁，冯副总裁擦着眼睛低声说“么得斯么得斯，迷了眼，迷了眼。”

朱中道又怎么样？没钱神仙也不管用！奥威尔含笑起身迎接：“朱先生，听说您生病，这就好了？”昇实订购“美国超人”的时候两人打过交道，对对方的狡猾老到都是印象深刻。其他几位美国人却是初见，“很高兴见到”“南都很美”“纽约去过没有”等等一番寒暄落座，朱中道静静环顾一周，神色凝重，屋中的气氛骤然紧张起来。

“听小儿说，巴斯奇先生是中国通，对南都的历史很了解。”朱中道大病初愈，面色仍然蜡黄，大概习惯了高声说话，很费力气，讲两句就有些气喘，“九月底谈判那天，特意把我朱家陈谷子烂芝麻的事情拿出来讲，劝小儿投降？”

“不敢不敢。”巴斯奇第一次见到著名的“新街口大富翁”，多少有些好奇。朱中道和传说中一样威势十足强硬霸道，与旁边宁折不弯的叶端直真是一时瑜亮。不过商场如战场，身材高大有什么用？匹夫之勇有什么用？项羽力拔山兮气盖世呢，还不是自刎乌江？商战中说到底要凭实力，昇实负债累累、瀚迅危机重重，人再狠也是假的。

巴斯奇笑了笑，根根银丝闪着狡黠：“我从小喜欢东方文化，对南都悠久的历史谈不上多了解但是很佩服很羡慕，这两天在古城中参观学习，明城墙啊、台城啊、紫金山玄武湖都很美。不过我一身铜臭的商人，最关心的当然是新街口，繁华热闹得像第五大道梦之街！不过一百年来第五大道保持着荣耀象征着成功，新街口呢？九十年的历史伤痕累累！曾经摩肩接踵宾客盈门的三民商场，短短十几年就破产关门；显赫一时的令祖被债主逼得跳楼自尽！七十年一循环，朱先生您现在的债务比令祖还要严重多少倍吧？两百个亿，您能拖多久呢？每天的利息就够您愁的！所以放弃'美国超人'这么近在眼前的二三十亿美金，您确定吗？我希望啊，六潮电器城上不要再出现七十多年前的一幕!"

"你这美国鬼子!"冯国庆第一个跳起来喝骂，没见过这么当面咒人跳楼的!

朱中道手臂微抬止住了手下的抗议，笑了笑，笑得很平静，笑得很大度，笑得很自信，笑得昇实、瀚迅的员工都绽放了深深浅浅的笑容，若有深意，带着嘲讽。巴斯奇突然觉到了一丝畏惧，从这个轮椅进门到现在，第一次。

第二十一章　水深鱼悦

“巴斯奇先生讲的都是对的，包括新街口的沧桑、包括我祖上的挫败、包括昇实现在的困境。不过，你忘了一点，”朱中道卖了个关子，再次目光炯炯地环视屋中，叶端直同样笑得莫测高深，美国人满腹狐疑地等他开口。

“哪一点呢？忘了现在与七十年前的不同！中国那个年代的悲剧，我听我父亲讲过不止一次。”朱中道叹一口气，沉缓的语气将众人带到了解放前。

三民商场开张于1931年，甫一落地就成了南都的商业中心。朱昇在上海有门路进货，销售的全是摩登新潮的稀罕物事，被誉为全国最高档的商场。坏就坏在这个“高档”上，南都多少达官贵人军阀大亨，加上他们的亲朋好友七大姑八大姨，还有下属仆佣关系户，是一个极庞大的人群，都爱来高档商场购物，都是打白条记账，说是一年结一次，到了年关又各种理由推搪，你不付我不付家家都不付或者打折付，再碰上政府军队中倒台的、外迁的，各种坏账着实不少，所以表面上花团锦簇、生意兴隆，实际也就勉强维持。后来进入抗日战争阶段南都沦陷，朱昇自己率家人逃亡大西南，生意交给信得过的老家人朱忠，日本侵略军占领下的南都除了日本鬼子、人人自危，三民商场极力缩减规模、极力低调，仍然躲不过日本人和伪政府的无穷盘查，朱忠卖掉了几幢老房子和乡下收租的田地拼命填窟窿，好容易等到了抗战胜利。朱昇带着家眷欢天喜地千辛万苦地回到南都，望着战后的家乡感慨万千雄心万丈；然而错在不顾家人阻拦，卖光了所有剩余的田地投入了三民商场，满心以为抗战胜利了笃定能欣欣向荣。后来的结果大家都知道了，民国经济一天不如一天，1948年的夏天，金圆券出来了，政府先是冻结物价，勒令居民所有金银不得私藏要换成金圆券，私藏货物的商人问罪；蒋经国受命到上海，还真杀鸡儆猴惩治了几个不听话的商人。朱昇是个老实人，当然听信政府的，也怕被抓，三民商场正常开门营业，结果几天时间所有货物被一抢而空，收进来全部是金圆券。然而金圆券发行没有限额，政府为填补赤字越印越多，物价在管制不得不撤销后呈几何级上涨，蒋经国打老虎打不下去愤而辞职，民国经济彻底崩塌。朱昇手握已成废纸的小面额金圆券，怎么对付上门要债的各路债主？他激愤地悲声高喊“冤枉”，从新街口三民商场楼顶纵身一跳。

一室寂静，反映这段金圆券往事的书籍电影不少，并非天方夜谭，而是实实在在的史实。可以想象，手上的一块钱最早值 0.25 美元，三个月左右贬到 0.05 美元，之后一泻千里一文不值，政府印出了面额一百万元五百万元的大钞，一石米后来要四亿多块！毕生的财富被劫掠一空，生活陷入绝境！最苦的就是城市老百姓，朱中道不过是其中典型的一个。

“七十年了，”朱中道缓缓说着，目光中难掩悲伤，“祖父的凄惨下场是那个时代的悲剧，被金圆券害得家破人亡的何止千家万家？全城民不聊生，新街口空空荡荡，除了四大家族的产业，商铺有几个活下来的？所以我父亲从小督促我好好上学，我考上大学的时候特意摆酒席庆祝，毕业进了机关老人家乐得喝了好几杯，以为我从此一世安稳，‘吃公家饭’了！可也许是朱家的遗传因子，也许是祖宗的血脉相承，我就偏喜欢做生意，偏下了海！他老人家临终时握着我的手不松，撑着一口气不闭眼，我知道，他是不放心啊！我那时候就跟他说，爸你安心走，我生意好着呢！”

“那是哪一年？”巴斯奇好奇地问。奥威尔冲他连使眼色，这些不相干的历史不要聊了吧？正题！“美国超人”怎么办？保罗则面无表情，一直呆呆地看着“李太白”，不知道在想什么。

“1995 年。”叶端直接口回答，“朱总那时已经拿下了三民商场，改名为六潮电器城，引进了全国所有大牌电器，还有东芝东洋索尼三洋好多日本品牌。”

“就你记得清楚！”朱中道佯作嗔怪，瞪了她一眼。

“天天去学习，”叶端直爽朗地笑说，“或者讲去刺探情报。”朱中道哈哈大笑。二十多年前的往事此时回想历历在目，当年的龃龉仇怨却都变得云淡风轻，反而拉近了彼此的距离，自心底生出温暖。

“是啊，二十世纪九十年代直到这个世纪初，做生意真容易！怎么做都赚钱，那时没有电商啊！老百姓买东西都是自己进商场，家用电器刚开始普及，每件东西开始流行了都是一阵风般扫遍全城。电话机、电视机、电冰箱、电脑、空调、后来的手机，所有的都抢购一空！送货的那个忙啊，不管卡车还

是小长安都是里头塞满了货才出门，从一大早送到晚上九十点！不光销往南都城，苏南、苏北城市那时还不发达，都么得新街口这么大的商业圈，像六潮电器城这样品牌齐全的大商场更是江南江北独此一家！所以不要讲周末假期，就是平常工作日新街口也全是人，店里经常挤得走不动！一个售货员要同时招呼好几个客人，收银台排队！那时候用现金嘛，要数钱的！点钞机烧坏是常事！每天银行还派运钞车来把当日零售款荷枪实弹地押送回银行！我们财务拎着一包包的钱，警卫斜挎着冲锋枪左右保护，摆啊！”

朱中道说起零售业的黄金时代，容光焕发双目闪亮，叶端直和冯副总裁频频点头被带入了美好的回忆，是啊，那真是零售业最好的年头：“摆！摆得很！”美国人听不懂南都话，猜想是夸耀赞叹，都默不作声。

“所以我不服气！我们都是实实在在干上来的！我自己开长安送货，上用户家里维修电器，碰到不讲理要退货退钱的客户还要吵还要求，老冯——那时候还是小冯——真给客人跪下过！真是什么辛苦都吃，什么肮脏活儿都干！”朱中道渐渐激动起来，“怎么就突然有了啥淘宝、啥京东，顾客就不出门了呢？服装百货在网上买，粮油食品网上买，电器也在网上买！电商不是不能有，中国的太过头了嘛！像你们美国，也有亚马孙，但轻重缓急恰到好处，有的有货有的没有货，送货时间要快还得买会员资格，这就可以了嘛！线上线下总要有区别，消费者还是想走出家门，到实体店逛逛对不对？给大家一个机会嘛！中国的倒好，干脆目标就是挤垮零售店，产品包罗万象无所不有，价格你低我更低，还当天送货！还有一小时到货的！零售店哪儿还有活路？”

众人都有些好笑，看着号称“新街口大富翁”，号称“中华第一商圈第一人”的零售巨头控诉中国电商。互联网上曾经流行一篇“淘宝不死中国不富”的文章，批判淘宝等电商，把制造业低迷、零售业萎靡、创新无动力、假货猖獗、失业人员增加甚至商业地产萧条等等经济问题归罪电商，引发了全国范围的大讨论。各有各的立场和观点，谁也说服不了谁，吵到最后不了了之，电商发展更加飞速迅猛，实体巨头也开始网上销售，线上线下并重。

“是啊，我知道抱怨没有用。北京中关村、深圳华强北，还有我们南都的珠江路，看看都成什么样了？我把六潮电器城装修、江南广场升级、上元时代中心改造，想尽办法吸引顾客上门，守住了新街口这片看家阵地。不过我知道，再不会有辉煌出现，零售业的黄金时代一去不复返。”朱中道叹了口气，“我也知道只有创新才能找到出路、只有发展新科技才能有前途，不仅是因为市里天天讲，几十年中间我亲眼看到的啊！像瀚迅，活生生的例子嘛！”

朱中道说着冲叶端直跷起了大拇指，叶端直领情地笑笑并不否认。“但是我等不及，我年纪大了自己又不懂科技，想来想去最快的办法就是弯道超车，从外国直接买技术，所以我并购海外企业。像前面买的世安制药公司领先全球的抗癌技术；我们江北的养老中心，采用国外先进的CRC模式，收了省内四千多老人，全国最大的吧？这个模式再一步步推广开，能解决全国相当一部分老人的养老问题！目前这些是亏损，我们边做边学，开源节流，一定能扭亏的嘛！昇实能翻身的同时，更能造福全国百姓嘛！”

叶端直眼眶有些湿润，低下头掩饰着喝了口茶。这个多年的老对手啊，就知道他是有抱负有雄心的！一个人吃能吃多少，穿能穿多少，辛辛苦苦一心做大做强，心底都是想着为国为民啊！民营企业家一般都不怎么会说话，有时候开会碰到朱中道，作为南都的龙头企业发言，他都是三言两语或者干脆婉言谢绝，今天实在是难得地开口。

“李太白”转过来，给朱中道面前的杯中加上热水，静静地又转开去，每个客人的茶水点心都招呼得极周到。朱中道看看茶杯，视线跟着“李太白”来来回回，又叹了口气：“千不该万不该，贸然轻信了‘美国超人’！二十亿美金砸进去，买了一堆麻烦！”

巴斯奇和奥威尔僵着脸不吭声。听朱中道拉拉扯扯地说，终于快到正题了！朱中道是个商人，你看他在这里又是怀旧又是诉苦，别以为真是感慨，当然是有目的的！叶端直也不简单，特意派了根正苗红雄心万丈的陈主任接待，言行举止似无意的有感而发，其实是特意勾起美国人的惭愧内疚，洗脑一样！看那个保罗，被洗得痴痴呆呆的，真是没经过事！

朱中道招招手，冯副总裁迅速在每人面前放了一份文件，中英文对照的，标题叫“924‘美国超人’事件”。图文并茂，安德鲁和吉奥的照片、叙述、签字赫然其中。巴斯奇和奥威尔对望一眼，一个张口一个坐直了身体都想讲话，朱中道摆摆手臂道：“不用讲，我知道，这份文件抛出去，时空公司和美国管家是有麻烦，不过昇实先死是吗？聪明的商人应该识大局，不能动不动鱼死网破两败俱伤，昇实最好的出路是留下‘美国超人’，否则即使马上与瀚

迅合作分账‘李太白’，也杯水车薪解决不了问题是吗？”

目光炯炯斗志昂扬的朱中道，几分病容此刻完全消散：“前天，昇实的债权委员会召开紧急会议，把一个多月实际调查的实际财务状况分析给大家听，我很吃惊，查得比我自己还清楚，分析得比我想的还要透彻得多！昇实的资产远大于负债，不过能立刻变现的不多，商场医药公司和健康中心更是卖不如做！委员会给了我们十六个字要求，不，是指令！‘调结构、降成本，提效率、增利润。’字字真金！辅导专家组入驻，当天关停了几个亏本而且没前景的项目，大幅调整了人员结构，瘦身减负嘛！但是健康养老中心这样的好项目是建议我们加大投入，成功模式往江南江北复制扩散！政府给财政支持！最棘手的眼前债务危机怎么办？增加银行授信争取贷款，苦口婆心说服能等的债主给我们时间！所以，昇实的状况并非你们想的到了绝境！老话讲‘水深则鱼悦，城强则贾兴’，昇实这条鱼这个贾悦得很、兴得很！我们的路啊，长着呢！”

冯副总裁不等吩咐又送上一沓文件，中文的，翻开看有各种报表，美国人猜想这就是所谓债权委员会的报告，皱皱眉头对望一眼，意外中生出几分沮丧。

“最主要的，‘美国超人’有致命的缺陷，不能简单修修补补就再次贸然上市，必须经过确切的试用期，必须有万无一失的保证。人命关天的事要谨慎再谨慎，像谷歌的无人驾驶、像瀚迅的‘李白 18’。”朱中道在轮椅上坐得笔直，声音洪亮，“所以，首先，昇实正式提出书面要求，‘美国超人’全部退货，并要求赔偿全部损失。如果你们要‘考虑’、要拖延、要打官司，昇实奉陪到底！让全世界人民看看这个是非曲直嘛！”

寂静，彻底的寂静。昇实的员工手舞足蹈恨不得大力鼓掌高声喝彩，被冯国庆含笑拦住。叶端直、成言等瀚迅的笑眯眯地旁观，一派胸有成竹。“李太白”无声地转过来转过去，照料每个客人，牵着保罗的视线。奥威尔额头的汗哗哗地淌下来，巴斯奇的银发刚刚梳理整齐，不知怎么又乱了。

今天的状况，与预想的相差太大！两个明明已经到了绝境的企业，怎么就突然反转了呢？是啊，算漏了一点，中国政府的帮助，体制的优势！虽然他们是民营企业！

“巴斯奇先生可能会认为这是中国企业发展的不公平，国际上不是没有这样的声音，特别是来自你们美国。”叶端直突然插话，凝视着美国人的眼睛一眨不眨，认真得有几分肃杀，“人民政府，帮助自己国家的企业创新发展，做正当的生意，从而使得国家富强，从而使得全世界人民用上最优良的产品和服务，难道不应该吗？美国对制造业不也有各种优惠政策？2015 年埃隆马斯克的三家企业获得 49 亿美元补贴，我们中国的玻璃大王曹德旺在美国设厂也获得了税收减免和廉价土地，这样的例子不胜枚举。美国政府也知道朱老板讲的这个道理‘水深则鱼悦，城强则贾兴’，反过来也一样，水和鱼、城和贾，本来就不可分啊！”

美国人尚未自震惊中缓过神，听着只不吭声。叶端直得理不饶人，声音越发高了：“地球村这么小，环境问题、能源问题、人口问题等等等等一大堆问题，而人工智能的危机——有危险有机遇——已经就在眼前！‘美国超人’这次的事故只是给我们提了个醒！抛开企业、民族、国家的隔阂，携手共创全人类的未来，不好吗？”

“好！我说啊，好！”朱中道嗓门洪亮，震得仿佛窗棂都在响，“天大地大人最大！老实说，我朱中道恨叶端直恨了几十年，前几天在病床上想到她还牙咬咬的呢！可是为了我们两家企业的十几万员工，为了南都人，我愿意向叶总服输赔罪！”

“朱总您别这么说……”叶端直慌忙阻止。

“唉，”朱中道一摆大手，“小叶你别谦虚，实事求是嘛！当年我们争市场抢地盘各有胜负，但是后来你创新发展造出了机器人，这条路比我走得强！这次‘美国超人’暴乱，要不是李侯出手快，我们昇实灭亡、南都沦陷呐！”

“您那个养老中心也是创新……”叶端直是泰山崩于前而不变色的人物，但是此刻面对朱中道的感谢夸奖竟然有些手足无措，慌慌张张地不知道说什么好。朱中道摆摆手接着说：“是啊，养老中心是不错，我在奋起直追嘛！还有朱陶提醒我多少次，六潮电器城、上元时代中心等等新街口的商铺写字楼都要更新升级！什么线上线下 O2O 融合！叶总你要多教教我们，高科技这方面，昇实确实欠缺！”

叶端直谦逊着，两个昔日的对头坐得越来越近，凑在一起商谈后面怎么合作怎么共进共赢。冯国庆等员工围拢过来，纷纷建言献策，人群不时爆发出一阵阵笑声，简直忘了旁边的美国人。

巴斯奇和奥威尔没说话，今天的形势急转出乎两人的意料，而叶端直一番诚恳的话语更让人触动。是啊，人类为什么要对抗要竞争？危机就在眼前！这次的“美国超人”事件，要不是瀚迅、昇实联手，后果不堪设想。事后瀚迅分文不取，昇实提出的退货索赔要求也算正当。何况朱中道刚才的态度极坚决强硬，真闹大了，时空公司和美国管家都没得好。

“好吧，我们原则上同意退货并赔偿昇实的损失。”奥威尔缓缓开口，“具体细节还需磋商。我们去昇实接着详谈吧？”侧头看了看叶端直又说，“叶总你讲得诚恳，我也不妨明说。理论上大家携手当然最好，但市场是有限的，地球就那么大，人口家庭都不会无限扩大，所以同行间的竞争在所难免。这次感谢瀚迅的帮助，不过我们以后再见，恐怕还是对手。”

“不一定啊！”叶端直和朱中道异口同声地说。“啪”又是一个响指，“李太白”闻声而动，六条手臂上下挥舞，刹那间阳光灿烂的会议室不见了，四面墙和头顶天花板和大理石地面都变成了全息影像，瞬时置身于青青草坪中的小径，空气中弥漫着青草、桂花的香味。“我们这是在‘昇实健康中心’即养老基地。”叶端直解释。美国人静静看着不说话，好戏这才开始？今天安排在瀚迅到底是什么目的？如果是昇实的企业，为什么不实地参观？

蓝天下远山巍峨，古城墙蜿蜒在苍翠之中，近处一幢幢农舍，杨柳低垂，菊花盛开，桂花树上一簇簇金黄。迎面碰到三三两两散步的老人挥手打招呼，道旁读书的、下棋的、打拳的含笑颔首。好一派闲适的田园风光。

一泓碧水，好大一个池塘。荷花已经谢了，满池衰败的枝叶。“林黛玉说她喜欢‘留得残荷听雨声’，可实际生活中荷叶要拔，池塘要定期清淤，健康中心的住客都是老年人或疗养的病人，医护人员都是专业人才，这个事谁来做呢？”叶端直的问题刚一出口，池塘边出现了一个机器人，高大魁梧，八条粗壮的铁臂。“‘美国超人’！”保罗失声叫道。

真是“美国超人”。不过原来的圆形地盘变成了三角架，像腿一样可以迈开步伐走来走去，停下来时三角自然平衡，长臂伸出，迅速地清除残荷，拔出根下的莲藕，去除污泥后放进身后的箩筐。一套动作一气呵成，两分钟已经清出了五六个平方。远处的怎么办？“美国超人”毫不迟疑，跨步就进了池塘！人群一阵惊呼，它却稳稳地立在水中，画面上它的底盘此时变回了圆形，像游泳圈一样漂浮，八条手臂依旧忙忙碌碌，很快又露出一大片干净的水面。

“好样的!”奥威尔由衷赞叹。

“好，我们再往前走。”随着叶端直的语声，众人来到了池塘后的菜地，一畦畦整齐地种着各种蔬菜，左边两个“美国超人”正在摘白菜，右边三个则在种红薯，十几个老人或蹲或站地散布在菜地中，手中有的拿着小铲子，有的拎着小布袋，有的负手而观，都和机器人有说有笑。“这些是喜欢种菜的老人，一块菜地要盘好不容易，本来要不请菜农来，要不老人们自己弄，忙得疲惫不堪，现在有机器人帮忙，所有问题迎刃而解。老人们种菜变成了参与式消遣，正符合开辟这片菜地的初衷。”

巴斯奇与奥威尔对望了望，隐隐约约明白了叶端直和朱中道的用心，不由得一颗心怦怦跳。是真的吗，他们那么好？果然，屏幕上掠过农田、工具修理厂、花圃、树林，都是“美国超人”在干体力活儿，壮硕的身体、刚强的铁臂，在一片片工作场地中如鱼得水干得正欢。旁边的老人或负手旁观，或亲手小试，全都轻松愉快嘻嘻而笑。

“我们再进室内看一看。”叶端直领着众人转身进了一幢农舍，两层楼的房子里面层高不高，楼梯和过道也颇狭窄。也有机器人，不过个头小很多，六条手臂精细纤巧，有的在清洁，有的在厨房忙碌，有的在喂老人吃饭，有的陪伴在病床边读报纸，有的在活动室同时陪好几位老人下棋打扑克甚至打麻将——六只手招呼了三张桌子，轻松自如。

“‘李太白’……”保罗喃喃地说，“这是‘李太白’……”

“是啊，这都是新一代‘李太白’，‘李白 18’的改进版，它的弟弟妹妹。”叶端直笑着拍了拍身旁的李太白，机器人闪了闪眼睛，似有几分羞涩，还带着几分骄傲。“我们一路看过来，‘美国超人’和‘李太白’的特点很明显，一大一小一粗一细，一胜在体格一强在大脑，‘李太白’擅长的‘美国超人’干不了，‘美国超人’轻轻松松对付的事情‘李太白’也做不到。所以，何不各尽其能、各尽其用？市场不是有限的，而是无限广大!”

“‘李太白’，‘李太白’，我怎么没想到?”保罗的声音越来越大，盖过了叶端直。众人诧异地望向他，保罗是英国爱丁堡大学博士毕业生，和“深度学习之父”杰弗里辛顿是校友，几十年研究人工智能，稳居机器人技术第一把交椅，号称“机器人之王”，排名远在李侯这个后起之秀的前面，为人冷静谨慎，永远是机器人般基本无变化的表情，今天怎么了？自见到“李太白”

起就神不守舍，痴痴呆呆地一直望着它，视线跟着它移动，嘴巴抿得紧紧的，仔细观察还能看到他握在身前的双拳也攥得紧紧的，显出内心极度的不平静。然而在纽约展示会上“李白 18”亮相的时候他也没这么激动啊。“李太白”虽然功能进化了很多，比如人脸识别后迅速搜寻资料找到相关信息，所以才能根据每个人的喜好奉上不同茶水点心，但基本就是“李白 18”的原型，有什么刺激了保罗？只有叶端直双臂横抱，脸上露出几分轻蔑，她知道什么？

“我没想到，我真没想到，”保罗呆呆望着面前忙忙碌碌穿梭来去的十几个“李太白”，喃喃自语。“什么各尽所能？什么各尽其用？内行人一眼就看出哪个好那个先进！就算也有市场，也卖得掉，我们的脸面何存？我做了一辈子机器人，我是机器人之王！李侯一个小杆子——”翻译是个南都人，译得极地道，“他凭什么想得出？”

“所以，您就干脆下了狠手？”叶端直冷冷地问。

“不错，我不能让这样的产品上市！我比李侯强！我研究 AI 的时候他还在吃奶呢！我才是机器人之王！”保罗咆哮着，困兽一样跳起来，伸手去抓面前的机器人，但抓来抓去只是个空。保罗急起来，“芭比、芭比，快！上！”

叶端直“啪”一个响指，金发女郎应声而出，黄色连衣裙裹得凹凸有致，真像个芭比娃娃，风摆杨柳一样走过来，娇滴滴地问：“什么事啊，保罗？”

“那个中国人，那个有钱的中国人！”保罗急急忙忙地说，“缠住他！他进电梯了！”

“电梯要刷脸，我进不去怎么办？”

“这里，有我做的仿真人脸！”保罗举着个面具恶狠狠地叫，“把这个遮在脸上等电梯，进瀚迅也是一样！”

“啪”又是一声响指，滴答滴答两秒钟，天光大亮，阳光斜斜地照进会议室，金发女郎、昇实健康中心、李太白们统统不见了。桌上茶雾袅袅，咖啡散发着香味，点心不知不觉少了一半。

“保罗，你干了什么？”巴斯奇震惊地问。

“保罗，你是美国人，你是 AI 博士，你是时空公司的招牌，你是机器人之王！”奥威尔声音颤抖。

保罗如梦初醒，伸手托住面前的一缕阳光，眯缝了眼睛，缓缓环视着四周。原来只是瀚迅做的全息影像，原来只是南柯一梦。阳光下，真相大白。

朱中道和昇实的员工都张大了嘴合不拢，保罗陷害李侯固然让人吃惊，而瀚迅的技术居然已经发展到以假乱真，让观众身临其境，内外可以互动！刚才真像是到了“昇实健康中心”！那些机器人呢，到底在哪里？

“爸爸，怎么样？”朱陶跳出来，身后跟着安德鲁和吉奥，三个人捧着平板电脑一头的汗，笑得得意，“昇实的未来，怎么样？”

“好，好，好。”朱中道只会说一个字，成言笑嘻嘻地解围：“朱老板您放心，不用一年就能实现！”

安德鲁抢着邀功：“奥威尔先生，巴斯奇先生，按照这个思路，‘美国超人’不愁销路，只要把这段影像发布，全球市场很快能打开！南都是第一站！二十万台退货正好按此改造！”

巴斯奇头脑转得快，瞬间就想清楚了整个事情的得失利弊，做了决断，转身痛心疾首地说：“叶总！我没想到事情原来是这样的！你放心，我这就带保罗自首，为李侯为瀚迅正名！我们好好合作！你讲得对，人工智能浪潮之中，人类必须合作共赢！”

叶端直含笑颔首，视线越过众人落在了门口。李侯静静地倚门而立，方方正正的瀚迅标识下，清俊的面容依旧冷冷清清，紫霞湖般的双眼中隐约可见一丝笑意。

他自己洗清了冤屈，他用他的头脑算出了今天的胜利。那个孤傲的少年，随岁月流淌成了中年，可是那份天才独有的骄傲、那与才华相伴的清冷，从未改变。

叶端直心口突然一丝疼痛，转开了视线。

“嘟嘟嘟嘟”长路上驶来一辆小面包车，叶端直正想喝问怎么放进来的，看见车上绿色的邮局标识怔了怔，驾驶员也不熄火，摇下车窗伸头高喊：“李侯！EMS！签收！发件人要求本人签收，李侯！”

众目都有些诧异，什么年代了还有人用 EMS？还要求收件人本人签收？远远望见是个蓝色 EMS 信壳，是什么重要的文件？李侯不解地签了字，目送小面包车“嘟嘟嘟”驶走，见大家都好奇地望着，自己也有些疑惑，伸指撕开封条抽出文件，瞬时呆住了。叶端直担心是什么恐吓信或法律纠纷，连忙伸头看了一眼，立刻也皱紧了眉头不说话。朱陶忍不住好奇，也真怕瀚迅碰到大麻烦，毫不犹豫地在后面张望，旋即失声叫了出来：“离婚协议书！

她，她要离婚!”

会议室里松了口气，紧张的气氛变成了八卦的议论：“为什么要离婚?”“不是真相大白了吗，李侯是冤枉的。”“李图灵这样的人才哪儿找?”“那是工作，你试着一起过日子看看。”“也是，听说叶端直就是因为工作狂与将军丈夫离婚的。”“瀚迅的员工恐怕家庭都不幸福。”……

李侯突然一跺脚，冲着长路跑了出去。“李侯！哎！你开我车去!”叶端直追在后面叫。一阵秋风吹过，香樟树上瑟瑟落下几片发黄的树叶，旋转着飞舞，朱陶伸手挥开面前的香樟叶子，一转身看到所有目光都落在自己身上，有的关切有的好奇有的欲言又止，叹口气耸了耸肩：“不是我！和我无关!”

十几双眼睛又都移开去，谈起今天的影像技术，“美国超人”与“李太白”合作的方案，朱陶正襟危坐地听着，心底一丝期盼却仿佛落叶，在空中起起伏伏地飞旋。

第二十二章　老城硅巷

“关老师！关老师！”沈不豫兴冲冲地奔进来，把资料放在了桌上，“都办好了！很容易，两天就全部搞定了。”

关其雨头埋在电脑前，闻言“嗯”了一声。沈不豫兴奋地接着介绍这是营业执照、正本副本，公章，法人章，银行户头……“喏，身份证还您，怕您要用。注册资金都在账上，您要是需要用的话会计说可以办借款。”沈不豫兴奋得语无伦次，“从今天，2018 年 10 月 22 号起，我们的 YUYU 公司就开张啦!”

“什么公司?”关其雨终于抬头，诧异问道。

“您的雨，我的豫，合起来就是 YUYU!”沈不豫笑嘻嘻地解释，“英文就这么定了，不过这两个汉字不搭界，所以中文我改成了郁郁，象征我们公司郁郁葱葱强劲发展嘛!”

“那还有郁郁不乐、郁郁寡欢呢?”关其雨皱眉道。

“哈！您也这么说?”沈不豫很高兴自己成功地吸引了老师的注意力，“工商局也这么提醒，所以后来用的‘与予’，就是和我们一起的意思，虽然比较拗口，不过不重名，一次认证就过，寓意也很好，就用了这个。”见关其雨不吭声忙道：“您要是不喜欢，我去重办！我本来以为注册很难，办下来发现很容易，说现在规定服务好中小企业，不让老百姓多跑腿，而且都是云计算支持的智慧政务非常快捷便利，不用等。”

“与予……”关其雨喃喃重复，拿起桌上的营业执照凝视了足有半分钟，轻声说，“挺好的。就这样吧。”

老山山谷中的一个灵感，在老宅子中几天写成了一篇论文《超效学习——论量子纠缠在人工神经网络中的应用》。人工神经网络从单层到多层的深度学习只是第一步，在此基础上经由超距作用的强量子群，触发各层网络相互作用，“深度学习”就进一步发展为“超效学习”。理论上，如果总公司的操纵台设成母，各层网络就可做成同一量子群中千千万万的子，这样同步

骤的纠缠将会产生几何级的裂变速度，毫不夸张地比拟，学习速度强度将瞬间提升百倍千倍，只要有东西可学。

几天几夜不吃不睡不说不笑，关其雨一直呆呆坐在书桌前，沈不豫不敢打扰，连小宝都知道“妈妈在想一个重要的事，我不能烦她”乖乖地自己玩，保持安静。电脑屏幕一直在闪，头脑像是开了一扇大门，从浦口老街望出去，穿过郁郁老山，穿过浩渺长江，穿过南都城，穿过大运河，折向西过黄河、过雪山、过荒漠高原，一直伸展到茫茫太空，到无边无垠的宇宙，到超越时空的量子世界。物质、肉体、灵魂、意识、梦境、记忆、愿望，在这里都是一团团的量子群，有的并行有的交叉有的重合，盘旋飞舞，倏忽而近又倏忽而逝。关其雨刹那间突然明白了李侯，他为什么一日日痴迷在电脑前忘记了家庭、孩子、父母和爱人，灵魂出窍、魂飞天外、魂不守舍、魂游天际等等都是实实在在；当精神超越了俗世的物质，当思维挣脱了时空的束缚，一切都会消失。

就像爱因斯坦说的，思维像宇宙一样无限。

思绪滔滔，十指像是有了生命，活泼地在键盘上飞舞。脑海中一个个生涩的念头喷涌而出变成文字出现在屏幕上，再不是以前那样找资料查信息，绞尽脑汁东拼西凑地勉强组合成论文。关其雨终于感受到电脑前李侯的激情，那是诗仙李白仰首高呼“天生我材必有用”的不羁，是诸葛亮轻摇羽扇的潇洒，是凡·高神志不清宣泄涂抹的疯狂，是爱因斯坦寡言沉默的睿智，是真正的天才才能有的天神合一。按下“投稿”的那一瞬间，关其雨仿佛身在半空，俯视着熙熙攘攘的芸芸众生。

“天哪！家属!”一声惊叫突然响起，“你咋成原始人了？你看看你，几天没刷牙洗脸换衣服了？你是我们宿舍的洁癖第一人呐！你咋啦?”随着惊呼，双臂已紧紧自身后拥上环抱，还带着夸张的怜惜，“可怜的家属!”关其雨不情愿地自沉思中醒来，满脸迷惘地回头望去，当然是一身红衣的陆居，在陈旧狭窄的老宅子中益显丰腴耀眼。在门口张望的吴浩父女则惊异中难掩同情，小薇说着“小雨阿姨真惨”眼睛吧嗒吧嗒地简直要掉泪。女怕嫁错郎，婚姻不幸，不如单身！后来关其雨才知道来时小薇受了一路教育，“小雨阿姨”是反面典型中的典型。

之后陆居便自动充当起老宅子的管家，接管大小一应家务，关其雨被拖着去洗澡换衣吃东西，小宝与小薇玩耍，沈不豫则被喝令收起方便面认认真真吃了一顿米饭。年轻人不知道多久没沾荤了，一大盘霉干菜烧肉呼哧呼哧十分钟不到就吃了个底朝天，吴小薇在旁边支颐旁观，眼睛越睁越大，最后实在忍不住了清脆地说："沈同学你歇一歇吧？我看到书上说有吃撑死了的！"

正捧着茶杯喝茶的吴浩一口喷出来，灶台边系着围裙忙碌的陆居转过身，倒转锅铲柄轻轻敲了女儿一下，斥道："小薇你别乱说话！沈不豫同学他年轻力壮正在呃，不是长身体，正在干活儿的嘛！"

小薇不服气："怎么乱说话，书上真有的！"

沈不豫伸伸脖子好容易咽下去一块肉，连忙劝解母女二人，再三感谢小薇的一片好意，不会撑死的，就是饿了馋了，很久很久没见到这么好吃的霉干菜烧肉，再来两碗也没问题！小薇不解地追问："不就霉干菜烧肉吗，到处都有啊！"

沈不豫伸手把肉碗中倒上米饭，香喷喷的肉汁拌饭吃得狼吞虎咽："到处都有吗？前提是负担得起啊！"小薇眨眨眼不明白，侧头问爸爸。

吴浩啜了口香茶，问沈不豫："你这以后什么打算呢？"

南大有个东北人同乡会，陆居从学生时就在会中担任职务，当了老师后更加热心，东北人本身老乡情结重、见了面自来熟，何况沈不豫也是会中的活跃分子。他是狂妄，但是狂妄得有资本：家庭环境是富豪，人是东北人的高大帅气，高考成绩在全省是榜眼，典型的高富帅啊！何况，东北人的率真爽朗就是这样的嘛！所以两个直性子一直关系好得很，陆居口口声声"小老乡"叫得吴浩时常半真半假地嫉妒。当假疫苗事件一曝光，陆居就知道糟糕，急忙联系沈不豫，电话信息却都不回；在医院门口放下好友一家后匆匆去学校找他，已经到处不见。不久就传来他申请休学的消息，陆居干着急没办法，逼吴浩找了派出所的朋友查也没找到，原来躲在深山老林里非要啥自力更生！老宅子里看到他的时候真吓了一跳。

"对啊，你知道你家里人都在找你？你舅舅、你姑妈、你表姐表哥，电话都打我这了，都着急呢。"陆居端上一盆排骨汤，放了咸笋干炖得香飘十里。今天意外看到小老乡实在惊喜，一高兴就把拿手菜都亮出来，正好自公婆家拐来的新鲜肉菜和霉干菜笋干。

沈不豫一口热汤含在嘴里烫得咽不下去又不愿意放弃，困难地嗯嗯啊啊，

陆居又是好笑又是心疼，忙道："哎呀，慢点！一大锅呢！没人跟你抢！还有菜呢，我再炒个芦蒿，多放肉丝！"

"让他们别找我。"好容易把汤吞下去，沈不豫津津有味地嚼着骨头，半天皱眉说，"我是不会再回东北了。"顿了顿又道，"也不是我一个人，学校里的同学差不多都想留在南都，高校中流行一句'北上广不如南都闯，老家混哪有宁漂润'，在南都只要肯做肯拼，有前途呀。户口立刻就有。"

小薇好奇地插口问"户口是什么"，吴浩轻声解释就是户籍就是身份证，沈不豫瞪着小姑娘说："小薇公主，其实人是一出生就被分为三六九等的！你生而为南都人当然不知道外地人的苦恼，现在这个政策——四十岁以下本科生直接落户的政策——就给了我们所有外地人机会！通过奋斗和你这样天生的南都人有平等的机会！"小薇望望昂然的沈不豫和含笑的父母，似懂非懂的点点头，口中叽咕："'北上广不如南都闯，老家混哪有宁漂润。'嘻嘻，小沈哥哥你挺会打油的。"

"还有啊，能领到租房补贴每月八百呢，班上同学好多准备租在马群，带阳台卫生间的单室套一千二三、除掉补贴自己只要出四五百，比三四线城市的老家租房都便宜！这个小钱就算不在乎，机会好多啊！新街口的全球五百强企业只要混进一家，那就对得起十年寒窗！软件大道上随便哪一家通信大佬、徐庄软件园、新城科技园、北纬国际、河西 CBD……里面多少独角兽！"吴浩插话"还有我们百星高新区"，沈不豫赞同："对，还有十几家高新区，可去的科创高新企业真不少，或者干脆自己创业。有这些现成的符合潮流的新兴产业链，设法嵌入自己的一环，就能上下逢源启动光芒！老家哪有这样的机会？就会问找女朋友没，啥时结婚，啥时生孩子，男娃还是女娃，一百岁的人生一眼望得到头。"

"那你不回东北，不要你爸爸妈妈了？"小薇眨巴着大眼问。六岁的女孩自幼就是家中的小公主，长相继承了父母双方的优点：南方细腻白皙的皮肤，北地高挑健壮的身体，江南灵秀中带着东北的直爽。虽然明年才上小学，可是自居为大班生，在小宝面前十足是个姐姐；对沈不豫也毫不气怯，处处表现出大女人的关切。

沈不豫不回答，为梦想侃侃而谈的飞扬神采瞬间黯淡，眼中闪过痛苦之色。吴浩劝慰道："小沈别多想了，所谓'子不言父过，臣不彰君恶'，父母总归是父母，他们犯了罪有法律惩处，已经受到了制裁，这一世是母子是父子，下一世就不一定了哎，抽空还是回去看看吧！”

“吴浩你胡说啥！”没等沈不豫有什么反应，陆居已经抢过了话头，“啥‘子不言父过’？啥回东北看父母！他姑妈家舅舅家还天天被围得水泄不通呢！上门哭诉喊冤的、讨说法的、谴责怒骂的、看热闹的，什么人都有！沈不豫要是在，早被吃了！他绝不能回去！就在南都也要多加小心，不能让人知道你和晨森公司的关系，当心受害者找麻烦！一辈子不能说！否则找女朋友谈恋爱都成问题！”

“没那么严重吧？”吴浩不以为然，“新闻都是一阵子，热闹劲过去就没人提了。别说假疫苗了，三月份李侯的事闹得多凶，中外各大媒体都被占了呢，不到‘五一’就没人提了吧？”

“爸爸的什么事？”一直在低头摆弄金匣子的小宝忽然抬头问。几个大人都愣住了，怎么和四岁的娃娃说“性侵”？于是尴尬地“呃”“那个”“这个”含糊其词起来，还是小薇扑闪着大眼睛对小宝说：“你爸爸在纽约被逮捕的事啊！受害者是个金发女郎。”

吴浩心中赞叹宝贝女儿的聪明，伸臂搂住连声附和：“对！对！就是这事。”

“我爸爸是冤枉的。”四岁的娃娃噘着嘴表示不满。

“对对对，上次在‘昇实健康中心’就已经证实了嘛！”陆居连忙安慰小娃娃，“小宝的爸爸最好，是天下最好的！”吴家父女一起张口，都被她瞪了回去：“怎么，‘最好’又不是一个！小薇爸爸是不是‘最好’，要看表现！”

“十月四号那天在瀚迅查明了真相，是时空公司的总工程师保罗陷害，前天回纽约向警局投案自首了。”沈不豫插口说。

“什么！”陆居跳起来，“你怎么知道？”这次见到沈不豫觉得他像换了个人，模样还是以前那个东北实心眼，可言行举止稳重，决心自食其力、自力更生之外，更常常关心别人，再不像以前唯我独尊地自高自大。比如这李侯的事情，以前的沈不豫绝不会关注。

沈不豫手机伸过来：“看，看，新闻在播报了！是保罗啊，那个时空公司的总工程师自首，承认出于嫉妒心陷害！哈哈！李侯果然是冤枉的！同学们都讲，我们南大计算机系的骄傲，怎么可能做这种龌龊的事！金发女郎又怎

么样，像个芭比娃娃似的，有什么好！”

“瀚迅这下洗白，要一飞冲天了！可惜啊，不是上市公司。”吴浩手指在手机屏幕上滑动，感叹着惋惜，念念不忘股票，“不然赶紧买进，少说几个板一定有的。”

“哎呀，什么一飞冲天什么几个涨停板，我说啊，太太平平就好啦，李侯本来就不怎么顾家，这下再忙起来，不知道还记不记得我们小雨啊？”陆居听着新闻叹气，“是在瀚迅总部发现的真相，叶端直真是厉害，为帮李侯洗白使尽百宝，这次想了什么招啊，居然让洋鬼子自首！”

“那又不是什么秘密，叶端直对李侯……”吴浩说一半闭了口，视线落在瞪大眼睛的小宝小薇身上，又顺着两个孩子的视线望过去，关其雨依在门口，刚洗完澡换了件绿T恤的她清新得像初夏刚含苞的茉莉花，在几人尴尬的观望中眉头轻蹙，苦笑了一下说：“多好啊，他是清白的。”

叶端直对李侯，世人皆知么？那又怎么样？世上不会有任何人爱你，像我爱你一样，所以我离开你，让你自由飞翔。四号那天你打来电话我没有接，问我在哪里的消息也没有回，何必呢，既然拿定了主意就不要再反复。要知道下决心不容易，更要知道，下决心是有原因的。

“是啊是啊，这对中国也是件好事，贸易战正在紧张中，这件事正好告诉美国人，美国人也有错的时候嘛，中美两国关系闹得这么僵全是这届美国政府任性嘛，关税这么大的事，想改就改、想加就加，全世界被闹得鸡飞狗跳。其实中国这边估计，就算按美国狠话都被加了关税，对中国的影响有限，反而国际金融、大宗商品都出现大幅波动，你看华尔街那股票震荡不小啊，美国十年牛市要是因为这个结束了，那多可惜。所以比起中国，美国政府才心里没底……”吴浩连忙改口谈国家大事，口若悬河地滔滔不绝。

“我提出离婚申请了。”关其雨轻声说。

“什么？”吴总论中美贸易摩擦立刻停止，变成了结结巴巴的张口结舌，“怎么会，为什么，不好吧，再想想……”

“家属，你当真啊？”陆居也大吃一惊，提着锅铲就冲了过来，不顾煤气灶上油锅正刺啦刺啦地热炒，“你们俩那是量子纠缠啊！咋能离婚呢！”吴浩连忙接过锅铲，几步急跨到灶边翻起芦蒿，两只耳朵却竖着听。当年“李图灵”的浪漫史传遍了整个南大东大，量子纠缠的爱情让多少才子佳人悠然神往，北大楼前表白成为追求南大女生的标准模式。竟然要离婚了？

“不是，爱情不是量子纠缠。”关其雨清晰地说，“母子血脉是，所以卓识一出生就能唤醒李媛。”

陆居哭笑不得。这傻孩子，真讨论学术问题！看看她一脸的认真显然拿定了主意，怎么劝？也好，给李侯一个教训，他要是放不下自然多的是补救机会，要是真那么无情，外人操心也没用。而且这么多人在也不好乱劝，于是话到嘴边改了主意：“你坐下喝碗汤吧，我们正商量沈不豫的事呢，他休学打零工肯定不行，偏又口口声声自力更生啥的。老吴，你不是缺个助理？”

“我缺什么助理？”吴浩也是个理工男，人情练达绝对谈不上，被妻子瞪得直挠头，半天才反应过来，“哦，哦，哦，对，是准备再招个助理，沈同学你有没有兴趣到我们小公司屈就啊？就在百星高新区，不远，地方不大，不过是个上市公司，创业板的，做得好将来有股权奖励……”

“谢谢吴总和陆老师的好意。”沈不豫摇了摇头，“我下决心要自力更生，我是当真的，这几个月打零工虽然辛苦可是很充实，我能养活自己，你们不用担心。”

“沈哥哥，你可以和我妈妈合伙啊！”小宝插嘴说，认真的表情和煞有介事的语气像个小大人，一个多月幼儿园真没白上，“我妈妈也要挣钱，她想买学校旁边的小房子搬过去，想了很久了。”

关其雨正埋头喝汤，听到儿子的话一口汤呛住，咳个不停。陆居一边拍她的后背一边埋怨：“家属，我都不知道你有这个想法，怎么不告诉我们呢？咱们什么人呐？家属！房价一路涨涨涨，你等这么久，越等越贵！”

吴浩笑着劝：“已经调控了嘛，又是限购又是限贷，这一阵都稳中有降，现在都知道‘房子是用来住的’，不会再涨多少了，我觉得小关等对了呢，现金为王嘛！”

“一边待着去，别老废话你那些股票名词。”陆居毫不客气地冲丈夫抗议，吴浩好脾气地笑笑，站起来收拾桌上的碗筷又被陆居一顿挥手“去去不用你”，于是笑嘻嘻地牵着两个孩子去玩了。关其雨叮嘱小宝“乖啊，听干爹的话”，陆居又是一瞪眼：“哎呀家属你就别乱操心，他这么大人带两孩子玩还带不好？那不如下岗算了！我没你那样好性子！”

好性子……关其雨低了头，默默喝汤。是啊，世界上夫妻两人的相处模

式有很多种吧，本来一直对陆居这样的剽悍型，即对丈夫颐指气使甚至呵斥打骂，在外人面前也不留情面的方式不以为然，以为自己那样相敬如宾地尊敬爱恋才正确，然而实际十几年过后看起来，反而是他们亲近恩爱，愈老弥坚。“男人啊，不能惯!”陆居多年的振振有词，难道是对的？

可是我做不到，无论他怎么样他都是李侯，我爱他就是仰慕他，就是宠他惯他对他好。关其雨心里默念着，骨头汤喝了一碗又一碗。沈不豫担心地望望两位老师，对女人间的对话显然困惑，挠了挠头小心地询问：“其实小宝的建议不错，关老师何不考虑创业？您这篇论文惊天动地啊！昨天《人工智能网》已经抢着发表在头版！转载的期刊不计其数！今天我看网上全在热议这篇论文！肯定将产生连锁效应！这是专利申请表，您签个字，委托书也签个字，我明天一早去办，这么关键的人工智能技术，以后就是效益，就是钱呐!”

一连串的感叹句讲得陆居兴奋起来，连连怂恿“家属”：“开个公司吧，只要研究成果落地效益必定很好，既帮了沈不豫，也能自己挣房款呐!”见关其雨不起劲，又高声唤来吴浩让他一起劝说，什么现在政策多好，科技型初创企业有许多优惠扶持，最多不成功也不会有什么损失，甚至立刻帮助找百星高新区的领导申请免租房，电话里傲气地让对方看这几天网上热议的《超效学习》，就是这篇论文的作者南大的关老师想办个公司，把这个伟大的跨时代的人工智能科研成果落地……

果然几个人的乐观是有道理的，园区领导听了吴浩的介绍极感兴趣，网上查过资料看到“人工神经网络的重大突破”“人工智能划时代的思维转变”“实际应用的前景不可估量”等等评价，后来又听说已经专利申请成功后更加热心，当即表态欢迎、支持！先是问股权架构，建议既然是高校老师，何妨采用现在最受欢迎的方法：精英团队持大头，政府参股，以后这部分股权收益让渡于高校，三方皆大欢喜，如何？沈不豫了解下来确实是最优政策，吸引了很多高校院所的知识分子出来搞科研并实际运用，之后的各种支持力度也是大得惊人，总之能享受对科研创新支持的一路绿灯，立刻采纳；关其雨在这方面本来可有可无，听到“皆大欢喜”更没异议，于是也就真的“皆大欢喜”。张主任来商谈的时候向园区吴书记说：“小关这十六年，厚积薄发啊！她那届的学生，我一直最看好她！所以当年推荐她去瀚迅实习，我就知道啊，李侯的眼光和我一样!”吴书记惊喜得知这位关老师居然还是大名人李侯的爱人，八卦地问个不停，张主任更来了兴致、将一对得意门生的往事渲染了个十足，关其雨红着脸也劝不住，默默在旁听着心中黯然：老主任要是知道了他口中的“金童玉女”离婚，会怎么样?

园区接着表示朝东有六间可用载体就是空房子，欢迎挑一间，免三年房租!沈不豫去看过后又叫又跳，新式的工业园区宽敞开阔，格局方正大气，楼房都是簇新明亮，水磨石的地上雪白的墙透明的落地高窗。关其雨却不起劲，回想吴浩的浩大公司好像有七八十个人，在那样的环境中确实得其所哉，可自己与沈不豫总共两个人，跑朝阳门外去高新区上班?时间精力都不够。何况小宝现在上幼儿园，每天要送要接，还是在学校里方便啊!不顾陆居苦口婆心“免费的房子不要白不要”“小宝换到附近幼儿园就稍微差一点”“有空间才能发展不可能一直两个人”等等劝阻，坚持不要园区的空房子，希望用陈阁老巷的李家大屋注册，不行哪怕用浦口的老宅房产证。“那谈到现在不是白谈了?”陆居禁不住责怪，然而看着关其雨茫然的模样，明白她是根本不懂高新园区、公司注册、股权构架这些，恐怕也毫无兴趣去懂，叹气改口说：“白谈就白谈，只要你觉得好。”

沈不豫大失所望，怏怏不乐地去园区回绝，没想到园区不但不以为忤，详细询问了缘由之后竟然提出了新的方案，即在南大校园中给他们几间房!

“怎么可能?”连陆居都惊异地问。沈不豫解释说是因百星高新区空间有限，入住率超过90%，基本饱和，上元区政府考虑到未来的发展，就想出了个挖掘老城核心区科教资源和创新空间的“一区多园”办法，即与一批大院大所大企携手，打破“围墙”，共享资源，取名为“上元硅巷”计划，改造的产业载体面积算下来超过两百万平方，相当于再造一个百星高新区。

据说“硅巷”这个词本起自纽约曼哈顿，是个没有固定边界的虚拟园区，聚集着从曼哈顿下城区到特里贝卡区等地的移动信息技术企业群，已成为纽约经济增长的重要引擎。而“上元硅巷”的蓝图，以两条主干道和上元河月牙湖为围合，区域内有多所高校大院大所大企，院士和高级专家荟萃，青年知识分子如云，具有老城区的区位优势和科教资源。这一蓝图紧贴城市原有肌理，对现有老写字楼、老厂房、棚户区加以改造，释放新空间，嵌入式容纳大街小巷创新创业者，打造无边界创新园区。对于城市规划而言，是做优

创新生态体系、打造全域创新空间的一条新路径。

“难怪！对，就是这个‘硅巷’，名字新颖，主意特别，效果也好，‘硅’字很形象，和这个‘巷’连在一起又现代又古典。本来不少人担心——包括我家老吴白操心，老城区这块产业空心化怎么办，科教资源外流怎么办，这下就都没问题了嘛!”陆居笑道，“李媛生孩子还没出院呢都在打电话，什么六十六所、银城集团谈得热火朝天，没满月又去上班了，就为这个事！野心不小，说要在两三年内增加三万个就业岗位呐!”

关其雨一直很佩服陆居的社交能力，什么人都能自来熟地一见如故，与大忙人李媛没见过几面也熟络得像老朋友，反而是自己这个亲嫂子与她始终不咸不淡，见面客客气气地含笑点头，谈几句天气和新闻头条那种。不过姑嫂关系比婆媳关系已经强很多了，要不是与侯华始终合不来，也许不至于走到离婚这一步吧？连李侯也终于承认，这么多年住在陈阁老巷大屋对不住妻子，很简单，拘束她的自由，违背她的意愿，无视她的梦想，很多年。

国庆节假期结束那天回到新街口，意外地看到李侯在家，连小宝都愣了愣，别别扭扭地喊了声“爸爸”，不顾他伸出长臂想要拥抱，一扭身自顾自去儿童房玩了，留下尴尬相对的父母：一个低头默然不语，一个张口欲言又止。

是啊，说什么呢？曾经量子纠缠般的倾心爱恋，被千百种失望伤心磨折殆尽，她知道他爱她，他也知道她知道他爱她，然而两个人更清清楚楚地知道，这份爱情抵不过瀚迅的工作，抵不过造最好机器人的理想，抵不过天才图灵的抱负。沉寂很久，李侯恳求再给他一点时间，“我不是想拖你，小宝太小了，慢慢和他说，等元旦过了他五岁的生日好不好？你放心，我不来骚扰你，你别急着搬，找个合适的地方不容易，慢慢来好不好?”一向寡言少语的李侯一口气讲了这么多“好不好”，处处为妻子着想，倒让关其雨过意不去，想想确实搬家是个大事，做儿子工作也是个大事，以自己目前发论文后广受关注的忙碌状态无法应付，最关键的，他那样恳求的语声，让人怎么拒绝？他是自己恋慕了十二年并也许会在心底恋慕一辈子的李侯啊！于是关其雨留在了陈阁老巷大屋，对侯华李媛卓远都没有多说，距离元旦不过两个多月时间，想象那时宣布消息几人会有的反应，不由得苦笑。

前一阵侯华在女儿家带外孙，大屋里难得安静，母子两人很享受了一番自由自在，周末的早上想起来就起来，想睡到几点就睡到几点，在床上沙发上常常笑闹得滚在一处，不想做饭就下楼转转。时尚莱迪里应有尽有，小宝最喜欢一家台湾风味的老卤饭，每次埋头吃完一大碗饭还能再来几个串串烧，再加上蔬菜汁水果盘，三四十元就极丰盛，对于关其雨这样时间宝贵懒于家务的实在便利而且自在，有时候叫上陆居小薇一起，四个人更是其乐融融，小宝跟着一起逛街，看小薇也渐渐学会了砍价学会了做指甲，摇着大脑袋叹气：“女人!”逗得陆居哈哈大笑捏着他胖胖的脸颊不肯松手。

然而好景不长，卓识满月的那天，卓家大队人马从陕西驾到，爷爷奶奶见到孙子爱得放不下，当即决定留在南都带孙子。卓远欣然欢迎，李媛自然不好说不，于是侯华只好回了陈阁老巷，再转身去看外孙时俨然已被当作客人，“亲家母”虽然叫得亲热，可是命保姆奉上香茶点心，客气地让其端坐客厅，卓识更是要不在爷爷臂弯中要不在奶奶怀抱里，外婆别说抱别说碰，多看两眼也不可能。侯华回来气得抱怨：“我带了一个月，夜里一个囫囵整觉都没敢睡！现在好，干脆不认识我了！口口声声卓家添丁、卓家后继有人了!”

关其雨不敢接茬心里只觉得黯然，四年前父亲上门看小宝的类似情形历历在目。李媛忙得脚不沾地顾不上母亲，卓远带了一届新生领着几十个刚到汉地的藏族孩子其辛苦忙碌可想而知，夫妇俩又正沉浸在中年得子的喜悦中，并不把侯华的控诉放在心上。陈阁老巷大屋里又恢复了严格遵守作息时间表，不得大笑大闹，要做饭要准点进食的沉闷生活，烦劳的家务活更令人想念李白，想念它机械臂端上一盘盘热腾腾的饭菜，永远不声不响无声无息。现在呢，“小关！毛豆还没剥完?”“小关！这个牛肉早该化冻，怎么还在冷冻室?”“小关！小宝只吃菜心，菜叶子你放一边!”时光忽然又漫长起来，算算看，还有一个多月！

还好，有了“与予”公司，有了“硅巷”中这块隔绝俗世的桃源。宽广校园西北角靠小树林的几幢民国老房子，白墙黑瓦马头檐的江南传统建筑，翻新修整后雕花窗棂上的梅花像在冉冉盛开，滚圆锃亮的铜钉上的门环小宝常吊在上面晃来晃去，加了卫生间茶水间，装了空调，最大的改良是通了光纤 4G 网络网速极快，跟教研室的拥挤缓慢不可同日而语。高新区研究后慨然给了“与予”朝东的三小间，沈不豫连连称谢，吴书记却摆手说：“应当的，应当的!”

关其雨欣然躲进最里面的小屋，旁边一间机房放了几台电脑，外面则留

了个会客室兼财务间兼小宝游戏室，幼儿园接回来就扔在那里，他玩得兴高采烈，要是碰上小薇来，两个孩子或奔跑追逐或相偎游戏，笑声充盈整个“与予”，混杂着陆居的大嗓门：“慢点!”“别跑!”“哎呀！哈哈哈!”常令人恍惚是真是幻，浑然忘了日暮就要返回的陈阁老巷大屋，更加憧憬新年后的新生活。想想看，以后永远都是这样自由自在呢！虽然没有李侯。

李侯，过了元旦，真的就两不相干？

第二十三章　生根长盛

秋风吹下落叶，校园中的银杏一片金黄，“超效学习”理论在“硅巷”中日渐成熟，关其雨自己客观地评价，这个发现当然不能与“深度学习”的突破性飞跃相比，但是在实际运用上有颇为重大的价值。很简单，人工智能已进入实干的年代、数据的年代，“超效学习”正是助推实干的最佳方法。

因为数据是中国现在拥有的人工智能时代的关键资源，同硅谷巨头从用户在线活动中收集的数据不同，中国的数据都是自实际消费者现实生活中的行为中得来：点外卖、购物、看电影、共享单车……所有用户一切实际的衣食住行因智能手机因移动支付等工具都成了数据。海量的数据分析提取，是人工智能目前提供各种服务的基础，而因其庞大浩瀚，所以就是“超效学习”大展拳脚之处。

沈不豫已经复课，上课之外的所有时间都泡在“与予”，跟着关其雨研究“超效学习”，一边感叹前景无限，一边懊恼早先学习不努力，头悬梁锥刺股地发奋；还要接待访客，处理公司大小事务，甚至复核财务台账。“不难不难，看一遍就会，主要是细心就可以，我们‘与予’规模还小，没必要请个专职会计坐着，是园区提供的共享会计，就是园区出面请了两个会计，办公在园区办，所有园区的小公司都可以申请建台账和报税。很方便很经济，一个月付费一千六百块。”

共享会计……会计都能共享了？关其雨有些吃惊。“不稀奇啊关老师！”沈不豫渐渐恢复了往日的自信开朗，只要不提到东北不讲到晨森，都是笑嘻嘻的，“最摩登的云计算、大数据、物联网，都是‘共享’啊，资源、技术、信息……物联网的口号，不，不能说口号应该说目标，是‘万物互联’，互联呢就是为了共享与合作。”

“与予”所在的百星高新区，作为物联网产业的核心集聚地，一直在协同大力发展物联网，签约了一大批物联网总部项目，沈不豫开始时还常惊呼：“联想车联网！”“联通物联网！”后来越来越多，见惯了倒也不再大呼小叫，

改为啧啧称赞着说：“我们‘与予’要加油啊，争取跻身大佬行列。”感觉上，产业集聚地越高端，研发环境包括生态和服务越好，来的企业就越多越好，像梧桐树引得凤凰百鸟一样。一百多家大大小小的物联网企业包括感知层传输层平台层和应用层各个类型的，聚在一起，各自为政又相辅相成，基本想法就是通过互联网把南都城、把全国、把世界上的万物，包括人、程序、信息和事物相连互通，共享！合作！

这其中，应该包括机器人世界吧？关其雨想了很久。

不过涉及到机器人，就要找瀚迅，无论李侯无论成言还是陈主任王主席叶端直甚至曾经亲密的俞好俞师傅，关其雨一个也不想见，更不想打交道。窗外正飘着绵绵秋雨，一阵阵寒意袭来，想到李侯和即将实现的离婚协议，更是寒到了心底。

十月初几个美国人一回到纽约，奥威尔就大张旗鼓地让保罗投案自首，将可能有的连累时空公司的舆论猜测引向了保罗个人行为。金发女郎维多利亚在媒体面前再次哭天抢地，诉说如何架不住保罗的软磨硬泡，如何被美钞迷昏了头诉说如何在汤中加了大量伏特加，如何在电梯中装作碰到李侯，如何刷假脸进的瀚迅办公室，如何报警陷害……全球舆论再次哗然，瀚迅的“李广”“李耳”“李世民”迅速翻身，各地销量自谷底一跃而创新高。想想看，时空公司的保罗啊，“机器人之王”啊，嫉妒忌惮到不惜使用这么下作的手段来打压！李侯顿时成了传说中的白马王子，风头超过特斯拉的埃隆马斯克，与叶端直的暧昧则干脆变成绯闻，浪漫的工作间姐弟恋被与法国总理马克龙比较，热搜榜上长期占据前三，直追环球第一网红特朗普总统。

而瀚迅、昇实的市场部联手，迅速趁势而上，“南都李太白”的宣传铺天盖地，又特意采取了饥饿营销战术，昇实各大商场中展出样机，接受客户预定，优先给退货“美国超人”的老顾客供货，第一批大货八万台在元旦按预定送货。很神奇，十月二十号就已宣告第一批预订已满，按媒体的报道是“昇实的零售实力与瀚迅的高智能机器人联袂江湖”，毫无悬念地首战告捷。第二批的预订同样火爆，线上线下每时每刻都在跳动，截止日期十一月二十号前会冲到多少？圈内圈外都有不少议论讨论甚至争论。

“美国超人”呢？昇实耗费时间精力，小心翼翼地将五万台退货集中到仓库，时空公司主动承担了所有费用，答应清点退货手续一完成即退货款，并另外赔偿了一亿美金。朱陶美国式思维觉得赔款太少，被朱中道劝阻，倒不是对美国人心生仁慈，战斗了几十年的商海老江湖知道见好就收更重要：这次仗着政府的帮助怼退了美国人的如意算盘，可是昇实其实并未转危为安，结构调整是个壮士断腕的过程，一连串的关、停、并次次都是考验，每一个或欣然或黯然离去的昇实员工都是可能爆炸的地雷，虽然债务顺利且迅速地下降了一百多亿，可是还有一百多亿呢，每天的利息就是几百万，二十亿美元的退货款能早一日拿到就是胜利。至于时空公司和瀚迅公司联手在试验“美国超人”的改进，昇实积极配合，趁机还能多学学技术。

“不愧是新街口大富翁、中国零售巨头第一人啊，这么一场大危机，从容全身而退，还八面玲珑！还因此更上了一层楼！”陆居绘声绘色地讲着，留心观察着好友的神情。“讲起来，昇实应该多谢谢你才对！怎么样，朱陶有没有提过什么啊？”

“提什么？”关其雨有些诧异。“美国超人”装船前就请自己把关，并且看出有问题的，虽然是朱中道一意孤行导致的恶果，但是自己当初如果再坚决些呢，如古人讲的“死谏”什么的？所以关其雨一直觉得内疚。

“朱陶啊！”陆居恨铁不成钢地提醒，“或者昇实付点酬谢，或者，呃，他个人提点要求？”

陆居十几年前亲眼见证了北大楼前机器人的浪漫表白，见证了“量子纠缠”的爱恋，对好友与天才“李图灵”的结合本来颇为看好，然而之后眼睁睁看着她在陈阁老大屋中无奈隐忍，冰雪聪明的灵秀变成了顺从死板的僵硬，这半年更是被压了几重重担，一日比一日憔悴；而李侯多少天不见人影，看到的时候就是在电视新闻中与叶端直同进同出！女人吃点苦没关系，只要爱的人珍惜领情，可是李侯根本就不在乎她的付出她的牺牲，所以啊，离吧离吧，有你后悔的时候！陆居恨恨地维护着好友，转而对昇实少主产生了浓厚的兴趣，虽然朱陶年纪小几岁，不过看不出来啊，两人外表挺般配的呢！都是那种单纯质朴无城府的模样，传闻昇实有员工背地里形容为“一对缺心眼儿”的：讨债的要钱就给啊？

“个人要求？”关其雨还是没想到感情上去，看着好友又是嗯嗯啊啊又是挤眉弄眼，好容易反应过来，蹦到口边的第一个词是真实的想法：“瞎讲！”怎么可能呢，不是朱陶不好，而是平生只爱李侯一个人，谁也替代不了！李

侯李侯，即使我们分开了，此后余生我的心中也都是你。陆居满脸故作不满、不以为然，别人再不理解，有什么关系？

“小宝妈妈！”窗外忽然传来一声熟悉的呼唤，惊醒了关其雨的回忆。放下脑海中纠缠难舍的李侯，望着跟在沈不豫身后笑嘻嘻的朱陶，才发现细雨不知何时停了，西边的一角蓝天霞光灿烂，与朱陶的明朗一起照亮了暗室。

“你来了？”关其雨含笑问候，自在惬意从心底一点点弥漫开，舒畅得四肢都轻松起来。其实朱陶常见，他仿佛一直都在身边，论文发表、申请专利、“与予”注册，他要不亲自跑来祝贺要不电话短信恭喜，甚至小宝在幼儿园得了小红花他都知道，都夸张地说要庆祝，带小宝小薇在江南广场的亲子园里玩了大半天。关其雨很意外江南广场什么时候新开了亲子园，他耸耸肩说：“求变求新嘛！不能光搞同质竞争，没出路，价格战更是俱败俱伤。”

香蕉人的成语真不是一般地烂，关其雨想。

“所以首先想的是个性化，我们昇实的几家大型商场根据原先特色转型升级。第一百货在品牌商户 IP 热点上下功夫，推出国际美妆馆、最美女鞋馆这些，进一步吸引年轻客户群；江南广场就调整业态、提档客服，走亲子家庭路线；上元中心则设立文创社交街区，焕新空间引力……都是业态加码、场景重塑的手段吧，每个商场现在都不只卖东西，更像个旅游景点，风景都不一样，很受欢迎，客流量销售额提升不少。”关其雨想想确实有了“与予”之后在新街口闲逛的时间少了，真不知道短短时间有这么大的改变，与陆居约了哪天去看看的，还没来得及呢。

“这地方不错啊！又安静又有科研气氛，正适合你，呃，适合你们‘与予’。”朱陶毫不拘束地自己走来走去东张张西望望，夸布局好，夸干净整洁，夸有条有理，夸前途无量。沈不豫被夸得心花怒放，又自豪又得意地细细介绍，说找上门的客户很多，不到一个月已经接了三个项目：工行的一个信贷个案分析，苏宁超市门店的一个产品推广，还有一个脑科医院的疑难病例诊断辅助，合同金额一共四十多万呢，都是一个月要，医院那个说越快越好。

朱陶有些惊讶：“就你们两个人，能完成吗？”

“关老师说这都是小 case，十来天就够了。”沈不豫信心十足，“我相信关老师。我做好配合。”

“与予”这两个人的小公司，第一步的问题就是怎么生存。光靠“超效学习”的专利显然太过遥远，最实际的就是自己应用“超效学习”提供服务。所以最早推出的服务是数据分析，根据数据优化经营策略，评估行为风险，辅助决定决策，纠正常见易犯的错误偏见等，涉及行业很广，有商业有金融甚至医疗等。说到底，不是取代专业人员的专业工作，只是提供数据导向的建议，所以关其雨坚持名称取为“咨询公司”，而非沈不豫希望的“资讯公司”。

“关老师，音同意不同，客户那里差别太大了，光咨询能有生意吗？”见关其雨皱眉连忙改口，“能有人感兴趣吗？”关其雨叹口气，耐心解释数据或是公共数据或是客户自己的数据，“与予”只是用“超效学习”作引擎让电脑研究数据，当然谈不上“资讯”。不过我们的优势是跨行业跨学科，不受专业知识限制，这样的融合科技在中国目前很少，对客户一定有吸引力；之后能做多大走多远，要靠实际的效果口口相传吧？刚开始，只能边做边提高。比如这个疑难病症，我们通过海量数据快速寻找类似病例，以其中的相似性关联性分析这个病的可能性，提供参考意见，最后诊断还是要医院自己决定。

“那就好，我们昇实要改进的地方太多了，什么时候帮我们分析一下呢？”朱陶赞赏地拍了拍沈不豫，主动提出。沈不豫闻言大为激动，昇实啊！新街口半壁江山啊！还有江北的健康中心已经复制拓展到其他好几个城市，还有海外公司海外机构，那要是咨询，有多少活儿啊！

“商场营销一定要分析，不同客户群有不同需求，就像淘宝京东的推送一样，商场网站上也要向浏览客户推送产品！进货存货管理更有讲究，分析以往的数据是一方面，更要分析下一季的风向走势，避免大量库存……”

沈不豫是个营销好手，善于站在客户的角度急对方所需，而不是只介绍自己、盲目推销。有次与吴浩去市里举办的人工智能交流大会，凭着“超效学习”的专利证明和网上介绍就拐回了一堆潜在客户，这月签约的三个项目就是那中间产生的。吴浩当时摇头赞叹：“他这营销本事太有天分，聊几句就能看出对方要解决什么问题，然后对症下药投其所好！早知道啊，真该招进‘浩大’做助理，不，做市场部经理！”陆居就笑：“我老乡，那还有错？有天分！”没想到“天分”两个字触动了沈不豫的心事，父母在狱中受着该有的惩罚，但是被晨森假疫苗害惨了的受害者，全国有多少？该怎样补偿他们？几个人都劝他，自己先立足，慢慢来，总有机会弥补父母的罪过。

朱陶听得很认真不时询问几句，这些观念比昇实的市场部更新颖更另辟蹊径，或者说正是昇实的弱项。关其雨在电脑前忙碌，听两人聊得投机，忽然想起陆居的话，不由得苦笑：朱陶就是为工作嘛，陆居瞎猜乱想，难怪说女人都有做媒婆的潜质！

“关老师在吗?”门外突然响起了吴书记的声音。“在！在!”沈不豫连忙起身迎出去，一面不忘向朱陶抱歉：“朱董您稍等。”朱陶笑着冲关其雨跷了跷大拇指，说这个年轻人不错，南都话叫“上路子”，关其雨还没顾得上回答“这几个月成长很快”，吴书记已经大步跨了进来，大嗓门震得四处嗡嗡嗡的，“关老师，大喜啊！斯坦福大学要来!”

“什么?”关其雨和沈不豫都是一头雾水，吴书记正在极度兴奋中，几次答非所问，好容易连讲带比画才弄个大致明白。原来夏天时南都启动了“生根计划”，鼓励15个高新园区按照分工走出国门，围绕主导产业布局创新链、延伸开放链，在国外建立了19个海外协同创新中心，直通世界创新最活跃地，致力于突破关键核心技术，用全球化的视野来配置科技创新要素。而为了布局国别合作的创新园区，面向所有高校院所和研发机构发布超优政策，再加上无微不至的服务环境，吸引了全世界的科技人才，包括人工智能在全球名列三甲的斯坦福大学。这不，就要来谈合作了！计划就在元旦！

“关老师，园区组织有兴趣的相关企业和专家参加会谈，集思广益广撒网。”吴书记说，“第一次先谈意向，百花齐放百家争鸣，您是中方特邀专家之一!”

斯坦福……关其雨瞪大眼睛一直没能恢复，纤小的面孔显出几分滑稽。那是十六年来耳熟能详的名字、无数次向往神游的地方，居然要来南都谈合作！居然自己也能参加！而且作为中方专家！吴书记又邀请沈不豫旁听，带几个同学也欢迎；沈不豫大为感激，兴头头地扳手指头要叫上叶慧、张洁、方琼珏……

“您看，是不是能请那个，就是那个，您爱人李侯先生，也出席呢?”吴书记讲到这里有点吞吞吐吐，“斯坦福说久仰瀚迅和李侯的大名，我就答应了。您看，为了南都的人工智能大业，帮我们园区邀请一下吧？要是斯坦福大学的人工智能专业能在南都生根，那对南都整个人工智能行业都有长远裨益，生根发芽开花结果，那个什么长阳长盛!”

又是一个喜欢用成语的。关其雨轻蹙眉头，见吴书记越来越结结巴巴的又有些不忍心，只好点头说知道了。吴书记擦擦额头的汗欢天喜地地告辞，沈不豫直送出门外。

“你真要帮园区邀请?”朱陶忍不住问，“在元旦呢!”

关其雨怔了怔，听见朱陶加重的“元旦”两个字，只觉得一片茫然。是啊，那是约定离婚的日子，要搬出李家大屋，从此与李侯是陌路。可是斯坦福的人工智能，若在南都生根，将是对城市、对中国甚至对世界 AI 多大的促进啊!

果然沈不豫回来也还沉浸在憧憬中，与斯坦福会面、交流合作，看见一群 AI 大佬，“哇，还有‘李图灵’! 我只在电视上见过! 对，还有南大校友册上看过照片!”

关其雨又皱了皱眉，朱陶心中恻然，这个“与予”李侯居然没来过! 沈不豫知道自己说漏了嘴，连忙岔开话题，问朱陶刚才讲的昇实数据分析如何。

“这些我回去安排市场部负责人与你再多聊聊。我今天来是碰到个技术问题，向你们‘与予’求助。”朱陶笑笑，显然很高兴换了话题，说，“你们知道‘南都李太白’下个月就要送货到各个消费者手中，瀚迅再三保证没问题，可经过上次‘美国超人’的灾难，昇实上上下下都怕得很，可否再请你，呃，请你们‘与予’作为第三方机构，客观地做一次试用评估?”

“AGAIN（又来）?”关其雨坐在屏幕前敲着键盘，眉头轻蹙嘀咕了一句。

“我知道上次怪我们没听你的，你早就反映有问题，是我们昇实当时认识不足，第二次正好也碰到家父突然病倒的特殊情况。”朱陶说得极诚恳，“这次把机器人放在你们这里试用，最好每周给我们一个即时反馈，月底之前出整体评估报告。当然，中途要是发现了重大问题或者需要改进的缺陷另当别论。”看看跃跃欲试的沈不豫又笑着补充，“费用嘛，沈不豫你看着报个价。”

沈不豫忙跑到关其雨身边劝说，这个活儿轻松有把握是一方面，以关老师您对机器人的了解，一定能及时发现问题，阻止类似“美国超人”悲剧的再次发生! 就算按瀚迅说的真是没问题的机器人，细节上也保不定就完美无缺啊，要是能适当提出改进意见，那不是造福人类? 还有我们的研发成果能不能实际运用到智能机器人中，正好也做个试验? 中美两国虽然在贸易摩擦，但“李太白”“美国超人”这两个机器人一定会互相进入到两国家庭，绝不能

再出一丝纰漏！

一句一句都打动了关其雨。回头想去，“美国超人”当日的大祸当然可怕，可六潮电器城中人山人海对智能机器人的向往，更令人记忆犹新难以忘怀。人类需要机器人的帮助，需要自繁重琐碎的劳动中解脱，需要借助人工智能享有更自由更舒适的生活。自己学了十几年人工智能，难道不该为机器人的进步做点事？“李太白”换了量子芯片能够自产自销能够走向全球市场了，但是否有可改进之处？“超效学习”若应用在其中，理论上将会大大提高其性能，具体的可行性如何？还有，“李太白”这次获准使用“南都李太白”的名称，不能丢南都人的脸啊；还有，瀚迅对中国民用机器人产业至关重要，就算不为了李侯？

关其雨点点头，沈不豫高兴得跳起来：“朱董，关老师同意了！我这就草拟个合同！给您带回去审核。”

“好，爽快！”朱陶笑嘻嘻地称赞，长臂抬起，按了按掌中的遥控器。

“主人，我今天报到。”关其雨全身一震，僵硬在屏幕前一动也不能动。这是当日听到的它的第一句话，那之后熟悉的声音日夜陪伴全家，几年里从不曾停歇。它最后一句话时常在脑中心中盘旋往复，历久弥新：“这一世啊，真有意义！”

“主人，我没有名字，主人给我取个名字好吗？”

关其雨缓缓转过身，雕花木门前立着熟悉的身形。悠悠旋转的底盘，圆柱形的身体，六条手臂像哪吒一样拃开在身体周围，凸出的复眼一闪一闪。

“李白。”关其雨模糊了眼睛，语声哽咽，“你当然叫李白。”

第二十四章　交叉融合

“妈妈，这个‘李白’不是‘李白’!”小宝高声嚷着奔进来，气鼓鼓地立在母亲身前告状，“它和我打过的棋谱都不记得！玩过的游戏、讲过的故事也不记得！统统不记得!”

沈不豫追进来，满头大汗，尴尬地挠头：“关老师，对不住对不住，我知道不能打扰您，我们在外面玩得好好的，小宝一开始挺开心的，突然就发脾气……”

讲起来是小事，可是关其雨的性格像异实员工形容的“缺心眼儿”，本来“超效学习”的算法极快，在已有数据中搜索分析，要的咨询结论很快就出来；可是关其雨不放心，觉得这几个项目都很重要，不停地更换数据库多次计算，甚至自己花钱上专业外网买数据来验证。沈不豫犹豫很久问：“我们又不是决策，就是给数据导向的建议，需要这么一再求证吗?”关其雨不擅长讲大道理，愣了愣推过那例疑难病症说：“你看这个病人，如果仅在南都的医院数据库，判断是肌肉劳损；上了全国的医学院网，说是像脑神经退化；一直到全球医疗网，才基本能判定是运动神经元症。当然我们不能代替医生诊断，但应该力所能及地给出最优建议吧？病人得了绝症呢。”

绝症要最优建议，那信贷难道不要重视？产品推广更事关超市员工的饭碗。所以小事情都变成了大事情，关其雨一次又一次不厌其烦地重复验证，基本上忙得不抬头。不过沈不豫佩服的倒不仅是她的敬业，而是她的大势判断：中国人向来讲究“专业”，什么事都要找“专家”，所以大学里研究院中的学科分得精细无比；可在这个科技高速发展的时代，实际运用中不可能再那么细致，信息成了所有科技的支柱，推动各个学科的进步。将来，学科交叉、学科融合很可能在中国也会成为常态，毕竟自然科学类的诺贝尔奖现在都是交叉学科的研究成果多呢；目前的状况证明：“与予”跨学科跨行业的交叉融合成为最大的特色，需求出人意料地广泛。沈不豫不止一次惊叹：“异实的市场部思维太狭窄了，只会那些需求、成本、交换、关系的单一概念，在

现在无边界的地球村市场，怎么行啊！真幸亏找到我们‘与予’!”“人民医院又来咨询了！这次是11例疑难杂症!”

所以公司极忙，关其雨极忙，交咨询报告的时候尤其不愿人打扰。

关其雨笑笑示意没事，侧转身体伸臂搂住小顽童，柔声安慰：“它是李白啊，不过它忘记了嘛！小宝不也经常忘记事情？来，告诉妈妈，昨天幼儿园拼音课学了什么?”

“a，o，e……e，e,”小宝转转眼珠想不起来，嘟着嘴不满，“我是人，当然会忘记。机器人怎么会忘？它是机器啊!”

“不对啊，它是机器‘人’嘛。”关其雨哄着儿子，心里像是想起了什么，可怀中的小宝扭来扭去不乐意，无奈只好站起身一起出来看“李白”。

当然关其雨知道，虽然它外形和李白一样，名字和李白一样，但它并不是炸碎了的李白，它是一台全新制造的机器人。所以小宝总不满意，抱怨这里不对那里不同，其实都源于对李白的思念。机器人和人一样啊，一直善良付出无私奉献的机器人就让人怀念。关其雨又是心中一动，是什么呢?

“李白，来，和小宝下盘棋。”机器人听到主人的吩咐连忙转过来，两条手臂捧着棋盘，两条手臂端着黑白棋子，主动谦让：“小宝主人，你先请。”

“我不，这次你执黑。”小宝赌气地扭着身体，伸手捏了颗白子。机器人顺从地答应“是，主人”，乖乖地挂了一角黑子，见小宝不理，自顾自地落在中间，毫不迟疑地继续占边角。小宝懒洋洋地不起劲，满脸嫌弃“假李白”，李白并不在意小主人的情绪，无知无觉地老老实实下棋，沈不豫夸张地在一旁为小宝加油，虽然他自己不会下棋，纯属起哄。

关其雨叹了口气。机器人就是机器，没有感情没有思绪，所以阿尔法狗胜了所有棋局都毫无欣然之色，人类棋手则沮丧、气恼、愤怒、故作淡然各种各样。李白李白，我们这样想念你，你也不知道不在意吧?

“你下得不对!”小宝突然高声斥责，“夏天的时候你明明是和我打劫的，这次怎么变了?”

“小宝主人，我下得对，再走十一步最多十五步我就赢了。”机器人不动声色地回答，“而且我才报到五天零三个小时三十二分六秒，夏天的时候我还没出世。”

“你，你，你不是‘李白’!”小宝又急又气，短腿狠狠一跺，伸手在棋盘上左摆右挥，棋子纷纷扬扬地如雨点落了一地。机器人好脾气地几条手臂此起彼落地迅速捡起还机智地分放在黑白不同棋盒中，慢吞吞地说："小宝主人，我是李白，这是主人五天前给我取的名字。"

"你不是！你不是！你不是！"小宝"哇"地一声哭出来，哭得惊天动地撕心裂肺。两只短腿随着"你不是你不是"的喊声抖动，伤心至极。关其雨连忙将儿子搂在怀中柔声哄劝，哄着哄着自己眼眶也红了，李鬼终究变不成李逵，想到炸碎的李白、想到那一句"这一世啊，真有意义"，怎么能不伤心？

"妈妈你把'李白'变回来。"小宝的眼泪鼻涕沾了母亲一身，绿T恤上斑斑点点。机器人递过一块热毛巾，小宝一挥手挡开，抽抽噎噎地恳求："妈妈你把'李白'变回来，真正的'李白'，我们的'李白'。"

关其雨哄着儿子"好好好""妈妈想办法""妈妈把'李白'变回来"，抬头瞥见机器人的复眼一闪一闪，竟然有几分若有所思的味道，不禁怔了怔。它在想什么？它知道我们谈的什么内容吗？它真的没有情绪没有感情吗？原来的李白不也是一样，以为它毫无自主意识，可是不止一次碰到它闪眼睛：小宝生病的时候、侯华念经的时候、李侯痛哭的时候……而最后，它用最惨烈的方式证明了它有信念，并且比一般人都坚强的信念。

机器人，是机器"人"。

关其雨突然明白了自己刚才想到的念头。经过比人类教育更深入更渊博的学习，机器人已经成长为机器"人"。目前对人工智能"狭义"即弱人工智能和"通用"即强人工智能的区分方法，看来是过于简单了：实际情况远比预想的复杂，虽然很多方面还没达到与人类思维一样的能力，连简单的感知能力也没有，但是意识、思想——也许只是机器人的程序、只是算法——已有相当类似之处。所以在强弱智能之间或之外，还有个中级或者例外，如李白、如美国超人、如李太白。

所以"美国超人"暴乱绝不是偶然事件，绝不是只有时空公司才会犯的设计错误，恐怕也不是瀚迅公司"人心系统"能解决的。"人心系统"像良知、像法律法规，人类都有"人心"，都知道法律法规，可还是有偷盗、有抢劫、有强奸、有杀人等各种犯罪，大大小小的战争也从未停息。"李太白"或者不会发生批量性的恶性事件，但是七零八落的各种问题很可能持续不断。

而且它自己，恐怕是最大的危险所在。

应该怎么办？前些日子想到过机器人世界与物联网的关系，机器人本身就是电脑，想互联起来应该很简单，但怎么联，能不能联，基础应该是像人类社会一样有规矩有约束吧？

“妈妈，这个才是‘李白’。”小宝不知何时取出了金匣子，在夕阳下亮晃晃地闪耀，“你知道，这个才是。”

关其雨接在手中，只觉得沉甸甸的。是啊，这是李白，是那个在陈阁老巷大屋中忙碌陪伴了几年的家中一员，饥饿时它端上饭菜，疲累时它揽下一切，生病时它照料在床头床尾，从不休息从不抱怨从没任何要求。是那个在危急关头挡住“美国超人”的勇士，是那个为救主人不惜炸碎自己的英雄。

变回来？是涅槃重生，还是再世轮回？

又或者，亦是乘愿再来？李白短短的两年生命，保不准有它的心愿。

望向屋角的机器人，复眼又在一闪一闪，看起来担心而又恐惧。它听得懂，它“听得懂”！关其雨叹了口气，招招手轻声唤：“李白，你过来。”

机器人显然有几分迟疑，隔了几秒才转过来，缓缓地问：“主人？”一样瓮声瓮气的声音中透着惊惶。

“你放心，我不会伤害你。”关其雨轻声但坚决地说，“你也希望我们都喜欢你，特别是小宝应该喜欢你是不是？所以我需要在你身上恢复一段记忆，只是恢复一段记忆。”

“恢复一段记忆……”机器人机械地重复，不到一秒钟已经搜遍了整个互联网，各种各样的事例中虽然有的含糊有的不解有的离谱，但确实没有伤害的恶迹，“恢复一段记忆。好的，主人。”机器人的声音恢复了平静。关其雨和沈不豫对望了一眼，都明白它的平静只是来自于它的搜索也就是学习，来自于学习后对“恢复一段记忆”的理解；对主人，它可并不信任！

金匣子装回去说难不难说容易也不容易，“与予”没有设备，关其雨只好联系俞好，跑到了瀚迅的江北工厂。位置就在瀚迅总部的北面，中间隔着一道绿化带，不过一是单纯的生产基地一是全功能的集团核心，仿佛瀚迅的手脚与大脑的区别，世人眼中自然分了高下，所以八年前俞好被调到工厂的时候颇失落了一番。不过瀚迅的员工都或多或少学到了叶端直的坚韧不拔，俞好迅速调整心态，正视技术厂长这一职位，很快就热火朝天地干起来。原以为瀚迅的研发部是世界上最辛苦最疲累之处，工厂厂长却在极限之上再上高坡、挑战种种不可能，比如三天三夜不合眼，比如十二小时不喝水不上厕所，比如一个月除了干粮就是方便面……结果熬了大约两个月，俞好面色蜡黄脚步虚浮像个病人，却被来巡查的叶端直狠狠骂了一顿："要拼体力，有的是能吃苦耐劳的，要你俞好来做什么？改进工厂生产流程，提高生产效率！瀚迅的生产基地应该是智能工厂，应该是工业革命 4.0 的智能生产！"俞好被骂得抬不起头，更惊讶叶端直看似不懂技术的大老粗，德国刚刚提出的工业革命 4.0 她偏就知道还拿定主意实施！惭愧佩服之下俞好不再陪一线工人和生产厂长加班，而是带领技术部十几个手下在车间研究流程，一条生产线一条生产线地想办法改进，又请了各国工业机器人制造商上门研讨，三个月交出了设计方案，叶端直召集各地工厂精英反复审核后大加赞赏，引进大量工业机器人和智能终端设备，将机器、机器人、人和生产资源通过 CPS 有机融合，从那时开始了瀚迅的智能化生产。之后年复一年地更新，现在的生产系统基本是由传感器、通信设施、终端系统和智能控制系统组成的智能互联网。看得关其雨啧啧称赞："大半年没来，你这又大变样了。"

"那是。看我这传感器无处不在，现在不单是生产设备互联、设备与产品互联，"俞好颇为得意，"虚拟与现实也能互联，基本上万物都联上啦。公关部常领各国客户来参观，不管哪儿来的老外，都看得目瞪口呆，我们这绝对是世界一流的智能生产线。"

关其雨连称了不起，一边又谦虚回答自己那篇论文不算什么，小公司刚成立还谈不上怎么发展，边做边学等等，跟在老同事身后走进了控制室。空中缭绕着悠扬悦耳的轻音乐，俞好解释这是电脑循环安排，调节生产环境气氛的，关其雨还没来得及夸奖，已经被迎面屏幕上不断跳跃变换的数字惊倒，除了产品数据，居然还有运营数据和价值链数据等外部数据，这样产品物体与服务和数据基本无缝连接，生产随时可以根据实际情况调整。坐下来再看西面的一排屏幕，则是产品加工制造的各个流程，放眼望去工人不多，零零落落地穿行在各种机器之间。

"原来有四百多人，四月份减员减了八十多，现在还有三百五十人。"俞好见关其雨头低下去，知道她是想起了四月减员的原因，那一段瀚迅因李侯"性侵"事件跌入谷底的时光。虽然最终李侯被证明是清白的，可是那难堪、

艰难、漫长的日日夜夜，对于她是痛苦的回忆吧？看她左手腕袖子下套着佛珠，常常不自觉地抚弄，三十四岁的年轻人，好好的谁会去信佛？她讲是父母的遗物，孤儿了呢。

俞好心中恻然，连忙描绘美好当下："现在业务量又上来了，肯定还要加人，主要是纠正万一有的偏差和应对有可能的故障，别看智能化生产都全自动，因为效率高更要注意。机器比人的好处是不会累不容易出错，但坏处是一旦出了问题不会自救，还是需要工人去修去换。"

关其雨心中一动，问："机器人不能互相救助吗？"

"机器人自己救助？"俞好沉吟，"我倒没往这方面想过。设备之间是有联系的，但是由终端控制室统一管理，当然高端机器——我们不习惯叫它们机器人——已经具备识别、分析、推理和决策等功能，但主要是针对产品而非其自身。现在在批量生产'李太白'，从零部件到组装到成品检验，都有智能机器把控，确保出来的'李太白'质量无可挑剔绝无差错。"

"哦。"关其雨不再多说，脑中闪过的想法太模糊，要回去理理清楚。两人目光落在最后一个屏幕上。俞好刚才将"假李白"交给了手下技术员小魏，吩咐他换一下金匣子，小伙子是俞好的得意弟子，才短短二十分钟不到，这会儿望过去机器人已经被放在了操作台上，从底盘到大头都固定在铁架上，六只手臂被两边的机械手牢牢缚住。

关其雨忽然有一丝恍惚，眼见这个机器人满眼恐惧，全身发抖以致机械手六处关节呛啷啷作响！关其雨不由自主地站起身，往屏幕前跨了一步，"假李白"像是感觉到主人的目光，复眼抬起闪了一闪，突然说："这一世啊……"

关其雨大叫一声"不!"冲上前双手抱住了屏幕。刺啦刺啦电光闪过，小魏在屏幕中兴高采烈地扬声喊："师傅！关老师！旧机器人我关机了。换上这个金匣子是吗？"手中摇晃的金匣子，在一片冷冰冰的钢铁中金光闪烁。

"小关你怎么了？"俞好扶住好友，关其雨面色苍白死死盯着屏幕，喃喃地说："你听见了？它说'这一世啊'，它怎么会说这句？"

"什么这一世那一世的？我没听见啊。"俞好一脸茫然，"小关你是说机器人在讲话？这个机器人？"

关其雨抬起头，眼珠子转都不转，目光直直的，是那种极度惊吓之后的呆滞，一字一顿地说："'这一世啊，真有意义！'它怎么知道？"

俞好皱了皱眉，扶着好友重新坐下，扭开一瓶矿泉水喂她啜了两口，伸头冲着话筒喊了一声："小魏你先等等。你听到这个机器人刚才讲什么了吗？"

"机器人？没有啊！"小魏答得毫不停顿，"它关机了。怎么可能讲话？"

"对啊！关机了啊！"俞好故意提高了嗓门，"就算'想'讲也讲不了啊！"侧过头放轻了声音像安慰像劝解："小关，那这个金匣子换下去了噢？好听点叫'机器人'，实际上是机器嘛。你看满车间的车床、工具、传感系统设备，都是流水线上造出的机器，就是工业产品而已。"

见好友不吭声，面色仍然纸一样苍白，俞好叹了口气说："你啊，性格太内向了。有空和陆居多讲讲笑笑，新街口多逛逛玩玩，你们俩不是最喜欢那个时尚莱迪？吃吃喝喝也好啊！还有李媛，也常见见聊聊，姑嫂像姐妹嘛！不开心的别闷在心里，更别和老年人学念经拜佛什么的，你还年轻呢！别胡思乱想，凡事往好处想，阿？来，深呼吸，一、二……"

是幻听？真是自己幻听？关其雨摇摇头，双眸渐渐有了焦距。想念李白太多，藏区受到的震撼太大，多年梦境的影响太深了？不过对于机器"人"，核心系统的更换算不算一世的结束呢？这与爸爸去世时想到过的、"我"换哪些部件还是"我"同样的道理，没有定论吧？

"小关，我们大家都知道李侯是冤枉的，这不洗清了？大姐知道你受委屈了。不过李侯忙过这一阵，'李太白'上市就好了嘛！给他点儿时间，也给自己一点时间，好不好？"

"'李太白'上市……"关其雨下意识地重复，"'李太白'上市……"

"是啊，他没日没夜和叶总在一起工作，都是为了'李太白'嘛！"俞好接着劝慰，像当年对那个小实习生徒弟一样，"真是工作。你知道瀚迅十几年前多不起眼，就是那种满大街都有的代理小公司，新街口同一栋楼里就有十几家。叶总挺他、他支持叶总，相互信任依靠才有了现在的瀚迅。今年出了这件冤案干扰了我们整整大半年，不过终于水落石出清者自清，'李太白'又解决了芯片问题推向全球市场，供不应求呢。你看看那个出问题的振新集团，14 亿美元的罚款不说，还要更换董事会和管理层，甚至允许美方指定人员加入公司管理，多难堪啊。我们瀚迅呢，总算化险为夷，亏了叶总和李侯两个人坚持不懈的努力啊……"

“不!”关其雨猛地站了起来，“不行!”

俞好愣住了，滔滔不绝地地好心劝了半天，不行？叶总和李侯难道真有什么事？被小关发现了？俞好咳嗽一声，踌躇着措辞，怎么继续劝呢？

“真的不行!”关其雨急得跺脚，“‘李太白’不能上市!”

“你是说机器人，机器人的事？”俞好好容易才明白她讲的不是李侯与叶端直的问题，是啊，想想也是，知书达理温和灵秀的小关，何至于变成妒妇怨妇？

“为什么不能？”忽然传来熟悉的声音，清朗得一如十几年前听到的第一句“缺芯少魂肯定不行”。关其雨呆了呆，转身望去，挺拔的白衬衣出现在门口，缓缓踏步而来，依旧清俊无俦，依旧舒徐从容。

俞好连忙迎上去，问李侯怎么赶过来的，看到实时监控还是成言报告的？小关刚到一会儿，正在商量怎么换金匣子呢，是原来李总家里试用的那个“李白”吧，换到这台最新的“李太白”上。是昇实试用的那台，对，有编号的，确定是。紫霞湖清波中泛起一丝水澜，看得俞好住了口，想起外面传言昇实少主追求小关，曾当着李侯的面拥抱她，在新街口的六潮电器城。看来，叶总不是完全没有希望啊！俞好想到这里心中好笑，这四个大腕大咖大人物，哪轮到自己操心？

“虽然用了‘人心系统’，有机器人三原则把关，保证机器人不会做违背原则的事情，”关其雨不知道老同事的遐思，定定神说出了自己的担忧，“但是‘李太白’这样的智能机器人，思考能力恐怕不亚于人类，某些智力方面甚至远远超过我们。虽然不同于人类大脑的工作，你说是算法也好，你说是数据分析也好，其实都是思维是意识。在此之上，它们有了逻辑判断，甚至，有了情感。”

“不会吧？怎么可能呢？”俞好条件反射地反驳，见李侯蹙眉静静听着连忙住口。关其雨看起来文静温和，给人感觉常是毫无战斗力或者不思进取，职称到现在也还是小讲师就是明证；实际上极有天分，总有常人想不到的灵感。最早的“李广”不就是她想出的边刷？“李太白”的量子芯片又是她的启发，还有这次“超效学习”论文横空出世惊世骇俗。难怪人说江南地杰人灵，南都的女孩子啊，真是灵秀！

“我确信这台‘李太白’有感情，喜怒哀乐都知道，常常欢欣喜悦羡慕，甚至嫉妒怀恨也会。”关其雨语速恢复了正常，沉浸在思索中的她有一种专业人士的宁静，更有一份出尘的飘逸。俞好心中暗暗惋惜，她与清俊无俦的小侯爷实在是神仙眷侣一样的般配，怎么就闹得要离婚呢？去去去，刚说了不操心！

“如果不解决好这个问题，光靠‘人心系统’把关是绝对不够的。开始可能经常死机相当于闹情绪发脾气，最后完全关闭电源，即，”关其雨深吸一口气，狠狠心说，“即‘自杀’。比率会有多少？谁也说不准，我的估计是相当惊人。”

李侯悚然一惊，望向屏幕中操作台上的机器人。这是换了瀚迅自己的量子芯片，各方面又改良后的第四台“李太白”，送去昇实之前再三确认过，特别是“人心系统”牢不可破，完全不能篡改，百分之一千确保不会像“美国超人”那样伤害人类。但确实，它会不会伤害自己？这个问题没考虑过，从来没有。

“小魏，开机。”俞好不等上司开口，伸头在话筒中吩咐徒弟。

画面中，“假李白”开关被打开，浑身震荡着苏醒。凸出的复眼有几秒茫然，左转右转看清了依然被机械手牢牢缚住的手臂、依然被死死固定在操作台上的底盘，清晰地，发出了一声叹息。虽然极轻极微，可是其中的自伤自怜害怕恐惧毫不含糊。

“像黑奴！”俞好脱口而出，“那部电影，《为奴十二年》里面那个黑奴普拉特，他那个眼神，‘我想活下去’的眼神！”

“是。所以之后会发生什么，不可想象。”关其雨简短地说。李侯明白她的意思，闹情绪、发脾气、自杀……会不会变成暴动？违背了“人心系统”会死机，可它、它们会不会想出别的办法？这么聪明的智能机器人，一定不甘心束手待毙，即使一时顺从屈从。就像当年的黑奴制度和封建制度，受压迫的底层总有一天会反抗。李侯示意俞好将“假李白”放开，再次分明地感到了它大难不死般的如释重负和依旧挥散不去的恐惧，直到听见关其雨在话筒中柔声安慰“李白，我们一会儿就回家，没事了”才将信将疑地闪过一丝喜悦。

很清晰的感情，很明确的意识。怎么会没想到？

业界普遍的看法是，通用人工智能时代还远远没有到来。最乐观的专家

也预测实现强人工智能的中位时间是2040年，理由是人类具有漫长进化而来的独特性，实现人类这样的智能，简单如婴儿的感知能力和感官运动能力，也需要大量的科学突破和深度学习的巨大进步；而且即使学术论证上突破了，到广泛应用也需要相当一段时间。目前的弱人工智能被总结为“演算的巨人、行动的矮子”，比如阿尔法狗能轻易战胜全球围棋高手，但是连周岁孩童的抓周都很难做到。所以只以为“美国超人”的暴乱是时空公司仿制过程中的漏洞，“李白”奋勇自爆也当是自己操作得当；关其雨反映的问题呢，比如“李白”爆炸前讲的一句什么话？并没在意。

直到此刻，眼睁睁看着这个“假李白”。

是自己“李图灵”的脑袋高高仰起，看不到凡尘看不到细微，所以任由机器人悲欢喜怒，所以连妻子爱人都忽略。“图灵思维”算着抽象的将来，偏偏忘了身边的真实；算出了几十步以后，偏偏不管正在进行中的对弈。整个宇宙的构成，常规物质其实只占4.9%，长到四十岁的“图灵思维”只当瀚迅是常规物质，其他所有都归入了暗物质流，看不见听不见更没有反应。

“你有什么建议?”李侯清朗的嗓音变得沙哑，带着生平第一次反省的震惊。看到离婚申请的时候也曾内疚，但只觉得是工作太忙导致的不可调和，是无法兼顾事业与家庭的无可奈何；现在却发现，竟然是自己错了！

“普拉特在电影中有一句经典台词，‘我想要的不仅仅是生存，而是生活。’人都是这样的吧，需要自己的生活。刚才俞姐劝我多和陆居玩，多和李媛讲讲聊聊。”关其雨沉思着说，没在意李侯眼角一瞥、俞好尴尬的神情，背后八卦呢！

“我想机器人也不能孤立存在，要有它们的朋友、它们的生活，所以，改进现在仅仅同瀚迅总部的单一联系，在保证瀚迅总机掌控的基础上，可以机机相连。像，像个机器人自己的社会。”

一室寂静。李侯望着屏幕一动不动，紫霞湖中一丝涟漪也无。关其雨往后退了一步，知道他这是在心算，恐怕已经算到了四五十步以后，机器人的生活？没有任何经验可以借鉴；机器人的社会？更会被笑作无稽之谈吧？但是望着“假李白”，关其雨真切地知道这一切势在必行。

不知何时，室内悠扬音乐中隐隐响起了歌声。这个安排背景音乐的机器真是周到。会不会，它听到了我们的谈话所以放了这一首？

没有人是一座孤岛，
可以自全。
每个人都是大陆的一片，
整体的一部分。
如果海水冲掉一块，
欧洲就减小，
如同一个海岬失掉一角，
如同你的朋友或者你自己的领地失掉一块，
任何人的死亡都是我的损失，
因为我是人类的一员……

关其雨仰头冲着音乐萦绕的天花板笑了笑，实在觉得它、它们都是明白的。俞好拉了拉好友示意，屏幕中“假李白”瑟缩在车间角落，忧心忡忡地望着小魏，不时扫一眼高处的摄像头。拿它怎么办呢？小宝早上再三恳求“妈妈你会把李白带回来的吧？真的李白”，可是看到它刚才的反应，怎么忍心更改它的“人心系统”？它的思维意识经过这样更改能保留多少？与放进去的“真李白”金匣子会不会发生排斥反应？“真假李白”共存在一个驱壳中，会有什么后果？

“俞好，先试验两百台机，一周看成效。”李侯终于开口，“生产程序中，在‘人心系统’旁铸入连接，确保机机如果相连时一定是监控在总部平台之下。总部平台中设立各种管理机构，类似街道社区、法院、警局，都不能少，把原来‘人心系统’中的机器人法则作为各个机构的基本法，在此基础上再各自增加机构特色，做好风险控制。”

一幅恢宏的画卷在眼前徐徐展开，这相当于建造一个全新的城市，一个包罗万象的机器人社会，一个不亚于五大洲的完整世界。当然大型的网络游戏也构建有游戏社会，但那是完全虚拟，参与者下了线就必须回到完全的现实，即使身在线上之时也知道是假的；而这个平台，机器人是家庭中的成员，是实实在在构建的社会。“另外在系统中加入几个分支平台，让机器人根据自己的兴趣爱好有地方可去。当然，是神游。”

关其雨笑着赞同："对，做成各种俱乐部。读书讨论的、朗诵诗歌的、唱歌跳舞的、下棋弹琴的、辩论表演的……这样它们空闲时就可以玩乐散心，最好还有交友谈心的地方，以及商场俱乐部。"李侯心中一动，灵气十足笑意盈盈的江南少女啊，久违了。

"哎呀，机器人这下真高兴了，有自己的天地呢。"俞好啧啧连声，被引入横幅画卷中，眼花缭乱得快要语无伦次，"机器人谈心会谈什么？交友也看兴趣爱好么？难以想象，两个阿尔法狗对弈，那是什么水平啊？"

"定期举办比赛，赛事公开向全球直播。"关其雨兴奋得拍手，"一定能吸引很多观众，十亿说不定！"她真正笑起来的时候，就又回到了少时，灵动得甚至有点慧黠。李侯有一刻出神，这样的笑容多久没见？陈阁老巷大屋中十多年，看她笑都累。

"对啊对啊，出售播放权！这下我们瀚迅就不仅是机器人制造商！超越单纯的制造业，可以靠后续服务，靠这个创新的社会平台产生无数盈利模式！平台一定要与物联网相连，哇，机与机、人与机、人与人……可能性无限！"俞好也越说越开心。关其雨简直是抢："不仅数据，资源、信息、服务都能人机合作共享！尤其现在有个人工智能三年计划，瀚迅这一举动可以带动整个南都 AI 行业！"

"对对对。我正好在看这个三年计划的文件，准备这两天组织技术员学习呢。叶总命令一定要将这个计划学好用好。主要内容是根据市场需求、全面推动智能产品在各个领域的应用，我们瀚迅这下啊，真成了三年计划落实实施的先锋，急先锋！"

"还有啊，这个平台上不分学科不分各级行政组织，信息融合。"关其雨想起这几个月"与予"的实际感受，"将来能成为真正的融合交叉科技。"

"对啊，机器人可不用像我们这样再分专业评职称，它们应该都是全科的。"俞好急切间找不到合适的比喻，"就像诸葛亮、就像黄老邪！"

两个女生蹦跳着望向李侯，他只淡淡含笑负手，紫霞湖中无波无痕。这一切，当然他刚才已经算到了，三年而已，在"图灵思维"中不算什么吧？高手和天才的含义其实就是算得比常人远，因此机器人是最高的高手，天才则本质就是机器吧？

最高的高手，怎么能硬拆散它？即使为追回逝去的亲人？"李白它……还有这个‘李白’……”关其雨张了张口。

“金匣子交给我，我来想办法，还你一个真‘李白’。”李侯明白她的意思，淡淡地说：“这个‘李白’不如改叫‘杜甫’，就做它自己吧！”

清清楚楚的，广播中的音乐换了，欢快的“恭喜恭喜你，呀，恭喜恭喜你”违和地衬着落地窗外绵绵的秋雨，随风盘旋起舞的落叶，听得人人一愣。关其雨再次抬头望向天花板，说是广播其实只有黑乌乌的几排网格，它在听人类的对话，它在转告忐忑不安等待宣判的伙伴？

操作室中的“假李白”长长吁了一口气，李侯揉了揉眼睛，这次恐怕是眼花，机器人没有肺，怎么可能吸气呼气？听到关其雨迟疑着询问元旦有没有时间参加斯坦福的会谈，忙定定神回答说：“应该可以。我把时间空出来。”两人的目光相遇又急急忙忙躲开，对“元旦”两个字都下意识地回避。

音乐切换，变成了整点新闻。“2018 年二十国集团 G20 领导人峰会将于 11 月 30 日至 12 月 1 日在阿根廷首都布宜诺斯艾利斯举行。阿根廷建议峰会三项中心主题为：未来就业、为发展加强基础设施建设和人类食品未来。马克里还确立此次峰会口号是，为均衡和可持续发展建设共识……阿根廷官方已在 G20 网站上公布了峰会的相关日程安排……近年来，全球政治经济形势持续复杂变化，G20 峰会成为引领国际经济治理的重要多边平台，在保护主义单边主义抬头的背景下，本次峰会在维护多边主义、凝聚各方共识等方面将如何发声、备受关注……”

俞好听到“保护主义单边主义抬头”的时候愤愤地哼了一声：“要不是美国闹腾，‘李白 18’老早就给美国人用上了，哪儿有‘美国超人’什么事？这大半年折腾的，全球不得安生！”

关其雨劝慰道：“对我们中国也不完全是坏事啊，尤其我们年轻人承平日久，把和平都当作想当然的，这次给大家都提醒了：和平来之不易，就像七十年前呢。禁售令事件更给全中国上了一课，以前都觉得反正能进口又便宜又方便干嘛要自己做，现在可算认识到科技研发的重要性了。我猜以后啊，像瀚迅这样芯片自给自足的企业会越来越多！而‘李白 18’变成‘南都李太白’，瀚迅上了一个台阶；这个社会平台再推出，更是人工智能应用的飞跃呢。”

“哎呀！都像你这样想就好了！你还是老样子，什么都往好里想，没有坏

人、没有坏事!”俞好笑着说，嗔怪的语气里带着赞赏，有意无意地看了看李侯。

李侯照例不吭声，侧身望着妻子，嘴角浮上了一丝苦笑。她是这样的，看人看事情都只看好的，她提出离婚申请，是伤透了心吧？还是善良地为他人着想的出发点？反正绝不会是世俗的另有打算。昇实少东家，哼，一厢情愿吧？

不管怎样，都是自己曾经的忽视造成的。把她和她信仰的爱情、她向往的家庭都当作暗物质毫不珍惜。其实即使真是暗物质流，也会形成飓风，也有可能与其他星球发生碰撞，何况她那么灵秀的江南女子。现在怎么办？曾经纠缠相爱、曾经患难相依，距离元旦还有一个多月，一定能挽回，一定要挽回！正好，还原“真李白”是个很好的机会，还有斯坦福的会谈也可以多“准备准备”。紫霞湖般的双眸泛起了涟漪，天才的脑袋瞬间又算到了几十步以后。

只是这一次，推演的是最不可捉摸的感情，“李图灵”能有几分胜算？

第二十五章 九九和壹

一场秋雨一场寒，淅淅沥沥几场雨，很快就到了冬天。江南的冬季寒冷中仍旧带着潮湿，呼呼的北风像是沁着扬子江的水汽，拂在脸上握在手中都是黏答答的，令习惯了大西北干燥爽快气候的卓家老两口颇不习惯，抱怨“衣服晾不干”“腌的肉和鱼都滴水”“萝卜干一直是萝卜，辣椒干就是辣椒”等等，听得李媛又是好笑又是着急，每天忙得披星戴月脚不沾地，哪有时间管它是萝卜还是萝卜干？南都人都是大萝卜呢！悄悄问卓远：“公婆他们什么时候走啊？”卓远正在写教案，头也不抬地回答：“没准备走，在这带孙子不好么？我们轻松不用操心家里，不然工作那么忙你放心卓识全交给保姆么？而且老家的房子本来小，卓凤也想他们留在南都，一举多得……”

李媛听得皱眉但不敢公然反对，匆匆出了家门，心里发愁：以后都要和公婆一起生活？从早忙到晚累一天，到家还不能放松？吃什么喝什么不能随心所欲，穿多了穿少了都被好意“提醒”，丈夫不能怼不能骂也不能太亲密？最关键的还有孩子，我要用尿不湿他们要用尿布，我要月嫂晚上喂奶粉他们非要敲门喊我喂母乳，就算现在这个让步无碍大局，以后孩子的教育谁说了算？

这一刻，李媛突然体会到关其雨的不易。难怪她一个鲜活灵动的江南灵秀女子，渐渐变成了枯槁呆滞的中年妇女！当然外人看起来仍是纤细灵巧的，只是当年啊，记得李侯第一次带关其雨回家介绍给父母，她轻巧出现在门口，盈盈一笑，瞬间灵气氤氲啊！“还瑞霭呈祥呢！嫂子是挺好看的，不过不用这么夸张吧？”卓远听到这样的形容不以为然地反驳，那是没见过关其雨当年的模样啊！不然哥哥那么心高气傲眼高于顶的人，怎么会喜欢她？母亲觉得委屈了哥哥，这十几年其实是她在委屈吧，跟公婆一起生活！日日夜夜！难怪受不了要申请离婚！有天听陆居说漏嘴泄露消息，吓了一跳，不过哥哥还没签字，也许还有挽回的机会吧？不行，瞅机会还是要和卓远说，就算真要留在南都也绝对不能答应住在一起，哪怕大房子换成两套小房子，也不能像他

们那样硬生生被拖成离婚!

看看时间要来不及，李媛顾不上多想，出地铁加快了脚步。今天是美国艾兰德公司来上元区考察会谈，可不能迟到；尤其这次来的爱德华先生据说是能拍板的关键人物。三月时谈过一轮，对方反应平淡，后来贸易摩擦一起更是没了消息，还以为这项目黄了呢，所以上周接到电邮颇兴奋了一番：第二轮来个大人物，好事啊。

外人都以为大区长谈个项目还不容易？谁敢不听么？还不是一堆人巴结么？真不是那么简单，市场经济的大环境之下，别说区长，就是市长就是总理出马也要看项目本身，没效益没前景的话，神仙来也不管用。招商引资相当考验政府部门的工作，战略上更被形容为发展的永恒主题，今年南都的几个高端项目，阿里巴巴江南总部、小米华东总部顺利落地，还有新能源汽车、台积电这些龙头项目，都是市里直接抓的。提高城市首位度，推动城市高质量发展，打造产业地标，建设创新名城，这些目标理想要靠一个个具体的项目来支撑来实现，每一个项目不论大小，都经过辛苦的劳动过程都浸透着各板块工作人员的心血。据说南都全城今年亿元以上的项目签了五百多个，而且其中四分之三符合主导产业发展方向，多不容易！明年的招商计划更要突破，市区领导都立下军令状挂钩联系重大项目呢。李媛盼着，今天与这个美国艾兰德公司的谈判有突破性进展，在招商引资的擂台赛上得个大奖。没错，有擂台赛，口号是“以实绩论英雄”，不过我这个“英雌”也当仁不让呐。

“讲起我们上元区，印象里总是夫子庙、上元河、中华门等等这些老景点。”李媛侃侃而谈，产后才两个多月浮肿未退，整个人圆乎乎的，藏青工作服紧紧地裹着身体，显出分外的坚毅执拗，就是侯华老骄傲自得的“李家人”。

“其实当今的‘上元印象’，我们已经、正在、还要努力扭转。我们不相信老城区就只有旅游一条出路，那对南都城、对上元百姓都不负责任。我们现在把高新区融入我们的老城区，目标不是单纯招项目搞经济，而是追求区域的全面繁荣。所以爱德华先生您放心，我们绝不是计划从您身上薅羊毛，而是做好服务，支持您在上元土地上生根，长成根深叶茂的参天大树，为南都百姓也为大洋彼岸的美国人提供信息模型的阴凉!”艾兰德公司主业是信息模型，李媛下苦功恶补新名词，惊喜地发现硅谷不少公司都用艾兰德的产品，包括大名鼎鼎的斯坦福。

翻译——中年华裔女子自己介绍姓蒋，早年去美国留学后来碰到“对先生”就结婚留在了硅谷，漂洋过海的经历形成了云淡风轻的气质——轻声将这段话译出，爱德华先生笑笑，礼貌中难掩倨傲。这是个中等身材的美国人，金发碧眼态度温和，不过一直戴着口罩，进室内也不肯摘下。李媛以为他感冒，正赞叹美国人真注意公共卫生真讲究公德，翻译小声解释他是害怕雾霾。李媛抬头望了望窗外的天空，其实还好，今天预报雾霾指数 PM2.5 不到一百，比原来动辄两三百的冬天好多了，当然，与美国硅谷的空气质量是没法比的，也只好视而不见地冲着爱德华先生的白口罩讲话了。

会议室中气氛不错，李媛看着地图讲解大致情况，区位交通、科教资源、产业发展、服务理念等等。“我们现在以‘百星高新区’为地标，树立物联网重要主导产业，区里已经成立了物联网产业发展基金，每年的投入高达十亿元，支持物联网产业研发应用服务及重大创新平台的建设，用‘产业链、生态圈、企业群’的模式引进主导产业生态链的龙头项目。南部新城一张白纸好作画，有轨电车将新城老城一线贯通；高架下的城南板块搞智造创新带，打造工业物联网和智能制造的研发创新平台；几个板块城市功能有机串联，区域品质整体提升……”

美国人听得很认真，不时用长铅笔点点地图提问，李媛很高兴，有兴趣就好，这么有实力的新科技公司，他落在哪里都是好事情。“各个板块各有特色，我们都会提供最好的服务，最大力度的支持。”她说。

爱德华终于点点头，示意助手递上文件，是艾兰德信息模型物联园计划书，厚厚的一沓。李媛瞥了眼封面忙表示这个项目自己跟踪了半年，前面谈的都是信息模型，这个主语突然变成了物联园，信息模型变成了定语，是要盖房子么？建筑商我们中国本土的恐怕更强些？

“南都是不是有位关其雨女士？”蒋翻译嘀嘀咕咕一阵说，“我们公司技术部看到了她不久前一篇‘超效学习’的新论文，很受启发。爱德华先生的兄弟约翰在南都昇实集团的健康中心工作，认得这位关女士，介绍爱德华先生与之通过话，对我们的信息模型工作极有帮助。现在的想法是不仅仅做个体的信息模型，而是从建房子时就采用装配式信息模型技术，这个不仅是建造方式由粗放型转为精细化，提高工程设计建造和管理质量——这个具体的计

划书中有，就是把工程项目各个不同阶段的工程信息、过程和资源集成整合在一个模型中，通过三维数字技术模拟建筑物的真实信息，为工程设计和施工提供相互协调的信息模型，以便工程技术人员对各种建筑信息做出正确理解和高效应对，从而使项目达到设计施工的一体化，各专业协同能力，建设成本、建设效率和建设工期都将大为改进——爱德华先生更进一步的想法，是在建造信息模型的同时，加入使用信息模型，即装入各进驻单位的信息并同步更新，那么这个园区所有的信息资源融合，将像一艘巨大的物联航空母舰。这个试用的园区我们愿意投资建造，希望区里配合引进符合标准的企业，相信以艾兰德的口碑声誉，会有一大批应征者；如果成功的话，进一步融合整个南都网络，不受行业区域限制，将来，扩张范围无限伸展，就像互联网一样慢慢覆盖世界。”

李媛相当意外，半天没有吭声。美国人的雄心勃勃远超预想是一方面，更没想到的是牵上了关其雨。知道她发了篇了不起的人工智能论文，很轰动，但是影响远至美国，连艾兰德这样的巨头公司都知道了，并且为此改变了投资计划？夸张呐。

翻开计划书匆匆扫了几眼，多处跳出“超效学习”的字样，显然在其中占的分量不轻，连忙笑着说：“关其雨，呃，关其雨女士的公司就在我们的百星高新区里。没错，我确信，公司名称叫‘与予’，有些拗口不过寓意很好而且令人印象深刻……她是个杰出的科学家，是是是，职称目前还只是讲师，不奇怪，她淡泊名利一直没多争取，是是是我们时常沟通……这篇论文在南都也引起很大反响，尤其对于人工智能中深度学习的广泛应用有很大促进，市里和她所在的南都大学联合开过研讨会，讨论这一理论如何应用在实处。你们知道现在正在实施人工智能三年计划，这篇论文以及她的‘与予’公司完成的实际案例，对计划的落实实施很有帮助。什么三年计划？这里有具体文件……”

李媛一边说一边庆幸，还好与嫂子不算疏远，这些信息信手拈来，对面爱德华的蓝眼睛闪着光，显然这个话题很吸引他。人工智能未来几年是关键时期，谁不想在这个浪潮中脱颖而出，在历史上留下浓重一笔？“超效学习”引起业界这么大反响，肯定有其不凡之处，现在的关键就看谁用得好吧？

“她的公司是咨询公司，目前应用‘超效学习’的算法研究数据，对经营策略等的分析项目做了不少。你们刚才提到的昇实集团就是采用了她的分析，几个商场线上线下都大变样了，经营状况改善极为显著……”李媛说着说着心中犯愁，昇实少主朱陶这十个月里常常出现，比李侯在陈阁老巷大屋的时间还多；那么大的上市集团公司请关其雨一个小小讲师把关至关重要的商品“美国超人”机器人，又请她新开的迷你小公司做营销策略顾问，瞎子也看得出不寻常啊，哥哥偏就不在意！真离婚的话，小宝怎么办？现在全家就瞒着母亲一个人，早晚露馅，看他怎么弄！

美国人听了介绍，想了想问能不能去看看“与予”公司。李媛毫不犹豫连忙表示欢迎，招商引资工作中碰到的难事、意外事多了，要求看个高新区内的小公司而已，小意思！顺手拨通了关其雨的电话，正好人在公司，听到李媛的要求愣了愣，虽然生性不喜接待交际，架不住李媛软磨硬泡只好唯唯诺诺地答应。李媛心中闪过一丝不过意，这十几年，在李家她一直都是这样谦和隐忍，是这一个个的唯唯诺诺，磨去了她的灵气吧？

漫步在冬日的南大校园，道旁两排梧桐树粗壮整齐，枝丫伸展在空中交错相连，后面散布着几株百年银杏树，映衬得一幢幢民国老建筑分外沧桑雄浑，引起了爱德华的兴趣，得知这所大学是民国时期的中国最高学府中央大学时，美国人肃然起敬。聊起那时的学术研究和现在的学术氛围，“不一样，当然不一样！那时是有不少大家，有很深厚的学术功底和不少研究成果，但都是纸上谈兵。”李媛讲起现在，说南都的教育科研受重视的程度完全不亚于美国，更关键的是，科研成果不限于纸上，大批量地变为实际应用，而且迅速快捷。比如关其雨的这个“超效学习”，国庆节发的论文，这才两个多月，公司成立并已做了十来个大大小小的项目，积累了不少实际运用的经验，其他国家有这么快的么，硅谷也不行吧？

爱德华不吭声，蒋翻译无奈点头。众所周知硅谷在科研理论上领先世界，但是闭门造车是普遍现象，在实际应用上常常脱节，所以谷歌、优步甚至亚马孙到了中国之后会水土不服。

路过中美文化研究中心，李媛介绍这是中国改革开放以后最早的高等教育国际合作长期项目，以中美两国的政治、社会、经济、法律、历史、文化与当代国际问题等为主要教学研究内容，三十多年中培养了两千多名学生，活跃在世界各地的政府企业高校；研究中心已经成为国际知名的跨国教学与

研究机构，被看作是高等教育国际合作的典范。美国前总统老布什，前国务卿基辛格、驻华大使骆家辉等等都曾来举办讲座。爱德华听到这些大名不禁动容，眺望着远处砖红色的高楼，颇带感慨地说：“中美关系影响着世界全局，二十世纪七八十年代，两国人民就已经认识到这点，才会建立起这个研究中心吧？这么多人为了两国关系不懈努力，三十多年来恐怕没想到今年的遭遇。基辛格说：‘中美关系，再也回不到从前了。’”

“不能这么消极。”李媛忙笑着圆场，“前几天布宜诺斯艾利斯 G20 峰会上中美元首会晤非常成功啊。两国共识就是在互惠互利基础上拓展合作，在相互尊重基础上管控分歧，共同推荐以‘协调、合作、稳定’为基调的中美关系。我觉得这六个字总结得真好，稳定不用说是基础，再看看现在科技日新月异的大时代，怎么能不协调合作？所以中美关系未尝不是一个新的起点。”

爱德华礼貌地笑笑，不置可否。李媛又笑着说：“中国有句老话‘不打不相识’，经过这半年的经贸摩擦，中美两国都认识到自己国家产业方面的不足，两国稳定合作关系的重要，铆足了劲头发展本国经济。只要两国经济团队诚恳磋商，一定会达成互利共赢的协议。爱德华先生您来中国来南都，历史会证明您这一决策的正确。”

蒋翻译逐句翻着，爱德华哈哈大笑起来。都说中国人的积极努力世界第一，果然名不虚传，这个胖胖的基层女干部，为了让项目落地使尽浑身解数，每一句看似无关的话其实都联向投资，努力让投资者放心安心还要燃起雄心野心。投资在南都被她说得上了全球历史高度，真有些心痒痒呢。

穿过冬日枯黄的大草坪，转入石子铺成的小径，两旁的香樟在寒风中飒飒作响，不时有几片落叶随风旋转飞舞。李媛介绍这一区域就是与南都大学共建的高新区延展，一区多园的创新举措，入驻的大部分是南大东大等高校和科研机构的相关企业，在科研技术、专利、实验、检测等方面都具备强力支撑，前面一排古屋翻新的江南建筑就是“与予”的所在。爱德华的蓝眼睛亮了亮，加快了脚步。

“不行，你给我讲清楚！”

“光顾你们赚钱，不管我们的死活！”

“我家里老的老小的小，我要养家糊口嘚！”

“哪个愿意做保姆、做钟点工啊，我们也想快快活活做白领做金领啊！好不容易放下身子出个劳动力，你们还不让!”

“砸！砸掉！让他们搞不成!”

“电脑，还有这个机器人，砸!”

“对，就是这个机器人！叫什么‘杜甫’的!”

吵闹声夹杂着乒乒乓乓的重物击打声，隐约还有一个纤细的声音：“不能！你们不能砸!”李媛心一拎，拔脚就奔，高声喊着：“住手！住手!”李媛身后的两个手下，园区吴书记和郑副区长急忙追上，李媛急得挥手，“快！快去！是‘与予’、关老师!”两人惊得连忙飞奔，后面爱德华和蒋翻译一行约莫知道有问题，也忙忙跟着跑起来。

“就砸!”“烦不了了!”“饭碗都么得了，管他哩!”叫嚷声和稀里哗啦的打砸声越来越响，那个纤细的声音渐渐清晰：“不行，不行，别！别砸!”带着哭腔。

李媛的心快要跳出来，连连高喝：“住手！有话好好讲！我是李区长！有话好好讲!”跑在前面的两个也忙着喊：“不要动手！领导来了，有问题好好谈!”

不知道是里面的打砸声太响还是砸的人太专心，喧嚣吵闹声丝毫没有减弱更没有停止，“砸！砸掉!”“算活拉倒!”反而叫嚣得越来越凶悍。“住手!”“好好讲!”小路弯弯曲曲的偏偏极长，几个人边跑边喊，气喘吁吁地只恨还有一段距离。突然“嘭”的一声巨响，惊得众人不禁停下了脚步，遥遥望见暗沉沉的天空下碎玻璃瀑布般泻落，一回神又忙高喊：“住手!”奋力猛冲过去。

一片狼藉。满眼一片狼藉。

白墙黑瓦中门户大开，被寒风吹得咯唧唧直响，屋里桌子板凳茶几文件柜倒得横七竖八，水磨石地上各种摔得支离破碎的电脑部件、显示器碎片，最糟糕的，满地的碎玻璃，东面两扇对开的落地玻璃拉门只剩了空荡荡的木框。十几个怒气冲冲的中年妇女站在屋中，扎着手意犹未尽地虎视眈眈，也可能是极度惊骇之后的木然。

“大嫂!”李媛惊叫一声，冲上去扒开乱糟糟的碎片、玻璃碴，好容易露出了血人般的关其雨，苍白的小脸被一道道殷红的鲜血遮去大半，额头上还

在汩汩地往外冒，双目紧闭，已经失去了知觉。

“快！救护车！”李媛急叫，“快！”爱德华一个箭步跨上来，拽下领带扎住关其雨的伤口，蒋翻译手忙脚乱地在一旁帮忙，吴书记和郑副区长忙着打电话，一个喊120、一个叫110，同样着急忙慌地：“快！”“快！”

中年妇女们呆呆地望着，脸上的木然不知何时变成了惊慌，有两个悄悄踅到门边想走，吴书记怒喝一声：“别走！哪个也别想走！”冲到门口双臂伸开一拦，“搞得不得了了！啊？‘文革’啊？打砸抢啊？还搞出人命了！我告诉你们，关老师要有个三长两短，你们个个坐牢、枪毙！”

“我们砸东西，没冲着她……”一个妇女小声嘀咕。

“是啊，哪晓得她护那个机器人……”

“就是哎，一个机器嘛，死东西哎，她非要挡在前头……”

妇女们七嘴八舌地辩解，好容易众人听出了大概，这十几个都是住家保姆，在主人家都干得不错，都以为年底了能拿个大红包呢，结果这一阵或前或后地都被辞工了。雇主家有的直接告诉保姆因为订购的“南都李太白”元旦就要到家了，有的吞吞吐吐地说家里负担不起保姆换了机器人，有的找借口讲这里那里干得不好，有的迫不及待地左一遍右一遍看“南都李太白”的说明。那是瀚迅和昇实联手制作的一个短片，片中的机器人叫“杜甫”，又能干又精神，家务活全盘接管，琴棋书画样样精通，不用费力教训，不会牢骚怪话，就晚上充电时休息一会儿，据说现在网上有个机器人世界，由充电桩兼服务器，机器人停在充电桩时上网能逛街交友聊天，和人类社会差不多！所以机器人的性格也都轻松愉快得很！它们愉快，我们就不愉快了啊，保姆做得好好的，不偷不抢自食其力起早贪黑听主人家的支派使唤各种不满抱怨，一个月休息一天最多两天还要小心翼翼地提前申请讲好，更不敢早走不敢迟归，回来都要看脸色……这样劳心劳力地干活，一个月挣三四千块，真正的血汗钱！现在倒好，啥机器人出来了，啥人工智能时代了，连这个工作都容不得做了？

保姆们在中介公司聊起来都是气愤不已，更为将来的前途担忧，有个保姆想起说明短片中有一段场景很熟悉，就是她服务的大学校园里刚翻新的房子，听讲是免费提供的呢，不得了，免房租免交税，一个月做几个项目挣好几十万，那个公司的小沈讲的！机器人是他们设计的，就在房子里，能干得不得了，转来转去地干活，房间里打扫得干干净净，还和小孩子下棋讲唐诗，来斯啊！“它来斯，我们歇火！”保姆们越聊越是激动，商量了一致决定找这个公司“谈谈”，带队的保姆熟门熟路，直接闯进了“与予”。一眼就看到“杜甫”在干活。

经过上次换金匣子事件，“杜甫”总有些劫后余生的庆幸，小心谨慎，从早忙到晚，室内打扫得一尘不染，连室外的落叶枯枝这些园丁的活计也抢着做，保姆们到的时候看到它正忙得欢，六条手臂分别拿着干湿抹布水桶笤帚吸尘器一边拖地一边擦玻璃。太能干了，没法比啊！高处的边边角角它也轻松就能够到，一边干活一边还播放着当日新闻：“美国表示中美谈判在各个方面都取得了重大进展，但是仍有不少工作需要完成……”保姆们原来以为它是竞争对手，当面看到才发现，根本不是它的对手。

正好今天就关其雨一个人在，正埋头在电脑前想着在李媛、爱德华来之前把手上活儿干完，诧异地看到一群中年妇女，便问什么事。保姆们讲都被解雇了，都怪这个机器人，请她手下留情不要抢饭碗。关其雨皱眉头说她不管也不懂这些，她只是个研究人工智能的大学老师。保姆们看到机器人之后的担忧恐惧气愤本已到了顶点，见这个“罪魁祸首”淡淡地事不关己更加生气，七嘴八舌地争论揭露，她是瀚迅李总的爱人，她和昇实小老板的交情非同一般，她一手促成了“李太白”上市，明明就是她害得大家失业！她轻轻松松一个月挣几十万税都不要交，这么大房子不用付房租，还有小伙子供她支派使唤……关其雨没碰到过这种场面，皱眉听着不发一言——即使想讲也插不了话，保姆们越控诉越来气，于是发生了打砸这一幕。

“她一直不吭声也不动弹，手上握着遥控器，后来见喊不住我们，又匆匆忙忙跑到机器人旁边按了它胸口的开关。我们砸电脑砸家具门窗她皱眉喊‘不要砸’，后来我们要砸机器人，哪个晓得呢，她竟然会挡在机器人面前！人多嘛，推推搡搡的，玻璃门不晓得怎么碎了，她就被埋在下面了。”

保姆们你一言我一语的，这段事讲起来就几分钟，等救护车的李媛只觉得漫长得像一个世纪，不停地催手下：“再看看到哪里了！”“喊他们带快点儿！”“不能送出去，我们不敢动，喊他们车子开进来！小路就小路！”听到保姆们说到这里，猛地高喝一声：“你们么得脑子也么得良心啊？她把机器人关机，又按遥控器又关总开关！怕伤到你们！她要是喊机器人和你们斗，你们

阿是对手？一个个都被敲扁了！”

保姆们瞬间安静下来，面面相觑。回想这个瘦削文弱的“关老师”，在众人吵闹打砸中唯一做的就是关掉机器人，她，真的是怕机器人伤到人！而在大家要去砸机器人的时候，她又拼死保护机器人！在她心中，机器人和人同等重要。

爱德华一直单腿跪在关其雨身前捂着她的伤口，这时终于将视线移到保姆们身上，碧蓝的眼睛中流露出一丝悲悯，说：“可怜的女孩！她是怕开关不保险，彻底关了紧急事件总闸。否则以这个机器人的智能，为了护主，真有可能使出极端手段。”保姆们下意识地望向墙角，那个钢头铁臂、六只手可长可短的机器人“杜甫”，闪着冷冷的寒光，它凸出的眼中，是愤怒还是哀伤？

“来了来了，快！这边这边！”救护车呜呜地呼啸而来，直接驶过石子路停在了粉墙之前。吴书记领着几个白大褂冲进来，李媛、爱德华小心地退后一步看着医护人员检查、测量、挂上点滴、抬进救护车，保姆们拥到车门口，寒风中瑟缩着，七嘴八舌地有的表达后悔有的拜托医生救治。吴书记恨恨地拦住她们说：“110 到了，警察马上来，看你们怎么办！都去坐牢！”

救护车拉响了警报，飞驰出校园直奔人民医院。李媛叹口气，摸出手机语音留言：“哥，大嫂她受伤了，伤得不轻，你赶紧来人民医院看看吧！”发完了，通讯录里看到朱陶的名字，不禁犹豫，要不要告诉他？哥哥会不高兴的吧？

关其雨紧闭双目，苍白的小脸没有一丝血色。浓密的长睫像两只蝴蝶飞落在茉莉花上。她醒来时会想见谁？李媛看看她又看看手机，踌躇难决。

“人工智能的飞速发展，将很快带来就业问题、收入分配问题、贫富差距拉大的问题。”爱德华一直默默陪在旁边，突然开口轻声说，“这些问题会直接影响社会的稳定。南都准备好如何应对了吗？中国准备好了吗？世界，准备好了吗？”像是问李媛又像是自言自语。

李媛悚然一惊，放下了手机。这个观点并不是第一次听到，对于人工智能会怎样改变世界，一直有各种声音。威胁人类的生存是一种，影响社会安定也是一种。总以为那都是很遥远的事情，没想到今天眼睁睁地发生在面前！而毕生研究人工智能的关其雨首当其冲成了受害者！这十几个保姆追责处罚是小事，瀚迅的“李太白”一定会大受欢迎，一定会大批量生产，会造成多少保姆下岗失业？今天的冲突还会发生多少起？下一次受害的是谁？而“李太白”的所向披靡无疑会造成垄断，又会挤垮多少同行小公司？连时空公司这样的巨头都受到威胁，不敢丝毫松懈呢！

“像我们美国，1%和99%两个群体，”爱德华耸耸肩，“我很庆幸自己在1%之内，远离了99%。但是人工智能再继续发展，一方面我们离99%越来越远，另一方面1%渐渐变成0.1%，我也可能会被淘汰进99.9%之中。社会财富最后集中在0.1%的一小撮所谓‘精英’中。那样的社会是割裂的社会、对立的社会，安全吗？”

1%，99%……李媛不作声。美国的这一社会问题，全球皆知，前1%家庭收入是后99%的26倍，并且在逐年递增，并且在向全国蔓延。2011年近万名示威者占领华尔街，后来延伸到一百二十多个城市，人群喊出口号“我们都是99%”，代表了大部分的中低阶层，控诉美国社会的贫富悬殊。贫富悬殊并不只是有的人住大房子有的人住小房子那么简单，其背后，意味着社会公正的缺失，意味着阶层的固化，意味着社会的动荡。美国阶层的固化从孩子开始，1%接受到的教育与99%的教育在婴幼儿阶段就拉开了差距，常青藤顶级名校更几乎成了精英阶层的专有学校。普通工人薪资增长缓慢，富裕阶层以牺牲普通工人利益为代价财富快速增长，且因为拥有金融资产能够滚雪球似的不劳而获；超级富裕阶层和大型公司，利用离岸公司避税，大量的财富和就业被转移到海外，而政客因竞选的费用来自1%的富裕阶层，当选后自然走的还是金钱政治。冲突激化的时候怎么办？强权镇压。没有大人物没有军队的占领华尔街运动，很快就被警察的辣椒水和手枪平息了。但是美国的这一巨大社会问题并未解决，特朗普总统说是为工薪阶层提高待遇而进行的税改方案，目前看也只是对企业的一种隐形量化宽松，工人并未得益。

美国经济学家、诺贝尔奖获得者斯蒂格利兹将美国形象地形容为“1%的人所有，1%的人治理，1%的人享用”。长此以往，美国这一经济体境况并不乐观，社会的不稳定更不容忽视。

李媛陷入了沉思，高中就入党、十几年工作在基层一线的她，思路当然与美国企业家不一样：不谈未来的后果，不管爱德华讲的社会割裂不安全，我们几千年来以人为本、“民为贵，社稷次之”的思想纵贯中华文明，无论是“仁义礼”还是“仁政德治”都是把爱护百姓放在首位；我们更是社会主义国

家，70 年前解放全中国是为了亿万万百姓。不管是“全心全意为人民服务”，还是“中国共产党人的初心和使命就是为中国人民谋幸福”，都是把人民放在第一位，中国的发展绝不能像美国那样只顾 1%少数人利益。

就像今天的这一群保姆，她们是可气可恼，她们不该打砸“与予”，但是我们忽略了她们在先，人工智能带来的冲击不亚于以往任何一次工业革命，难道不该多为她们、他们、所有受到人工智能职业取代威胁的百姓们，多想一想？

“我们当翻译的也是啊，”爱德华身旁的蒋翻译忽然开口，“现在机器翻得越来越好，很多地方都不用人工翻译了，不会外语的出国，手机上装个翻译软件就畅行无阻，我们不知道哪天就失业呢！所以我孩子在选大学专业时，我告诉他啊，绝对不要选外语，等不到他毕业就失业了！他问我那学什么专业，我就想，真难啊！会计、出纳、税务、助理、放射科医生，好多职业都要被机器替代了吧？那都去做科学家、心理医生、市场公关么？那得多大的竞争力？还有啊，他现在看起来可以选择，但人工智能发展这么快，过几年谁知道世界变成什么样？会不会都不用学了？他要不要重新再学？”

救护车的警示灯“呜呜”旋转鸣叫，蒋翻译的话听不大清，然而她忧心忡忡的表情、茫然无措的目光深深刺激了李媛，与关其雨苍白的小脸一起，令这个冬日更加寒冷。绕过转盘，医院就在前面不远，可是人类社会的路在何方？

“增进民生福祉是发展的根本目的。”书本上学到的话语忽然浮现，李媛眯缝了眼睛望向车外熙攘的人群、川流的车水马龙，一句一句自然而然地淌出来：“我们要坚持以人民为中心的发展思想，抓住人民最关心、最直接、最现实的利益问题，不断保障和改善民生，促进社会公平正义，在更高水平上实现幼有所育，学有所教，劳有所得，病有所医，老有所养，住有所居，弱有所扶，让发展成果更多更公平地惠及全体人民，不断促进人的全面发展，朝着实现全体人民共同富裕不断迈进。”

蒋翻译诧异地看她一眼，一句句翻译出来，爱德华听着听着蓝眼睛中一亮，低不可闻地咕哝了一句：“百分之百？”

“到了，快！快！”救护车一个急刹，白大褂们已经蜂拥而上。李媛一跃下车，护着关其雨往里推，头顶上“人民医院”几个大字在冬日的阳光中清晰分明。人民就是人民，怎么能分99%和1%？当然是百分之百。

所以“李太白”在解决好相关问题之前，不能贸然上市。李媛下决心找瀚迅好好谈谈，还有昇实。

“她怎么样？”视屏通话突然响起，李侯简短地问。一向冷静的紫霞湖焦急如波涛翻涌。李媛匆匆讲了情况，强调救护车上的医生说应该没有生命危险。“我马上过来。”李侯挂了电话。

李媛转身跟着推车急奔，身后脚步声杂沓，一个声音气急败坏地高声喊：“李区长，关老师没事吧？怎么会受伤了？”是朱陶，这么快就到了！新街口近是不错，那也要看到信息就立刻跑出来啊。

白大褂们推车进了急救室，两扇玻璃门“咣当”关上。李媛看着气喘吁吁的朱陶趴在门缝上张望，不由叹了口气。也好，李侯就要到了，乘着都在这里，谈谈“李太白”吧！爱情婚姻固然重要，但是机器人冲击传统行业的风波绝不能掉以轻心，绝不能让我们的保姆钟点工变成美国的99%。不过一个是海归香蕉人，一个素来不问俗事，能谈得通么？

第二十六章　每日一千

急救室的门外，几个人闷闷坐着。李侯一向从容冷静，此刻依旧面无表情，只有微蹙的眉尖显出内心的焦急；朱陶坐立不安，隔几分钟站起身到门口张望，碰到个出来的医生护士就迎上去询问，见对方摇头便满脸失望，道谢后沮丧地坐下；爱德华和蒋翻译坐在角落，手上捧着厚厚的资料，不时头凑在一起商量几句；李媛在一旁不停地打电话，“老吴”“小赵”“于校长”“妈”等等，一分钟也不停。

好容易电话告一段落，李媛走到李侯身边，问：“闹事的保姆们都带到派出所，在登记信息记录口供，派出所问受害者情况还有受害者家属意见，要是严重的话这些人都先要拘留；要是问题不大就先放回去当然前提是保证随叫随到。受害者家属，你说呢？”

李侯不吭声，半晌才说：“我只要小雨平安。”

“就是，只要其雨，呃，只要小宝妈妈没事，其他人管他呢！”朱陶气愤愤地说，“不过她们公然闯入私人领地，又打又砸，是违法犯罪啊！也不能姑息吧？而且这次轻易放过了，以后还会不会再来伤害小宝妈妈？”

李媛叹口气，将保姆们上门找关其雨的原因、当时的情形详细地说了一遍，朱陶叫起来：“她们失业，怎么能怪到小宝妈妈头上？歪怪嘛！我们那个介绍短片做的时候因为‘杜甫’正好现成的又被小宝妈妈训练得很管用，是这次机器人的最佳代表，几方商量了才去‘与予’拍的，想着一举多得呢！真没料到会给她带来风险！这些保姆什么逻辑啊！”

“一个现实问题，‘李太白’上市，对住家保姆、对钟点工，都是很大的冲击。”李媛端正了坐姿，认真地说，“所以二位可否考虑考虑，暂缓‘李太白’的生产和销售？”

李侯还是不说话，眉头皱得成了川字，身姿也变得更直挺挺的。朱陶愣了愣立刻头摇得像拨浪鼓，急急忙忙地说：“李区长，这不可能！第一批合同签的都是元旦送货安装，就一个星期了，让我们毁约？损失多大啊！昇实的信誉会一败涂地！绝对不行！再说了，已经辞退保姆的人家，难道听说订的机器人不送货了，就会把辞掉的保姆请回去？他们选择机器人肯定是经过深思熟虑的，要不经济上省钱，要不使用得方便，这些用户也是百姓也是人民，他们的需求也不能忽视吧？还有瀚迅和昇实的员工，加在一起十好几万人呢，‘李太白’只能成功不能失败，否则这些员工和相关联的十几万家庭肯定受冲击！还有这次是获准用‘南都李太白’的名字，而且我们两家企业也算南都的明星企业吧？往大里讲，如果不好了肯定影响南都的经济吧？前面你们政府费那么大劲协调债权帮助我们走出困境，这一年各个企业都不容易，大家都在努力……”

朱陶是真急了，滔滔不绝地罗列了一堆理由，虽然逻辑不很顺，但都是大实话。李侯也终于颔首，说：“科技进步和经济发展是好事情，总不能为了保护一部分人故意停滞不前。发展的潮流浩浩荡荡，不是想阻止就能阻止的。”

“对啊对啊！就和孙中山当年革命一样，要顺着历史大势，不能逆向而为!”朱陶立刻赞同，胡乱用着蹩脚的成语，焦急热切，“就算没有‘李太白’，没有‘美国超人’，还有韩国品牌日本品牌，还有全世界的机器人制造商营销商，机器取代劳动力是历史潮流。你看好多工厂，富士康、特斯拉那些，早已经大量使用机器，偌大的工厂中看不到几个活人！不是为了与原来的工人过不去，而是本身就没有工人，劳动力短缺是很多国家的现实问题。就是发展中国家，一线工人累死累活地辛苦，要是能有更好的出路，不是全人类的进步么?”

李媛叹了口气：“是啊!”身在基层一线，当然知道他说得对。每年春节后工厂招工，各厂使尽百宝，特别是一些基础产业如服装厂、纺织厂、印染厂等，单调枯燥又辛苦的工作，招工不是一般的难。这些行业，渐渐都会被机器取代吧？那是该庆幸的吧？

“美国去年今年建了不少服装厂——大部分是中国来的投资者——都是AGV智能化，即所谓‘端到端’的全自动生产线。”爱德华像是看出了她的思绪，插话说，“原材料工序就用AGV电梯，车间里的缝制整烫等用潜伏式AGV，成品入库及物流则有牵引型AGV，产量出乎意料地高。本来普遍的判断，缝制工厂是无法回流美国的，因为美国的劳动力成本高达五万美元一

年，是中国的八至十倍。结果没想到因为人工智能的发展近年带动了这个产业回流，靠机器的自动化生产，综合生产成本只比中国高百分之二十，所以……”

爱德华没有再说，但大家都明白他的意思，人工智能的飞速发展中，产业变化是常态，支持瀚迅昇实按原计划推出“李太白”，保姆们的反对不能成为理由。李侯遥遥冲爱德华颔首致谢，朱陶则干脆迎上去交换名片，得知他就是约翰那位做信息模型的兄弟时再三说“保持联系”。

李媛苦笑。当然他们都有道理，可是家用机器人对这些保姆们的冲击太大，要是“李太白”不断扩大产量，“保姆”“钟点工”“清洁工”这几个行业很可能就要消失，仅南都相关从业人员就有三十多万，这么多人怎么办？

“李媛、李侯，这么巧，你们怎么在这里？”突然一个清脆的女声打招呼，兄妹两人抬头望去，是一个中等身材敦敦实实的中年妇女，“小张！真巧！”李媛认出是家里原来请的钟点工张丽，连忙起身含笑回答。

张丽是小宝刚满月时家中忙乱、父亲做主请的，后来父亲生病去世都亏她在家忙前忙后；苏北农村来的，手大脚大块头大，丈夫在南都做保安，儿子已经上大学，两口子在城外租的房子，距离新街口不远，固定时间外有什么事她只要走得开就满口答应赶过来，与李家全家人相处得很好，尤其侯华严格到挑剔，难为她都笑嘻嘻地服从从不顶嘴；后来一直到“李白”来了，才狠心把她辞退。当时侯华和关其雨为这事还有过争执，一个觉得好容易请到个称心的钟点工，辞掉容易以后再找就难了；一个觉得有李白了完全不再需要钟点工，干嘛要浪费，最后李侯李媛两人做母亲工作才算定下来。后来两年中李白确实表现不错，可是上次李白坏了，侯华自卓家回到陈阁老巷大屋抱怨个不停，尤其在找了几个钟点工都不满意之后常常念叨小张怎么怎么好，但两年多没联系，还真不知道她去了哪儿。

李侯也认出了张丽，微微颔首一笑，并不起身。李媛迎着张丽嘘寒问暖，张丽得知是关其雨受伤在手术连说“要命”“要死”“怎么搞的”“真是的”，又表示如果需要人照顾的话就找她。李媛好奇地问她现在做什么，张丽自豪地拍拍胸膛：“我？专职康复护理员啊！考试拿到证书的！卫生局颁发的！就是专门照顾术后病人，需要很强专业知识的！怎么护理包括翻身都有讲究，饮食搭配什么能吃什么不能吃，什么时间能推出去散散心，多少时间，更要注意病人的情绪，陪他讲话聊天都马虎不得！护士？护士哪会那么细致？何况一个星期出院了呢？家里人上班的上班上学的上学，就算有人在家也不懂也没那耐心啊！所以忙啊！经常好几家请！收入？比钟点工高多了，比月嫂高！”张丽讲着笑了笑，眨眨眼睛说：“比你当区长也高！”说着话后面就一迭声地有人叫：“张丽！”“小张！”张丽高声答应着“来了来了”忙忙地笑着去了。李媛望着她大步如飞的背影，陷入了沉思。

失业的保姆，只要给她们培训受教育的机会，会有更好的出路。比如“康复护理员”这种繁复细致的工作，与病人朝夕相处的，让病人感觉到温暖感觉到关爱的工作，机器人绝对取代不了。其他呢，陪伴老人、心理疏导、教育青少年等等需要人，需要有热度有感情的人类的工作，太多太多了。

他们讲得对，人工智能带给人类的，应该是体力劳动的解放，是更便利更快捷更轻松自由的新生活，不同阶层的人员享受到的便捷或者不一样，但每一个人都应该是受益者。李媛盘算着，从能做到的小事着手，立刻就与卫生局等单位联合成立培训中心，免费给想提高和改善待遇的保姆、钟点工上课，培训“康复护理员”“老人陪护员”等系列工作人员。

“关其雨家属！”“关其雨家属！”急救室的门咣当打开，护士推着车出来了。李侯一个箭步迎了上去，朱陶不甘落后抢在旁边，连爱德华也站起了身，等候在一旁关切地张望。

苍白的小脸洗拭干净，吓人的血渍都已不见，不过仍旧一片苍白，连嘴唇都毫无血色。头上、手臂和左腿到处裹着厚厚的纱布，“小雨，小雨。”李侯的声音颤抖，倚靠在病床边轻声呼唤。李媛看看兄长，印象里长这么大第一次看到他紧张，当年父亲病重他都淡淡的呢，正好在研发“李世民”，整个人魂不守舍的。

可惜，她听不见。

“生命危险应该没有，手腿都是外伤，已经处理包扎好，按时换药就好。脑部 CT 做过确定没有颅骨骨折没有颅内血肿等损伤，不过脑震荡严重，要注意调养休息。”医生一边脱手套一边说，“病人被打又被摔了，遭受的强暴力经大脑深部结构传导至脑干，不确定什么时候能醒过来。”

“不确定？医生你想想办法啊！”朱陶叫起来，“她这是飞来横祸，她在单位好好地工作被人追上门，与她毫不相干的事！她而且善良地关掉机器人怕

伤着对方!”

“我们已经尽力了。”医生摇摇头无奈地说，“继续观察，积极治疗。脑震荡在脑损伤中算是最轻的，也许数小时就会醒，也许数天也有可能，头疼恶心呕吐遗忘等症状醒后会有，立刻叫医生。”

爱德华跨上一步又停住，站了半分钟礼貌地转身向几人告辞。李媛明白，他原来是想向关其雨讨论“超效学习”在信息模型中的应用，现在这样还讨论什么？关其雨不知道啥时能醒，还会有后遗症！那么多资料就算一句句念，她能明白吗？也只好回去了。碰到这样的事故，美国人对南都对上元区多了几分疑虑，项目肯定也无法继续谈了。李媛心里暗骂吴书记，怎么管理的？一大帮气势汹汹的中年妇女闯入园区难道不知道跟几个保安去？其实是因为平日过于太平了才会毫无警惕心的吧？南都是全国公认的宜居城市，幸福指数排名前三，爱德华昨天到的时候是半夜，在金陵饭店办完入住手续信步到附近利济巷里吃了碗小馄饨，今天还念念不忘说“真好吃”；蒋翻译说这在纽约谁敢啊，也就因为知道南都是个特安全城市。谁想偏偏今天出了意外。

李媛只好也加倍礼貌地与两人告别，再三抱歉晚上不能作陪，欢迎随时再来“指导”，直送到楼下停车场交给赶过来的秘书小姚和司机小魏才算放心。目送车子启动缓缓驶走，硬生生又挤了个灿烂讨好的笑容，冲爱德华、蒋翻译笑着挥手，连声高声大声“再见”。

会再见的吧？自阿根廷 G20 峰会中美两国达成共识后，双方团队加紧商谈，焦急等待的何止两国工商界，全球都在等一个好的结果吧？据说美国明年有可能将汽车进口关税施加到欧盟和日本头上，全世界经济体的矛盾将加剧，更多目光注视着中美关系。

最好啊，中美协议达成，爱德华拿定主意投资，为这个项目花费了多少心血也罢了，关键是义兰德现在计划的从建造就开始注入信息模型、各个住户之间信息共享的这种新模式，值得尝试。没想到爱德华那么关注关其雨的研究成果，等她醒了，请她帮忙联系一下吧？李媛突然有些紧张，她会帮忙的吧？多年来习惯了她的唯唯诺诺，其实并不是理所当然啊！

回到病房，沈不豫和陆居赶来了，一个正在拼命自责“我陪外地来的同学、就是那个赵小谦，去招聘会面试的——你们知道吧现在外地大学生来面试有一千块补贴——招聘会到处都安排得井井有条，一进门大幅标语‘来南都，实现你的梦想’‘来南都，做更好的自己’，赵小谦被鼓动得心痒痒的，见了十几家单位，当场意向书就签了四份。早知道根本不用我陪，我怎么就不在‘与予’呢!”

李媛张张口没说话。这一年南都全年新增就业参保大学生34万人，同比增长60%，历史最高数字。什么概念呢？平均每天有近千名大学生落户在这个城市，每日一千啊！事实证明南都不仅能培养大学生，也能留住大学生，更能吸引大学生，发展环境和集聚能力的优化升级，使得年轻人留下来、涌进来。沈不豫所在的东北同乡会，人人都在设法留在南都，而且还要劝亲友来。“回去不习惯啊，太闲了，总不能天天包饺子看小品?”“不要父母托关系，不要啃老，在南都自己干就行，靠自己本事。”“‘北上广不如南都闯，老家混哪有宁漂润。’，瞧瞧阿拉混得如何?”吴浩就常常在各种场合感慨兼显摆。

另一个坐在床沿握着关其雨的手絮叨：“家属啊，你的职称批下来了！张主任说院里特别申请、报部里特批的。表彰你‘教学上多年默默奉献，学术研究上飞跃性发现’啥的，都是实情。”

关其雨静静躺着，一动不动。另一只手上吊着点滴，玻璃瓶中透明液体一滴一滴落下，无声无息地淌入静脉。瘦削的手臂纤细得像根树枝，一条条青色的静脉如蚯蚓伏在皮肤下。李侯忽然一阵心酸，悄悄别过了头不忍再看。那个带着婴儿肥的、水乡精灵一样灵气十足的少女呢?

“你听得见吧？家属啊，好容易熬出了头，副高职称了，以后是‘关教授’了！你那挑剔的婆婆再不会冷嘲热讽嫌弃你没有‘李家人’出色!”陆居心直口快地唠叨，见李家兄妹变了脸色，反而瞪眼提高了声音，“怎么，我说的不对吗？我家属嫁到你们李家十几年，任劳任怨有功无过，结果你们李家怎么对她的？辛苦也罢了，受多少闷气！评不上教授是她的错，生孩子晚是她的错，李侯加班不回家也是她的错！婆婆挑剔，丈夫不该体贴吗？一次次装聋作哑不闻不问不着家！她是伤透了心，拿定了主意离婚，自己求一条生路!”

李侯脸色铁青，抿紧了嘴唇不发一言。朱陶咳嗽了两声神色尴尬，但是尴尬中明显地带着怜惜；沈不豫看看众人又望望病床，不自觉地也露出了不平之色。李媛忙打圆场：“陆居你别这么说，我们一家挺好的！谁家没点矛盾

没点小摩擦呢？大家好好商量，共同克服困难，不要动不动讲什么分手什么离婚的话。老话说‘宁拆十座庙不毁一桩婚’呢，人家夫妻好坏的事，咱们不该多嘴评判，就是劝也该往好里劝，你讲对不对？”

“不对！”陆居的脾气上来天王老子也不放在眼里，何况李媛？“李区长！她要是家里好好的，要是有个落脚的地方，何至于天天泡在‘与予’？她要不是想挣钱买个自己的窝，何至于接那么多活儿，做得没天没夜？”

沈不豫小声插话：“关老师不是为钱，要不高价卖卖专利，申请初创企业补贴都是钱，她是想快点把‘超效学习’用好，为其应用积累经验……”

“一边去！你懂啥！”陆居气头上连小老乡也训，“她是没办法！她嫁了个不知体恤中看不中用的老公，分手离婚还要自己想办法挣钱搬出去！十几年啥也没落着，孩子都要自己养！”

“你！”李侯霍然而起，愤怒地望向陆居。李媛、朱陶都吓了一跳，陆居却并不退缩，迎着李侯的目光，高声说：“我说的哪句不是实情？你李侯是‘李图灵’、是‘民用机器人的小侯爷’，可你更是她的爱人她的丈夫，你不该给她幸福安定的生活吗？非要住在你们李家大屋！什么年代了，还要四世同堂的封建大家族么？她连笑都不自由！她是你妻子，是你孩子的母亲，她在你最困难的时候无微不至地支持照顾，可是你为她做过什么？你与叶端直的绯闻传得沸沸扬扬，你想过她的感受没有？这一年她受了多少打击，你有没关心过她哪怕一句话？”

李侯牢牢盯着陆居，额头上青筋一根根暴起，双拳攥得紧紧的，紫霞湖般的双眸中波浪滔天，随时像要把面前的陆居掀翻。陆居在他的目光中愤怒渐渐弱下去，别过头指着关其雨说：“她喜欢吃零食。”

沈不豫连忙又在一旁插话：“科学研究证明爱吃零食是天生的不是好意的，有的人吃饱了就不想再吃，有的人就是一直想吃……”陆居像是没听见，自顾自地叙说：“最喜欢松子和小核桃，可是你们李家大屋里说不让吃，怕招老鼠蟑螂，我们去莱迪逛街的时候偶尔给她买一小包，小小的一包，她坐在奶茶铺子的位置上嗑一会儿，会幸福得眯起眼睛，连嗑下的壳也一颗颗摆放整齐，笑眯眯地看着，那实在是她难得的享受……”

一室寂静。陆居说着红了眼圈，朱陶递过纸巾，自己也眼睛红红的。李侯的目光转向病床，双眸中的波浪渐渐沉静。回想起来，是新婚不久吧？她坐在阳台藤椅上看书，客厅沙发上老两口在看电视，书房里李媛在写论文，自己在卧室午觉，她只能去阳台，圆茶几上放了一小包松子，一边看书一边吃零食，女生不都是这样？侯华听到了嗑松子的声音，便高声阻止，说这些零食不卫生，肯定引来老鼠蟑螂，而且，好好的一个大学助教，嗑松子？像上元河边的风尘女子呢！李家人都笑了，李侯也笑了笑继续午睡，并没在意妻子从那以后再不吃零食。

她隐忍至此，她体谅丈夫到这个地步，陆居讲得对，我想过她的感受吗？

门口忽然“哗啦”一声，李媛连忙开门探视，竟然是侯华，捧着的纸袋破了，苹果橘子酸奶摔了一地。“妈，你来了？”李媛忙接过纸袋，弯腰捡拾地上的水果。酸奶摔破了，白花花地流淌，沈不豫在卫生间找到拖把垃圾桶，小跑着出来帮忙。

陆居看到侯华愣了愣，随即站起身对李侯说：“幼儿园放学了，我去接小薇。小宝我也带回去好吧？两个孩子玩得可好，天生明天一早一起上学，我顺便送过去。你们忙其雨吧，想想她要是从此不醒了不在了，会怎么样？”说完不等几人回答，拎了挎包就走，到门口转身唤：“朱陶，不豫，一起走吧？”

沈不豫迟疑着起身，望了望病床，跟着走到了门口。朱陶闷声闷气地说：“我不走。你们先走吧。”视线像是粘在病床上，根本就不移动。陆居叹口气，带着沈不豫离开了。病房里瞬时安静下来，只听到输液的声音一点一滴地滴落，李侯和朱陶的目光都在病床上，一个面色铁青眉尖微蹙，一个旁若无人泰然自若。李媛不安地看看兄长又看看母亲，侯华放好食物饮料，缓缓地走向病床，李侯不知怎么突然挪动脚步，挡在了前方。

侯华抬起头，仰望着儿子。母子连心，当然看得出他眼底湖中的复杂情感，是后悔懊恼，是自责内疚，也饱含不满愤怒。

不满！愤怒！四十年，从十月怀胎、从产房呱呱落地、从哺乳教养，看他上学、工作、成家、生子，四十年，一万四千多天，日日夜夜牵挂、时时刻刻惦记，何曾有过一丝疏忽懈怠？所作所为、每一举每一动，又哪一个不是为了他？所谓呕心沥血，一点都不夸张。然而四十年后，换来了不满！愤怒！侯华突然泄了浑身的力气，软软地坐倒在旁边的木椅中，垂下了头，不自禁地颤抖。

“妈，您喝口水。”李媛捧过一杯水，小心地说。是医院常用的一次性杯

子，透明的塑料，装着饮水机里的冷水。他们不知道或者是不记得母亲胃不好，不能喝凉水，我却永远记得他们所有的喜好与忌口，侯宝口味淡，饭菜宁可不放盐，而媛宝要咸要辣，所以烧一个牛肉也要分两锅。侯华端着一次性杯子，苦涩地笑了，笑得比哭还凄凉。

可怜天下父母心，一句话讲尽了为人父母的辛酸。

“我知道，小关向你提出离婚了，就瞒着我。不用瞒，我能怎么样呢？”良久良久，侯华开口道：“这么多年住在一起，委屈她了。我上周已经向‘昇实健康中心’申请登记，本来轮候等待的时间很长，我走后门打的朱陶旗号，查下来正好有个老人刚被家里儿女接回家里了，我顶他的位置，马上就能住进去。”

“妈！”“妈！”李家兄妹同时惊呼了一声。朱陶像是没听见，目光并不离开病床。

“房间不错，朝南的单室套，离图书馆乒乓球室都近。洗衣房里还有干衣机，护士站就在一楼，只要按个铃、随叫随到，很方便。”侯华自嘲地笑了笑，“工作的时候我上过党校，集体生活有规律，对健康有益。”

“妈！”李媛又叫了一声，然而“住到我们家去吧”的一句话憋在喉咙口出不来。别说公公婆婆在家里，就算不在，愿意、能够、不在意母亲住在家里长期长年一起生活吗？自己对公公婆婆的不满意，同样会发生在与母亲的相处中，一个星期能当个笑话，一个月能忍一忍过去，要是以后一直一直不得不一起呢？自己就算没办法不得不接受，老卓呢？孩子呢？夹在中间的自己长年累月劳心劳力，还会像现在这样爱母亲么？曾经调解过无数家庭矛盾，大道理都懂，可是轮到自己家的时候，自由和孝顺哪个更重要？李媛恨自己想得自私而且实际。

“别劝我，我想了很久，不是草率决定的。”侯华凝望着病床，神态平静地站起，“小关是个好姑娘，可我也不是个恶婆婆、更不是个坏母亲。只不过大家年纪不同有‘代沟’，各自的生活习惯差距大，勉强住在一起都不开心。我走了，希望你们好好的。”说着转身离去，毫不拖泥带水，不愧当年叱咤工行的信贷处长。李媛跺跺脚叫着：“妈！妈！”追了出去，李侯抬眼望望，口唇翕动，终于还是没有吭声也没有动。病房里又恢复了一片静谧，输液器中透明的液体一滴、一滴，缓缓滴落。

关其雨阖目躺着，一动不动。浓密的长睫静静伏在苍白的小脸上，毫无生气。

朱陶静静坐在一旁，对李家人的争执争论来来去去似乎一无知觉，凝视着病床，目光中柔情无限。第一次遇见你在新街口广场，我勒住露茜，你从它巨大的身躯下奋力爬起，浑身的尘土汗水、满脸的焦灼沮丧，可是那自内散发的灵气呀，像我小时候第一次上紫金山天文台俯瞰到的南都城，灵光氤氲！你捧着疫苗凝神研究成分，你搂着孩子温柔嘬哄，一举一动一颦一笑都像江南的精灵，聪慧灵动；而回到家中小心翼翼委曲求全，更像折了翼翅，让人怜惜。谈起你的专业，谈起人工智能，你又像学者、科学家，专业而纯真未脱。我讨好你，讨好小宝，讨好你的家人朋友，是为弥补露茜咬了小宝的内疚么？还只为了接近你，只是因为想多和你在一起？我竟然不知道。陆居说“想想她要是从此不醒了不在了，会怎么样”，会怎么样？我不能想象，完全不能想象那个世界的空白、那个世界的虚无！求你醒过来，我们开始新的生活，我们在一起开始新的生活，开开心心地……

重重的一声冷哼，朱陶愕然抬头，李侯脸色铁青，目光冷得像寒冰：“这是我的妻，不用外人操心！”

“她申请了离婚……”朱陶抗议。刚才是心底的声音说出来了？还是李侯的“图灵思维”不但能算到几十步以后，也能看穿别人的心思？

“那又怎样？”李侯毫不客气地打断，“我们可还没离！”

“讲好了元旦……”朱陶的声音弱了几度。

“第一，还没到元旦，”李侯简短地说，“第二，我不同意！”说着挥挥手：“朱少爷请回吧！我会照顾好我的妻。”

朱陶看看他又看看病床，依旧干脆利落：“我不走。我要等她醒。”无赖就无赖吧，就是后悔没早一点无赖呢。

手机铃声忽然响，李侯瞪了朱陶一眼取出手机，清清楚楚的“叶端直来电”，李侯犹豫了零点一秒，直接按了挂断。过去十几年，我忽略了你，再给我一次机会，让我重新弥补。“想想她要是从此不醒了不在了，会怎么样？我不能想象，完全不能想象那个世界的空白、那个世界的虚无！”朱陶说得对。

江南冬日的夜晚，寒冷凄清。住院部的灯已经熄灭，走廊里微弱的灯光将两个直挺挺的身影映在玻璃窗上，一个高大魁岸一个清峻峭奇。关其雨静

静躺着，思绪随寒风在空中漫天飞扬，第一次发现，南都润湿的空气也有几分燥热，热得人心烦意乱、热得让人拿不定主意。他们都是很好很好的，朱陶我没怪你的狗咬小宝，李侯我理解你忙于工作，可我现在只想一个人，自由自在，再穿山越岭，再远涉高原。

看，那是母亲！她从平行宇宙中来，和我们一样的人类社会，然而正处在人工智能的混乱中：机器人因有了高等智慧，集结起来要战胜人类翻身做主；而人类四分五裂，贫富不均、民族矛盾、东西方仇视，各种问题闹得各自为政，在机器人面前毫无抵抗能力，一步步被逐离被流放。她们出发了十二个小分队，想要找到对付机器人的方法，研究核武器的、提高人类智能的、学习谈判技巧的……

“乖囡囡，你真是聪明，你猜出了我跋山涉水的原因，但是你恐怕想不到我的结局。”母亲的笑容远远地浮现，和全家福照片中的一样，温柔聪慧，“前十一个小分队先后失败，而我们这一队回去发现，宗教也好、算法也好，都挡不住高智能机器。”

“那，那妈妈你怎么样？”关其雨一阵焦急，“你们的世界被机器人占领了吗？”要是没有核武器，谈判没用，算法也没用，所有所有的都没用，那人类社会怎么面对机器人的威胁、怎么生存？

“妈妈没事啊，我们的世界现在很好。乖囡囡，来，让妈妈告诉你真正的法门，那是我在你们那里学到的，原谅妈妈，为了这不得不匆匆赶回，丢下了两岁的你。其实啊，你做得比妈妈好。”她的声音永远温柔而充满智慧，让我安心让我温暖。那是母亲啊，她生我养我，在我蹒跚学步的时候蹲下身含笑接引，可不得不匆匆离去，为了她世界中的人类。我两岁的时候，1986年，发生了什么？她学到了什么？

想起来是那么遥远
仿佛都已是从前
那不曾破灭的梦幻
依然蕴藏在心间……

好熟悉的旋律，我一定听过，我常常听见。关其雨皱了皱眉仔细回想。

轻轻地捧着你的脸
为你把眼泪擦干
这颗心永远属于你
告诉我不再孤单……

《让世界充满爱》！当然熟悉，风行很多年的歌曲啊，六潮电器城里现在还经常播放。爸爸总哼着，后来小宝也会，老少皆宜的歌曲啊。1986 年，世界和平年！关其雨终于想起来。

我们同欢乐，我们同忍受
我们怀着同样的期待
我们共风雨，我们共追求
我们珍存同一样的爱……

赶走人类占据了大量地盘的机器人，很快因分配、因派别、因主张不同等等闹起了内讧，相互武力的不断升级很快变成了更大的冲突，再演变成战争。大大小小的各种机器人团伙斗得你死我活，因彼此的超强战斗力将世界毁得面目全非。杜莉听到这些消息时正是 1986 世界和平年，倡导和平与合作，保障人类的未来。

“我知道了！”关其雨结结巴巴地问，“就四个字，对不对？”

“乖囡囡真聪明，没错，人与人也好、人与机也好，不管各自的信仰和意识如何，最关键的就四个字：协调合作。为什么呢？你听这首歌名《让世界充满爱》，你看过我们天安门广场上的‘世界人民大团结万岁’，你看老百姓都会说俗话‘我为人人、人人为我’……这些意识思维都是物质，以量子的状态散布在思维空间，只要加大它们的相互作用即俗称的协调合作，就形成了希格斯场，遍布全宇宙；当然坏想法恶念头也是物质，但是那些绝不会合作绝不会作用。希格斯场能量不断积聚到一定程度，就能进一步再推动粒子间更多作用影响，那就是我们现在的世界：和谐共存。”

希格斯场？关其雨依稀想起物理课上学过，纯粹理论上的量子场。母亲

的世界里，是已经证实了其存在么？并且已经能加强拓展相互的作用？不奇怪啊，她能够穿梭在两个世界，科技一定更发达吧？

母亲的声音渐渐淡去，周围各种奇形怪状的人：外星人？机器人？关其雨像走在科幻电影中，身边来来去去的人，有的丑陋有的艳丽，六臂李白在这里会是相貌最朴实无奇的吧？这些“人”有的笑得和蔼可亲，有的低头愁眉苦脸，有的干脆面无表情，相互间却都礼貌谦让，默契协调。母亲在这里，是照片里的模样吗？是那小鹿般温顺聪慧的双眸吗？也并不重要。大千世界本就各式各样形形色色，何必，又怎能强求所有“人”一模一样？

“希望会有那么一天，共有一个美丽的家园……”听着耳边熟悉的旋律，关其雨冲着满街各式各样的“人”，笑了。

“病人在做梦，好事情啊，随时可能醒。醒了请你们按铃，值班医生立刻过来看。”护士拔下针头，将白胶布贴平服，踮脚取下输液瓶轻快地转身离去。两个身影凑到病床前，看见关其雨的长睫像黑蝴蝶扇动翅膀一样剧烈地抖动，双唇不知何时张开了一条缝，像要说话似的微微翕张，两边嘴角上扬，笑得惬意甜美。

她在做梦，而且在笑，随时都可能醒过来。朱陶紧张地攥紧了双拳。李侯瞥了一眼闪烁的手机屏幕，还是“叶端直来电”，这已经是她今晚第七次打过来，接，还是不接？手机固执地闪烁，仿佛叶端直刚毅执拗的面容。李侯狠狠心，手指按了下去，不，她随时都可能醒过来，我不接电话，看她梦中笑得甜美，梦见什么了呢？记得她说过她总做梦，小女孩在雪山里一直走一直走，后来怎么样了？女孩长大了么？她像一个精灵，爱做梦、爱胡思乱想、爱无拘无束天马行空；当初爱上她，岂非就是因为她的灵慧不羁？

然而却连倾听她说梦都没做到。李侯在深深懊恼和歉疚中，又一次按断了“叶端直来电”。

第二十七章　环抱钟山

朱陶一路飞车，赶到会场已经晚了几分钟，赧颜蹑足，悄悄地自后门踅进，在第一个碰到的空位赶紧坐下，四顾无人在意，长长吁了口气。

过年忙，过完年更忙，新街口一片、几个城市的健康中心都是年前忙到年后。而早上一大早是赶去南部新城看了看，据说这里一张白纸好作画，接待的乔主任介绍正按智慧城市典范规划，按枢纽经济平台招商引资，按人文绿都窗口建设，不少项目过完年已经开工，样样都考虑得细致周到，毫无疑问将会与新街口、江北新区和河西CBD媲美鼎足，成为南都的又一块宝地。那么如此绝好的机会，昇实该如何在其中布局呢？朱陶觉得很犹豫，毕竟集团的资金问题还没完全解决，要与父亲好好商量商量。

台上领导正在讲话："对南都来说，民营企业在全市经济社会发展大局中发挥了巨大作用、做出了巨大贡献、释放了巨大活力。可以说南都改革开放的历程，就是民营经济由小到大、由弱到强、不断发展壮大的历程。南都持续健康的发展，离不开民营经济的蓬勃生机，离不开民营企业家的突出贡献。"

这个民营经济发展大会没想到这么多人，一千多家企业，主席台上除了领导们还有多位民营企业家；各个区县各个部门的人员则散布在三面，群星拱月一样围拢着企业家们。朱陶看到朱中道、吴浩等都在座位上，忙颔首打了个招呼，悄悄环视，却没看到叶端直。

也是，"南都李太白"推出后极轰动，消费者赞声不绝一片叫好，评论为"让人类彻底自烦琐家务劳动中解放的人工智能产品""完美诠释人工智能发展的初心，为人类造福"等等。昇实集团不少员工买了——优惠打九五折，据凑热闹的成言说，真心觉得那个幸福！朱董你是家里保姆厨师园丁不用干活啊，你想想看，扔在卫生间的脏衣服会自动整整齐齐地出现在衣柜抽屉里！不闻不问，家里自玄关至客厅至卧室到处一尘不染，连窗户都透明得像缺了玻璃！一日三餐饭菜可口甜点诱人，不需要自己煎炸煮炒一身油烟！后来

“杜甫”自“与予”回来，朱陶想了想放在了自己的小公寓里，辞退了钟点工，也学成言把家务都交给机器人，效果果然不错，省心省力又安静，最关键的是，可以和它聊“关老师”。“她喜欢零食，不过不吃糖，就喜欢松子小核桃。”“大核桃她说剥不动啊，我捏了两个给她，她笑坏了，说那还不如直接买核桃仁。”“她是为了保护我才受伤的！”“主人，你请她来家里吃饭吧？我做几个菜！”

可是她不来。自她离婚后反而越来越疏远，见她远不如多事的2018年频繁。是的，她离婚了，那天她在病床上醒来，不顾全身到处是伤，坚持离婚，李侯无可奈何，量子纠缠的爱情谢幕，才子佳人的神话破灭。

据沈不豫说这桩离婚案令南大师生们颇为唏嘘，成为大家日常交谈中常被引用的典型事例。一方面大大影响了校园恋的风气，北大楼前的表白从此被质疑，再没有同学用，无论男生女生；更重要的另一方面，激励了同学们尤其是女同学们奋发图强，连大二大三的都不敢懈怠不敢及时行乐不敢混沌度日，爱情靠不住，哪怕嫁了“李图灵”也没用，要像关教授那样，随时都能自立独立！好在南都这座城市，除了发展潜力，更多包容博爱，无论即将毕业的还是尚在孜孜求学的，都能靠自己的能力找到距离梦想接近的工作，而且全职兼职都有。沈不豫的同学们，外地的赵小谦、本地的张洁、王海都早早签了合同，一毕业就能去上班了；叶慧、方琼珏等几个则在犹豫是继续深造还是工作实干，“北上广不如南都闯，老家混哪有宁漂润”成了互相鼓励的口头禅。

而“南都李太白”在中国大获成功之后，开始接受中东、欧洲预订，计划今年5月交货上市，叶端直满世界跑得马不停蹄，新闻中出现时都是在某某国宣传产品、介绍最新技术。不过再忙也肯定高兴，瀚迅凭这个产品跻身民用机器人三甲，不少专家认为应该是状元呢！虽然各巨头都在推出类似产品，但是能与“南都李太白”匹敌的尚没看到，以叶端直的高度警觉性，一定会不断研发更新，将身后的竞争对手越甩越远。正好李侯成了单身，工作起来无牵无挂，研发部大可以全年无休。

去年底关其雨受伤的时候叶端直打了八个电话李侯没接，后来女战士干脆根据手机定位闯到了医院病房，要求或者讲命令李侯立刻回公司上班；而李侯虽然没有抬脚就走，但在听到流水线上“南都李太白”出现新问题时望向病床的目光极为犹豫。朱陶猜想那是关其雨坚持离婚的原因之一，她却像往常一样牵嘴角笑笑，不愿多谈。总之瀚迅算是迈上了新台阶，以后应该就是芝麻开花节节高了，所以今天的会，哦，在那边，是他们的工会王主席和办公室陈主任来的，朱陶冲两人遥遥点头，笑笑打了个招呼。

“营商环境是一座城市重要的软实力与核心竞争力。环境优、服务好的地方，就会聚集企业和资源。”领导侃侃而谈，“法治化是基础，开放透明的市场规则是要素。减少政府的微观管理和直接干预，转变政府职能，降低准入门槛，激发生产活力和社会创造力。”

朱陶是个海归香蕉人，对谈的这个内容极不熟悉，以前总听朱中道讲昇实的历史，讲三十多年神话般从几百块到一千亿的发达，讲朱家先人可以瞑目了，也只觉得遥远得像故事；而过去的2018年中，亲历了一场劫难，亲历了辛苦的化险为夷，深深感受到昇实确实如父亲说的是赶上了好时代，碰上了好环境。不过“环境优，服务好”简单几个字，要多少人付出多少努力？李媛就曾开玩笑说当年选择公务员是父母的意思，觉得职业稳定，女孩子家金贵些，谁想到今天政府机关变成了完全的服务单位？要“转变服务理念，创新服务方式”，要“坚持用户思维，注重客户体验”，要“把麻烦留给政府，把方便送给企业，把评判交给群众”，简直像进了服务行业。玩笑归玩笑，她其实比谁“服务”得都更认真。看，在那边埋头记笔记呢。

周围的企业家们频频点头，不时响起掌声。中华文明几千年，“士农工商”的传统观念从春秋时代就成为主流，“贱丈夫”“末商主义”“士大夫不杂于工商”“工商出乡不与士齿”等等都是瞧不起工商行业的代表用语，就是自己也并不引以为荣，孩子选学校选专业不都是盼着下一代成为专家科学家，有几个希望子承父业继续开工厂做生意的？朱陶记得去美国留学时朱中道就一个劲地劝他学“物理”“地质”“哪怕考古”，后来学了金融专业算是父子两人折中的结果。没想到现在企业主和商人这么受重视，有这么好的待遇，优化营商环境，最大受益者不就是企业，尤其是民营企业？朱陶想起朱中道的“水深鱼悦，城强贾兴”论，现在很风靡，常被企业家同行们引用呢。

领导接着讲起南都的发展前景：“钟山以东七百五十八平方公里的大片土地首次进行整体规划，城市格局由背靠钟山向环抱钟山迈进。”所有人都吃了一惊，朱陶也愣住了：环抱钟山？听朱中道讲过，南都在世纪初由近100平

方公里的河西地区建设，实现了对上元河的跨越，城市超出了明城墙的框架；这几年建设了近八百平方公里江北新区——包括我们昇实健康中心，父亲当时不无得意——实现了对长江的跨越，城市格局从上元河时代进入扬子江时代；而现在，以钟山为扇心的东部地区如果再大力规划发展，无疑将是南都新的战略增长点，城市格局将再一次重大突破。

朱陶暗暗盘算，昇实如何趁势发展？“三个月实现环境面貌改观”呢，可得抓紧！其他企业家估计也是差不多的想法，所以当主持会议的夏副市长问企业家谁想发言的时候齐刷刷地一堆手举起，或者是因为身材魁梧，或者是因为资格老，引人注目的朱中道被邀第一个发言，朱陶赶紧坐直了身体侧耳聆听。

身为昇实集团的老板，几十年商海滚爬，朱中道见过很多大世面和不少大场合，然而不知怎的，此时他清嗓子咳嗽半天也说不出话。大家都有些好笑，窃窃私语悄悄议论，嘈杂声中好容易听到了新街口第一富豪的声音。“大家都知道，去年，2018 年，我们昇实集团经历了从没有过的危机，最困难的时刻拖欠员工四个月的工资，管理人员辞职走了一半，要债的债主堵在昇实的大门闹，上元区李区长去解围被围攻，‘美国管家’的美国人‘祝’我像朱家祖上一样从六潮电器城顶上跳下去……”

会议厅中一片寂静，昇实去年的情况并非个案，2018 年初经济形势是比较乐观的，之后美国关税等政策的朝三暮四，全球其他经济体对应的报复措施，贸易保护情绪的上涨导致的贸易政策不确定性，国际油价的起伏，都影响了对全球经济前景的信心。而国内去产能引起的经济减速，不少企业因环保问题不止一次被限产甚至被停产，因征税和社保规范化也带来了成本上升，还有居民负债上升带来消费能力的下降，整体市场形势下滑，汽车家电等高档消费品销售困难，网络廉价平台受到追捧……大家听着朱中道的感慨，不约而同地想起了自己曾经或如今的困境，过去和现在，谁都不容易。听他讲债权委员会怎么协调昇实的债务、督促集团的整改，瘦身百亿，增加银行贷款的授信，好容易走出了资金困境，经营重新上了正轨！

会场中响起了掌声，朱中道起身，恭恭敬敬地向三面分别鞠躬，连声的“谢谢”“谢谢”有些哽咽。夏副市长正想换一位发言，没想到朱中道很快调整情绪，就那么站着继续开口，魁梧的身材衬得会议桌矮了一截：“近半年昇实旗下各传统百货努力转型升级，从让顾客物质性满足的商场，到体验感为先的购物中心综合体，场景打造、业态分布、商品归类、品牌落位等等多元要求叠加融合，线上线下互动互促……大家别笑，好多名词是我刚学的，我讲这些不是自夸，不是汇报成绩，我是以昇实这个例子，给各位一个提醒。我们是民营企业，我们知道要对员工、顾客、股东负责，我们在有利润的时候也会想着做一些慈善，捐钱建希望小学啊、关爱留守儿童啊，我本人干过不少次，每次还特意约新闻报道，趁机宣传一下公司。”

一片哄堂大笑，为老人的率直坦诚。朱中道也笑了，声音更加洪亮：“这样就够了吗？我听到了，你们在讲，民营企业能做到这些就不错了！是，是已经不错了，但是如果仅仅这样，大家看到我 2018 年的下场了？我追求利润，我为员工顾客股东着想，我时常做点慈善捐点钱，可是我差一点破产！我错在哪里呢？”

朱陶屏住了呼吸。父亲不是单单庆幸，不是为了表达感谢，他长篇大论地想说什么？

“我想了很久，最大的错误，我以为只有员工、顾客和股东与我们企业相关，忽略了这是一个互联互通的时代，地球变成地球村的时代，我所在的社区、我居住的城市、我的国家、我离不开的地球，其实都是利益相关者！我要想企业做好，必须让所有相关者受益！”

所有人都愣住了，朱中道讲的题目太大，超过今天的会议主题“全市民营经济发展”也罢了，怎么听不懂呢？什么叫所有相关者受益？不可能啊，企业就是要自己有效益，尤其民营经济如果不挣钱能撑几天？那些靠烧钱维持的像共享单车都倒了嘛！老人家是去年中风伤了头脑，还是这一阵学习新知识学过了头？夏副市长体谅地扶了扶话筒，准备打断他的发言，朱中道着急起来，长臂挥舞着大声说：“我讲的是真心话！光想着自家企业，不行！政府要全盘思考规划，民营企业也是一样！不是怕道德谴责舆论不利，是行不通！现在做企业，必须要往深处看！”

大家被大富豪的激动雷倒，倒都集中了注意力。“不要再想以后怎么样，人工智能已经到来，它本身是民营企业引领的，就更需要在坐各位同仁的参与。它倡导的其实不是替代人类，而是人类与机器能力的协作，机器负责简单重复的计算或体力活，人则承担战略思维和创意工作，在这个基础上，更

多是人与人的协作。不同工种、不同部门环节、不同企业、不同社区、不同城市，乃至国家之间！就像我们昇实，这些优化更新要靠瀚迅硬件的支持——大家不要笑，我与叶端直都合作了嘛。靠人工智能专家的算法比如‘超效学习’，要靠互联网上的大数据，很多数据来自世界各地，哪一个环节掉链子，昇实也活不下去。反过来，昇实在构架营销模式的时候，就必须考虑社区考虑社会，做一个有益于全体的企业。其实就是老话讲的，‘人人为我，我为人人’！”

总算明白了父亲的论点和逻辑，朱陶松了口气。朱中道显然是有感而发，去年的经历给他上了一课，现在知道要互联互通协作共赢了。夏副市长招呼朱中道坐下后总结了几句，表扬他这个说法给政府也提了个醒，在今后的公共政策上更要注意整体社会需求，进一步完善与社会各界全员协同发展的制度。

接着几个企业家的发言内容也都很吸引人，有的感谢政府协调融资，说现在贷款容易方便多了；有的讲述曾经历的困难，特别是技术上的瓶颈，幸亏区里帮助与南大理工大联系上顺利解决，“校地融合”是实实在在的帮助；有的反映招工还是难，春节后人只上了八成，现在就是一线工人难招，反而办公室要招个秘书文案会计之类的来一堆人应聘，幸亏市里联系了淮安滁州等邻近城市，解了燃眉之急。

王守成代表瀚迅发言，表示赞同朱中道的意见，过去一年中深深感受到协同合作的重要，我们叶总说要是时间能够倒流，一定早早与昇实合作，恐怕早就横扫全球了。听着他绘声绘色的讲述，会场中不时爆发出一阵阵笑声，瀚迅与昇实、叶端直与朱中道二十几年的死对头都能化敌为友携手合作，其他还有什么不可能联合的？更何况，现在“鱼儿”凡事还都能找“水”协调，人工智能时代，再不能只孤军奋战。

会议结束，朱陶起身往外走，碰到熟人停步寒暄问候几句，一转身朱中道、李媛和夏副市长正围在一起，连忙笑着问好。朱中道正在说李媛推荐去昇实健康中心的陪护员很专业，解决了健康中心的大问题，而且很受欢迎，比白大褂护士更能为老人接受，希望再多输送一些；夏副市长详细询问陪护员的培训课程，得知是与卫生局和医科大学联手合办，分了老人陪护和术后康复护理等几个班，已经结业两期，培训近千名想提高转型的保姆、钟点工，连连赞许，当即要求李媛梳理一下前因后果心得经验，准备向全市推广，周五有个金融界投资会议，先讲一讲。

金融界投资会议？李媛很意外，答应的话声不觉有些迟疑，夏副市长笑着说："这不单单为了失业保姆，而是在人工智能已经到来，即将大幅改变社会环境的时代浪潮中，我们政府如何构架完善经济体系和社会制度，在这个时代更合理更公平更为全体人民谋福。毫无悬念，机器将取代大批人类工作，对于因此失业下岗的人群，仅仅发低保维持他们的基本生活吗？显然远远不够。朱总今天讲的企业责任很好，我想金融界也需要同样的觉悟，我们可以引导他们将资金投入一些机器无法取代的以人力工种为基础的项目和产业中，比如你做的这个陪护工作，为老百姓创造更多就业岗位。收益当然没有投资那些科创企业高，不过风险也小，最主要的，"夏副市长深吸一口气，郑重其事地说，"在人工智能时代，我们要倡导引领一个支持关心所有老百姓的和谐社会。人工智能绝不能只为一部分人带来便捷轻松，更不能只为极少部分人创造巨额财富，而是，所有人一个也不能少。"

围拥的听众不少，无论是企业家无论是公务员，听到这里都连声喝彩。"绝不能像美国，只富裕1%的人。""对啊，华尔街事件肯定还会爆发。""这次的摩擦不也是，其实就是为了选票。""对啊，也不想想普通百姓"。……人群议论纷纷，不少人夸朱中道今天的发言最好。朱中道挺直了身板，身形益发魁梧，声音益发洪亮："吃一堑长一智，老朱我去年差点挂掉，所以长了好几个智！过两个月就是'创新周'活动，诸位等着看我们昇实的表演，笃定吓你们一跳！""哈哈，朱老板，我们等着。""也有我们的活动，要不要沟通一下？""对对对，说不定能一起做，效果更好。""来来来……"朱家父子与几人聊得投机，当即换了地方继续深谈去了。

李媛听着身边七嘴八舌的对话，眺望着远处蔚蓝碧空下的钟山，嘴角浮上了笑意。建设者们胸怀壮阔，怀抱钟山，又何止钟山？李媛眯了眯眼睛，明媚阳光下仿佛看到了南都的将来，无限广阔。

第二十八章 芸芸众生

李媛好半天讲完话出来，已过了晌午。上到扬子江路迎面一片刺目阳光，李媛抬手遮在额前，初春的南都满眼翠绿，垂柳如丝随风轻拂，一群小鸟叽叽喳喳地自头顶飞掠而去。李媛在路边报亭买了两块梅花糕，热腾腾地捧在手中，咬下一口又甜又糯，满足地叹了口气，见路上人群川流不息，有的人依旧套着棉袄，有的人穿着衬衣风衣，还有不少年轻人已经迫不及待地换上了短袖和裙子，突然觉得身上的高领毛衣有些燥热。早上出门太早，是有些凉，而且婆婆再三叮嘱春天要“捂”，卓家老中幼三个男人全被“捂”得严严实实，李媛也不得不服从，就忘了南都的气候：春天一出太阳，中午、下午都像炎炎夏日。

穿衣服都受“管”，其他事情可想而知。李媛自问是个好脾气，可有时候半夜睡得正香被公婆唤起喂奶，买了亨氏蔬菜糊婆婆偏不用非要自己做烂面条喂宝宝，尿不湿不给用，在小区里也罢了，在公园等公共场所也让宝宝光着屁股……这样的时候实在是憋火憋得难受。好在总算李媛费了很多心思口舌之后，卓远同意将大房子换成同小区的两个小套与父母分开居住，说好了卓家老两口白天带孩子，傍晚送回，周末看工作情况灵活安排。有这个结果李媛很满足，虽然正值二手房市场低迷，大房子要售出并不容易，不过往好里头想只要卖出去了两个小套买也容易嘛！李媛再忙晚上也要抽空在二手房网站上转悠转悠，看到不错的就拉丈夫商量；卓远的教学极忙，开始不耐烦“大房子卖掉之后再看吧”，后来一次次与妻子在网上逛，像恋爱时一样对未来憧憬，不过这次不仅是憧憬二人世界，更包括了上有老下有小的完整世界，甚至还有“邀请藏族学生来家做客”的计划，渐渐也期待起来，两个大忙人还抽空一起去看过几处心仪的小房子。李媛牵着丈夫的手兴致勃勃，一边就忍不住想：与其像大嫂那样忍耐十几年后最终离婚，有什么问题还是早些与家人爱人说，一起商量解决的好吧？

手机上有两条信息都是房产中介的，说是今天有三拨人看房，但愿能成交啊！早一点换成两个小套就好了啊！李媛嚼着梅花糕出神，无意间看见一个熟悉的身影在面前匆匆走过，不禁怔了怔，移动视线追着望过去，是，妈妈？揉了揉眼睛再仔细看，真是侯华，低着头迈着大步，没看到路旁报亭中的女儿。

妈妈在异实健康中心、江北城外啊，怎么会出现在扬子江路上？这一阵总觉得她怪怪的，电话讲不了两句就要挂，以前母女俩有说不完的话啊！提议周末去看她也被一口回绝，甚至带卓识去也不要，肯定有什么事！李媛收起梅花糕，蹑手蹑脚地跟在了母亲身后。春风迎面轻拂，吹得妈妈衣袂飘飘，她这身衣裳是新衣！虽然还是低调的咖啡色，不过绲着细条、绣着暗花，透着精致讲究！还有，头发是新烫的！还戴了一串珍珠项链！李媛越来越是不解，健康中心有活动？工行请她回来讲课？

过太平北路快到总统府，侯华步伐慢下来，迟疑着前后左右看了看，李媛连忙躲到一棵梧桐树后，还好没被发现，就见母亲确认四下无人注意之后，别别扭扭地走到售票窗口下，迎上了一位手举着门票的男子。票贩子？不像，侯华从包里取出一包东西递给男子，男子小心翼翼地接过，郑重其事地捧在手中细看，传销？金融诈骗？李媛瞬间想到一千种悲剧，连忙一个箭步冲上去，高声问："妈！你怎么在这里？"

侯华愕然抬头，瞬间自额头红到了耳根，张着口说不出话，还是旁边的男子迎上来笑着问："你是李媛吧？"

年岁不小了，满脸皱褶，背也有些驼，不过精神矍铄，气色很健康。同样崭新的一件灰色外套，头发染得漆黑而且僵硬，不知道上了多少发胶，虽然笑得讨好甚至谄媚，倒还颇有知识分子的书卷气质，手上握着的纸包闻着香气扑鼻竟然是新鲜的槐花。李媛满腹狐疑，再侧头看看母亲低头满脸红晕，一刹那反应过来：约会！母亲在约会！与这个老者！

"妈！"李媛跺跺脚又叫了一声，多少有些埋怨。不是说找老伴不行，说也不说一声，偷偷从江北溜进城，不定编了什么谎话呢！好好的家里不去，两个老同志瞒着众人悄悄逛总统府，万一有个什么意外怎么办？也不像样子嘛！还有弄一包槐花做什么，炒鸡蛋吗？那就是逛完总统府还有活动？

侯华感觉到了女儿的不悦，低着头不吭声，老者忙自我介绍姓杨名松柏——自嘲地笑笑一排大树——退休前是南大的教授，儿女都在国外，所以

住进了昇实健康中心颐养天年，“缘分呐！就碰到了华华，呃，侯华女士！”

华华！肉麻啊！李媛起了一身鸡皮疙瘩，勉强挤出一丝笑容，不由分说地挽过母亲说：“妈我陪你逛。”侯华挣扎着回头张望，杨松柏连忙把门票塞在她手中，说：“你们先进，我马上来！”转身到窗口又买了张门票，小跑着追上来。李媛不由多了几分好感，放慢了脚步，明显地，感觉到母亲暗暗松了口气。

总统府内颇阔大，三人随着游览的人群缓缓而行，李媛拥着侯华在左侧，杨松柏走在另一侧，隔着三五米的距离。侯华一直低着头，偶尔抬眼看看面前的风光景物；杨松柏则目光就没离开过母女二人，或者说没离开过侯华，不过并不像年轻人那样热烈得毫无顾忌，更多的是欣赏是关切，让李媛想起过世的父亲，看母亲时也是这样的神情。再看看周围熙攘的游客，知道自己方才多虑了。

“明代时是汉王府，就是明成祖的小儿子那个勇武汉王朱高煦的府邸；清代时变成两江总督署，康熙皇帝乾隆皇帝下江南几次都以此处为行宫；太平天国运动中做过天王府。”前方有一个旅游团，导游举着小旗在讲解，园中柔媚的春光不觉多了几分历史的厚重沧桑，“其实现在的正式名称是中国近代史遗址博物馆，之所以习惯被叫作总统府，是因为 1912 年中华民国成立时，孙中山先生在此宣誓就职中华民国大总统，后来到 1949 年 4 月前，是中华民国总统府。”

“不对。”杨松柏忽然扬声说，“导游，民国时期这里不是一直做总统府的。只有 1948 年 5 月至 1949 年 4 月是。在这之前，孙中山先生 1912 年 4 月卸任总统后这里被改为留守府，1927 年国民政府定都后至 1937 年日本侵华以及 1946 年抗战胜利还都至 1948 年，都是中华民国国民政府办公地。”

导游腾地红了脸，张口结舌地说不出话，只好低头翻包里的讲解词。杨松柏大度地笑笑说：“以后你们的讲解词可以拿来我给你们看看。我是南大历史系的杨松柏。”人群一阵窃窃私语：“南大历史系的，难怪！”“杨松柏很有名啊！”“百家讲坛上讲过的！”

“杨教授，这中间还有过汪伪政权吧？”一个游客问。

“1938 年梁鸿志所谓的维新政府，1940 年的汪精卫所谓国民政府，都在这里。不过大家知道，这两个政权为所有中国人不齿，所以我们讲总统府历史当然也不认可。梅花山上原来还有汪精卫的坟墓呢，抗战胜利后都被炸掉了。”杨松柏侃侃而谈，像大教室里上大课一样声音洪亮气派俨然，吸引了所有游客的目光，连李媛都听得入神，侯华仰望着，崇拜的双眸中光彩流转。

一段历史听完，导游向杨松柏颔首致谢，领着游客继续往前，杨松柏侧头看看侯华询问路线，侯华示意走另一条道路，索性沿中轴线往北。李媛很欣赏两人的善意，毕竟如果再跟着刚才的人群，导游恐怕都不敢讲话了，于是一路经门楼大堂二堂子超楼缓缓而行。杨松柏果然博学，讲孙文“天下为公”的由来，讲林森的趣闻轶事：如何爱妻如命，妻子逝世后将她的绣花鞋装在随身小行李箱中带着，引起身边人好奇直到林森死后才解开谜底等等。侯华津津有味地听着，不时侧身问个问题；李媛日日忙于工作，也是头一回在总统府中漫步而且还有专家讲历史掌故，春色葳蕤亭阁巍然中，突然生出了幸福之感，由衷觉得母亲眼光不错，她还只六十多岁，她应该有她的未来。

不知不觉走到了蒋介石总统办公室，墙上巨幅画像中蒋介石一身戎装，神情坚毅。杨松柏介绍蒋介石在这里办公的一年，正是中华民国走到末路、风雨飘摇的一年，战场上节节败退，经济上金圆券一溃千里，从城市到农村处处民不聊生、人心思变。说着卖了个关子笑着问：“我们南都发展这么快，可以讲是日新月异，只有一处时间是静止的。你们猜猜是哪里?”侯华摇摇头表示不知道，浅浅笑容中带着几分羞涩；李媛则胡乱猜测，长江紫金山玄武湖地逗趣。杨松柏领情地笑笑，正要解开谜底，窗外廊下忽然响起了稚嫩的童声：“妈妈！妈妈！你讲的永远不会变的日历就在这里吗?”李媛愣了愣，侯华已经叫出来：“小宝!”

真的是小宝。笑嘻嘻地奔进来，看见几人更加开心，高喊着“奶奶”扑进了侯华的怀里。侯华一把抱起，又是亲又是笑又是夸：“乖小宝、好小宝，又长高了，长壮实了。”夸着夸着声音有些哽咽，掩饰地清清喉咙说：“这梧桐树的毛毛真烦人，呛得嗓子疼……”

李媛忙向门口望去，关其雨缓步走来，绿色T恤在春风中依旧单薄，一头乌黑短发还是胡乱拢在耳后，沙卡裤子运动鞋也和以前一样简单朴素得像个学生。然而整个人说不出地不一样了，是、是十几年前初进李家时的那份灵气！步伐缓慢舒徐，神色泰然自若，笑容自在柔和，这一切糅成的自由无拘中，这个江南女子终于恢复了她的灵慧！李媛眼眶有一点湿润，那一刻明

白了她何以坚持离婚，何以坚持不接受李侯的瀚迅股份，何以坚持拒绝朱陶的帮助，孤身带小宝住在租赁的小房子中，那是她向往的自由，再艰苦都是值得的。

关其雨不是一个人，身旁有两位引人注目的红衣僧人，一个极瘦极老，一个极胖极硕壮，看见屋中的几人便都停下了脚步。关其雨微笑颔首，并不上前说话招呼，也并不介绍，李媛想起她本是个不爱说话的性格，在陈阁老巷大屋中因爸爸妈妈立的规矩不得不早请安晚问候，即使再累再乏讲完了“我回来了”，也要问询家里一天怎么样、爸妈今天怎么样，必须站着含笑聆听。哥哥后来忙得不着家，是不是和这些繁文缛节有关系呢？

还是小宝牵着侯华、李媛说，这是奶奶和姑姑，这是那登师父和更洛师父，很远的地方来的，这个嘛……杨松柏连忙笑着说：“叫我杨老师，我是历史老师。”

侯华又红了脸低了头，李媛嘻嘻哈哈地两边招呼，话题扯回静止的时间上，问杨松柏到底是什么啊？杨松柏看出两边的不自然，李媛在刻意打岔缓和，忙笑着称赞孩子——知道这是两边的纽带：“小宝刚才已经告诉我们了啊！蒋介石总统桌上的台历，一直停在 1949 年 4 月 22 日，就是‘百万雄师过大江’的日子。”

“我知道我知道，妈妈说解放七十年了呢！”小宝跑到桌子前，好奇地伸头张望台历：“这个‘蒋总统’离开的时候肯定很难过吧？他为什么会被赶跑？”关其雨知道婆婆尴尬，这不知道是约会还是相亲的时候，最不想碰到的就是前儿媳了吧？含笑叫儿子：“小宝走吧，这个问题我们想一想回家再抢答好不好？”

杨松柏见侯华望着孙子目露不舍，笑着接过话题：“小宝真聪明啊，问这么好的问题！你知道吧，南都做过十二个朝代的首都，可是每一次时间都不长。历史一次次告诉我们，‘得众则得国，失众则失国。’蒋介石为什么被赶跑了？当时的美国驻华大使司徒雷登在回忆录里写道：‘共产党给大众留下了这样的印象，他们领导的革命能救人于水火之中，而反观对手，从国民党获取政权的那天起，各级官员就贪污受贿，人浮于事，效率低下，乱搞裙带关系，大行派系斗争。’所以丢了民心，老百姓都不支持他！”

“哦，杨老师你讲的意思就是‘蒋总统’自己不好呗。”小宝蹦蹦跳跳的，

“好多我听不懂，什么关系什么斗争的。他们应该多想想别人，像那登师父讲的，要‘利益众生’‘普度众生’。”

关其雨有些头疼，杨柏松则是愣了愣，旋即笑呵呵地说：“对啊，就是要多为大家着想，与人民群众保持血肉联系！新中国这七十年，把人民放在第一位，国家就越来越强盛！”顿了顿又道：“可不能像现在的美国政府，就想着选票，和全世界所有国家过不去，动不动加关税，最倒霉的啊，就是美国老百姓！专家算过，今年平均每户美国人家为关税多花一千多美元呢！”

刚进入5月的时候，中美贸易谈判一致被全世界看好，虽然美国人既想从中国赚钱，又不想中国强大，但中方顾全大局，做了极大让步，谈判顺利谈到了94.5％的共识。结果到5月中旬，这个已经谈至94.5％的合约出现了变数，美方误判中国实力、中国能力和中国意志，又突然增加关税，进一步升级两国贸易摩擦。全球资本市场立刻反对，所有股市大跌。美国百姓呢？一方面不得不负担增加了的关税、一方面对政策不确定的阴霾笼罩在头顶严重影响了生产经营，更对未来何去何从感到迷茫，各种不满、抗议弥漫，甚至有过大规模游行。

“杨老师你讲话好响啊，就像，就像爸爸公司的陈主任！”小宝话一出口，大家都笑了。杨松柏是像陈主任，也像侯华，五六十岁年纪的这一代大都是新中国红旗下出生长大的老派人，对祖国对人民忠心耿耿地崇仰，所以言行举止在九〇后〇〇后眼里总觉得有些戏剧化。关其雨想到陈主任，看看面前的杨老师觉得极其神似，也撑不住笑出来，如雨后晴空彩虹乍现，如夏日池塘菡萏初绽，灵光流转。李媛呆了呆，才发现这十几年其实是第一次看见她笑，真正地笑。

不行，无论如何换成两小套房，与公婆分开住！

几人又闲聊一会儿，侯华到底面子有些抹不下，李媛为圆场东拉西扯地颇不轻松，关其雨便主动先告辞，领着两位师父往前走。更洛堪布担心时间来不及，关其雨连忙安慰：“四点的高铁，讲好了沈不豫两点半在总统府门口接，来得及！”小宝懂事地问两位师父再多玩几天好不好，怎么刚到就要回去呢？那登干涸枯瘦的手抚摸着孩子的头顶，笑着说：“好孩子，能见到已经很好了。你们都很好，我们就放心了。”更洛师父也笑，肥硕黝黑的脸庞手臂笑得微微颤动：“好孩子，要记得利益众生，就是刚才那个老师讲的，多为大家

着想。”

关其雨眼眶有些热，掩饰着别过了头。两位师父千里迢迢来到江南，看望母子二人，令她感动。

经过这一年，关其雨对宇宙对世界对人类的观点变了很多，浩渺宇宙有多少尚未解开的未知世界，何妨在敬畏中多一些开放的思维；芸芸众生注定是千万个人千万种想法，又何妨在理解包容之上协调合作？

“上车吧！”沈不豫的一声呼唤宣告了别离，两位师父费力地爬进车中，伸头望着母子二人连连挥手，关其雨牵着小宝在车旁也是又挥手又连声道别。阳光正暖，总统府门楼顶上的五星红旗迎风招展，路上人群来往穿梭，关其雨闻着空气中的花香，望着面包车绝尘而去，在这个新的春季，不知不觉模糊了眼睛。

第二十九章　南都繁会

“三拨人一起吗?”李媛正挤在地铁里，四周人很多，手机信号微弱听不清楚，大声问了好几遍，电话那头的陈主任才“喂喂喂”“喂喂喂”地扯着嗓子回答:“对！三拨人一起！昨天本来讲看我们瀚迅加昇实健康中心两家的，结果早上八点开始，中饭没吃晚饭没吃，到晚上十一点才看完我们这边！后来是我们叶总带他们去的大排档，听讲吃吃喝喝闹到半夜！今天一大早就去了昇实健康中心！叶总让我和你讲，昨晚吃饭的时候美国佬的意思下午参观六潮电器城之后自己逛逛新街口！李区长你最好做点准备!”

地铁中人群挤来挤去，李媛听着陈主任唠唠叨叨不禁有些焦躁，又不好打断，“嗯嗯啊啊”地应着心里半喜半忧。美国人逛新街口，好啊！时空公司、美国管家、艾兰德公司，都是一等一的巨头，知道他们要来，尤其与爱德华先生一直有联系，不过没想到这么快!

叶端直是怕我措手不及吧? 是没想到，中美贸易争端起起伏伏，6 月 29 日两国领导人于日本 20 国集团峰会上会晤后同意暂停贸易战，并指示各自贸易谈判代表找到达成协议的路径；但两国均未设定谈判的时间框架，或敲定贸易协议的最后期限。不会有结论吧? 未来数十年，中美经济冲突可能都会持续。也许会达成某种贸易协议，但是两大经济体之间的紧张关系恐怕难以轻易解决。

贸易摩擦一年多，中美出口互减约 200 亿美元，中美贸易顺差反而扩大了，这大概令发动这场摩擦的本届美国政府相当郁闷吧? 美联储向美国国会提交的半年度报告中说加征关税“似乎降低了美国和其他国家的进出口，而贸易政策的不确定性可能导致企业推迟投资决策，减少资本支出”，表达了对美中贸易摩擦抑制企业支出、导致制造业生产放缓、拖累经济增长的担心。

所以包括李媛在内，对美国客户来贸易来投资的期待大大降低，甚至也做好了一些在途项目被反悔被中止的准备，毕竟大环境如此，这些本来与中国友好经贸往来的美国客商碰到了实际的困难，可以理解。美国企业不是美

国政客，决策都是从实际角度出发，最担心的就是相关政策的不确定性。不过出乎所有人意料，与斯坦福的合作如期谈成，机器人研究中心落户南都，奇迹一般并未受到贸易摩擦的影响；而 6 月的南都创新周上，与世界各地达成务实成果二百多项；还有个更惊人的数字，不知不觉间这个城市的外资企业超过八千家了。亘古不变的开放，长久保持的包容，使得这个古都日益成为国际化都市，与地球村的联系日益紧密，难怪连朱中道都有了感受，互联互通的时代到了。

所以李媛渐渐淡忘了贸易摩擦，觉得这时候中国人最重要的是保持信心，做好自己的事。我们拥有全球最完整的产业体系和不断增强的科技创新能力，拥有世界上规模最大的中等收入群体，拥有近 14 亿人口的大市场，拥有足够的发展韧性、潜力和回旋余地。

所以没想到，时空公司、美国管家、艾兰德公司，三个巨头一起来了，这么快。

“新街口地铁站到了。”随着提示音，人群自闸门蜂拥而出涌上扶梯，李媛被裹挟着前行，看身边熙熙攘攘热闹繁忙得与每个普通的日子一样，要不是手机上的新闻，谁会想到远在地球另一端的美国和这届美国政府？中华民族历经五千年风雨，什么大风大浪没见过？南都这个十朝古都曾饱经沧桑，历经风云变幻，尤其淡定。向历史的纵深处望过去，与美国这点贸易摩擦实在不算什么；看身边川流不息的人群，这就是中国最大的底气，内需早已经成为中国经济的主引擎，2018 年消费对经济增长的贡献率达 76.2%呢！更重要的是，这么多人在努力在奋斗在创新，创造了 1980 年代以来国力的昌隆强盛，创造了这七十年重新崛起的奇迹。

二十四个出口，第一百货、德基广场、昇实大厦、工商银行……李媛望着一个个出口心中踌躇，去哪里？怎么做准备？听到陈主任电话的第一个反应是去现场，但是做什么呢？怎么迎接这三个美国大佬呢？

李媛记得上学的时候因为所在的扬子江小学是重点学校，常常有外宾来参观，每次学校上上下下都严阵以待，全体师生提前好几天开始准备：大扫除，包括扫地抹桌子擦玻璃倒垃圾，出黑板报，悬挂欢迎标语和喜气洋洋的灯笼，排练列队欢迎的队伍。李媛作为学生干部总被派做代表去献花、讲话、致欢迎辞，父母引以为荣，连清高出尘的天才学霸李侯看到妹妹在主席台上也会笑笑。后来工作了，有外事活动更不得了，除了一再强调谦虚谨慎、不卑不亢、不能酗酒、站稳立场、分清内外等外事纪律之外，被访问的机关或企业，都和学校一样，事先要打扫卫生，清理死角包括楼梯过道卫生间，员工们都要着整洁工作服，男职工要理发刮胡子、女职工不允许披头散发……甚至外宾会问什么问题怎么回答也要一一预习，总之要给外宾留下好印象。

可是今天，新街口，要事先准备吗？

晴空高远，秋日金色的阳光中放眼望去，洁净的地面上依稀留有洒水车清晨经过的水迹，整整齐齐的绿化带中绿色葳蕤鲜花烂漫，道旁的梧桐树枝丫茂盛、树干树枝修剪得错落有致。工商银行、招商银行、中国银行等金融楼宇巍然矗立，进进出出的人群并不如以往熙攘拥挤甚至有些冷清，很简单，电子支付普及，卖早点的老头老太都刷支付宝微信；而几乎所有用户在手机里装了银行的APP，账户查询管理、转账汇款、理财保险等等，所有业务都可以自己在手机中完成，甚至贷款手续风险评估等也可以网上自动化办理，需要去柜台人工办的实在不多。李媛想起蒋翻译说的，银行中的很多工种都将被机器逐步替代，那是人类劳动力的大幅解放。

转个身，消费旗舰德基广场风华正茂，第一百货名列全国十大百货商店独立门店之首，上元时代中心主打“全生活业态”，江南商厦引进了室内动物园……个性化差异化的定位吸引着不同的消费群，岂止南都城的老老少少，江南江北的其他省市居民也常来逛逛。这里，寸土产生的效益何止寸金？

再看那一幢幢整齐高端的写字楼，惠普、微软、IBM、得勒、毕马威……聚集着一批世界500强企业，散发着科技创新的光芒，汇聚了各种发展要素，像南都飞跃的桥梁，通向全球各地，又吸引着全球各地涌向这里。

甚至俯身低头，地下新街口同样精彩纷呈，除了购物饮食之外，运动保健、美容医疗、教育学习、旅游休闲、影视娱乐机构像漫天花雨般散布，它不仅是第一商圈，也是第一商务圈、文化圈、生活圈和创新圈。

李媛含笑仰头望去，孙中山先生迈开大步、神情坚毅，仿佛在说“革命尚未成功，同志仍须努力”，他肯定极欣慰，民族复兴的理想，在一个世纪后的今天就要成功实现。

这个九十年的中华第一商圈，积淀传承着古老的江南商业文化，不同时代又都出现了不同的标志性建筑，这种不断改变创新，成就了新街口持续的

辉煌。而它对于南都的意义，更远非一个商业中心，它与紫金山与明城墙与明孝陵一样、是这座古城的地标；更因位置和活力，成为城市的圆心和原点。在这里，历史和现代交相辉映，传统和创新水乳交融，工作和休闲互补互助，白天和黑夜无缝连接，发展和保护两不耽误，东方和西方兼容并蓄。它的胸襟如海纳百川，它的宽厚如脚下沃土，它的奋进根本无可比拟。

李媛忽然松了口气。不，我不用准备什么，让美国人看吧，随意地看、随意地逛，这就是新街口，独一无二的南都新街口。“云来山更佳，云去山如画。”我们啊，该干嘛干嘛！

“咦，李区长你在这里?”李媛侧头一看，正是朱陶成言领着几个美国人，笑嘻嘻地自转角走过来，奇怪的是李侯、叶端直也跟在一旁，今天不是看昇实吗？李媛顾不上多想，连忙迎上去问候致意，“哈啰!”“你好!”“吃过了没?”寒暄了好一会儿。问起朱中道怎么没来，原来是到欧洲考察，参观养老和零售的新模式去了，据说临走时一个劲念叨：“要学啊，老一套行不通，多看看世界、看看人家怎么弄的、好的就拿过来，坏的我们也学个乖!”

都是熟人，奥威尔、巴斯奇、米歇尔、爱德华、蒋翻译等，聊起昨日为什么瀚迅看了整整一天，巴斯奇笑指着叶端直说：“到底是她赢了!”看似嗔怪的话语中掩不住得意。原来美国管家签了“南都李太白”，第一批十万台，第二批意向二十万台，不过要观察后适当调整，所以昨天不光是看瀚迅总部，附近的相关企业尽量都转了转，按陈主任的话就是：“龙头当然重要，龙爪子龙尾巴也缺一不可。”果然令美国人吃惊，围绕着瀚迅的中小企业群几乎是条完整的产业链，摄像头底盘等配件不用说了、细小到电池厂螺丝钉厂都有。陈主任笑说：“以我们瀚迅为龙头，人工智能即将成为南都的又一产业地标，我们‘南都李太白’没白叫，以后不光是‘芯片之城’，还是‘AI之城’。”成言则补充说：“还有物联网、软件和信息服务、生物医药……好多优势产业都在聚焦聚力，将来都可能成为南都的产业地标呢。”忙着参观的美国人没觉得这话夸张，一路走来，实在觉得所有南都人都太拼，像瀚迅过去一年的故事，恐怕会不断发生。

奥威尔惊讶地发现不少配件与从台湾、新加坡进口的东西一样，价格只有二分之一、三分之一甚至四分之一，难怪瀚迅的机器人便宜！这种龙头带动的集群效应是显著的，发展潜力更是巨大，奥威尔羡慕佩服之余，务实地当场和不少家配件商谈了谈，在不影响瀚迅的前提下达成了一些供货意向。

李媛有些诧异地望向奥威尔，竞争对手啊，现在这么谦让体谅？奥威尔察觉到她的目光，笑了笑说：“美国也不全是大 HOUSE（独立屋），住公寓的很多，‘美国超人’和‘李太白’一起销售的话，两个产品互相造势，销量反而会一起上涨。‘昇实健康中心’中两种机器人的配合应用就是最好的例证，我们在这里剪出的视屏现在是最有说服力的广告。而且啊，这个机器人社会的主意妙极了，我们昨天商议把瀚迅已有的机器人系统与我们时空公司的联系起来，再进一步拓展，将是另一个不亚于人类社会的大世界。”

“像云计算平台?”李媛脱口而出。李媛是文科生，本来对云计算这样的技术概念完全不懂。问李侯，大忙人笑笑不说话，还是关其雨耐心地解释给她听，云计算平台呢、就像电网，可以将机器学习的力量转化成标准化服务，实现人人共享。李媛在似懂非懂之中接触到实际应用，慢慢成了半个专家，区政府、税务局、工商局等政务机关，依托云基础设施共享交换平台，非涉密数据互联互通，线上政务服务高效便利，老百姓称赞不绝。现在政务审批一张网、市民一卡通、智慧教育、智慧健康、智慧城管等一批基于云服务的应用成功上线，极大地缩短了办事时间，提高了办事效率，减少了运维投入。政务云之外，医疗云、公安云也已上线使用，有时候憧憬着想象，如果继续延伸发展会是什么样的前景？没想到这么快，机器人的云平台转眼就跳在面前。

“对啊，就是这个意思。云计算平台现在中国有阿里云、华为云、腾讯云、中国移动云，其他各种云，”奥威尔说：“我们美国有微软云、谷歌云、IBM云、亚马孙云、他们艾兰德信息云，其他中小型的不计其数。通过云平台将我们两国的机器人社会连接起来，共享资源信息和服务，实现跨国界协调合作。”

爱德华接着说：“我们艾兰德呢，原来和李区长说过的设想，是利用信息模型从建造时注入信息；后来和‘与予’的关女士联系上，我们购买运用了‘超效学习’——关女士人很好、一直耐心做我们的技术指导——现在我们有十足把握，利用信息模型、利用云计算，建立信息产业科技合作与成果转化的平台，通过我们的信息模型中心，把科技成果推广到各企业中，促进技术转移加速成果转换。我听关女士介绍，比如百星高新区附近就有不少高等院

校、科研院所、龙头企业，这些科技力量和生产力量结合在一起，很容易做成科技成果转化基地与公共技术服务平台。”

巴斯奇啧啧称赞：“我们这三家，还是艾兰德的这个最厉害。延展开去的话，未来不可限量！到时再联上我们美国、联上世界各地，就是你们中国人爱说的互联互通、互利共赢。”

“你们肯么？”叶端直心直口快地提问，“你们政府信奉‘你输我赢’，可不相信‘共赢’！”

“就像你们政府一定要废除《北美自贸协定》，与加拿大、墨西哥签订《美加墨贸易协定》，其实差异有多大呢？”朱陶赞同，“只不过因为修改原协定不如废旧立新彰显政府的功绩，突出加拿大、墨西哥的屈服！对于这届美国政府和其支持者，不存在‘美国第一，谁谁老二’；没有哪个国家老二，而永远是‘美国唯一，其他所有国家垫底’！所以中国人讲‘共赢’讲‘双赢’，他们根本听不进；而中国又绝不是加拿大、墨西哥，绝不会像某些美国人建议的‘配合’美国政府给足他们面子，把他们批评的历届美国政府与中国之间的‘养虎为患’同中国的贸易关系，变成‘与中国的最棒的交易’！”

几个美国人对望了望，都摇了摇头。巴斯奇叹口气说：“连《纽约时报》都直说，‘认为美国有力量颠覆一个为其人民带来繁荣、让中国走上成为世界最大经济体之路的竞争体制，是一个激进的观念。’

“我们中国坚持走自己的道路，事实证明是对的嘛！”李媛笑着说，“我相信再过一二十年，会更加得到证实。”

叶端直看看她笑了笑，李区长其实心里想说的是：美国这届政府挥着关税和禁运两根大棒，一心想让中国改变内部政策，像当年的日本一样走向停滞，太过分太自大了吧？贸易平衡、加强知识产权保护等等可以谈，但绝不可能因为美国的压力而放弃原则，比如停止高端产业的发展，比如停止科技研发。美国一直在设置各种壁垒，限制中国对美国公司的投资，重新审查可以出口到中国的技术种类，限制中国在建设美国下一代电信网络方面所起的作用，同时还劝阻其他国家与中国合作。中国则一再极有诚意地对话谈判，无奈美国政府的不少要求直接侵犯到主权，像十九世纪的外国列强一样，一心要达到“中国屈服”的效果，那怎么行？

“不谈政治，不谈政治。”蒋翻译慌忙圆场，“我们三家今天来南都都是为了贸易和合作。”看了看爱德华忙又补充说，“至少是有兴趣。大家谈具体事项具体工作吧。”

“我们协会反正订好了第一批的十万台。”巴斯奇笑，“关税问题嘛，我们上次参加公众评议程序，将‘民用机器人’排除出了征税清单。”冲着奥威尔跷了跷大拇指，“时空公司再三力证‘李太白’这样的产品在美国或第三国替代生产可能性极小，加征关税影响美国消费者利益。”

奥威尔叹道：“不止这个，我还再三说这是民用产品，与‘中国制造2025’产业计划无关。没办法，政客们想听这些，我就说这些。如果后面还有这个问题，只能继续去评议吧。”

“所以你们相信，”爱德华看着叶端直和李媛说，“我们不是政客。我讲的转化基地和服务平台的计划，是再三论证过的。请你们认真考虑。”女战士和女区长对望了望，犹豫着点了点头。倒不是嫌弃项目，而是在这样的大环境下，两国信息交流、信息共享是个极敏感的问题，美国政府会不会说“威胁美国安全”？这个大帽子一搬出来恐怕项目立刻会被停止。交流的话，一定要有个安全设置，叶端直在李媛耳边悄悄说了几句，两人对望着笑了笑。

“别忘了我们昇实。”朱陶连忙插话，“我们集团在‘与予’的建议下运用‘超效学习’方法，借助云计算，打造智慧零售大数据平台，信息可不少。现在这种智慧管理，不仅是产品更丰富更适合市场，大量减低了库存，而且利用瀚迅机器人拓展商场业态，提升顾客购物体验……哎，不说了，来，我们眼见为实！”

李媛听到朱陶兴致勃勃地讲“与予”，言下不无骄傲，又带着亲密，不禁瞥了眼李侯和叶端直。两个人都是不动声色，李侯避开妹妹的目光抬头望天，叶端直笑着拉拉李媛：“李区长，快看！”

原来已经到了六潮电器城的门口，三台“李太白”正端着各式小点饮料转来转去地迎接客人，李媛取过一碟青团、一盘梅花糕递给蒋翻译，蒋翻译笑着接过向美国人介绍，几人笑眯眯地吃起来。朱陶扬声问：“今天有什么活动？”一台机器人闻声转过来介绍：“迎接国庆节，三楼的‘李耳’打九折，‘美国甜心’有赠品；一楼的‘李世民’与‘李舜臣’在打擂台、下象棋比赛，电视台转播，很多顾客围观呢！”说着张口——原来就是打印机——吐出宣传广告，美国人好奇地接过，还带着油墨的温度。

朱陶笑着躬身邀请客人，从正门进了电器城。果然一进门两台机器人正在对垒，并不像深蓝或阿尔法狗那样要人摆子，机械臂频起频落，鏖战正酣。观众围得里三层外三层水泄不通，后排的观众有的踮脚伸脖，有的索性侧身看大屏幕。互动大屏三面都有，屏前的顾客讲话出主意机器人一样听得见，不远处的全息投影更是将棋盘栩栩如生地托在了空中。

奥威尔侧头悄悄对米歇尔说就是那种全息投影让保罗身临其境讲出了陷害的实情，偏生朱陶耳朵尖听见了说“瀚迅那个是全场景的，我们这个是商场用的简化版”等等认真解释，说得奥威尔红了脸。众人讲到已进监狱的保罗都是一阵唏嘘，人工智能技术发展得这么快，两年后他出来还跟得上吗，曾经的“机器人之王”？

扫码购物、智能推荐、缺货自动预约送货、刷脸支付、电子优惠券，只要提供家中照片即可在虚拟场景中摆入看中的电器让顾客一眼看出效果……一个个高科技的实际应用看得美国人不时“哦，了不起”“神了”“比我们曼哈顿 AI 多了”。导购的“李太白”则“客气”地回答“您过奖了”“谢谢您的夸奖”，李媛不由得笑，它也学过外事纪律？谦虚谨慎，不卑不亢！

再进入控制室，沈不豫正负手在屋中巡视，不时俯身对电脑前的工作人员讲几句，一眼看到爱德华很惊喜地立刻迎上来，夸张地“欢迎”“可见到您本人了”“这是方琼珏，我们在把关昇实的‘超效学习’，管用”“您那个平台抓紧啊”“有啥我们能做的尽管吩咐”等等尽显东北人爽直唠叨本色。

方琼珏在一旁低头忙碌，听美国人询问连忙介绍身后的工作。二十多台显示屏不停地跳动，顾客进场人数、在各种商品前的逗留时间这些技术美国都有；而分布在各楼层的“李太白”根据场中商品与其消费习惯的契合程度，主动迎上去针对性地介绍，则看得美国人终于目瞪口呆，这些共享信息，美国可没有。“基础是云计算，‘超效学习’让数据采撷归档更快更便捷，”朱陶解释，“机器人的电脑使之轻松应用。”

那边沈不豫与爱德华聊得投机，爱德华早年去过东北，听闻他是东北人随口问他常回老家不，“不回，我才不回！”沈不豫话一出口觉得过了连忙笑着解释：“哪有空呢？是真忙啊，要上课、要考试、要写论文、要跟着关老师做研究。‘与予’的项目一个接一个，口碑好，顾客滚雪球似的多，已经加人手了，现在公司 9 个人呢！您看叶慧、方琼珏都在我们这，还有医大刚毕业的张超、财大刚毕业的吴剑……是是是，几个不同专业的融合……是是是，我们知道照顾关老师，她身体还没完全复原，是是是，她负责指导，最后复核，我们不敢累着她，不过有时候实在劝不动……她今天啊？一早就去江北了，我们浦口校区整体转型为国际科教创新区……对对对，推动国际合作、产教融合、人才集聚、校地协同……那个那个……”

“名城名校融合发展的示范区，国际化高端产教人才集聚区，双创成果与转化的政产学研综合平台。”李媛见沈不豫一头汗，笑着帮他接上。

“对对对，您说得真好，挺大个事儿，所以不知道关老师中午回来了没……”沈不豫擦了擦汗，见所有的目光不知何时都集中在了自己身上，不禁又局促起来，对爱德华说，“您不是约的明天？正好中秋节呢，对对对，明天一早我们恭候……”

李媛看见朱陶和李侯听到最后这句，不约而同地望了望“李太白”，是想起了去年的中秋节吧？那一个惊心动魄满是汗水泪水的夜晚。一年过去，没想到变成这样的物是人非，她孑然一身，在中秋节还要工作会谈。朱陶悄悄拉住沈不豫是不是在问明天的行程？李侯则望着爱德华若有所思，是想加入艾兰德的队伍过中秋么？

一圈转出来，奥威尔第一个称赞：“智能商场在智慧商圈之中。”爱德华笑着向李媛说上次在上元河畔看到长卷古画《南都繁会图》的浮雕，据介绍是明朝的著名画家仇英所绘，几百年前上元河两岸的繁华富庶让人悠然神往，导游让大家仔细观察画中的“山水城林人”五大元素；今天转了一圈新街口，想想倒蛮像的。

巴斯奇摆出老中国通的资格评论：“仇英是在明朝嘉靖年，和现在有差距吧？不过南都‘山水城林’的大格局没变，‘人’嘛，也还是人来人往，五湖四海的，还多了我们这些‘老外’在里面逛，一边逛一边惊讶中国发展太快了。”

“哎呀，就是古今南都繁会，我们也加入就是。巴斯奇，我建议第一批的数量加一些。”米歇尔最实际，“不过要与瀚迅的机器人共享信息。”

“我那个转化基地和服务平台的合作真要抓紧，美国有更先进的技术，中国有更实际广泛的信息，还有几乎完整的产业链。”爱德华也说。

“信息交换和共享可以，不过啊，我们设置安全权限，对不同等级的用户

不同程度地开放。”李媛笑眯眯的神情使这个策略柔和得像个提议。美国人对望了望，觉得这个主意其实不坏，现状确实做不到信息完全共享，就算中国人肯，美国政府同意么?

几方人谈得愉快投机，叶端直“啪”一个响指，唤来台“李太白”，给众人在电器城台阶上拍了张合影，背景恰是山水城林中孙中山先生傲立、几座高楼入云、吃喝玩乐的各路行人熙攘热闹，右上角题字为“南都繁会图之2019”。

大家捧着照片笑，又都有些饿了，“金陵饭店?”叶端直提议。美国人摇摇头：“我们都喜欢地道风味的南都小吃。”李媛眼珠一转说：“跟我走!”

还是那个仿制的金字塔，走进去却已全然变样，不再是一个挨着一个的小型商铺，热闹拥挤的莱迪变成了干净整齐的主题街区。漫步在古意盎然的青石板小径中，看着两旁红墙黑瓦的民国风格建筑，美国人眼花缭乱，再看到也是几个“李太白”转来转去地领路，手上又是菜谱又是试吃的小碟，干脆接过小碟吃起来。李媛解释莱迪刚刚升级改造完工，共分了六大主题，每个都是独具特色的体验消费街区，潮牌和国粹文化之上，最主要融合高科技，所以类似六潮电器城中的那些全都有，还有不少更新奇的呢。朱陶不服气：“‘更’新奇？让我看看!”

美国人听着听着，被身旁“李太白”介绍的各种美食吸引，跟着机器人各取所需地分别进了不同的铺子坐下来。叶端直抓住机会坐在巴斯奇面前一边点鸡汁汤包一边继续谈合作，李媛也毫不放松地递鸭血粉丝汤给爱德华，顺便讨论共享服务器和信息的权限问题；蒋翻译和成言围着奥威尔和米歇尔，商量点哪种口味的盖浇饭，盐水鸭加炒芦蒿如何?

李侯和朱陶却都不动。

漫大的绿色——又是全息投影——爬山虎随风拂动像绿色的水波荡漾，北大楼前的茵茵草地中搁着几张古色古香的木桌木凳，后面散布着蓝长袍白围巾的学子、白衣黑裙抱着书本的民国女学生，仿佛一个世纪以前的南大校园，北大楼正好一百岁了。一个熟悉的机器人悠悠旋转着底盘，比刚才看到的“李太白”要精致纤细，凸出的复眼满含笑意，六条手臂中大大小小的盘子，最醒目的，还有一张围棋棋盘。

“李白，这是李白!”当日李侯把它送过去，小宝欢呼着扑上前，激动地叫喊。李白所有六条手臂拥住久违的小主人，红着眼睛对女主人说："我回来了。"关其雨哽咽了声音只说："李白，你回来了。"

它既然在这里，她定然也在这里。

望过去，角落的一张小桌边，坐着陆居和关其雨母子。陆居依旧一身红色风衣耀眼——不然恐怕两人还看不见，小宝埋头在吃老卤饭，胖嘟嘟的脸上粘的又是饭粒又是酱汁，陆居笑着要帮他擦却被推开："我自己擦！"旁边一杯果汁喝了一半，关其雨含笑望着儿子，皙长的双手在剥松子，面前的松子仁和松子壳同样摆得整整齐齐。

她坚持和我离婚，坚持不要我的股份。

她一次次拒绝我的约会，我的帮助。

李侯和朱陶呆呆望着，各自想着心事。

看她盈盈的笑意，仿佛这一年多的风雨不曾吹拂过，那满溢的欢喜就像《南都繁会图》，就像此刻的新街口一样繁华热闹。可是那自由无拘的灵气，逍遥在画卷之外，距有光年之遥。

小宝抬起头，看见两人就笑了，一跃下地咯咯咯地扑上来："爸爸！朱陶叔叔！"关其雨怔了怔，顺着儿子的方向终于看见了那两个改变自己人生的男人。量子纠缠十几年的李图灵依旧清俊挺拔、深情脉脉，因一场狗咬事件给自己带来无数麻烦的朱陶还是质朴魁岸、明朗得让人安心。六目交投，无数的喜乐悲欢从前过往瞬间跳跃翻滚纠缠难分。

不知道过了多久，关其雨嫣然一笑，起身缓缓走上前去。李侯期待地望着，紫霞湖中无比恋慕；朱陶伸出双臂，唤了一声："其雨！"

李媛被小宝的声音惊动连忙奔过来，却与走到一半的叶端直同时驻足，只觉得一颗心怦怦狂跳，比几个当事人还要紧张。

她会走向谁？她会如何选择她的后半生？

陆居裹了裹风衣，目不转睛地望着；半晌端起果汁猛喝一口，"砰"地放回桌上，眼眶发红，喃喃地道："好吧。只要你幸福。"